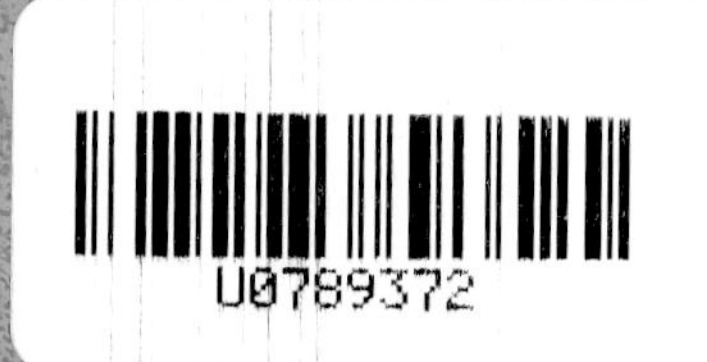

金陵全書

丁編·文獻類

文選（一）

（南朝梁）蕭統 輯

南京出版傳媒集團
南京出版社

圖書在版編目（CIP）數據

文選 /（南朝梁）蕭統輯. -- 南京：南京出版社，
2021.4

（金陵全書）

ISBN 978-7-5533-3203-1

Ⅰ. ①文… Ⅱ. ①蕭… Ⅲ. ①古典文學 – 作品集 – 中
國 – 先秦時代–梁國 Ⅳ. ①I211

中國版本圖書館CIP數據核字（2021）第033555號

書　　名　【金陵全書】（丁編・文獻類）
文選
作　　者　（南朝梁）蕭統
出版發行　南京出版傳媒集團
南　京　出　版　社
社址：南京市太平門街53號　　郵編：210016
網址：http://www.njcbs.cn　　電子信箱：njcbs1988@163.com
聯系電話：025-83283893、83283864（營銷）　025-83112257（編務）

出 版 人　項曉寧
出 品 人　盧海鳴
責任編輯　程　瑶
裝幀設計　楊曉崗
責任印製　楊福彬

製　　版　南京新華豐製版有限公司
印　　刷　南京凱德印刷有限公司
開　　本　889毫米 × 1194毫米　1/16
印　　張　102.25
版　　次　2021年4月第1版
印　　次　2021年4月第1次印刷
書　　號　ISBN　978-7-5533-3203-1
定　　價　2400.00元（全三册）

總序

南京，古稱金陵，中國著名的四大古都之一，是國務院首批公佈的國家歷史文化名城。

南京有着六十萬年的人類活動史，近二千五百年的建城史，約四百五十年的建都史，享有『六朝古都』『十朝都會』的美譽。南京歷史的興衰起伏在某種程度上可以説是中國歷史的一個縮影。在中華民族光輝燦爛的歷史長河中，古聖先賢在南京創造了舉世矚目、富有特色的六朝文化、南唐文化、明文化和民國文化，爲中華民族文化的傳承和發展做出了不朽貢獻。然而，由於時代的遞遷、戰争的破壞以及自然的損毁等原因，歷史上南京的輝煌成就以物質文化形態留存下來的相對較少，見諸文獻典籍的則相對較多。南京文獻内涵廣博，卷帙浩繁，版本複雜。截至一九四九年中華人民共和國成立，南京文獻留存下來的有近萬種，在全國歷史文化名城中名列前茅。以六朝《世説新語》《文心雕龍》《昭明文選》，唐朝《建康實録》，宋朝《景定建康志》《六朝事迹編類》，元朝《至正金陵新志》，明朝《洪武京城圖志》《金陵古今圖考》《客座贅語》，清朝《康熙江寧府志》《白下瑣言》，民國《首都計劃》《首都志》《金陵古蹟圖考》等爲代表的南京地方文獻，不僅是南京文化的集中體現，也是中華民族優秀傳統文化的重要組成部分。這些南京文獻，積澱貯存了歷代南京人民的經驗和智慧，翔實地反映了南京地區的社會變遷，是研究南京乃至全國政治、經濟、軍事、文化、外交和民風民俗的重要資料。

歷史上的南京文化輝煌燦爛，各類圖書典籍琳琅滿目。迄今爲止，南京文獻曾經有過三次不同程度的整理。

第一次是距今六百多年前的明朝永樂年間，明朝中央政府在南京組織整理出版了《永樂大典》。《永樂大典》正文二萬二千八百七十七卷，凡例和目録六十卷，分裝成一萬一千零九十五册，總字數約三億七千萬字。書中保存了中國上自先秦、下迄明初的各種典籍資料達七八千種，是中國古代最大的類書。

第二次是民國年間，南京通志館編印了一套《南京文獻》。《南京文獻》每月一期，從一九四七年元月至一九四九年二月共刊行了二十六期，收入南京地方文獻六十七種，包括元明清到民國各個時期的著作，其中收録的部分民國文獻今天已經成爲絶版。

第三次是二〇〇六年以來，南京出版社選取部分南京珍貴文獻，整理出版了一套《南京稀見文獻叢刊》點校本，到二〇二〇年，已經出版了六十九册一百零五種，時代上起六朝，下迄民國，在學術普及方面做出了一定的貢獻。

中華人民共和國成立以來，尤其是改革開放以來，南京的政治、經濟、文化建設飛速發展，但南京文獻的全面系統整理出版工作一直没有得到應有的重視，這與南京這座國家歷史文化名城的地位頗不相稱。據調查，目前有關南京的各類文獻主要保存在南京圖書館、南京市檔案館，以及全國各地的高等院校、科研院所、圖書館、檔案館、博物館，少數流散於民間和國外。一方面，廣大讀者要查閲這些收藏在全國各地的南京文獻殊爲不便；另一方面，許多珍貴的南京文獻隨着歲月的流逝而瀕臨損毁和失傳。南京文獻的存史、資治、教化、育人功能没有得到應有的發揮。

盛世修史（志）。在中華民族和平崛起和大力弘揚民族傳統文化、全力發展民族文化事業的大背景下，在建設『文化南京』的發展思路下，中共南京市委、南京市人民政府於二〇〇九年十二月做出决定，將南京有史以來的地方文獻進行全面系統的匯集、整理和影印出版，輯爲《金陵全書》（以下簡稱《全書》），以更好地搶救和保護鄉邦文獻，傳承民族文化，推動學術研究，促進南京文化建設；同時，也更爲有効地增加南京文獻存世途徑，提昇南京文獻地位，凸顯南京文獻價值。

爲編纂出能够代表當代最高學術水平和科技成就，又經得起時間檢驗的《全書》，我們將編纂工作分成三個階段進行。第一個階段爲調研階段，主要對南京現存文獻的種類、數量、保存現狀以及收藏地點等進行深入細緻的調研，召集專家學者多次進行學術論證和可操作性論證，撰寫出可行性調查報告，爲科學決策提供依據，此項工作主要由中共南京市委宣傳部和南京出版社組織完成。第二個階段爲啓動階段，以二〇〇九年十二月二十四日召開的『《金陵全書》編纂啓動工作會』爲標志，市委主要領導親自到會動員講話，市委宣傳部對《全書》的編纂出版工作作了明確部署。在廣泛徵求專家學者意見的基礎上，確定了《全書》的總體框架設計，確定了將《全書》列爲市委宣傳部每年要實施的重大文化工程，確定了主要參編責任單位和責任人，並分解了任務。第三個階段爲編纂出版階段，主要在全國範圍内進行資料的徵集、遴選和圖書的版式設計、複製、排版及印製工作。

爲了確保《全書》編纂出版工作的順利進行，中共南京市委、南京市人民政府成立了專門的編纂出版組織機構。其中編輯工作領導小組，由中共南京市委、市政府領導以及相關成員單位主要負責人組成；《全書》的編纂出版工作由市委宣傳部總牽頭；學術指導委員會，由蔣贊初、茅家琦、梁白泉等一批全國著名的專家學者組成，負責《全書》的學術審核和把關。

《全書》分爲方志、史料、檔案和文獻四大類。自二〇一〇年起，計劃每年出版四十册左右。鑒於《全書》的整理出版工作難度較大，周期較長，在具體操作中，我們採取了分工協作的方式。市委宣傳部和南京出版社負責《全書》的總體策劃，其中方志部分，主要由南京市地方志編纂委員會辦公室和南京出版傳媒集團·南京出版社共同承擔；史料和文獻部分，主要由南京圖書館承擔；檔案部分，主要由南京市檔案局（館）承擔。《全書》的編輯出版，得到了江蘇省文化廳、江蘇省新聞出版局、江蘇省檔案局（館）、南京大學、南京圖書館、南京市文廣新局、南京市社科聯（社科院）、南京市文聯、金陵圖書館以及各區委宣傳部和地方志辦公室等單位及社會各界的熱情鼓勵和大力支持，尤其是得到了中國國家圖書館和全國各地（包括港臺地區）高等院校、科研院所、圖書館、檔案館、博物館等藏書單位的鼎力相助，在此表示深深的謝意！

我們相信，在中共南京市委、南京市人民政府的長期不懈支持下，在各部門、各單位的積極配合和衆多專家學者的共同努力下，這項功在當代、利在千秋的傳世工程一定能够圓滿完成。

《金陵全書》編輯出版委員會

凡例

一、《金陵全書》（以下簡稱《全書》）收録的南京文獻，分爲方志、史料、檔案和文獻四大類。

二、《全書》按上述四大類分爲甲、乙、丙、丁四編，以不同的封面顏色加以區分；每編酌分細類，原則上以成書時代爲序分爲若幹册，依次編列序號。

三、《全書》收録南京文獻的地域範圍，包括了清代江寧府所轄上元、江寧、句容、溧水、高淳、江浦、六合。

四、《全書》收録的南京文獻，其成書年代的下限爲一九四九年。

五、《全書》收録方志、史料和文獻，盡量選用善本爲底本。《全書》收録的檔案以學術價值和實用價值較高爲原則，一般選用延續時間較長、相對比較完整的檔案全宗。

六、《全書》收録的南京文獻底本如有殘缺、漫漶不清等情况，必要時予以配補、抽换或修描，以保證全書完整清晰；稿本、鈔本、批校本的修改、批注文字等均保留原貌。

七、《全書》收録的南京文獻，每種均撰寫提要，置於該文獻前，以便讀者了解其作者生平、主要内容、學術文化價值、編纂過程、版本源流、底本採用等情況。

八、《全書》所收文獻篇幅較大時，分爲序號相連的若幹册；篇幅較小的文獻，則將數種合編爲一册。

九、《全書》統一版式設計，大部分文獻原大影印；對於少數原版面過大或過小的文獻，適當進行縮小或放大處理，並加以説明。

十、《全書》各册除保留文獻原有頁碼外，均新編頁碼，每册頁碼自爲起訖。

提要

《文選》存三十卷，南朝梁蕭統輯。

蕭統（五〇一—五三一），字德施，小字維摩，南蘭陵郡（今江蘇常州）人。梁武帝蕭衍長子，天監元年（五〇二）立爲太子，中大通三年（五三一）卒，年僅三十一歲，謚號昭明，故史稱昭明太子。原有集，已散佚，後人輯有《昭明太子集》。

《文選》是蕭統主持輯纂的一部文學總集，又稱《昭明文選》，收録了自周代至南朝梁間一百三十多位作者的詩文共七百餘篇。蕭統以『事出於沉思，義歸乎翰藻』的標準選文定篇，以有别於經、史、子部之文，這反映出當時對文學的理解日趨深刻。

全書按文體編排，依次爲：賦、詩、騷、七、詔、册、令、教、文、表、上書、啓、彈事、箋、奏記、書、移、檄、難、對問、設論、辭、序、頌、贊、符命、史論、史述贊、論、連珠、箴、銘、誄、哀、碑文、墓誌、行狀、吊文、祭文等三十九種。詩、賦之下，又以類分，類分之中，各以時代相次。《文選》保存了古代諸多重要的文學作品，是歷代文人必讀之書，有『文選爛，秀才半』之説，在中國文學史上產生了廣泛、深遠影響。

《文選》成書後，後世所傳主要有兩種注本。一是唐顯慶年間李善注本。二是唐開元六年（七一八）呂延祚集呂延濟、劉良、張銑、呂向、李周翰五人所注之本，世稱五臣注本。北宋之後出現了合李善與五臣注爲一體的六家、六臣注本。這些注本便成爲後世學者研習《文選》的主要依據。現存較爲重要的《文選》刻本主要有北宋國子監刻李善注《文選》遞修本、南宋紹興三十一年（一一六一）陳八郎宅刻五臣注本、南宋淳熙八年（一一八一）尤袤刊李善注本、宋刊明州六家本、宋刊贛州六臣本、宋刊建州六臣本、朝鮮刊正德四年（一五〇九）五臣注本、韓國奎章閣六家本、清嘉慶胡克家覆刻尤袤本等。

宋淳熙八年池陽郡齋刻本《文選》對後世頗有影響。此本爲尤袤所刻，世稱尤袤本或尤刻本。尤袤（一一二四—一一九三），字延之，號遂初居士，常州無錫（今屬江蘇）人，南宋著名文學家、政治家、藏書家，與楊萬里、陸遊、范成大並稱『中興四大家』，編有《遂初堂書目》，開創了目録著録版本的先河，其詩文集已佚，現有後人所輯《梁溪遺稿》二卷。淳熙五年，尤袤治池陽郡（今屬安徽），有感此地爲昭明太子封邑，『廟有文選閣，而獨無是書之版』，故『以俸餘鋟木……以其版置之學宮，以慰邦人所以尊事昭明之意』。

尤袤本《文選》現共存七種，包括尤袤本及尤袤本遞修本（宋代之後的翻刻本除外）在內，其中三種藏於中國國家圖書館，宋淳熙八年池陽郡齋刻遞修本即为這三種之一。每半葉十行，行二十至二十四字不等，小字雙行同，白口，單黑魚尾，左右雙邊。現存卷一至六，十三至十四，三十一至三十九，四十九至六十，後附《李善與五臣同異》一卷，共三十卷。書中匡、朗、朂、慎、殷、讓、煦、貞、徵、驚、樹、恒、桓、構、遘、玄等字，俱有闕筆。版心上記字數，多記總數，偶分記大小字數，下記刻工，其中可辨認的初刻刻工有：劉仲、張宗、劉升、曹佾、蔣永（永）、申、曹但（但）、劉用、陳祥、陳卞（卞）、唐才（才）、王明、唐彬（彬）、毛用、柯文（文）、盛彥、湯執中（執中）、曹侃、李彥、用、葉正、金大有、張拱、金大受、王辰、王人亨、劉文、陳森、劉彥中（彥中）、黃。此外，刻工上方多見重刊字樣，如壬子重刊，刻工有：劉用、陳亮、王明、劉升；乙卯重刊，刻工有：王明、曹佾、李椿、劉升、劉用、王才；乙丑重刊，刻工有：曹佾、唐恭、夏義。此本前無蕭統序、李善上表、目録，直接從卷一始。卷末有尤袤跋一則、袁説友跋兩則。書中有『謙牧堂藏書印』『瞿啓科印』『古里瞿氏記』『鐵琴銅劍樓』『良士眼福』等印章，可知曾爲納蘭揆敘、瞿鏞、瞿啓甲舊藏。納蘭揆敘（一六七四—一七一七），葉赫那拉氏，字容德，滿洲正黄旗人，清大臣，康熙重臣納蘭明珠之子。家有謙牧堂，收藏宋元刊本數十種，又有家藏書目《謙牧堂藏書總目》二卷。瞿鏞（一七九四—一八四六），字子雍，江蘇常熟古里人，清著名藏書家，鐵琴銅劍樓第二代主人，家中藏書多爲宋元善本，數世所積，至十餘萬卷。瞿啓甲（一八七三—一九四〇），瞿鏞之孫，字良士，别號鐵琴道人，民國著名藏書家。瞿氏所編《鐵琴銅劍樓藏書目録》中便記有此尤刻遞修本《文選》。然其云此本『今存卷一至六，卷二十三、二十四，卷三十一至三十九，卷四十九至六十卷』，與中國國家圖書館所存卷目不符，或爲瞿氏誤記；《中國古籍善本書目》所記卷目亦與中國國家圖書館不同：『文選六十卷，梁蕭統輯，唐李善注，宋淳熙八年池陽郡齋刻遞修本存三十七卷，一至六、十一至二十、三十一至三十九、四十九至六十』。蓋原存十一至二十，後又散佚，僅剩十三、十四兩卷。該本的部分頁面字跡較模糊，存在破損、空白等情況，如卷三第一、二頁，卷五十七第二十一、二十二頁等。

此本末附《李善與五臣同異》字跡清晰，無描改痕跡，有若干重刊頁。瞿鏞《鐵琴銅劍樓藏書目録》卷二十三稱其爲『影鈔宋本』，而《北京圖書館古籍善本書目》則將其定爲清抄本。檢其内容、款式，與宋淳熙八年池陽郡齋刻本《文選》後所附《同異》存在較多差異，如卷五十七，尤袤本《同異》作《陽給事誄》，而此本《同異》作《陶給事誄》；又尤袤本《同異》作『區外：五臣作外區』，而此本《同異》作『區別：五臣作外區』等，故定爲清抄本更妥。

現代學者對尤刻本的研究非常深入。傅剛先生《〈文選〉版本研究》在書中詳考了《文選》李善注的幾個主要版本，通過詳盡的校勘和查證，指出尤刻本與北宋監本不是同一版本，亦非從六家注中分出，而是以李善本爲底本，又參據了五臣、六臣等版本而成。深入研究《文選》版本，將對以後全面整理《文選》，乃至整理漢魏六朝的文獻，打下十分可靠的基礎。

《金陵全書》收録的《文選》以中國國家圖書館藏宋淳熙八年池陽郡齋刻遞修本爲底本原大影印出版。

王瑋　蔡丹君

文選卷第一

梁昭明太子撰

文林郎守太子右内率府録事參軍事崇賢館直學士臣李善注上

賦甲 賦甲者舊題甲乙所以紀卷先後今卷既改故甲乙並除存其首題以明舊式

京都上

班孟堅兩都賦二首

自光武至和帝都洛陽西京父老有怨班固恐帝去洛陽故上此詞以諫和帝大悅也

兩都賦序

班孟堅 范曄後漢書曰班固字孟堅北地人也年九歲能屬文長遂博貫載籍顯宗時除蘭臺令史遷爲郎乃上兩都賦大將軍竇憲出征匈奴以固爲中護軍憲敗

固坐免官遂死獄中

或曰賦者古詩之流也毛詩序曰詩有六義焉二曰賦故賦爲古詩之流也諸引文證皆舉先以明後以示作者必有所祖述也他皆類此昔成康沒而頌聲寢王澤竭而詩不作言周道既微雅頌並廢也史記曰周武王太子誦立是爲成王成王太子釗立是爲康王毛詩序曰頌者以其成功告於神明者也樂稽耀嘉曰仁義所生爲王毛詩序曰止乎禮義先王之澤也然則作詩禀乎先王之澤故王澤竭而詩不作作興也孟子曰王者之跡息而詩亡大漢初定日不暇給漢書曰高祖姓劉氏立爲漢王滅項羽即皇帝位荀悅曰諱邦字季史記曰雖受命而日有不暇給也至於武宣之世乃崇禮官考文章漢書曰孝武皇帝景帝中子荀悅曰諱徹漢書曰孝宣帝武帝曾孫戾太子孫荀悅曰諱詢字次卿內設金馬石渠之署外興樂府恊律之事史記曰金馬門者宦者署門傍有銅馬故謂之曰金馬門三輔故事曰石

渠閣在大秘殿北以閣秘書漢書曰武帝定郊祀之禮乃立樂府以李延年爲協律都尉以興廢繼絕潤色鴻業言能發起遺文以光讚大業也論語子曰興滅國繼絕世然文雖出彼而意微殊不可以文害意也皆類此論語子曰東里子産潤色之劉秦美新曰制成六經洪業也是以衆庶悅豫福應尤盛白麟赤鴈芝房寶鼎之歌薦於郊廟漢書武紀曰行幸雍獲白麟作白麟之歌又曰行幸東海獲赤鴈作朱鴈之歌又曰甘泉宮内産芝九莖連葉作芝房歌又曰得寶鼎后土祠傍作寶鼎之歌神雀五鳳甘露黃龍之瑞以爲年紀漢書宣紀曰神雀元年應劭曰前年神雀集長樂宮故改年也又曰五鳳元年應劭曰先者鳳皇五至因以改元又甘露元年詔曰乃者鳳皇至甘露降故以名元年又曰黃龍元年應劭曰先是黃龍見新豐因以改元焉故言語侍從之臣若司馬相如虞丘壽王東方朔枚皋王褒劉向之屬朝夕論思日月獻納漢書曰司馬相如字長卿爲武騎常

待文曰虞丘壽王字子貢以善格五召待詔遷爲侍中
中書又曰東方朔字曼倩上書自稱舉上偉之令待詔
公車後拜爲太中大人給事中又曰枚皐字少孺上書
北闕自稱枚乘之子上得大喜召入見待詔拜爲郎又
曰王褒字子淵上令褒待詔褒等數從獵擢爲
諫大夫又曰劉向字子政爲輦郎遷中壘校尉
而公卿大臣御史大夫倪寬太常孔臧太中大夫董仲舒宗正劉德太子太傅蕭望之等時時間作
漢書曰倪寬脩尚書
以郡選詣博士孔
安國射策爲掌固遷侍御史孔臧集曰臧仲尼之後少
以才博知名稍遷御史大夫辭曰臣代以經學爲家乞
爲太常專脩家業武帝遂用之漢書曰董仲舒以脩春
秋爲博士後爲中大夫又曰劉德字路叔少脩黄老術
武帝謂之千里駒爲宗正又曰蕭望之
字長倩以射策甲科爲郎遷太子太傅
或以抒下情而通諷諭
廣雅曰抒渫也抒食與切諷方鳳切毛詩序曰
吟詠情性以諷其上楚詞曰抒中情而屬詩
或以宣上德而盡忠孝
國語冷州鳩曰夫律所
以宣布哲人之令德
雍容揄

揚著於後嗣抑亦雅頌之亞也說文曰揄引也以珠切孔安國尚書傳曰揚舉也毛
詩序曰言天下之事形四方之風謂之雅故孝成之世論而錄之漢書曰孝成皇帝元
帝太子也荀悅曰諱驁驁字太孫蓋奏御者千有餘篇而後大漢之文章
炳焉與三代同風蒼頡篇曰炳著明也彼皿切論語子曰三代之所以直道而行馬融曰三
代夏殷周且夫道有夷隆學有麤密因時而建德者不以遠
近易則故臯陶歌虞奚斯頌魯同見采於孔氏列于詩
書其義一也尚書臯陶歌曰元首明哉股肱良哉庶事康哉韓詩魯頌曰新廟奕奕奚斯所作薛
君曰奚斯魯公子也言其新廟奕奕然盛是詩公子奚斯所作也稽之上古則如彼考
之漢室又如此斯事雖細然先臣之舊式國家之遺美
不可闕也臣竊見海內清平朝廷無事蔡邕獨斷或曰朝廷亦皆依違

尊者都舉朝廷以言之諸釋義或引後以明前示臣之任不敢專他皆類此京師脩宮室浚城隍起苑囿以備制度公羊傳曰京師者天子之居也京者何大也師者何衆也天子之居必以衆大之辭言也說文曰城池無水曰隍周禮曰囿遊之獸鄭玄曰囿今之苑西土耆老咸懷怨思冀上之睠顧而盛稱長安舊制有陋雒邑之議長安在西故曰西土尚書曰西土有衆故臣作兩都賦以極衆人之所眩曜折以今之法度其詞曰

西都賦

有西都賓問於東都主人曰蓋聞皇漢之初經營也嘗有意乎都河洛矣輟而弗康寔用西遷作我上都主人聞其故而覩其制乎孝經鉤命決曰道機合者稱皇尚書曰厥既得吉卜乃經營東都有

河南洛陽故曰河洛也鄭玄論語注曰輟止也張衡切孔安國尚書傳曰康安也穀梁傳曰弃我君桓公我君接上下也主人曰未也願賓攄懷舊之蓄念發思古之幽情

博我以皇道弘我以漢京廣雅曰攄舒也孔安國尚書傳曰蓄積也論語顏淵曰夫子博我以文賓曰唯唯漢之西都在於雍州寔曰長安禮記曰父召子諾唯而起漢書曰秦地於禹貢時跨雍梁二州漢興立都長安左據函谷二崤之阻

表以太華終南之山戰國策蘇秦曰秦東有殽函之固鹽鐵論曰秦左殽函漢書音義韋昭曰函谷關左氏傳曰崤有二陵其南陵夏后皐之墓其北陵文王所避風雨也表標也山海經曰華首之山西六十里曰太華之山毛詩曰終南何有有條有枚毛萇曰終南周之名山中南也右界褒斜隴

首之險帶以洪河涇渭之川衆流之隈汧涌其西長楊賦曰命右扶風發人西自褒斜梁州記曰萬石城泝漢上七里有褒谷南口曰褒北口曰斜長四百七十里鹽鐵論

曰秦右隴阺漢書幸雍白麟歌曰朝隴首覽西垠尚書曰導河自積石南至于華陰山海經曰涇水出長城北尚書曰導渭自鳥鼠同穴華實之毛則九州之上腴焉防禦之阻則天地之隩區焉春秋文耀鉤曰春致其時華實乃榮左氏傳君子曰澗溪沼沚之毛漢書曰秦地九州膏腴揚雄衛尉箴曰設置山險盡爲防禦說文曰隩四方之土可定居者也於報切是故橫被六合三成帝畿周以龍興秦以虎視漢書音義文穎曰關西爲橫孔安國尚書傳曰被及也呂氏春秋曰神通乎六合高誘曰四方上下爲六合三成帝畿謂周秦漢也樂稽嘉耀曰德象天地爲帝周禮曰方千里曰王畿史記曰周后稷名弃堯舜時爲農師號后稷姓姬氏至孫公劉周之道興至文王徙都豐武王滅紂孔安國尚書序曰漢室龍興史記曰秦之先帝顓頊之苗裔至孝公作咸陽政并六國稱皇帝周易曰虎視耽耽其欲逐逐及至大漢受命而都之也仰悟東井之精俯協河圖之靈漢書曰漢元年十月五星聚于東井沛公至霸上又曰以

冒推之從歲星也此高祖受命之符尚書雒書曰河圖命紀也然五經緯皆河圖也春秋漢含孳曰劉季握卯金刀在軫北字季天下服卯在東方陽所立仁且明金在西方陰所立義成功刀居右字成章刀擊秦枉矢東流水神哭祖龍然則成功在西故都長安

奉春建策留侯演成漢書曰高祖西都洛陽戍卒婁敬求見說上曰陛下都洛不便不如入關據秦之固上問張良良因勸上是日車駕西都長安拜婁敬為奉春君賜姓劉氏又曰封張良為留侯也蒼頡篇曰演引也

天人合應以發皇明

乃眷西顧寔惟作京天謂五星也人謂婁敬也皇謂高祖也四子講德論曰天人並應毛詩曰乃眷西顧此惟與宅

於是睎秦嶺睋北阜挾灃灞據龍首說文曰睎望也呼衣切秦嶺南山也漢書曰秦地有南山睋視也五哥切北阜山也漢書文帝曰以北山石為槨張揖上林賦注曰豐水出鄠南山豐谷漢書曰灞水出藍田谷山海經曰華山之西龍首之山也

圖皇基於億載度宏規而大起長楊賦曰規億載孔安國尚書傳曰十萬曰億爾雅曰載年也小雅

日羌發聲也度與羌古字通度或爲慶也肇自高而終平世增飾以崇麗歷十二之延祚故窮泰而極侈高高祖漢書張晏曰爲功最高而爲漢帝太祖故特起名焉漢書孝平皇帝元帝庶孫荀悦曰諱衎漢自高祖至于孝平凡十二帝也國語曰天地之所祚賈逵曰祚祿也建金城而萬雉呀周池而成淵鹽鐵論曰秦四塞以爲固金城千里鄭玄周禮注曰雉長三丈高一丈字林曰呀大空皃火家切說文曰城有水曰池披三條之廣路立十二之通門周禮曰匠人營國方九里旁三門鄭玄曰天子十二門通十二子也内則街衢洞達閭閻且千九市開場貨別隧分人不得顧車不得旋闐城溢郭旁流百廛紅塵四合煙雲相連說文曰街四通也音佳爾雅曰四達謂之衢字林曰閭里門也閻里中門也漢宮闕疏曰長安立九市其六市在道西三市在道東鄭玄周禮注曰金玉曰貨薛綜西京賦注曰隧列肆道也音遂鄭玄禮記注曰塡滿也塡與闐

同徒堅切又曰廛市物邸舍也除連切李陵詩曰紅塵塞天地白日何冥冥於是旣庶且富娛樂無疆都人士女殊異乎五方遊士擬於公侯列肆侈於姬姜論語曰子適衛冉有僕子曰庶矣哉冉有曰旣庶矣又何加焉曰富之毛詩曰惠我無疆又曰彼都人士又曰彼君子女漢書曰秦地五方雜錯富人則商賈爲利列侯貴人車服僭上衆庶倣效羞不相及鄭玄周禮注曰肆市中陳物處也左氏傳君子曰詩云雖有姬姜無棄蕉悴也鄉曲豪舉遊俠之雄節慕原嘗名亞春陵連交合衆騁騖乎其中莊子曰治州閭鄉曲史記魏公子無忌曰平原之遊徒豪舉耳文子曰智過十人謂之豪漢書曰秦地豪桀則游俠通姦史記曰平原君趙勝者趙之諸公子也諸子中勝最賢賓客蓋至者數千人又曰孟嘗君名文姓田氏孟嘗君在薛招致諸侯賓客食客數千人又曰春申君者楚人也名歇姓黃氏考烈王以歇爲相封春申君客三千餘人又曰魏公子無忌者魏安釐王弟也安釐王封公子爲信陵君致食客三千楚辭曰朝騁騖乎江皐說文曰

騁直馳也又曰鶩亂馳也音務若乃觀其四郊浮遊近縣則南望杜霸北眺五陵名都對郭邑居相承英俊之域紱冕所興冠蓋如雲七相五公鄭玄周禮注曰王國百里爲郊漢書曰宣帝葬杜陵文帝葬霸陵高帝葬長陵惠帝葬安陵景帝葬陽陵武帝葬茂陵昭帝葬平陵文子曰智過萬人謂之英千人謂之俊蒼頡篇曰紱綬也說文曰冕大夫以上冠也毛詩曰有女如雲相丞相也漢書韋賢爲丞相徙平陵車千秋爲丞相徙長陵黃霸爲丞相徙平陵平當爲丞相徙平陵魏相爲丞相徙平陵公御史大夫將軍通稱也漢書曰張湯爲御史大夫徙杜陵杜周爲御史大夫徙茂陵蕭望之爲前將軍徙杜陵馮奉世爲右將軍徙杜陵史丹爲大將軍徙杜陵然其餘不在七相之數者並以罪國除故也與乎州郡之豪傑五都之貨殖三選七遷充奉陵邑蓋以強幹弱枝隆上都而觀萬國也文子曰智過百人謂之傑十人謂之豪漢書曰王莽於五都立均官更名雒陽邯鄲臨淄宛城都市長安

皆爲五均司市師三選謂選三等之人七遷謂遷於諸陵也漢書曰徙吏二千石高訾富人及豪傑兼并之家於諸陵蓋亦以強幹弱枝非獨爲奉山園也又元帝詔曰往者有司緣臣子之義奏徙郡國人以奉園陵自今所爲陵者勿置縣邑然則元帝始不遷人陪陵自元以上正有七帝也春秋漢含孶曰強幹弱流天之道宋均曰流猶枝也左傳曰魯諸大夫曰禹會諸侯於塗山執玉帛者萬國

封畿之內厥土千里逴躒諸夏兼其所有

漢書曰雒邑與宗周通封畿爲千里又曰秦地沃野千里人以富饒逴躒猶超絕也逴音卓躒吕角切論語子曰夷狄之有君不如諸夏之亡也

其陽則崇山隱天幽林穹谷陸海珍藏藍田美玉

上林賦曰崇山嶷巃崔嵬揚雄蜀都賦曰蒼山隱天韓詩曰皎皎白駒在彼空谷薛君曰穹谷深谷也漢書東方朔曰漢興去三河之地止霸滻以西都涇渭之南北謂天下陸海之地范子計然曰玉英出藍田

商洛緣其隈鄠杜濱其足源泉灌注陂池交屬

漢書弘農郡有商縣上雒縣扶風有鄠縣杜陽縣說文曰隈水曲也

於回切孔安國尚書傳曰濵涯也又曰澤鄣曰陂停水曰池竹林果園芳草甘木郊野之富號爲近蜀言秦境富饒與蜀相類故號近蜀焉漢書曰秦地南有巴蜀廣漢山林竹木蔬食果實之饒爾雅曰邑外曰郊郊外曰野其陰則冠古亂以九嵕子紅陪以甘泉乃有靈宮起乎其中秦漢之所極觀古亂淵雲之所頌歎於是乎存焉漢書谷口縣九嵕山在西戰國策范雎説秦王曰大王之國北有甘泉谷口漢書公孫卿曰仙人好樓居於是上令甘泉作延壽館通天臺漢宮闕疏曰甘泉林光宮秦二世造漢書曰王子淵爲甘泉頌又曰楊子雲奏甘泉賦下有鄭白之沃衣食之源提封五萬疆埸綺分溝塍刻鏤原隰龍鱗決渠降雨荷插成雲五穀垂穎桑麻鋪棻史記曰韓聞秦之好興事欲罷亢令東伐迺使水工鄭國間説秦令鑿涇水自中山西抵瓠口爲渠並北山東注洛溉舃鹵之地四万餘頃收皆畝稅一鍾命曰鄭國渠又曰趙中

大夫白公復奏穿渠引涇水首起谷口尾入櫟陽注渭溉田四千餘頃因曰白渠人得其饒歌之曰田於何所池陽谷口鄭國在前白渠起後舉臿為雲決渠為雨涇水一石其泥數斗且溉且糞長我禾黍衣食京師億万之口天子畿方千里提封百万井臣瓚案舊說云提撮凡也言大舉頃畝也韋昭曰積土為封限也毛詩曰疆埸有瓜周禮曰十夫有溝鄭玄曰遂廣深各二尺溝倍之說文曰塍稻田之畦也音繩爾雅曰高平曰原下濕曰隰周禮曰以五穀養病漢書音義韋昭曰黍稷菽麥稻也毛詩曰實穎實栗毛萇曰穎垂穎也小雅曰禾穗謂之穎爾雅曰鋪布也普胡切王逸楚辭注曰紛盛貌也棻與紛古字通

東郊則有通溝大漕潰渭洞河汎舟山東控引淮湖與海通波

言通溝大漕既達河渭又可以汎舟山東控引淮湖之流而與海通其波瀾漢書武紀曰穿漕渠通渭如淳曰水轉曰漕蒼頡篇曰潰旁決也胡對切說文曰洞疾流也國語曰秦汎舟於河歸糴於晉史記曰滎陽下引河東南為鴻溝以與淮泗會也

西郊則有上囿禁苑林麓藪澤陂池連乎蜀漢繚

七ろ九字　文一　長宗

以周牆四百餘里離宮別館三十六所神池靈沼往往
而在上囿禁苑即林苑也羽獵賦曰開禁苑穀梁傳曰
林屬於山爲麓鄭玄周禮注曰澤无水曰藪漢書曰
有蜀都漢中郡繚猶繞也三輔故事曰上林連緜四百
餘里繚力鳥切離別非一所也上林賦曰離宮別館彌
山跨谷三秦記曰昆明池中有神
池通白鹿原毛詩曰王在靈沼
其中乃有九真之麟
大宛之馬黃支之犀條支之鳥踰崐崘越巨海殊方異
類至于三萬里漢書宣帝詔曰九真獻奇獸晉灼漢書
注曰駒形麟色牛角又武紀曰貳師將
軍廣利斬大宛王首獲汗血馬又曰黃支自三萬里貢
生犀又曰條枝國臨西海有大鳥卵如甕山海經曰帝
之下都崐崘之墟高萬仞河圖括地象曰崐崘
在西北其高萬一千里子虛賦曰東注巨海也
其宮室
也體象乎天地經緯乎陰陽據坤靈之正位倣太紫之
圓方七略曰王者師天地體天而行是以明堂之制內
有太室象紫微宮南出明堂象太微春秋元命苞

曰紫之言此也宮之言中也言天神圖法陰陽開閉皆在此中也周易曰坤地道也揚雄司命箴曰普彼坤靈侔天作制春秋合誠圖曰太微其星十二四方又曰紫宮大帝室也樹中天之華闕豐冠山之朱堂因瓌材而究奇抗應龍之虹梁列棼橑以布翼荷棟桴而高驤列子曰周穆王築臺號曰中天之臺漢書曰蕭何立東闕北闕周易曰豐其屋漢書曰蕭何作未央宮潘岳關中記曰未央宮殿皆跡龍首山上作之然殿居山上故曰冠云埤蒼曰瓌瑋珍琦也應龍虹梁梁形似龍而曲如虹也廣雅曰有翼曰應龍爾雅曰蝃蝀虹也蝃音帝蝀音董虹音紅說文曰棼複屋棟也扶云切又曰橑椽也梁道切又曰翼屋榮也爾雅曰棟謂之桴音浮雕玉瑱以居楹裁金壁以飾璫言彫刻玉瑱以居楹柱也爾雅曰玉謂之彫郭璞曰治玉名也廣雅曰瑱礩也瑱與礩古字通並徒年切說文曰楹柱也上林賦曰華榱璧璫韋昭曰裁金爲璧以當榱頭發五色之渥彩光爓音艷朗以景彰毛詩曰顏如渥丹鄭玄曰渥厚漬也烏學切字

林曰爓火貌也於是左城右平重軒三階閨房周通門闥洞開列鍾虡於中庭立金人於端闈七略曰王者宮中必左城而右平墊虡決疑要注曰凡太極乃有陛堂則有階无陛也左墄右平平者以文塼相亞次也墄者爲陛級也言階級勤墄然七則切王逸楚辭注曰軒樓板也周禮夏后氏世室九階鄭玄曰南面三三面各二也爾雅曰宮中門謂之闈小者謂之閨毛萇詩傳曰闈門内也史記曰始皇大收天下兵器聚之咸陽銷以爲鍾鐻鑄金人十二重各千斤置宮中徐廣曰鐻音巨毛詩曰設業設虡毛萇曰植曰虡與鐻古字通也三輔黃圖曰秦營宮殿端門四達以則紫宮闈他昌切仍增崖而衡閾臨峻路而啓扉爾雅曰仍因也仍或爲岌非也孔安國論語注曰閾門限也胡洫切又曰峻高大也爾雅曰闔謂之扉徇以離宮別寢承以崇臺閒館煥若列宿紫宮是環孔安國尚書傳曰徇循也爾雅曰室無東西廂有室曰寢又曰四方而高曰臺春秋合誠圖曰紫宮大帝室太一之精也漢書曰中宮天極星環之匡衛

十二星藩臣皆曰紫宮也清涼宣溫神仙長年金華玉堂白虎麒麟區宇若茲不可殫論三輔黃圖曰未央宮有清涼殿宣室殿中溫室殿金華殿太玉堂殿中白虎殿麒麟殿長樂宮有神仙殿孔安國尚書傳曰殫盡也長年亦殿名增盤崔嵬登降炤爛殊形詭制每各異觀乘茵步輦惟所息宴毛萇詩傳曰崔高大也茲瑰切王逸楚辭注曰嵬高也才廻切廣雅曰炤明也音照爛亦明也力旦切應劭漢官儀曰皇后婕妤乘輦餘皆以茵茵四人輿以行鄭玄禮記注曰茵蓐也於申切周易曰君子以鄉晦入宴息也後宮則有掖庭椒房后妃之室合歡增城安處常寧茝若椒風披香發越蘭林蕙草鴛鸞飛翔之列漢書曰詔掖庭養視應劭曰掖庭宮人之官漢官儀曰婕妤以下皆居掖庭三輔黃圖曰長樂宮有椒房殿漢書曰班婕妤居增城舍桓子新論曰董賢女弟為昭儀居舍號曰椒風漢宮閣名長安有合歡殿披香殿鴛鸞殿飛翔殿餘亦皆殿名昭陽

特盛隆乎孝成屋不呈材牆不露形裛以藻繡絡以綸連隨侯明月錯落其間金釭銜璧是爲列錢翡翠火齊流燿含英懸黎垂棘夜光在焉漢書曰孝成趙皇后弟絶幸爲昭儀居昭陽舍其辟帶往往爲黃金釭函藍田璧明珠翠羽飾之音義曰謂辟中之横帶也引漢書注云音義者皆失其姓名故云音義而已説文曰釭轂鐵也列錢言金釭銜璧行列似錢也釭古雙切説文曰裛纏也於劫切又曰綸糾青絲綬也淮南子曰隨侯之珠和氏之璧得之而富失之而貧高誘曰隨侯漢中國姬姓諸侯也隨侯見大蛇傷斷以藥傅而塗之後蛇於夜中銜大珠以報之因曰隨侯之珠蓋明月珠也李斯上書曰有隨和之寶垂明月之珠張揖上林賦注曰翡翠大小如爵雄赤曰翡雌青曰翠韻集曰玫瑰火齊珠也戰國策應侯謂秦王曰梁有懸黎楚有和璞而爲天下名器左氏傳曰晉荀息請以垂棘之璧假道於虞以伐虢許慎淮南子注曰夜光之珠有似明月故曰明月也高誘以隨侯爲明月許慎以明月爲夜光班固上云隨侯明月下云懸黎垂棘

夜光在焉然班以夜光非隨珠明月矣以三都合為一
寶經典不載夜光本末故説若參差矣西京賦曰流懸
黎之夜光吳都賦曰隨侯於是鄙其夜光鄒陽云夜光
之璧劉琨云夜光之珠尹文子曰田父得寶玉徑尺置
於廡上其夜明照一室然則夜
光為通稱不繫之於珠璧也 於是玄墀釦砌玉階彤
庭硬碱綵緻琳珉青熒珊瑚碧樹周阿而生 漢書曰昭陽舍中庭
彤朱而殿上髹漆砌皆銅沓黃金塗白玉階然墀以髹
漆故曰玄也釦砌以玉飾砌也說文曰釦金飾器枯後
切廣雅曰砌阤也且計切說文曰硬石之次玉也如兗
切碱硬類也音戚鄭玄禮記注曰緻密也郭璞上林賦
注珉玉名也張揖上林賦注曰珉石次玉也廣雅曰珊
瑚珠也淮南子曰崐崘山有碧樹在其北高誘曰碧青
石也韓詩曰曲景曰
阿然此阿庭之曲也 紅羅颯纚綺組繽紛精曜華燭俯
仰如神 薛綜西京賦注曰颯纚長袖貌也颯思合切纚山綺切說文曰綺文繒也孔安國尚書傳曰組
綬也楚辭曰佩繽紛其繁飾王逸曰繽紛盛貌也繽匹
人切戰國策張儀謂楚王曰彼鄭國之女粉白黛黑立

於斕閒非知而見之者以爲神後宮之號十有四位窈窕繁華更盛迭貴處乎斯列者蓋以百數漢書曰大星正妃餘三星後宮又贊曰漢興因秦之稱號帝正適稱皇后妾皆稱夫人號凡十四等云昭儀位視丞相婕妤視上卿娙娥視中二千石容華視眞二千石美人視二千石八子視千石充衣視千石七子視八百石良人視七百石長使視六百石少使視四百石五官視三百石順常視二百石無涓共和娛靈保林良使夜者皆視百石毛詩曰窈窕淑女君子好逑史記華陽夫人姊說夫人曰不以繁華時樹本方言曰迭代也徒結切娙音刑左右庭中朝堂百寮之位蕭曹魏邴謀謨乎其上尚書曰百寮師師漢書曰蕭何沛人漢王即皇帝位拜何爲相國又曰曹參沛人也代蕭何爲相國又曰魏相字弱翁濟陰人也宣帝即位代韋賢爲丞相又曰邴吉字少卿魯國人也宣帝即位代魏相爲丞相孔安國尚書傳曰謀謨也佐命則垂統輔翼則成化流大漢之愷悌蕩亡秦之毒螫李陵報蘇武書曰其餘佐命立

功之士易乾鑿度曰代者赤絞黃佐命宋衷曰此亦絞
者謂漢高帝也黃若火之子故佐命張良是也孟子曰
君子創業垂統爲可繼也禮記曰保者慎其身以輔翼
之長楊賦曰今朝廷出凱悌行簡易四子講德論曰秦
之時處位任政者並施螫毒故令斯人揚樂和之聲作
說文曰螫行毒也舒亦切
畫一之歌功德著乎祖宗膏澤洽乎黎庶孔叢子曰孔子曰古之帝
王功成作樂其功善者其樂和樂和則天下且由應之
況百獸乎漢書曰蕭何薨曹參代之百姓歌之曰蕭
何爲法較若畫一曹參代之守而勿失載其清淨以
寧一又景帝詔曰謌者所以發德舞者所以立功申屠
嘉奏曰高皇帝宜爲太祖孝文帝宜爲太宗史記太史
公曰成王作頌沐浴膏澤而歌詠勤苦孟子曰膏澤下
於民孔安國尚書傳曰黎衆也又有天祿石渠典籍之府命夫惇誨故
老名儒師傅講論乎六藝稽合乎同異三輔故事曰天祿閣在大殿北
以閣祕書石渠已見上文然同卷再見者並云已見上
文務從省也他皆類此爾雅曰惇勉也孔安國尚書傳

七百單八

曰誨教也周禮曰六藝禮樂射御書數孔安國尚書傳曰稽考也又有承明金馬著作之庭大雅宏達於茲爲羣元元本本殫見洽聞啓發篇章校理秘文漢書曰嚴助爲會稽太守帝賜書曰君厭承明之廬張晏曰承明廬在石渠門外金馬已見上文大雅謂有大雅之才者詩有大雅故以立稱焉漢書武帝曰司馬相如之倫皆辨智閎達元元本本謂得其元本也孔叢子曰萇弘曰仲尼洽聞強記孝經鉤命決曰丘掇秘文周以鉤陳之位衛以嚴更之署總禮官之甲科羣百郡之廉孝樂汁圖曰鉤陳後宮也服虔甘泉賦注曰紫宮外營勾陳星也然王者亦法之薛綜西京賦注曰嚴更督行夜鼓也漢書曰奉常掌禮儀屬官有五經博士又曰匡衡射策甲科除太常掌故又曰秦分天下爲郡縣又曰興廉舉孝也虎賁贅衣閹尹閽寺陛戟百重各有典司尚書周公曰綴衣虎賁公羊傳曰贅猶綴也贅之銳切周禮曰內小臣奄上士又有閽人寺人漢書曰太后盛服坐武帳武士陛戟陳列殿下

也周廬千列徼道綺錯史記衛令曰周廬設卒甚謹漢書音義張晏曰直宿曰廬漢書曰中尉掌徼循京師如淳曰所謂遊徼徼循禁備盜賊也輦路經營脩除飛閣輦路輦道也上林賦曰輦道纚屬如淳曰輦道閣道也司馬彪上林賦注曰除樓陛也自未央而連桂宮北彌明光而亘長樂凌隥道而超西墉提建章而連外屬設壁門之鳳闕上觚稜而棲金爵漢書曰高祖至長安蕭何作未央宮三輔舊事曰桂宮內有明光殿毛萇詩傳曰彌終也方言曰亘竟也亘與絚古字通漢書曰高祖修長樂宮薛綜西京賦注曰隥閣道也丁鄧切毛萇詩傳曰墉城也方言曰提同也音義與混同胡本切漢書曰建章宮其東則鳳闕高二十餘丈其南有辟門之屬漢書音義應劭曰觚八觚有偶者也音孤說文曰稜柧也柧與觚同稜落登切三輔故事曰建章宮闕上有銅鳳皇然金爵則銅鳳也內則別風之嶕嶢眇麗巧而聳擢張千門而立萬戶順陰陽以開闔爾乃

正殿崔嵬層構厥高臨乎未央經駘盪而出馺娑洞枍詣以與天梁上反宇以蓋戴激日景而納光三輔故事曰建章宮東有折風闕關中記曰折風一名別風廣雅曰嶕嶢高也嶕茲堯切漢書曰建章宮度爲千門万户前殿度高未央然前殿則正殿也長門賦曰正殿嵬以造天兮高臨乎未央高之甚也崔嵬高貌也關中記曰建章宮有馺娑駘盪枍詣承光四殿馺素合切娑蘇可切駘音殆枍烏詣切天梁亦宮名也爾雅曰蓋戴覆也激日景而納光言宮殿光輝外激於日日景下照而反納其光也神明鬱其特起遂偃蹇而上躋軼雲雨於太半虹霓迴帶於棼楣雖輕迅與僄狡猶愕眙而不能階漢書曰孝武立神明臺王逸楚辭注曰偃蹇高貌也公羊傳曰躋者何躋升也王蒼曰軼從後出前也餘質切漢書音義韋昭曰凡數三分有二爲太半尸子曰虹霓爲析翳棼巳見上文爾雅曰楣謂之梁靡眉切方言曰僄輕也芳妙切鄭玄禮記注曰狡疾也古飽切字書曰愕驚也五各切字林曰

聆鸞貌勑吏切攀井幹而未半目眴轉而意迷舍櫺檻而卻倚若顛墜而復稽魂怳怳以失度巡迴塗而下低漢書曰武帝作井幹樓高五十丈輦道相屬焉幹音寒司馬彪莊子注曰井幹井欄也然積木有若欄也蒼頡篇云眴視不明也侯遍切說文櫺楯間子也力丁切王逸楚辭曰檻楯也胡黯切說文曰稽留止也長門賦曰神怳怳而外淫王逸楚辭注曰怳失意也況往切既懲懼於登望降周流以彷徨步甬道以縈紆又杳窱而不見陽廣雅曰懲悉也楚辭曰籍從容以周流聊逍遙而自恃毛詩序曰彷徨不忍去淮南子曰甬道相連高誘曰甬道飛閣複道也說文縈紆猶回曲也又曰杳杳窱也廣雅曰窈窕深也窈與杳同烏鳥切窱他弔切毛萇詩傳曰陽明也排飛闥而上出若遊目於天表似無依而洋洋廣雅曰排推也簿階切闥門闥也楚辭曰忽反顧而遊目王逸楚辭注曰洋洋無所歸貌前唐中而後太液覽滄海之湯湯揚波

濤於碣石激神岳之嶈嶈濫瀛洲與方壺蓬萊起乎中央漢書曰建章宮其西則有唐中數十里其北沼太液池漸臺高二十餘文名曰太液池中有蓬萊方丈瀛州臺梁象海中仙山如淳曰唐庭也尚書曰湯湯洪水方割蒼頡篇曰濤大波尚書曰夾右碣石入於河孔安國曰海畔山也毛詩曰應門將將說文曰濫泛也力暫切列子渤海之中有大壑其中有山一曰岱輿二曰員嶠三曰方壺四曰瀛州五曰蓬萊於是靈草冬榮神木叢生巖峻崷崒金石崢嶸神木靈草謂不死藥也史記曰三神山仙人不死藥皆在焉杜預左氏傳注曰巖險也說文曰峻峭高也峻思俊切崷高貌也慈由切爾雅曰崒者厜㕒也慈洫切郭璞方言注曰崢嶸高峻也崢力耕切嶸胡萌切抗仙掌以承露擢雙立之金莖軼埃堨之混濁鮮顥氣之清英言承露之高也漢書曰孝武又作柏梁銅柱承露仙人掌之屬矣方言曰擢抽也逵卓切金莖銅柱也王逸楚辭注曰埃塵也許慎淮南子注曰堨埃也堨與壒同於害切鮮絜也楚辭曰天

白顥說文曰顥白貌胡髙切鮮或爲鼇非也駘文成之丕誕馳五利之所刑庶松喬之羣類時遊從乎斯庭實列仙之攸館非吾人之所寧成漢書曰齊人李少翁以方術見上拜少翁爲文成將軍言上即欲與神通宮室被服非象神物不至乃作甘泉宮中爲臺畫天地泰一諸鬼神而置祭具以致天神又樂成侯登上書言欒大天子見大悅曰臣之師有不死之藥可得仙人可致乃拜大爲五利將軍毛萇詩傳曰刑法也列仙傳曰赤松子者神農時雨師也服水玉以教神農又曰王子喬者周靈王太子晉也道人浮丘公接以上嵩高山爾乃盛娛游之壯觀奮泰武乎上囿因茲以威戎夸狄耀威靈而講武事史記相如封禪書曰斯事天下之壯觀禮記曰西方曰戎北方曰狄又曰孟冬之月天子乃命將帥講武習射御毛詩序曰有常德以立武事命荆州使起鳥詔梁野而驅獸毛羣內闐飛羽上覆接翼側足集禁林而屯聚尚書曰荆及衡

陽惟荊州又曰華陽黑水惟梁州然則南方多獸故命使之校乘兔園賦曰翱翔羣熙交頸接翼水衡虞人修其營表種別羣分部曲有署周禮水衡鄭玄曰川流水也衡平其大小也周禮曰虞人萊所田之野為表鄭司農曰表所以識正行列也司馬彪續漢書曰將軍皆有部大將軍營五部部有校尉一人部下有曲曲有軍候一人罘網連紘籠山絡野列卒周匝星羅雲布鄭玄禮記注曰獸罟曰罘扶流切紘罘之網也胡萌切方言曰絡繞也來各切羽獵賦曰渙若天星之羅韓子曰雲布風動於是乘鑾輿備法駕帥羣臣披飛廉入苑門蔡雍獨斷曰天子至尊不敢渫瀆言之故託於乘輿也又曰天子出車駕次第謂之鹵簿有法駕司馬彪曰法駕六馬也漢書武紀曰長安作飛廉館遂繞酆鄗歷上蘭六師發逐百獸駭殫震震爚爚雷奔電激草木塗地山淵反覆蹂躪其十二三乃拗怒而少息世本曰武王在酆鄗杜預左氏

傳注曰鄠在始平鄠東至宮切說文曰鎬在上林苑中鎬與鄗同胡道切三輔黄圖曰上林有上蘭觀尚書曰司馬掌邦政統六師又曰百獸率舞震震爚爚光明貌也震之人切字指曰儵爚電光也弋灼切說文曰電陰陽激耀也漢書曰一敗塗地廣雅曰塗汙也反覆猶顛動也字林曰蹂踐也汝九切說文曰蹸轢也蹸與躪同力振切拗猶抑也於六切爾乃期門佽飛列刃鑽鍭要趹追蹤鳥驚觸絲獸駭值鋒機不虛掎弦不再控矢不單殺中必疊雙漢書武帝與北地良家子期諸殿門故有期門之號又曰佽飛掌弋射佽音次蒼頡篇曰攢聚也鑽與攢同作官切爾雅曰金鏃翦羽謂之鍭胡溝切廣雅曰趹奔也古穴切孔安國尚書傳機弩牙也說文曰掎偏引也居蟻切又曰匈奴名引弓曰控控引也颮颮紛紛矰繳相纏風毛雨血灑野蔽天颮颮紛紛衆多之貌也說文曰颮古飆字也俾姚切周禮曰矰矢也鄭玄曰結繳於矢謂之矰矰高也說文曰繳生絲縷也之若切又曰灑所買切平原赤勇士厲猨狖失木豺

六弓八十五

狼懾寃郭璞山海經注曰貜似獮猴而大臂長便捷色黑蒼頡篇曰狖似狸與救切爾雅曰豻狗足郭璞曰腳似狗也說文曰狼似犬銳頭白頰淮南子曰貜狖顛蹷而失木鄭玄毛詩箋曰懾躍也章涉切爾乃移師趨險並蹈潛穢窮虎奔突狂兕觸蹷爾雅曰潛深也愼子曰獸伏就穢字書曰穢蕪也爾雅曰兕似牛廣雅曰蹶蹏跳也蹷居衛切蹏徒帝切跳達彫切許少施巧秦成力折掎僄狡扼猛噬脫角挫脰徒搏獨殺許少秦成未詳說文曰扤搖也搤與扼古字通於責切王弼周易注曰噬齧也音誓鄭玄禮記注曰脫折也祖過切何休公羊傳曰脰頸也徒鏤切爾雅曰暴虎徒搏也郭璞曰空手執曰搏補洛切挾師豹拖熊螭曳犀犛頓象羆超洞壑越峻崖蹷嶄巖鉅石隤松柏仆叢林摧草木無餘禽獸殄夷爾雅曰狻猊如虦貓食虎豹郭璞曰即師子也後先先切猊五奚切虦音棧貓音苗說文曰拖曳也徒可切熊獸似豕山居冬蟄啓陽尚書說曰螭猛獸也勑離切郭璞山海經注曰犀似水牛而豬

頭黑色有三蹄三角一在頂上一在額上一在鼻上又曰犛黑色出西南徼外力之切又曰豪獸之最大者也長鼻大者牙長一丈爾雅曰羆似熊而黃色毛萇詩傳曰巉巖高峻之貌也士咸切說文曰仆頓也爾雅曰殄盡也杜預左氏傳注曰殄殺也於是天子乃登屬玉之館歷長楊之榭覽山川之體勢觀三軍之殺獲原野蕭條目極四裔禽相鎮壓獸相枕藉漢書宣紀曰行幸長楊宮屬玉觀服虔曰以玉飾因名焉三輔黃圖曰上林有長楊宮爾雅曰闍謂之臺有木謂之榭辭夜切羽獵賦曰三軍忙然楚辭曰山蕭條而無獸左氏傳曰投諸四裔以禦螭魅然後收禽會衆論功賜胙陳輕騎以行炰騰酒車以斟酌割鮮野食舉烽命釂左氏傳曰歸胙于公毛詩曰炰之燔之毛萇曰以毛曰炰薄交切子虛賦曰割鮮染輪孔安國尚書傳曰鳥獸新殺曰鮮方言曰烽虜望也郭璞曰今烽火是也說文曰釂飲酒盡也子曜切饗賜畢勞逸齊大路鳴鑾容與徘徊

禮記大路者天子之車也白虎通曰天子大路周禮曰巾車掌玉輅凡馭輅儀以鑾和爲節鄭玄曰鑾在衡和在軾皆以金鈴也集乎豫章之宇臨乎昆明之池左牽牛而右織女似雲漢之無涯茂樹蔭蔚芳草被隄蘭茝發色曄曄猗猗若摛錦布繡爥燿乎其陂三輔黃圖曰上林有豫章觀漢書曰武帝發適吏穿昆明池漢宮闕疏曰昆明池有二石人牽牛織女象毛詩曰倬彼雲漢蒼頡篇曰蔚草木盛貌說文曰陂塘也郗奚切爾雅曰芹茝蘼蕪郭璞曰香草也茝齒改切漢書曰華曄曄固靈根說文曰曄草木白華貌毛詩曰瞻彼淇澳綠竹猗猗毛萇曰猗猗美貌說文曰摛舒也勑離切楊雄蜀都賦曰罷靡摛爥若揮錦布繡鳥則玄鶴白鷺黃鵠鵁鸛鶬鴰鴇鶂鳧鷖鴻鴈朝發河海夕宿江漢沉浮往來雲集霧散上林賦曰鶬玄鶴爾雅曰鷺舂鉏郭璞曰白鷺也說文曰鵠黃鵠也爾雅曰鴢頭鵁郭璞曰似鳧鴢烏絞切鵁呼交切毛萇詩傳曰鷖水鳥也爾雅曰鶬

麋鴰也鴰音括郭璞曰即鶬鴰也郭璞上林賦注曰鴇似鴈無後指鴇音保杜預左氏傳注曰鷁水鳥也五激切爾雅曰舒鳧鶩毛萇詩傳曰鳧水鳥鄭玄詩箋曰鷖鳧屬也毛萇詩傳曰大曰鴻小曰鴈孝經鉤命決曰雲委霧散

於是後宮乘輚輅登龍舟張鳳蓋建華旗袪黼帷鏡清流靡微風澹淡浮埤蒼曰輚臥車也士眼切淮南子曰龍舟鷁首浮吹以虞桓子新論曰乘車玉爪華芝及鳳皇三蓋之屬上林賦曰乘法駕建華旗高誘淮南子注曰袪舉也劉歆甘泉賦曰章黼黻之文帷澹淡蓋隨風之貌也澹達濫切淡徒敢切櫂女謳鼓吹震聲激越營厲天鳥羣翔魚窺淵方言曰楫謂之櫂直教切說文曰謳齊歌也於侯切漢武帝秋風辭曰簫鼓鳴兮發櫂歌爾雅曰越揚也聲類曰營音大也呼宏切韓詩曰翰飛厲天薛君曰厲附也說文曰翔回飛也方言曰窺視也缺規切招白鷳下雙鵠揄文竿出比目西京雜記曰閩越王獻高帝白鷳黑鷳各一雙爾雅曰下落也戰國策更嬴曰臣能虛發而下鳥說文曰揄引也音頭文竿竿

以翠羽爲文飾也毛詩曰籗籗竹竿爾雅曰東方有比目魚焉不比不行其名謂之鰈他合切撫鴻罿御矰繳方舟並鶩俛仰極樂爾雅曰繴謂之罿罿罬也竹劣切郭璞曰繴音壁尒雅曰大夫方舟郭璞曰併兩船莊子曰俛仰之間杜預左氏傳注曰俛俯也音免遂乃風舉雲搖浮遊溥覽前乘秦嶺後越九嵕東薄河華西涉岐雝宮館所歷百有餘區行所朝夕儲不改供孔安國尚書傳曰薄迫也河黃河也華華山也漢書右扶風美陽縣有岐山又右扶風有雍縣也禮上下而接山川究休祐之所用采遊童之讙謠第從臣之嘉頌尚書曰並告無辜于上下神祇又曰望于山川列子曰昔堯理天下五十年不知天下治亂歟乃微服遊於康衢聞兒童謠曰立我蒸人莫匪爾極不識不知順帝之則漢書曰宣帝頗好儒術王襃與張子僑等並待詔所幸宮館輒爲歌頌第其高下以差賜帛也于斯之時都都相望邑邑相屬國藉

十世之基家承百年之業士食舊德之名氏農服先疇之畎畝商循族世之所鬻工用高曾之規矩粲乎隱隱各得其所周易曰食舊德貞厲終吉漢書音義如淳曰今隴西俗麻田菑歲糞種爲宿疇也尚書曰濬畎澮孔安國曰廣尺深尺曰畎古犬切淮南子曰古者至德之時賈便其肆農安其業大夫安其職而處士循其道穀梁傳曰古者有士人有商人有農人有工人若臣者徒觀迹於舊墟聞之乎故老十分而未得其一端故不能徧舉也

東都賦一首

東都主人喟然而歎曰痛乎風俗之移人也子實秦人矜夸館室保界河山信識昭襄而知始皇矣烏睹大漢之云爲乎論語曰夫子喟然歎曰吾與點也漢書曰人有剛柔緩急音聲不同繫水土之風氣故謂

之風好惡取舍動靜嗜欲故謂之俗鄭玄禮記注曰矜謂自尊大也漢書田肯曰秦帶河阻山史記曰秦武王卒無子立異母弟是為昭襄王又曰莊襄王卒子政立是為始皇帝也夫大漢之開元也奮布衣以登皇位由數朞而創萬代蓋六籍所不能談前聖靡得言焉漢書高祖曰吾以布衣提三尺劒取天下高祖五年誅項羽故曰數朞也孔安國尚書傳曰帀四時曰朞六籍六經也封禪書曰六經載籍之傳左氏傳曰籍談司晉之典籍當此之時功有橫而當天討有逆而順民故婁敬度勢而獻其說蕭公權宜而拓其制時豈泰而安之哉計不得以已也婁敬已見上文凡人姓名皆不重見餘皆類此漢書曰蕭何脩未央宮上見其壯麗甚怒何曰天下方未定故可因遂就宮室且夫天子以四海為家非壯麗無以重威且毋令後代有以加也上說之吾子曾不是睹顧曜後嗣之末造不亦暗乎言吾子不覩度勢權宜之由反以後

嗣未造而自眩曜不亦瞻乎言瞻之益也儀禮曰顧吾子教之鄭玄曰吾子相見辭也吾我也子男子美稱

今將語子以建武之治永平之事監于太清以變子之惑志東觀漢記曰建武光武年號也永平孝明年號也淮南子曰大清之化也和順以寂漠質直以素樸高誘曰太清無爲之化往者王莽作逆漢祚中缺天人致誅六合相滅漢書曰王莽字巨君王皇后之弟子也初居攝後即天子位賈逵國語注曰祚位也尚書曰我則致天之罰六合已見上文于時之亂生人幾亡鬼神泯絶壑無完柩郛罔遺室原野厭人之肉川谷流人之血秦項之災猶不克半書契以來未之或紀尚書曰生人保厥居杜預左氏傳注曰幾近也渠機切周禮大宗伯掌天神人鬼之祀禮記曰在牀曰尸在㮄曰柩杜預左氏傳注曰郛郭也芳俱切楊子法言秦將白起長平之戰四十萬人死原野厭人之肉川谷流人之血史記曰周孝王分非子土爲附庸邑秦至始皇

初并天下又曰項籍下相人自立爲西楚伯王周易曰上古結繩後代聖人易之以書契故下人號而上訴上帝懷而降監乃致命乎聖皇尚書曰並告無辜于上下神祇孔安國曰言百姓兆人訴天地也毛詩曰皇矣上帝又曰天命降監下人有嚴命于下國封建厥福於是聖皇乃握乾符闡坤珍披皇圖稽帝文赫然發憤應若興雲霆發昆陽憑怒雷震謂光武也東觀漢記曰光武皇帝諱秀王莽末荆州下江平林兵起王匡王鳳爲之渠率上遂率舂陵子弟隨之王莽懼遣大司徒王尋大司空王邑將兵來征上入昆陽城中兵下昆陽殺少留王鳳令守城夜出城南門二公兵到遂還昆陽城晡上遂選精兵三千人奔陳二公大奔北殺王尋昆陽城中兵亦出中外並擊二公大衆遂潰乱奔走赴水溺死以萬數滍水爲之不流爾雅曰疾雷爲霆左氏傳吳子之弟蹶由謂楚子曰今君奮焉震雷憑怒遂超大河跨北嶽立號高邑建都河洛東觀漢記曰聖公爲天子以上爲大司馬遣之河北安集百姓尚書曰乍

于北岳東觀漢記曰諸將請上尊號皇帝於是乃命有司設壇場于鄗之陽千秋亭五成陌皇帝即位改鄗高邑又曰建武元年十月車駕入洛陽遂定都焉春秋漢含孳曰天子受符以辛日立號也

紹百王之荒屯因造化之盪滌禮記曰百王之所同古今之所一也淮南子大丈夫恬然无為與造化逍遙高誘曰造化天地也樂緯曰殷湯改制易正蕩滌故俗

體元立制繼天而作左氏傳元年春正月公即位春秋元命苞曰元年者何元宜為一謂之元何曰君之始年也杜預左氏傳注曰凡人君即位欲其體元以居正穀梁傳曰為天下主者天也繼天者君也周易曰神農氏作

系唐統接漢緒茂育羣生恢復疆宇勳兼乎在昔事勤乎三五爾雅曰系繼也奚計切漢書劉向高祖頌曰漢帝本系出自唐帝孔安國尚書傳曰堯以唐侯升為天子東觀漢記曰光武皇帝高祖九葉孫漢書王太后詔曰奉天地而成施化羣生而茂育漢書曰羣生啿啿音湛國語曰古曰在昔昔曰先人史記楚子西曰孔丘述三五之法明周召之業春秋元命苞曰伏羲女媧神農為

三皇史記五帝本紀曰黄帝顓頊帝嚳帝堯帝舜也豈特方軌並跡紛綸后辟治近古之所務蹈一聖之險易云爾哉險易喻治乱也周易曰辭有險易也且夫建武之元天地革命四海之内更造夫婦肇有父子君臣初建人倫寔始斯乃伏犧氏之所以基皇德也周易曰天地革而四時成又曰湯武革命爾雅曰九夷八蠻六戎五狄謂之四海周易曰有天地然後有萬物有萬物然後有男女有男女然後有夫婦有夫婦然後有父子有父子然後有君臣毛詩序曰厚人倫禮含文嘉曰伏犧德洽上下始畫八卦分州土立市朝作舟輿造器械斯乃軒轅氏之所以開帝功也漢書曰昔在黄帝畫野分州周易曰神農氏日中爲市致天下之人聚天下之貨黄帝堯舜氏刳木爲舟剡木爲揖禮記曰聖人殊徽號異器械鄭玄曰器械禮樂之器及兵甲也史記曰黄帝名軒轅龔行天罰應天順人斯乃湯武之所以昭王

業也尚書武王曰今予惟龔行天之罰周易曰湯武革命應乎天而順乎人禮含文嘉曰湯武順人心應於天史記曰天乙立是為成湯湯伐夏桀桀奔于鳴條湯踐天子位又曰文王太子發之立是為武王伐殷紂紂走自燔死武王革殷受天明命毛詩序曰七月陳王業也遷都改邑有殷宗中興之則焉尚書曰盤庚遷於殷史記盤庚之時殷已都河北盤庚渡河南復居成湯之故都行湯之政然後殷復興也謂盤庚為宗班之誤歟即土之中有周成隆乎之制焉尚書召誥曰王來紹上帝自服于土中孔安國曰今來居洛邑地勢之中也春秋命歷序曰成康之隆醴泉踊出孝經鉤命決曰俱在隆平優劣殊跡不階尺土一人之柄同符乎高祖孟子曰紂之去武丁未久也尺地莫非其有也一人莫非其臣也又曰舜文王相去千有餘歲若合符節也克己復禮以奉終始允恭乎孝文論語顔回問仁子曰克己復禮為仁孫卿子曰生人之始也死人之終也終始俱善人道必矣尚書曰允恭克讓漢書曰孝文皇帝高帝中子也荀悅曰諱恒憲

章稽古封岱勒成儀炳乎世宗司馬彪續漢書曰建武三十二年上齋讀河圖會昌符言九葉封禪禮記曰仲尼憲章文武尚書云粤若稽古帝堯漢書武紀曰上登封泰山又宣紀曰尊孝武皇帝廟爲世宗廟案六經而校德眇古昔而論功仁聖之事既該而帝王之道備矣至乎永平之際重熙而累洽盛三雍之上儀脩衮龍之法服鋪鴻藻信景鑠揚世廟正雅樂人神之和允洽羣臣之序既肅東觀漢記曰孝明皇帝光武中子也以東海王爲皇太子光武崩皇太子即位永平二年正月上宗祀光武皇帝於明堂祀畢登靈臺二月上初臨辟雍行大射禮漢書曰武帝時河間獻王來朝對三雍宮應劭曰辟雍明堂靈臺也東觀漢記永平二年上及公卿列侯始服冕冠衣裳周禮曰王之吉服享先王則衮冕鄭玄曰衮卷龍衣也續漢書曰明帝爲光武起廟號世祖廟東觀漢記孝明詔曰琁璣鈐曰有帝漢出德洽作樂名雅會明帝改其名郊廟樂曰太予樂正樂官曰太

予樂宮以應圖讖乃動大輅遵皇衢省方巡狩躬覽萬國之有無考聲教之所被散皇明以燭幽東觀漢記曰永平二年十月西巡幸長安周易曰風行地上觀先王以省方觀民設教也禮記逆禮曰王者以巡狩之禮尊天重人也巡狩者何巡者循也狩牧也謂天子巡行守牧也有無謂風俗善惡也尚書曰東漸于海西被于流沙朔南暨聲教然後增周舊脩洛邑扇巍巍顯翼翼光漢京于諸夏總八方而為之極論語子曰巍巍乎舜禹之有天下也毛詩曰商邑翼翼四方之極諸夏已見西都賦其異篇再見者並云已見某篇他皆類此於是皇城之內宮室光明闕庭神麗奢不可踰儉不能侈言奢儉合禮故奢者不可而踰儉者不能更侈外則因原野以作苑填流泉而為沼發蘋藻以潛魚豐圃草以毓獸制同乎梁鄒誼合乎靈囿順流泉而為沼不更穿之也昭明諱順故

跋爲埴毛詩曰魚在在藻蘋亦水草故連言之説文曰潛藏也韓詩曰東有圃草薛君曰圃博也有博大茂草也毓與育音義同毛詩傳曰古有梁鄒梁鄒者天子之田也毛詩曰王在靈囿麀鹿攸伏若乃順時節而蒐狩簡車徒以講武則必臨之以王制考之以風雅左氏傳臧僖伯曰春蒐夏苗秋獮冬狩皆於農隙以講事也又曰大閱簡車馬講武巳見上文禮記王制曰天子諸侯無事則歲三田田不以禮曰暴天物風國風騶虞駟驖是也雅小雅車攻吉日是也歷騶虞覽駟驖嘉車攻采吉日禮官整儀乘輿乃出毛詩序曰騶虞蒐田以時仁如騶虞也又曰駟驖美襄公也始命有田狩之事又曰車攻宣王復會諸侯於東都因田獵而選車徒焉又曰吉日美宣王也能愼微接下無不自盡以奉其上焉漢書景帝詔曰禮官具禮儀乘輿巳見上文於是發鯨魚鏗華鐘尚書大傳曰天子左五鐘天子將出則撞黄鐘右五鐘皆應薛綜西京賦注曰海中有大魚曰鯨海邊又有獸名蒲牢蒲牢素畏鯨鯨魚擊蒲牢輒大鳴凡鐘欲令聲大者故

作蒲牢於上所以撞之者爲鯨魚鐘有篆刻之文故曰華也登玉輅乘時龍鳳蓋棽

麗龢鑾玲瓏天官景從寢威盛容輅已見西都賦周易曰時乘六龍鳳蓋已

見上文劉歆七略曰羽蓋棽麗紛循悠悠說文曰棽大枝條棽皆林麗音離和鑾已見上文埤蒼曰玲瓏玉聲

也玲力經切瓏力東切蔡雍獨斷百官小吏曰天官焦貢易林曰龍渴求飲黑雲景從寢威寢其威武也寢或

爲祲龢與和音義通山靈護野屬御方神雨師汎灑風伯清塵山靈

山神也屬御屬車之御也方神四方之神也韓子曰師曠謂晉平公曰黃帝合鬼神於太山之上風伯進掃雨

師灑道風俗通曰雨師畢星也風伯箕星也千乘雷起萬騎紛紜元戎竟野

戈鋋彗雲羽旄掃霓旌旗拂天蔡雍獨斷曰大駕備千乘萬騎毛詩曰元戎十

乘以先啓行說文曰鋋小矛也音澶又曰彗掃竹也蘇類切左氏傳曰晉人假羽旄於鄭焱焱炎炎

揚光飛文吐爓生風欱野歕山日月爲之奪明丘陵爲

之搖震說文曰㷔火華也弋劍切字林曰炎火光于拑切說文曰欿毀也火合切歕吹氣也數悶切公
羊傳曰地震者何地動也震恊韻音真遂集乎中囿陳師按屯騈部曲列
校隊勒三軍誓將帥毛詩曰陳師鞠旅漢書音義臣瓚曰律說云勒兵而守曰屯部曲已
見上文騈猶併也步田切漢書曰從胡人大校獵如淳曰合軍聚衆有幡校聲鼓也杜預左氏傳注曰百人爲
一隊徒對切然後舉烽伐鼓申令三驅輶車霆激驍騎電騖
毛詩曰鉦人伐鼓鉦之成切孔安國尚書傳曰師出以律三申令之重難之義周易曰王用三驅失前禽也毛
詩曰輶車鑾鑣毛萇曰輶輕也說文曰驍良馬也由基發射范氏施御弦不睼
禽轡不詭遇飛者未及翔走者未及去左氏傳曰養由基蹲甲而射之
徹七札焉括地圖曰夏德盛二龍降之禹使范氏御之以行經南方孟子曰趙簡子使王良與嬖奚乘終日不
獲一禽反曰天下賤工也王良請復之一朝而獲十反曰良工也簡子曰吾使汝掌乘王良曰不可吾爲範我

驅馳終日不獲一馬爲之詭遇一朝而獲十劉
熙曰横而射之曰詭遇說文曰覛視也音遂指顧倏
忽獲車已實樂不極盤殺不盡物馬䟫餘足士怒未洩
先驅復路屬車案節倏忽疾也高唐賦曰舉功先得獲車已實鄭玄禮記注曰極盡也爾
雅曰盤樂也䟫屈也於遠切先驅則前驅也周禮曰王
出入則自左馭而前驅漢書音義曰大駕車八十一乘
作三行子虛賦
曰案節未舒也於是薦三犧效五牲禮神祇懷百靈左氏
傳鄭子太叔曰爲五牲三犧杜預曰五牲麋鹿麏狼兔
三犧祭天地宗廟三者之犧也周禮曰大宗伯掌天神
地祇之禮然天神曰神地神
曰祇也毛詩曰懷柔百神覲明堂臨辟雍揚緝熙宣
皇風登靈臺考休徵東觀漢記曰永平三年正月上宗祀光武皇帝於明堂禮畢升靈
臺三月上初臨辟雍行大射禮周書曰明堂者明諸侯
之尊卑也故周公建焉而朝諸侯於明堂之位制禮樂
頒度量禮記曰天子辟雍毛詩曰維清緝熙文王之典
鄭玄毛詩箋曰天子有靈臺所以觀祲象察氣之妖祥

也尚書曰休徵孔安國曰叙美行之驗也俯仰乎乾坤參象乎聖躬周易曰庖犧氏仰則觀象於天俯則觀法於地近取諸身遠取諸物目中夏而布德瞰四裔而抗稜禮記曰布德和令字書曰瞰望也苦暫切漢書詔曰報諸四裔又曰威稜憺乎鄰國李奇曰神靈之威曰稜西盪河源東澹海漘北動幽崖南燿朱垠漢書曰漢使張騫窮河源案古圖書名河所出曰崐崘墟毛詩曰寘之河之漘兮毛萇曰漘崖也尚書曰宅朔方曰幽都朱垠南方也甘泉賦曰南煬丹崖殊方別區界絶而不鄰自孝武之所不征孝宣之所未臣莫不陸讋水慄奔走而來賓孝武燿威匈奴遠懾孝宣脩德呼韓入臣舉前代之盛猶不如今說文曰讋失氣也章涉切遂綏哀牢開永昌東觀漢記曰以益州徼外哀牢王率衆慕化地曠遠置永昌郡也春王三朝會同漢京是日也天子受四海之圖籍膺萬國之貢珍內撫諸

夏外綏百蠻漢書董仲舒策曰春秋之文正次王王次春春者天之所爲也正者王之所爲也朝歲首朔日也漢書谷永上書曰今年正月朔日有蝕之於三朝之會周禮曰時見曰會殷覜曰同賈逵國語注曰賓猶受也諸夏已見上文其事煩已重見及易知者直云已見上文而他皆類此毛詩曰因時百蠻也爾乃盛禮興樂供帳置乎雲龍之庭陳百寮而贊羣后究皇儀而展帝容漢書成紀曰三輔長無供帳繇役之勞張晏曰帳帷帳也洛陽宮舍記有雲龍門百僚已見上文尚書曰班瑞于羣后於是庭實千品旨酒萬鍾列金罍班玉觴嘉珍御太牢饗左氏傳孟獻子言於公曰臣聞聘而獻物於是有庭實旅百毛詩曰我有旨酒說文曰鍾酒器也孔叢子曰堯飲千鍾毛詩曰我姑酌彼金罍漢書音義曰觴爵也珍八珍也大戴禮曰牛曰太牢爾乃食舉雍徹太師奏樂陳金石布絲竹鐘鼓鏗鎗管絃燁煜蔡雍禮樂志曰漢樂有四品一天子樂郊祀陵廟殿中諸會食

舉也禮記曰客出以雍徹周禮曰太師下大夫又曰播
之以八音金石土革絲木匏竹鄭玄曰金鐘鎛也石磬
也土塤也革鼓鼗也絲琴瑟也木柷敔也匏笙也竹管
簫也禮記曰子夏曰鐘聲鏗鏗苦耕切鎗亦聲也呼萌
切摩熚聲之盛熚由鞫切抗五聲極六律歌九功舞八佾韶武備泰
古畢左氏傳曰子曰五聲六律杜預曰五聲宮商角徵羽也六律黃鐘太蔟姑洗蕤賓夷則無射陽爲律
陰爲呂此十二月之氣也尚書禹貢曰水火金木土穀
惟修正德利用厚生惟和九功惟敘九序惟歌穀梁傳
曰舞夏天子八佾馬融論語注曰佾列也八人爲列八
八六十四人也論語曰子謂韶盡美矣又盡善也謂武
盡美矣未盡善也泰古泰古之樂也四夷閒奏德廣所及僸佅兜離罔
不具集孔安國尚書傳曰閒迭也古莧切毛萇詩傳曰儛四夷之樂大德廣所及也孝經鉤命決曰東
夷之樂曰佅南夷之樂曰任西夷之樂曰林離北夷之樂曰僸毛萇詩傳曰東夷之樂曰韎南夷之樂曰任西夷之樂曰朱離
北夷之樂曰禁然說樂是一而字並不同蓋
古音有輕重也僸音禁佅莫芥切兜丁侯切萬樂備百

禮暨皇歡浹群臣醉降烟煴調元氣毛詩曰烝畀祖妣以洽百禮周易曰天地絪緼万物化醇春秋命歷序曰元氣正則天地八卦孳也然後撞鐘告罷百寮遂退撞猶擊也尚書大傳曰天子將入則撞蕤賓之鐘左五鐘皆應之於是聖上覩萬方之歡娛又沐浴於膏澤懼其侈心之將萌而怠於東作孝經曰故得萬國之歡心沐浴膏澤已見西都賦尚書曰分命羲叔平秩東作乃申舊章下明詔命有司班憲度昭節儉示太素去後宮之麗飾損乘輿之服御抑工商之淫業興農桑之盛務遂令海內棄末而反本背僞而歸真女脩織紝男務耕耘器用陶匏服尚素玄恥纖靡而不服賤奇麗而弗珍捐金於山沈珠於淵左氏傳季桓子曰舊章不可忘也漢書曰文帝躬節儉素也漢書詔曰農天下之大本也而人

或不務本而事末故生不遂李奇曰本農也末賈也淮南子曰守道頓理者不免於飢寒之患而欲民之去末反本是猶發其源而壅其流也禮記曰女織維組紃杜預左氏傳注曰織維織繒布也毛萇詩傳曰耘除草也禮記曰器用陶匏尚禮殺也莊子曰捐金於山藏珠於淵不利貨財不尚富貴也

於是百姓滌瑕盪穢而鏡至清形神寂漠耳目弗營嗜欲之源滅廉恥之心生莫不優游而自得玉潤而金聲

揚雄集曰滌瑕蕩穢而猶若然毛萇詩傳曰瑕猶過也字書曰穢不絜清也淮南子曰鏡大清者視大明又曰形者生之舍也神者生之制也又曰和順以寂漠尚書曰弗役耳目百度惟貞淮南子曰至人之治也除其嗜欲優游委縱又曰吾所謂有天下者自得而已禮記孔子曰君子比德於玉焉溫潤而澤仁也尚書傳曰天下諸侯受命於周莫不磬折玉音金聲

是以四海之內學校如林庠序盈門獻酬交錯俎豆莘莘下舞上歌蹈德詠仁

漢書曰平帝立學官郡國曰學縣道侯國曰校

鄉曰庠聚曰序韋昭曰小於鄉曰聚尚書曰受率生[illegible]
若林毛詩曰韓侯顧之爛其盈門又曰獻酬交錯論語
孔子曰俎豆之事則嘗聞之矣毛萇詩傳曰莘莘衆多
也莘所巾切禮記曰歌者在上匏竹在下貴人聲也毛
詩序曰嗟嘆之不足故詠歌之詠歌之不足不知手之舞之足之蹈之也登降飫宴之禮既畢
因相與嗟歎玄德讜言弘說咸含和而吐氣誦曰盛哉
乎斯代毛詩曰儐爾籩豆飲酒之飫毛萇曰不脫屨升堂謂之飫薛君韓詩章句曰飲酒之禮下跣而
上坐者謂之宴尚書曰玄德升聞乃命以位字林曰讜
美言也音黨淮南子曰故聖人執中含和不下廟堂而
行于四海令論者但知誦虞夏之書詠殷周之詩講羲文
之易論孔氏之春秋罕能精古今之清濁究漢德之所
由尚書有虞書夏書毛詩有周詩商頌周易曰古者庖犧氏始作八卦以通神明之德以類萬物之情又曰
易之興也其當殷之末世周之盛德邪當文王與紂
之事邪史記孔子曰吾道不行矣乃因史記作春秋唯

子頗識舊典又徒馳騁乎末流溫故知新已難而知德者鮮矣班固漢書游俠傳論曰不入於道德苟放縱於末流論語曰溫故而知新可以爲師矣又曰由知德者鮮矣且夫僻界西戎險阻四塞脩其防禦孰與處乎土中平夷洞達萬方輻湊史記曰秦僻在雍州毛詩序秦風曰襄公能備其兵甲以討西戎戰國策蘇秦說孟嘗君曰秦四塞之國也高誘曰四面有山關之固故曰四塞之國防禦已見上文文子曰羣臣輻湊張湛曰如衆輻之集於轂漢書上曰智略輻湊秦嶺九嵕則工切涇渭之川曷若四瀆五嶽帶河泝洛圖書之泉爾雅曰江河淮濟爲四瀆又曰泰山爲東岳霍山爲南岳華山爲西岳恒山爲北岳嵩山爲中岳周易曰河出圖洛出書聖人則之建章甘泉館御列仙孰與靈臺明堂統和天人建章甘泉已見上文禮含文嘉曰天子靈臺以考觀天人之際法陰陽之會也太液昆明鳥獸之囿

蜀若辟雍海流道德之富白虎通曰天子立辟雍者所以宣德化也雍以水象教化流行也三輔黄圖曰辟雍水四周於外象四海也游俠踰侈犯義侵禮孰與同履法度翼翼濟濟也游俠已見上文漢帝年紀曰禁踰後爾雅曰翼翼恭也毛詩曰濟濟多士毛萇曰多威儀也子徒習秦阿房之造天而不知京洛之有制也識函谷之可關而不知王者之無外也史記曰秦皇上林苑中作阿房宮未成欲更擇令名作宮阿房故天下謂之阿房宮公羊傳曰天王出居于鄭王者無外此其言出何不能于母弟也主人之辭未終西都賓矍然失容逡巡降階惵然意下捧手欲辭主人曰復位今將授子以五篇之詩說文曰矍驚視貌也許縛切公羊傳趙盾逡巡北面再拜郭璞爾雅注曰逡巡却去也周書曰臨攝以威面氣惵惵猶恐懼也徒頰切孔子三朝記曰孔子受業而有疑捧手問之不當避席賓既卒

五丙七十五 二 三十九 長宗

美乃稱曰美哉乎斯詩義正乎楊雄事實乎相如匪唯主人之好學蓋乃遭遇乎斯時也小子狂簡不知所裁既聞正道請終身而誦之其詩曰楊雄相如辭賦之高者故假以言焉非唯主人好學而富乎辭藻抑亦遭遇太平之時禮文可述也論語子曰吾黨之小子狂簡斐然成章不知所以裁之又曰不忮不求何用不臧子路終身誦之

明堂詩

於昭明堂明堂孔陽毛詩曰於昭于天又曰我朱孔陽聖皇宗祀穆穆煌煌孝經曰宗祀文王於明堂以配上帝毛詩曰穆穆皇皇宜君宜王上帝宴饗五位時序漢書曰天神之貴者太一其佐曰五帝河圖曰蒼帝神名靈威仰赤帝神名赤熛怒黄帝神名含樞紐白帝神名白招拒黒帝神名汁光紀楊雄河東賦曰靈祇既饗五位時序誰其配之世祖

光武東觀漢記曰明帝宗祀五帝於明堂光武皇帝配之左氏傳與人誦子產若死其誰嗣之普率土各以其職毛詩曰普天之下莫非王土率土之濱莫非王臣孝經子曰四海之内各以其職來祭猗歟緝熙允懷多福毛詩曰猗歟那歟緝熙已見上文尚書曰兆人允懷又曰永膺多福

辟雍詩

乃流辟雍辟雍湯湯孔安國尚書傳曰湯湯流貌聖皇莅止造舟爲梁毛詩曰方叔涖止又曰造舟爲梁皤皤國老乃父乃兄說文曰皤老人貌也蒲河切禮記曰養國老於上庠孝經援神契曰天子尊事三老兄事五更應劭漢官儀曰天子父事三老抑抑威儀孝友光明毛詩威儀抑抑爾雅曰善事父毋爲孝善事兄弟爲友於赫太上示我漢行毛詩曰於赫湯孫漢書上令薄昭與淮南厲王書曰王欲以親戚之意望於太上如淳曰

太上天子也毛詩曰示我顯德行洪化惟神永觀厥成文子曰執玄德於心化馳如神毛詩曰我客戾止永觀厥成

靈臺詩

乃經靈臺靈臺既崇毛詩曰經始靈臺經之營之帝勤時登爰考休徵東觀漢記曰永平二年詔曰登靈臺正儀度休徵已見上文三光宣精五行布序淮南子曰夫道紘宇宙而章三光高誘曰三光日月星也尚書曰五行一曰水二曰火三曰木四曰金五曰土也習習祥風祁祁甘雨毛詩曰習習谷風禮斗威儀曰君乘火而王其政頌平則祥風至宋均曰即景風也其來長養萬物毛詩曰興雨祁祁尚書考靈耀曰熒惑順行甘雨時也百穀蓁蓁庶草蕃音繁廡音武韓詩曰帥時農夫播厥百穀薛君曰穀類非一故言百也又曰蓁蓁者莪薛君曰蓁蓁盛貌也尚書曰庶草蕃廡屢惟豐年於皇樂胥

日綏萬國屢豐年又曰於皇時周又曰君子樂胥

寶鼎詩

嶽脩貢兮川效珍吐金景兮歊浮雲說文曰歊氣上出貌呼朝切寶鼎見兮色紛縕煥其炳兮被龍文東觀漢記曰永平六年廬江太守獻寶鼎出王雒山漢書曰武帝爲人祠后土營旁得鼎有黃雲焉公卿大夫議尊寶鼎有司曰令鼎至甘泉光潤龍變承休無疆也登祖廟兮享聖神昭靈德兮彌億年東觀漢記明帝曰太常其以礿祭之日陳鼎於廟以備器用尚書曰公其以予萬億年敬天之休

白雉詩

啓靈篇兮披瑞圖獲白雉兮效素烏范曄後漢書曰永平十年白雉所在出焉東觀漢記章帝詔曰乃者白烏神雀屢臻降自京師也嘉祥阜兮集皇都

發皓羽兮奮翹英容絜朗兮於純精楚辭曰砥室翠翹絓曲瓊王逸曰翹羽名彰皇德兮侔周成永延長兮膺天慶韓詩外傳曰成王之時越裳氏獻白雉於周公河圖曰謙道吉謙德吉能行此大吉受天之慶也

文選卷第一

文選卷第二

梁昭明太子撰

文林郎守太子右內率府録事參軍崇賢館直學士臣李善注

京都上

西京賦一首

張平子 善曰范曄後漢書曰張衡字平子南陽西鄂人也少善屬文時天下太平日久自王侯以下莫不踰侈衡乃擬班固兩都作二京賦因以諷諫十年乃成安帝雅聞衡善術學公車特徵拜郎中出爲河間相乞骸骨徵拜尚書卒楊泉物理論曰平子二京文章卓然

薛綜注 善曰舊注是者因而留之並於篇首其姓名其有乖繆臣乃具釋並稱臣

以別之也皆類此
有憑虛公子者憑依託也虛無也言無有此公子也善曰博物志曰王孫公子皆古人相推敬
之辭憑皮兵切心奓體忲奓忲言公子生於貴戚心志奓溢體安驕泰也泰或謂忲習之忲言習於
奢好也善曰聲類曰奓後字也昌氏切小雅曰狃忲也雅好博古學乎舊史氏
言公子雅性好博知古事故學於舊史舊史太史掌圖典者也是以多識前代之載善曰劉向
七言曰博學多識與凡殊小雅曰載事也言於安處先生公子爲先生言也安處猶烏處若言
何處亦謂無此先生也鄭玄禮記注曰先生老人教學者曰夫人在陽時則舒在陰
時則慘此牽乎天者也陽謂春夏陰謂秋冬牽猶繫也善曰春秋繁露曰春之言猶偆
也偆者喜樂之貌也秋之言猶湫也湫者憂悲之狀也偆充尹切湫子由切處沃土則逸處
瘠土則勞此繫乎地者也善曰國語公甫文伯之母曰沃土之人不材淫也瘠

土之人莫不向義勞也韋昭曰磽埆爲瘠沃肥美也慘則尠於驩勞則褊於惠能

違之者寡矣違猶易也言人慘戚則不能以驩逸勞苦則不能以施惠少有能易此者善曰

尠少也與鮮通也廣雅曰褊狹也卑緬切小必有之大亦宜然小謂庶人大謂王者

善曰庶人因沃瘠而勞逸殊王者亦因險易而彊弱異也故帝者因天地以致化兆

人承上教以成俗言帝王必以順陽時居沃土歡逸其人使下承而化之以成奢泰之俗善曰

管子曰君據法而出令百姓順上而成俗化俗之本有與推移言化之本還與沃瘠相隨

逐推移也善曰淮南子曰法其所以爲法與化推移也何以覈諸秦據覈驗也胡革切

雍而彊周即豫而弱高祖都西而泰光武處東而約

政之興衰恒由此作作起也善曰過秦論曰秦孝公據雍州之地呂氏春秋曰河漢之間

爲豫州也按雍州厥土惟黃壤厥田惟上上是沃土也故云秦據雍而彊高祖都西而泰荊河惟豫州厥土惟壤

壚厥田惟中上是膏土也故云周即豫而朔光武處東
而約左傳晉叔向曰存亡之道恒由此興周禮曰夫筋
之所由儋恒由此作先生獨不見西京之事歟請爲吾子陳之善曰鄭玄
禮記注曰吾子相親之辭也漢氏初都在渭之涘涘涯也善曰漢書東方朔曰漢都涇
渭之南毛詩曰在渭之涘秦里其朔寔爲咸陽里居也朔北也寔是也秦地居其北
是曰咸陽善曰史記曰秦孝公作咸陽徙都之左有崤函重險桃林之塞崤及
函谷關桃林皆在長安東故曰左善曰殽函已見西都賦左氏傳曰以守桃林之塞[illegible]設桃林弘農在閿鄉南谷
中綴以二華巨靈贔屭高掌遠蹠以流河曲厥跡
猶存華山名也巨靈河神也巨大也古語云此本一山當河水過之而曲行河之神以手擘開其上足蹋
離其下中分爲二以通河流手足之跡于今尚在贔屓作力之貌也善曰賈逵國語注曰綴連也山海經曰太
華之西小華之山遁甲開山圖曰有巨靈胡者徧得坤元之道能造山川出江河揚雄河東賦曰河靈矍踢掌

華蹈襄贔扶秘切屓許備切蹠之石切躩居縛切蹶丑略切右有隴坻之隘隔閡華

戎善曰漢書音義應劭曰天水有大阪曰隴坻丁禮切廣雅曰隘挾也說文曰隔塞也小雅曰閡限也五代

切岐梁汧雍說文曰岐山在長安西美陽縣界山有兩岐因以名焉善曰漢書右扶風好畤縣有

梁山又汧山在扶風汧縣西汧音牽陳寶鳴雞在焉善曰漢書曰秦文公獲若石于陳倉

北坂城祠之其神光輝若流星從東方來集于祠城則若雄雉其聲殷殷云野雞夜鳴以一太牢祠之名曰陳寶應

劭曰賴以寶瑞作陳寶祠在陳倉故曰陳寶於前則終南太一二山名也善曰尚書曰終

南惇物至于鳥鼠漢書曰太一山古文以爲終南五經要義曰太一一名終南山在扶風武功縣此云終南太一不得爲一山明矣

盖終南南山之總名太一一山之別號耳隆崛崔崒隱轔鬱律山形容也善曰埤蒼

曰崛特起也魚勿切崔徂回切崒情律切轔怜軫切連岡乎嶓冢善曰爾雅曰山脊曰岡尚書曰導嶓冢至于荆

山嶓音波抱杜含鄠音戶杜陵鄠縣言終南太一含畀之欱澧吐鎬善曰澧鎬二水名也已見西都

賦說文曰欱歠也呼合切歠昌悅切爰有藍田珍玉是之自出藍田弘農縣也

善曰爾雅曰爰有寒泉范子計然曰玉英出藍田是之自出謂玉出自藍田之中也於後則高陵

平原據渭踞涇善曰爾雅曰大阜曰陵又曰高平曰原毛萇詩傳曰據依也大戴禮曰獨坐不

踦丘奇切倚也音據澶漫靡迤作鎮於近澶漫靡迤陵原之形爲作近鎮也善曰子

虛賦曰登降迤靡案衍澶漫澶徒旦切漫莫半切其遠則九嵕甘泉涸陰沍寒

日北至而含凍此焉清暑九嵕甘泉其處常陰寒日北至謂夏至時猶沍寒而

有凍者或避暑於甘泉宮故云清暑善曰左氏傳申豐曰涸陰沍寒沍胡故切漢書曰夏至于東井北近極故

晷短爲溫暑上林賦曰盛夏含凍裂地爾乃廣衍沃野厥田上上善曰鄭玄周禮

注下平曰衍漢書曰秦地沃野千里尚書雍州曰厥田惟上上寔惟地之奧區神皋

神皋接神之聲善曰漢書曰自古以雍州積高神明之隩故立時郊上帝諸神祠皆聚之廣雅曰皋局也謂神

明之界局也昔者大帝説秦繆公而覲之饗以鈞天廣樂帝
有醉焉乃為金策錫用此土而翦諸鶉首大帝天也翦盡也善曰山
海經曰浪風之山或上倍之是謂玄圃或上倍之是謂大帝之居史記曰趙簡子疾扁鵲視之曰昔繆公嘗如
此七日而寤寤之日告公孫支曰我之帝所甚樂帝告我晉國且大亂今主君之疾與之同二日簡子寤語曰我
之帝所甚樂與百神遊于鈞天廣樂九奏萬舞不類三代之樂其聲動心虞喜志林曰夢曰天帝醉秦暴金誤
隕石壁謂桑繆公夢天帝妥鈞天樂已有此誃列仙傳讚曰秦繆公受金策祚世之業漢書曰自井至柳謂之
鶉首之次秦之分也盡取鶉首之分為秦之境也是時也並為彊國者有六韓魏
燕趙齊楚然而四海同宅西秦豈不詭哉宅居也詭異也初繆公夢然後六國
竟滅秦果并而居之豈不異哉自我高祖之始入也五緯相汁以旅于
東井舊曰五緯五星也漢書曰漢元年十月五星聚于東井沛公至霸上又曰此高祖受命之符已見下

鄒賦方言曰汁叶也之婁敬委輅幹非其議善曰漢
十切郭璞曰叶和也書曰婁敬
脫輓委輅曰臣願見上言便宜又說上曰陛下都洛陽
不知入關中言婁敬貧之人不合于上表議其說允合
帝心漢書音義應劭曰輅謂以木當胷以輓輦也輅胡
格切幹音干薛君韓詩章句曰幹正也謂以其議非而
正之天啓其心謂五星聚也人惎之謀惎教也謂婁敬之謀善曰惎音忌及
帝圖時意亦有慮乎神祇宜其可定以爲天邑言高帝圖
此居之時意亦以慮於天地陰陽而恩可宜定以爲天
邑善曰爾雅曰圖謀也尚書曰肆予敢求爾于天邑商
豈伊不虔思于天衢伊惟也虔敬也言此時豈惟不敬思居天氣四交之處雒謂東京也
豈伊不懷歸于枌榆懷思也枌榆豐社高祖所旋也豈惟不思歸處枌榆社之域都於洛
邑也善曰漢書曰高祖禱豐枌榆社張晏
曰枌白榆也社在豐東北二十五里是也天命不滔疇
敢以渝渝易也天使鄉長安謂五星聚于東井也善曰左氏傳子高曰天命不滔滔與諂音義同於

是量徑輪考廣袤南北為經東西為廣善曰周礼大司徒掌九州之地廣輪之數鄭玄
曰輪縱也說文曰南北曰袤莫又切經城洫營郭郛洫域池也善曰周禮曰廣八尺深八尺謂
之洫呼域切公羊傳曰郛者何域外大郭也芳俱切取殊裁於八都豈啓度於往
舊裁制也八都猶八方也啓開也言采取八方異制以為宮室之巧非復導往日之故法也乃覽秦
制踰周法踰越也因秦制故曰覽比周勝故曰踰之也狹百堵之側陋增九
筵之迫脅詩曰築室百堵今以為陋周禮明堂九筵今又增之也善曰以九筵為迫脅故增廣之周
礼曰明堂度九筵東西九筵各九尺正紫宮於未央表嶢闕於閶闔天有紫微
宮王者象之紫微宮門名曰閶闔宮門立闕以為表嶢者言高遠也善曰辛氏三秦記曰未央宮一名紫微宮
然未央為總稱紫宮其中別名疏龍首以抗殿狀巍峩以岌業抗舉也善
曰三輔黃圖曰日營未央因龍首以制前殿上林賦曰嵯峩嶕嶫此之謂也亘雄虹之長梁

亘徑度也虹蝃蝀也謂屋梁皆徑度朱畫五色如蝃蝀有崢嶸嶸者色鮮好也善曰楚辭曰建雄虹之采旄亘古鄧切結棼橑以相接善曰棼橑已見西京賦蔕倒茄於藻井披紅葩之狎獵茄藕莖也以其莖倒殖於藻井其華下向反披狎獵重接貌藻井當棟中交木方爲之如井幹也善曰聲類曰蔕果鼻也蔕音帝孔安國尚書傳曰藻水草之有文者也風俗通曰今殿作天井井者東井之像也菱水中之物皆所以厭火也說文曰葩華也葩普華切飾華榱與璧璫華榱畫其榱也善曰璧璫已見西都賦也流景曜之韡曄曜光也韡曄言明盛也善曰景光景也雕楹玉碣善曰西都賦曰彫玉瑱以居楹說文曰楹柱也廣雅曰碣礩也碣與舃古字通繡栭雲楣栭斗也楣梁也皆雲氣畫如繡也善曰王褒甘泉頌曰采雲氣以爲楣三階重軒鏤檻文梍檻蘭也皆刻畫又以大板廣四五尺加漆澤焉重置中間蘭上名曰軒善曰西都賦曰重軒三階王褒甘泉頌曰編瑇瑁之文梍聲類曰梍屋連緜也婢祗切右平左墄墄限也謂階齒也天子殿

高九尺階九齒各有九級其側階各中分左右左有齒
右則滂沱平之令輦車得上善曰西都賦曰左墄右平
青瑣丹墀 善曰漢書曰赤墀青瑣音義曰以青畫户邊鏤中王逸楚辭注曰文如連瑣漢官典職曰
丹漆地故稱丹墀 刊層平堂設切厓隒 刊削也善曰郭璞山海經注曰層重也宋衷太玄經注曰堂高也切與砌
古字通說文曰隒厓也和撿切 坻崿鱗眴棧齴巉嶮 殿基之形勢也善曰廣雅曰山坻除也
文字集略曰崿崖也埤蒼曰眴音荀棧士眼切齴音眼巉助奄切嶮魚儉切鱗眴無涯也棧嶮皆高峻皃 襄
岸夷塗脩路陖險 襄謂高也夷平也陖陗也險危也 重門襲固姦宄是
防 姦邪也竊寶曰宄善曰周易曰重門擊柝以待暴客淮南子曰閭門重襲以避姦賊郭璞爾雅注曰襲衣重
也孔安國尚書傳曰寇賊在外曰姦在內曰宄 仰福帝居陽曜陰藏 帝居謂太微宮五帝
所居福猶助也太微宮陽時則見陰時則藏言今長安宫上與之同法矣 洪鐘萬鈞猛虡趪
趪 洪大也猛怒也三十斤曰鈞縣鐘格曰筍植曰虡趪趪張設貌言大鐘乃重三十萬斤虡以猛怒故能勝

之馬善曰周禮曰梟氏鳥獸之形大聲有力者以爲鍾虡虡音巨濩音黃負筍業而餘怒乃
奮翅而騰驤衰當筍下爲兩飛獸以背負又以板置上名爲業騰超也驤馳也言獸負此筍業已重
乃有餘力奮其兩翼如將超馳者矣朝堂承東溫調延北西有玉臺聯以
昆德皆殿與臺名也善曰爾雅曰延陳也說文注曰聯連也嵯峩崨嶫形勢也音罔
識所則下皆殿名其所法則也若夫長年神僊宣室玉堂四殿之名
善曰並見西都賦麒麟朱鳥龍興含章善曰龍興含章皆殿名也漢宮闕名
有麒麟殿朱鳥殿譬衆星之環極極北極也環猶繞也言宮觀臺榭樓閣之
周於正殿如衆星之繞北極也善曰中宮天極星環之匡十二星藩臣西都賦曰奐若列宿紫宮是環
㸌赫戲以煇煌㸌猶炎也赫戲炎盛也煇煌光耀也善曰淮南子曰煋昱黯眩照燿
煇煌㸌音判戲音羲嘩音燁煌音皇正殿路寢用朝羣辟周曰路寢漢曰正殿羣辟謂王

侯公卿大夫士也大夏耽耽九戶開闢屋之四下者爲夏耽耽深邃之貌也都南切善
曰三輔三代故事曰大夏殿始皇造銅人十枚在殿前大戴禮曰明堂者古有之凡九室鄭玄禮記注曰天子
路寢制如明堂然則既有九室室有一戶也說文曰闢開也嘉木樹庭芳草如積善曰韓詩
曰綠薋如薋薋積也薛君曰薋綠薋盛如積也薋音竹高門有閌列坐金狄善曰毛詩
曰皋門有伉與閌同鄭玄禮記注曰皋之言高也金狄金人也史記曰始皇收天下兵鑄以爲金人十二各重
千斤致於宮中內有常侍謁者常侍閹官謁者寺人也奉命當御善曰奉傳詔命
而遞當進也左傳子未曰朱也當御蔡邕獨斷曰御進也凡進皆曰御也蘭臺金馬遞宿
迭居蘭臺臺名善曰金馬已見西都賦序爾雅曰遞迭也小雅曰迭更也徒結切次有天祿
石渠校文之處善曰天祿石渠已見上文重以虎威章溝嚴更之
署虎威章溝未聞其意嚴更督行夜鼓署位也徼道外周千廬內附衛尉八

屯警夜巡晝衛尉帥吏士周宮外於四方四角立八屯士士則傳宮外向為廬舍晝則巡行非常夜則警備不虞也徼音叫善曰西都賦曰徼道綺錯漢書曰衛尉掌門衛屯兵孔安國尚書傳曰警戒也植鎩懸瞂用戒不虞植柱也善曰說文曰鎩鈹有鐔也一曰鎩似兩刃刀方言曰盾或謂之瞂周易曰君子以治戎器戒不虞鈹芳皮切鎩山㓹切瞂音伐後宮則昭陽飛翔增成合驩蘭林披香鳳皇鴛鸞皆後宮別名善曰皆殿名已見西都賦漢宮闕名有鳳皇殿羣窈窕之華麗嗟內顧之所觀觀覩也謂內顧所覩皆盛好也善曰窈窕已見西都賦小雅曰嗟發聲也三略曰將內顧則士卒慕之也故其館室次舍善曰周禮曰宮正掌宮中次舍鄭玄禮記注曰次自脩止之處采飾纖縟采五色也纖細也善曰說文曰縟繁采飾也音辱裛以藻繡文以朱綠善曰西都賦曰裛以藻繡傅毅七激曰摛雕藻文以朱綠也翡翠火齊絡以美玉善曰翡翠鳥名也火齊玫瑰珠也六韜曰紂作瓊室

雇臺飾以美玉列子曰穆王爲中天之臺絡以珠玉齊才計切流懸黎之夜光綴隨珠以爲燭明月大珠夜則有光如燭也善曰懸黎夜光隨珠已見西都賦金阸玉階彤庭煇音渾煇彤赤也煇煇赤小色貌善曰廣雅曰阸砌也音俟一西都賦曰玉階彤庭珊瑚琳碧瓀珉璘彬璘彬玉光色雜也善曰珊瑚瓀珉已見西都賦璘力神切彬方珉切珍物羅生煥若崐崘珍美之物羅列布見煥焉如崐崘之所生者善曰山海經一云崐崘之墟有珠樹文玉樹雖厥裁之不廣侈靡踰乎至尊謂其裁制雖事事狹小於至尊然其靡麗之好乃過之也善曰裵服傳曰天子至尊裁才再切於是鉤陳之外閣道穹隆善曰鉤陳已見西都賦穹隆長曲貌屬長樂與明光徑北通乎桂宮長樂桂宮皆宮名明光殿名也漢書武帝故壹上起明光宮桂宮長樂宮皆輦道相屬懸棟飛閣北度從宮中西上城至神明臺命般爾之巧匠般魯般一云公輸之子魯哀公時巧人爾王爾皆古之巧者也

善曰淮南子曰魯般以木爲鳶而飛盡變態乎其中
之般音班又曰王爾無所錯其剞劂
變奇也後宮不移樂不徙懸善曰上林賦曰匾匾不徙
態巧也後宮不移劉向新序曰孟
獻子聘於晉韓宣子止而觴之門衛供帳官以物辨善
飲三徙鍾石之懸不移而具也曰
供帳已見東都恣意所幸下輦成燕窮年忘歸猶弗
賦門衛已見上
能徧善曰孫卿子曰知物之瓌異日新殫所未見瓌奇
理沒世窮年不能徧也也殫
盡也言奇異之好日日變惟帝王之神麗懼尊卑之不
易皆所未嘗目見之物也
殊雖斯宇之既坦心猶憑而未攄坦大也憑滿思比象
也攄舒也
於紫微恨阿房之不可廬廬居也時阿房已覛往昔之
壞故不得居也
遺館獲林光於秦餘覛視也善曰漢書音義瓚曰處甘
林光秦離宮名也覛亡狄切
泉之爽塏乃隆崇而弘敷甘泉山名應劭曰甘泉在馮
翊雲陽縣爽明也隆崇高也

弘敞猶延蔓也善曰左氏傳曰齊景公欲更晏子之宅曰請更諸爽塏者杜預曰就高燥也既新作於迎風增露寒與儲胥善曰漢書曰武帝因秦林光宮元封二年增通天迎風儲胥露寒託喬基於山岡直墆霓以高居墆霓高貌也善曰墆徒結切霓五結切通天訬以竦峙通天臺名武帝元封二年作漢書舊儀云高三十丈望見長安城訬高也竦立也峙住也善曰訬音眇徑百常而莖擢徑度也倍尋曰常莖特也擢獨出貌也上辨華以交紛下刻陗其若削辨華敷大也刻陗外高也善曰辨音斑又音龍陗七笑切翔鶤仰而不逮況青鳥與黃雀鶤大鳥青鳥黃雀皆小鳥翔高飛也善曰穆天子傳曰鶤雞飛入百里郭璞曰鶤即鵾雞也鵾與鶤同音昆左氏傳曰青鳥氏司啓者也杜預曰青鳥鶬鴳也戰國策莊辛曰黃雀俯啄百粒伏櫺檻而頫聽聞雷霆之相激伏猶憑也櫺臺上闌也頫低頭也蒼頡篇曰霆霹靂也言臺之高於上低頭聽雷聲乃在下善曰頫古字音府柏梁

既災越巫陳方建章是經用厭火祥（善曰漢書曰柏梁災越俗有火災復起屋必以大用勝服之於是作建章宮漢武故事曰以香柏爲之香聞數十里厭於冉切）營宇之制事兼未央（兼猶倍也亦以傾巫言也善曰漢書曰劉向上疏曰項籍燔其宮室營宇）園闕竦以造天若雙碣之相望（善曰字書曰圜亦圓字也甘泉賦曰直嶤嶤以造天音操孔安國尚書傳曰造至也又曰碣石海畔山也又曰三山言相望也）鳳騫翥於甍標咸遡風而欲翔（甍棟也標末也遡向也謂作鐵鳳凰令張兩翼舉頭敷尾以函屋上當棟中央下有轉樞常向風如將飛者焉善曰楚辭曰鳳騫翥而飛翔說文曰騫飛貌也騫許言切翥之庶切）閶闔之內別風嶕嶢（善曰閶闔已見上文別風已見西都賦）何工巧之瑰瑋交綺豁以疏寮（瑰瑋奇好也疏刻穿之也善曰交結綺文豁然穿以爲寮也說文曰綺文繒也廣雅曰豁空也然此刻鏤爲之蒼頡篇曰寮小窻也古詩曰交疏結綺窻）干雲霧而上達狀亭亭以

岧岧亭亭岧岧高貌也干犯也神明崛其特起井幹疊而百增崛高貌善曰廣雅曰增重也神明井幹巳見西都賦峙遊極於浮柱結重欒以相承峙猶置也三輔名梁為極作遊梁置浮柱上欒柱上曲木兩頭受櫨者廣雅曰曲枅曰欒釋名曰欒欒上曲拳也累層構而遂隮望北辰而高興隮升也子奚切北辰北極也善曰山海經曰層重也消雰埃於中宸集重陽之清澂消散也雰埃塵穢也宸天地之交宇也言神明臺高既除去下地之埃穢乃上止於天陽之宇清澂之中上為清陽又為陽故曰重陽善曰楚辭曰集重陽而入帝宮兮造旬始而觀清都雰音氛宸音辰瞰宛虹之長鬐察雲師之所憑鬐脊也雲師畢星也臺高悉得覩之善曰鬐渠祇切廣雅曰瞰視也如淳漢書注曰宛虹也小雅曰憑依也廣雅曰雲師謂之豐隆上飛闥而仰眺正睹瑤光與玉繩飛闥突出方木也善曰春秋運斗樞

曰北斗七星第七曰瑤光春秋元命苞曰玉衡北兩星爲玉繩將乍往而未半怵
悼慄而從兢怵恐也悼傷也慄憂戚也言恐懼也善曰廣雅曰乍暫也方言曰慇慄也
悚先拱切怵音黜慄音栗非都盧之輕趫孰能超而究升善曰漢書
曰自合浦南有都盧國太康地志曰都盧國其人善緣高說文曰趫善緣木之士也綺驕切馭
娑駘盪燾奡桔桀枍詣承光睽罛庨𢉩馺娑駘盪枍詣
承光皆臺名燾奡桔桀睽罛庨𢉩皆形皃善曰燾徒到切奡五告切桔音吉睽呼圭切罛計孤切庨
呼交切㯋桴重棼鍔鍔列列善曰鍔鍔列列皆高貌反宇業業
飛檐巘巘凡屋宇皆垂下向而好大屋飛邊頭瓦皆更微使反上其形業業然檐板承落
也巘巘高皃善曰西都賦曰上反宇以蓋戴巘魚桀切流景內照引曜日月
言皆朱畫華采流引日月之光曜於宇內天梁之宮寔開高闈天梁宮名

宫中之門謂之闈此言特高大旗不脫扃結駟方蘄爾雅曰熊虎爲旗扃關也謂建旗車
上有關制之令不動搖曰扃每門解下之令此門高不傍脫扃結駕駟馬方行而入也蘄馬銜也善曰左氏傳
曰楚人惎之脫扃古熒切蘄巨衣切楚辭曰青驪結駟齊千乘轢輻輕騖容於一扉取車
欲馬疾以箠擽於輻使有聲也長廊廣廡途閣雲蔓謂閣道如雲氣相延蔓也善曰許愼
淮南子注曰廊屋也說文曰廡堂下周屋也無宇切閈庭詭異門千戶萬善曰蒼頡
篇曰閈垣也胡旦切說文曰詭違也西都賦曰張千門而立萬戶重閨幽闥轉相踰
延掖賤切宮中之門小者曰閤言互相周通望叫窱以徑廷眇不知其所
返許窱徑廷過度之意也言入其中皆迷惑不識還道也善曰窱他弔切廷他定切返方萬切既乃
珍臺蹇產以極壯墱道邐倚以正東蹇產形貌也墱閣道也邐倚一高一
下一曲一直也乃從建章館踰西城東入於正宮中也善曰甘泉賦曰珍臺閒館西都賦曰凌墱道而超西墉

嶝都亘切邐力氏切倚其綺切似閬風之遐坂横西洫而絶金墉閬風崐崘
山名也洫城池也覆謂城也絶度也言閣道似此山之長遠横越西池而度金城也西方稱之曰金善曰東方
湖十洲記崐崘其北角曰閬風之巔洫已見上文城尉不弛析而内外潜通弛廢
也潜黑也言城門校尉不發擊柝之備内外已自潛通也善曰弛詩紙切鄭玄周禮注曰欜戒夜者所擊也柝
與欜同音前開唐中彌望廣潒彌遠也善曰唐中已見西都賦漢書曰五侯大治第室連
屬彌望彌言也言望之極目字林曰潒水潒瀁也大朗切顧臨太液滄池漭沆漭沆猶洸潒亦寬大也善曰大
液已見西都賦漭莫朗切沆胡朗切漸臺立於中央赫昈昈以弘敞善曰漸臺
高二十餘丈已見西都賦埤蒼曰昈赤文也音戶清淵洋洋神山峩峩列瀛洲
與方丈夾蓬萊而駢羅上林岑以壘嵬下嶃巖以嵒齬
三山形貌也峩峩高大也善曰三輔三代舊事曰建章宮北作清淵海毛詩曰河水洋洋三山已見西都賦漭

獵並也壘魯罪切嶪音業巢嶄士咸切巘音吾長風激於別隯起洪濤而揚波水中之洲曰隯音島善曰高唐賦曰長風至而波起浸石菌於重涯濯靈芝以朱柯石菌靈芝皆海中神山所有神草名仙之所食者浸濯也重涯池邊也朱柯芝草莖赤色也善曰菌芝屬也抱朴子曰芝有石芝菌求隕切海若游於玄渚鯨魚失流而蹉跎海若海神鯨大魚善曰楚辭曰令海若舞馮夷又曰臨沅湘之玄淵薛君韓詩章句曰水一溢而爲渚三輔舊事曰清淵北有鯨魚刻石爲之長三丈楚辭曰驪垂兩耳中坂蹉跎廣雅曰蹉跎失足也於是采少君之端信庶欒大之貞固善曰史記曰李少君亦以祠竈穀道却老方見上上尊之少君者故深澤侯舍人主方欒大見西都賦凡人姓名及事易知而別卷重見者云見某篇亦從省也他皆類此立脩莖之仙掌承雲表之清露屑瓊蘂以朝飡必性命之可度善曰漢書曰孝武作栢梁銅柱承露仙人掌之屬三輔故事曰武帝作銅露盤承天露和玉屑

飲之欲以求仙楚辭曰屑瓊蘂以為糧王逸曰蘂屑也羨往昔之松喬要羨門乎
天路善曰松喬已見西都賦史記曰始皇之碣石使燕人盧生求羨門韋昭曰羨門古仙人也枚乘樂府
詩曰美人在雲端天路隔無期要烏堯切想升龍於鼎湖豈時俗之足慕善曰
史記曰齊人公孫卿曰黃帝采首山銅鑄鼎於荊山下鼎既成龍垂胡髯下迎黃帝黃帝騎龍乃上去名其處
曰鼎湖天子曰嗟乎誠得如黃帝吾視去妻子如脫屣耳若歷世而長存何遽營乎
陵墓善曰言若歷代而不死何急營於陵墓乎徒觀其城郭之制則旁開三
門參塗夷庭方軌十二街衢相經街大道也經歷也一面三門門三道故云
參塗塗容四軌故方十二軌軌車轍也夷平也庭猶正也善曰方言九軌之塗凡有十二也周禮曰營國方三
門鄭玄儀禮注曰方併也周禮曰國中營塗九軌西都賦曰立十二之通門廛里端直甍宇
齊平都邑之空地曰廛甍以棟也善曰周禮曰以廛任國中之地北闕甲第當道直啓

第館也甲言第一也善曰漢書曰賜霍光甲第一區

音義曰有甲乙次第故曰第也北闕當帝城之北也程

巧致功期不陁陊言皆程擇好匠令盡致其功夫既牢文固不傾陊也善曰方言曰陁壞也

陁式氏切說文曰陊落也直氏切木衣綈錦土被朱紫言皆采畫如錦繡之文章也善

曰說文云綈厚繒也朱紫二色也武庫禁兵設在蘭錡錡架也武庫天子主兵器之官

也善曰劉逵魏都賦注曰受他兵曰蘭受弩曰錡音蟻匪石匪董疇能宅此善曰漢書

曰石顯字君房少坐法腐刑為黃門中尚書元帝被疾不親政事事無大小因顯口決又曰董賢字聖卿哀帝

悅其儀貌拜為黃門郎詔將作監為賢起大第北闕下土木之功窮極技巧柱檻衣以綈錦武庫禁兵盡在董

氏爾乃廓開九市通闤帶闠廓大也闤市營也闠中隔門也崔豹古今注曰市牆

曰闤市門曰闠善曰九市已見西都賦蒼頡篇曰闤市門胡關切旗亭五重俯察百隧

旗亭市樓也善曰史記褚先生曰臣為郎與方士會旗亭下隧已見西都賦周制大胥今也

惟尉善曰周禮曰司市胥師二十人然尊其職故曰大漢書曰京兆尹長安四市皆屬焉與左馮翊右扶
風爲三輔然市有長丞而無尉蓋闕乎長丞爲尉耳瓌貨方至鳥集鱗萃瓌奇貨也
方四方也奇寶有如鳥之集鱗之萃也鬻者兼贏求者不匱鬻賣也兼倍也贏利
也匱乏也爾乃商賈百族裨販夫婦坐者爲商行者爲賈裨販買賤賣貴以自裨益
裨必彌切善曰周禮曰大市日昃而市百族爲主朝市朝時而市商賈爲主夕市夕時爲市裨販夫婦爲主
鬻良雜苦蚩眩邊鄙良善也先見良物價定而雜與惡物以欺惑下上之人善曰周禮曰
辨其苦良而賈之鄭玄曰苦讀爲盬蒼頡篇曰蚩侮也廣雅曰眩亂也杜預左氏傳注曰鄙邊邑也何必
昏於作勞邪贏優而足恃昏勉也邪僞也優饒也言何必當勉力作勤勞之事乎歟
僞之利自饒足恃也善曰尚書曰不昏作勞彼肆人之男女麗美奢乎許史
言長安市井之人被服皆過此二家善曰漢書曰孝宣許皇后元帝母帝封外祖父廣漢爲平恩侯又曰信太

子史良娣宣帝祖母也兄子恭宣帝立恭巳死封恭長子高爲樂陵侯若夫翁伯濁質張里之家擊鍾鼎食連騎相過東京公侯壯何能加善曰漢書食貨志曰翁伯以販脂而傾縣邑濁氏以胃脯而連騎質氏以洒削而鼎食張里以馬醫而擊鍾晉灼曰胃脯今大官以十日作沸湯燖羊胃以末椒薑坋之訖曝使燥者也燖在鹽切坋步寸切如淳曰洗削謂作刀劍削也張里里名也都邑游俠張趙之倫齊志無忌擬跡田文善曰漢書曰長安宿豪大猾箭張回酒市趙放皆通邪結黨一云張子羅趙君都其長安大俠具崭俠傳輕死重氣結黨連羣寔蕃有徒其從如雲寔實也蕃多也徒衆也善曰尚書曰寔繁有徒毛詩曰齊子歸止其從如雲茂陵之原陽陵之朱趫悍㦤豁如虎如貙善曰原原涉也李奇朱安世也史記曰誅㦤悍獟與遽同歟譙切說文曰悍勇也戶且切毛詩曰闞如㦤虎呼交切爾雅曰貙獌以貍䝙勑珠切睚眦蠆芥

戹僵路隅 僵仆也善曰漢書曰原涉字巨先自陽翟徙茂陵涉外溫仁內隱忍好殺睚眦於塵中觸死者甚衆廣雅曰睚裂也說文曰眥目匡也淮南子曰瞋目裂眥睚五解切眥在賣切張揖子虛賦注曰蔕介刺鯁也蔕與帶同並丑介切 丞相欲以贖子罪陽石汙而公孫誅 善曰漢書曰公孫賀爲丞相子敬聲爲太僕擅用北軍錢千九百萬下獄是時詔捕陽陵朱安世賀請逐捕以贖敬聲罪後果得安世安世遂從獄中上書曰敬聲與陽石公主私通遂父子俱死獄中也陽石邑海縣 若其五縣遊麗辯論之士街談巷議彈射臧否剖析毫氂擘肌分理 善曰五縣謂五陵也長陵安陵陽陵武陵平陵五陵也已見西都賦毛詩曰未知臧否聲類曰毫長毛也漢書音義曰十毫爲氂力之切鄭玄周禮注曰擘破裂也補革切說文曰肌肉也 所好生毛羽所惡成創痏 毛羽言飛揚創痏謂瘢痕也善曰蒼頡曰痏毆傷也

切朝 朝軌 郊甸之內鄉邑殷賑 五十里爲之郊百里爲甸師殷賑謂富饒也善曰尚書曰五百里甸服爾雅曰

販當也之忍切五都貨殖既遷既引遷易也引致也善曰五都已見西都賦迁謂徙之於
彼引謂納之於此商旅聯槅隱隱展展言賈人多車槅相連屬隱隱展展重車声也丁謹切善曰
說文曰槅大車枙也居責切冠帶交錯方轅接軫冠帶猶搢紳謂吏人也善曰楊
雄蜀都賦曰方轅齊轂隱隱軫軫枚乘兔園賦曰車馬接軫相屬方輪錯轂說文曰軫車後橫木也封畿
千里統以京尹善曰毛詩曰封畿千里惟民所止漢書曰內史周官武帝更名京兆尹張晏曰
地絕高曰京十億曰兆尹正也郡國宮館百四十五離宮別館在諸郡國者善曰三
輔故事曰秦時殿觀百四十五所右極盩厔并卷豐鄠盩厔山名因名縣善
曰漢書曰右扶風有盩厔縣盩張流切厔張栗切左暨河華遂至號土暨言及也華陰
縣故屬京兆善曰漢書右扶風有虢縣上林禁苑跨谷彌皐跨越也弥猶掩也大陵曰
皐上林苑名禁禁人度入也東至鼎湖邪界細柳鼎湖細柳皆地名也鼎湖在華陰東

細柳在長安西北掩長楊而聯五柞長楊宮在盩厔五柞亦館名一云有五株柞樹善曰鄭玄
毛詩箋曰掩覆也繞黃山而款牛首繞累也款至也善曰漢書右扶風槐里縣有黃山宮
三輔黃圖曰甘泉宮中有牛首山繚垣緜聯四百餘里植物斯生動物
斯止繚垣猶繞了也緜聯猶連蔓也四百餘里苑之周圍也善曰今並以亘爲垣西都賦曰繚以周牆三輔故
事曰此有甘泉九嵕南至長楊五柞連緜四百餘里也植物草木動物禽獸善曰周禮曰動物宜毛物植物
宜皁物也衆鳥翩翻羣獸駓騃皆鳥獸之形皃也善曰薛君韓詩章句曰趨曰騶行
曰騃騶音鄒騃音俟散似驚波聚以京峙京高也水中有土曰峙言禽獸散走之時如水
驚風而揚波聚時如水中之高土也善曰峙直里切伯益不能名隸首不能紀善曰
列子曰北海有魚名鯤有鳥名鵬大禹行而見之伯益知而名之夷堅聞而志之世本曰隸首作數宋衷曰隸首黃帝史也
林麓之饒于何不有木叢生曰林善曰穀梁傳曰林屬於山曰麓注曰麓山足也木則樅栝

櫻柟梓棫楩楓樅松葉柏身也栝柏葉松身梓如栗而小棫白桵也楓香木也善曰郭璞山海經注曰櫻一名幷閭爾雅曰梅柟郭璞曰柟木似水楊又曰棫白桵樅七容切栝古活切櫻子公切柟音南梓音姊棫音域郭璞上林賦注曰楩杷也似梓楩皁縣切楓音風嘉卉灌叢蔚若鄧林嘉猶美也灌叢蔚若皆盛貌也善曰山海經曰夸父與日競走渴飲河渭不足北飲大澤未至道渴死棄其杖化爲鄧林鬱蓊薆薱橚爽櫹槮皆草木盛貌也善曰薱徒對切橚音肅櫹音蕭槮音森吐葩颺榮布葉垂陰葩華也草則葴莎菅蒯薇蕨荔荒善曰爾雅曰葴馬藍郭璞曰今大葉冬藍音針爾雅曰薃侯莎又曰白華野菅郭璞曰菅茅屬古顏切聲類曰蒯草中爲索苦怪切毛萇詩傳曰薇菜也爾雅曰蕨鼈也說文曰荔草似蒲音隷爾雅曰荒東蠡郭璞曰未詳荒胡郎切王芻莔臺戎葵懷羊善曰爾雅曰菉王芻郭璞曰今菉蓐也爾雅曰莔貝母郭璞曰似韭武行切爾雅曰臺夫須又曰菺戎葵郭璞曰今蜀葵菺音眉茙音戎爾雅曰瘣懷羊郭璞

曰末詳苹蕁蓬茸彌皐被岡彌猶覆也言草木熾盛覆被於高澤及山岡之上也
善曰苹音本蕁子本切篠簜敷衍編町成篁篠竹箭也簜大竹也敷布也衍蔓也編連
也町謂畎畝篁竹墟名也善曰尚書曰瑤琨篠簜既敷町音挺山谷原隰泱漭馬黨切
無疆泱漭無限域之貌言其多無境限也善曰泱烏朗切迺有昆明靈沼黑水玄
阯上小瀦曰阯善曰漢書曰武帝穿昆明池黑水玄阯謂昆明靈沼之水沚也水色黑故曰玄阯也周以
金堤樹以柳杞金堤謂以石為邊隒而多種杞柳之木善曰金堤言堅也子虛賦曰上金堤杞
即櫏木也山海經曰杞如楊赤理豫章珍館揭焉中峙皆豫章木為臺館也善曰
三輔黃圖曰上林有豫章觀說文曰揭高舉也渠列切牽牛立其左織女處其右
善曰已見西都賦日月於是乎出入象扶桑與濛汜善曰言池廣大
日月出入其中也淮南子曰日出暘谷拂于扶桑楚辭曰出自陽谷入于濛汜汜音似其中則有

鼈鼉巨龜鱣鯉鱮鮦鮪鮣鱨鯊修額短項大口折鼻詭
類殊種自鼈以上皆魚名也修額至折鼻皆魚形也詭類殊種多雜物也善曰郭璞山海經曰鼉似
蜥蜴徒多切郭璞爾雅注曰鱣似鱏知連切鄭玄詩箋曰鱮似魴翔與切爾雅曰鱧鮦也音童毛萇詩傳曰鮪
似鮎鮪乎軌切鮎奴謙切又曰鱨揚也鯊鮀也鱨音嘗鳥則鷫鷞鴰鴇鴐鵝鴻
鶤善曰高誘淮南子注曰鷫鷞長脛綠色其形似鴈張揖上林賦注曰鴐鵝野鵝又曰鶤雞黃白色長頜赤
喙鴰鴇已見西都賦凡魚鳥草木皆不重見他皆類此鷫音肅鴐音加鶤音昆上春候來季秋
就溫善曰周禮曰上春生穜稑之種禮記曰孟春鴻來鄭玄曰鴈自南方來將北反其居也又曰季秋之
月鴻鴈來賓鄭玄曰來賓止而未去也列子曰禽獸之智違寒就溫南翔衡陽北棲鴈門
善曰尚書曰荊及衡陽惟荊州孔安國曰衡山之陽漢書有鴈門郡奮隼歸鳧沸卉軿訇
奮迅聲也隼小鷙也善曰周易曰射隼高墉之上軿芳耕切訇火宏切眾形殊聲不可勝論

論說也書曰廣雅曰勝舉也於是孟冬作陰寒風肅殺寒氣急殺於萬物孟冬十月陰氣始盛萬物彫落書曰禮記曰孟秋天氣始肅仲秋殺氣浸盛雨雪飄飄冰霜慘烈飄飄雨雪貌慘烈寒也書曰李陵書曰邊上慘烈百卉具零剛蟲搏摯草木零落陰氣盛殺鷹犬之屬可搏摯也書曰毛詩曰百卉具腓禮記曰季秋豺祭獸戮禽也爾乃振天維衍地絡維綱也絡綱也謂其大如天地矣振整理也衍申布也書曰衍以書切蕩川瀆簸林薄林薄草木叢生也蕩動也簸揚也謂驅獸也鳥畢駭獸咸作草伏木棲寓居穴託謂禽獸驚走得草則伏遇木則棲非其常處苟寄而居值穴亦託為人窮迫之意起彼集此霍繹紛泊謂為彼人所驚而來集此人之前霍繹紛泊飛走之貌在彼靈囿之中前後無有垠鍔言禽獸之多前却顧視無復齊限也書曰靈囿已見東都賦淮南子曰山谷無垠鄂之門許慎曰垠鍔端崖也虞人掌焉為之營域虞人掌[illegible]之

官善曰周禮曰山虞若大田獵則萊山之野芟萊平場斬木翦棘善曰周禮曰牧師焚
芟萊毛萇詩傳曰萊草也賈逵國語曰槎邪斫也柞與槎同仕雅切左氏傳曰翦其荊棘結罝音嗟百
里迒杜蹊塞罝網也迒道也蹊徑也皆以網杜塞之也善曰迒公郎切小雅曰杜塞也麀鹿
麌麌駢田偪仄麀牝曰麀麌麌形貌駢田偪仄聚會之意善曰毛詩曰麀鹿攸伏麀於牛
切麌魚矩切天子乃駕彫軫六駿駮雕畫也天子駕六馬駮白馬而黑畫為文如虎
者戴翠帽倚金較翠羽為車蓋黃金以飾較也古今注曰車耳重較文官青武官赤或曰車
覆上重起安牛角也善曰毛詩曰猗重較兮音角說文曰較車輢上曲鉤也較工卓切輢一伎切璿弁
玉纓遺光儵音爚弁馬冠也又髦以璿玉作之纓馬鞅叔爚也以玉飾之遺餘也儵爚有餘光也
爚音藥建玄弋樹招搖玄弋北斗第八星名為矛頭主胡兵招搖第九星名為盾今鹵簿中
畫之於旌旗建樹之以前驅善曰禮記曰招搖在上急繕其怒鄭玄曰繕讀曰勁畫招搖星於其上以起軍堅勁

辜之威怒象天帝也棲鳴鳶曳雲梢禮記曰前有塵埃則載鳴鳶梢謂畫其形於旗上雲梢謂
旌旗之流飛如雲也善曰高唐賦曰建雲旆弧旌枉矢虹旃蜺旄弧星名通帛為旃雄
曰虹雌曰蜺善曰周禮曰弧旌枉矢以象弧也楚辭曰建雄虹之采旄上林賦曰拖蜺旌也華蓋承辰
天畢前驅華蓋星覆北斗王者法而作之畢網也象畢星也前驅載之善曰劉歆遂初賦曰奉華蓋
於帝側韓詩曰伯也執殳為王前驅千乘雷動萬騎龍趨善曰東都賦曰千乘雷起
萬騎紛紜屬車之簉載獫猲獢大駕最後一乘懸豹尾以前皆省中侍御史載之簉副也
善曰古今注曰豹尾車同制也所以象君豹變言尾者謙也屬車已見東都賦毛詩曰輶車鸞鑣載獫猲獢毛
萇曰獫猲獢皆田犬也長喙曰獫短喙曰猲獢簉初遘切獫呂驗切獢許喬切匪唯翫好乃有
秘書小說九百本自虞初小說醫巫厭祝之術凡有九百四十三篇言九百舉大數
也善曰漢書曰虞初周說九百四十三篇初河南人也武帝
時以方士侍郎乘馬衣黃衣號黃車使者小說家者流蓋

出於稗官應劭曰其說以周書爲本其從容之求寔俟寔儲持此祕術儲以自隨待上所求問皆常具也善曰尚書曰從容以和爾雅曰俟待也說文曰儲具也於是蚩尤秉鉞奮鬣被般善曰山海經曰蚩尤作兵伐黃帝史記曰黃帝與蚩尤戰於涿鹿之野蒼頡篇曰鉞斧也毛萇曰鬣般虎皮也上林賦曰被斑文般與班古字通禁禦不若以知神姦螭魅魍魎莫能逢旃善曰左氏傳曰王孫滿謂楚子曰昔夏鑄鼎象物使人知神姦故人入川澤不逢不若螭魅魍魎莫能逢旃杜預曰若順也說文曰螭山神獸形魅怪物魍魎水神毛萇詩傳曰旃之也陳虎旅於飛廉正壘壁乎上蘭陳列也善曰周禮虎賁下大夫旅賁氏中士也飛廉上蘭已見西都賦結部曲整行伍善曰司馬彪續漢書曰大將軍營五部部有校尉一人部下有曲曲有軍候一人左傳曰行出犬雞杜預云二十五人爲行行亦卒之行列也周禮曰五人爲伍燎京薪駴雷鼓積高爲京燎謂燒之善曰周禮曰鼓皆駭鄭玄曰雷擊鼓曰駭駭與駴同縱獵徒赴長

莽莽草長謂深且遠也方言曰草南楚之間謂之莽迾卒清候武士赫怒善曰鄭玄禮記注曰迾遮也迾旅結切清候清道候望也鄭玄毛詩箋曰赫怒意也緹衣韎韐睢盱拔扈善曰緹衣韎韐武士之服字林曰緹帛丹黃色他迷切毛詩曰韎韐有奭毛萇曰韎者茅蒐染也字林曰睢仰目也盱張目也睢火隹切盱火于切毛詩曰無然畔援鄭玄曰畔援猶拔扈拔與跋古字通光炎燭天庭囂聲震海浦燭照也海浦四瀆之口善曰解嘲曰永仰天庭鄭玄周禮注曰囂讙也許朝切河渭為之波盪吳嶽為之陁雉堵波盪搖動也陁落也善曰漢書曰自華西名山七一曰吳山郭璞云吳岳別名百禽㥄遽騤瞿奔觸陵猶怖也遽促也騤瞿走貌奔觸唐突也善曰羽獵賦曰虎豹之陵遽白虎通曰禽鳥獸之揔名為人禽制㥄音陵遽渠庶切騤音逵瞿巨眗切喪精亡魂失歸忘趨投輪關輻不邀自遇言禽獸亡失精魂不知所當歸趨也反關入輪輻之間不須邀遮遂往自得之趣向也邀遮也飛罕潚箾流

鏑攙𢷾瀟削畢形也攙𢷾中声也善曰說文曰畢網也瀟音肅削音朔攙音麥切𢷾音遨切矣

不虛舍鋋不苟躍舍放也躍跳也矢鋋跳躍必有獲矣善曰說文曰鋋小戈也當足

見蹍值輪被轢音歷足所蹈為蹍車所加為轢善曰蹍女展切僵禽斃獸爛

若磧七迹切礫僵仆也石細者曰礫謂所獲禽獸爛然如聚細石也但觀罝羅之所

羂結竿殳之所揘畢羂絓也結縛也竿竹也殳杖也八棱長丈二而無刃或以木爲之或

以竹爲之揘畢謂揘㧙也善曰羂古犬切揘音棖畢于筆切又音筆叉蔟之所攙捔徒搏

之所撞㧙攙捔貫刺之撞㧙猶揘畢也善曰蔟楚角切攙士銜切捔助角切撞直江切㧙房結切

白日未及移其晷已獮思衍切其什七八晷景也獮殺也言日景未移禽

獸估已殺七八矣善曰漢書張諫曰日不移晷霍然四除若夫游鷮高翬絕阬踰

斥雉之健者爲鷮尾長六尺詩云有集維鷮翬翬飛也斥澤崖也善曰鷮舉喬切阬音剛斥音尺毚兔

聯猿陵巒超壑又兔狡兔也聯猿走也巒山小也壑阬谷也自游爵至比皆說禽獸輕校難得也善曰毛詩曰
趯趯毚兔音讒緑劬緑切比諸東郭莫之能獲善曰戰國策淳于髡曰夫韓國盧天下之駿狗也東
郭逡海內之狡兔也環山三騰岡五韓盧不能及之鄭玄禮記注曰比猶比方也孔安國尚書傳曰諸之也乃有迅
羽輕足尋景追括迅羽鷹也輕足犬也括箭括之御弦者鳥不暇舉獸不
得發舉飛也發駭走也善曰高唐賦曰飛鳥未及起走獸未及發青骹交摯於韝溝下
韓盧噬於緤末青骹鷹青脛者善曰韓盧犬謂黑色毛也摯擊也噬齧也緤攣也韝臂衣鷹下
韝而擊犬牽末而齧皆謂急疾不遠而獲善曰說文曰骹脛也戰國策淳于髡曰韓國盧天下之駿狗也骹苦交切緤音薛
禮記曰夫執緤鄭玄注曰緤紲靮皆所以繫制之者守犬田犬問名畜養者當呼之名謂若韓盧宋鵲之屬及其猛
毅髬髵隅目高匡髬髵作毛鬣也隅目角眼視也高匡深瞳子也皆謂猛獸作怒可畏者善曰髬音悲
切髵音而威懾兕虎莫之敢伉兕永牛類也伉當也謂獸猛兕虎且猶畏之人無敢當之者善曰鄭玄毛

詩箋曰㒁恐懼也㒁古郎切迺使中黄之士育獲之儔朱鬘䰅髽
植髮如竿辭帕額露頭髻植髮又如竿以擊猛獸能服之也善曰尸子曰中黄伯曰余左執太行之獶
而右搏雕虎戰國策范雎說秦王曰烏獲之力焉而死夏育之勇焉而死說文曰鬘帶髻頭飾也通俗文曰露
髻曰䰅以麻雜爲髻如今撮也鬘莫亞切髽壯瓜切䰅祖計切袒裼戟手奎踽盤桓奎踽
開足也盤桓便旋也善曰毛詩曰袒裼暴虎左傳曰戟其手而罵辭曰盤桓不進也奎苦圭切踽去禹切鼻
赤象圈巨狿象鼻赤者怒巨狿麈也怒走音爲狿謂能戾象鼻又穿鼻以著圈善曰說文曰圈畜
闌也其窊切狿音延摣狒猬批窳狻禺獸身人面身有毛被髮迅走食人猬其毛如刺窳窫窳
也類貙虎亦食人狻猊也一曰師子摣批皆謂戟撮之善曰摣子加切狒房沸切猬音謂窫側倚切窳音庚
狻音酸猊五奚切揩枳落突棘藩善曰字書曰揩摩也口階切說文曰枳木似橘君紙切杜
預左氏傳注曰藩籬也落亦籬也梗林爲之靡拉撲叢爲之摧殘靡拉

摧残言指突之皆擗碎毀折也拉郎合切善曰方言曰凡草木刺人爲梗古杏切毛萇詩傳曰樸包木也補木

切輕鍛僄狡趫捷之徒輕鍛謂便利捷疾也言如此者多也赴洞穴探封

狐陵重巘獵昆駼洞穴深且遠也探取也封大也陵猶丘也山之上大下小者曰巘昆駼如

馬跂蹄善登高言能升重巘之巔而獵取昆駼之獸善曰巘言免切駼音途杪木末擭獑猢

杪猶表也獑猢猨類而白要以前黑在木表擭謂握取之也善曰杪音眇擭於白切獑在銜切猢音胡超

殊榛捎飛鼯殊猶大也榛木也捎取之也善曰爾雅曰鼯鼠夷由郭璞曰狀如小狐肉翅飛且

乳捎大結切鼯音吾是時後宮嬖人昭儀之倫嬖幸也昭儀後宮官也常亞

於乘輿亞次也乘輿天子所乘車慕賈氏之如皐樂北風之同車

善曰左氏傳曰賈大夫惡取妻三年不言不笑御以如皐射雉獲之其妻始笑而言杜預曰賈國之大夫詩北

風曰惠而好我攜手同車盤于游畋其樂只且盤樂也善曰尚書曰不敢盤于游畋毛詩

曰其樂只且紆也子余切於是鳥獸殫目觀窮殫盡也窮極也所觀畢也善曰國語伍舉
曰若周於目觀遷延邪睨集乎長楊之宮遷延退旋也善曰高唐賦曰遷延引身也
說文曰睨斜視也魚計切息行夫展車馬息休也善曰左氏傳曰子反令軍吏繕甲兵展車馬
鄭玄禮記注曰展整也張輦切收禽舉胔數課衆寡胔死禽獸將腐之名也數計課
錄校所得多少善曰齒取胸各不論屬敗也置互擺牲頒賜獲鹵互所以挂肉擺謂破
磔懸之頒謂以所鹵獲之禽獸賜士衆也善曰擺普皮切漢書音義曰鹵與虜同割鮮野饗犒
勤賞功謂饗食士衆於廣野中勞勤苦賞有功善曰子虛賦曰割鮮染輪杜預左氏傳曰犒勞也犒苦
到切五軍六師千列百重善曰漢宮儀漢有五營五軍即五營也周禮天子六軍六師即
六軍也尚書曰裴皇六師千列列千人也酒車酌醴方駕授饔酒肴皆以車布之善曰鄭
玄儀禮注曰方併也杜預左氏傳注曰燧曰饔升觴舉燧既釂鳴鐘燧火也謂行酒舉烽

火以告鼗也以詔鳴鐘鼓也善曰井進也說文曰醼飲酒盡也焦曜切膳夫馳騎察貳廉
空膳夫宰夫也察廉皆視也貳爲藁重也三減無也言宰人騎馬行視肴有兼重及減無者善曰禮記曰御
同於長者雖貳不辭鄭玄曰貳重也肴膳也炙炰夥清酤㚃皇恩溥洪德施詩有
包鼈膾酤美酒也善曰史記曰楚人謂多爲夥音禍毛詩曰旣戴禱酤音戶廣雅曰㚃曰多也音支皇皇帝書博施也徒御
悅士忘罷善曰毛詩曰徒御不驚毛萇曰徒輦者也御御馬也罷音皮巾車命駕迴
斾右移巾車主車官也回車右轉將旋也善曰孔叢子歌曰巾車命駕將適唐都鄭玄周禮注曰巾猶
衣也相羊乎五柞之館旋憩乎昆明之池相羊仿羊也池即所謂靈沼也
善曰楚辭曰聊逍遙以相羊憩息也登豫章館簡矰紅豫章池中臺也簡省也繳射矢長八
寸其絲名矰音曾蒲且發弋高鴻善曰列子蒲且子之弋弱矢纖繳乘風而振之連雙鶬
於青雲也且子余切挂白鵠聯飛龍挂夫絲挂鳥上也飛龍鳥名也礧不特絓往

必加雙沙石膠絲爲礁非徒獲一而已必雙得之善曰說文曰礁似石著繳也礁音波絓音卦於
是命舟牧爲水嬉舟牧主舟官嬉戲也善曰禮記曰舟牧覆舟琴道雍門周曰水嬉則艕龍
舟浮鷁首翳雲芝船頭象鷁鳥厭水神故天子乘之翳覆也爲畫芝草及雲氣以爲船覆飾
也善曰淮南子曰龍舟鷁首甘泉賦曰登夫鳳皇而翳華芝垂翟葆建羽旗謂垂羽翟爲葆
蓋飾建隼羽爲旌旗也善曰琴道雍門周曰水嬉則建羽旗齊栧女縱櫂歌善曰栧女鼓栧
之女漢書音義韋昭曰栧揖也揚至切櫂歌引櫂而歌也西都賦曰櫂女謳漢武帝秋風辭曰發櫂歌方言曰
楫或謂之櫂郭璞曰今云櫂歌也直教切發引和校鳴葭奏淮南度陽阿
發引和言一人唱餘人和也葭更校急之乃爲和胡卧切杜摯葭賦曰李伯陽入西戎所造漢書曰有淮南鼓員
四人謂舞人也淮南子曰足蹀陽阿之舞感河馮懷湘娥善曰感動也莊子曰馮夷得道以潛
大川說文曰懷念思也楚辭曰帝子降兮北渚王逸曰言堯二女娥皇女英隨舜不及墮湘水中因爲湘夫人

鼈蝄蜽𤿲蛟蛇蝄蜽水神蛟龍類鼈𤿲謂皆使駭怖也善曰楊雄蜀都賦曰其深則有水豹蛟虵也然後釣魴鱧鱺鰋鮋鱺網如箕形狹後廣前魴鱧鰋鮋皆魚名善曰鱺所買切鮋長由切摭紫貝搏耆龜搏摭皆拾取之名耆老也龜之老者神善曰相貝經曰赤電黑雲謂之紫貝楚辭曰耆蔡兮踊躍王逸曰蔡龜也摭之石切搤水豹馽潛牛水豹潛牛皆謂水處也善曰說文曰搤捉也楊雄蜀都賦曰水豹蛟蛇說文曰馽絆馬也上林賦曰沉牛麈麋南越誌潛牛形角似水牛搤音厄馽中立切澤虞是濫何有春秋澤虞主水澤官濫施罛罟也言不順時節常設之也善曰周禮曰澤虞掌國澤之政國語曰魯宣公濫於泗流擿漻澥搜川瀆布九罭設罜麗漻澥小水別名擿搜謂一一周索也善曰毛詩曰九罭之魚鱒魴爾雅曰九罭魚網國語里革曰罝禁罜麗韋昭曰罜麗小網也擿土狄切漻音了澥音蟹罭與緎古字通罭音域罜音獨麗音鹿擽昆鮞殄水族昆魚子鮞細魚族類也擽殄言盡取之擽責交切善曰國語里革曰魚禁鯤鮞鯤音昆鮞

音而蘧藕拔蜃蛤剥蘧芙蕖蜃蛤蚌也善曰蜃音腎逞欲畋敷效獲麑
麇逞極也鹿子曰麑麋子曰麇善曰左氏傳季良曰今民餒而君逞欲廣雅曰逞快也孔安國尚書傳曰畋
獵也田與畋同說文曰敷捕魚也音魚國語曰獸長麑麇麑音迷麇烏老切摎蓼浶浪所求編也
善曰摎古巧切蓼音老浶音勞浪音郎也乾池滌藪善曰孔安國尚書傳曰滌除也鄭玄禮記注曰
藪大澤上無逸飛下無遺走擭胎拾卵蚳蝝盡取善曰國語
曰鳥翼鷇卵蟲舍蚳蝝韋昭曰蚳蟻子也可以爲醢蝝復陶也可食未乳曰卵蚳直尸切蝝音緣取蒼苟切
取樂今日遑恤我後皇暇也言且快今日之樂爲能復顧後日之長久也善曰毛詩曰
我躬不閱遑恤我後既定且寧焉知傾陁天下已定貴在安樂極意恣心何能復顧後日
傾壞也陁音雉大駕幸乎平樂張甲乙而襲翠被平樂館大作樂處也襲服
也李尤樂觀賦曰設平樂之顯觀處金商之維限善曰
班固漢書贊曰孝武造甲乙之帳襲翠被馮玉几音義

曰甲乙帳名也左氏傳曰楚子翠被杜預曰翠羽飾被披義切攢珍寶之玩好紛瑰麗
以參靡攢聚也紛猶雜也瑰奇也麗美也參靡奢故也臨迥望之廣場程角觝
之妙戲程謂課其技能也善曰漢書曰武帝作角觝戲文穎曰秦名此樂爲角觝兩兩相當角力技藝
射御故名角觝也烏獲扛鼎都盧尋橦善曰史記曰秦武王有力士烏獲孟說皆大官
王與孟說舉鼎說文曰扛橫開對舉也扛與船同古尨切漢書曰武帝享四夷之客作巴俞都盧音義曰體輕
善緣橦直江切衝狹鷰濯胷突銛鋒卷簟席以矛插其中伎兒以身投從中過鷰濯以盤
水置前坐其後踊身張手跳前以足偶節踰水復却坐如鷰之浴也善曰漢書音義曰銛利也息廉切跳
九劒之揮霍走索上而相逢揮霍謂九劒之形也索上長繩繫兩頭於梁舉其中
央兩人各從壹頭上交相度所謂儛絙者也戲都彫切華嶽峩峩岡巒參差神木
靈草朱實離離華山爲西嶽峩峩高大貌參差低卬貌神木松栢靈壽之屬靈草芝英朱

赤也離離實垂之貌善曰西都賦曰靈草冬榮神木叢生毛詩曰其桐其椅其實離離毛萇曰離離垂也

總會僊倡戲豹舞羆白虎鼓瑟蒼龍吹篪仙倡僞作假形謂如神也羆豹熊虎皆爲假頭也女娥坐而長歌聲清暢而蜲蛇蜲蛇聲餘詰曲也善曰女娥娥皇女英也洪涯立而指麾被毛羽之襳襹洪涯三皇時伎人倡家託作之衣毛羽之衣襳衣毛形也善曰襳所炎切襹史宜切度曲未終雲起雪飛初若飄飄後遂霏霏飄飄霏霏雪下貌皆巧僞作之善曰班固漢書曰元帝自度曲讚曰度曲歌終更授其次謂之度曲毛詩曰雨雪霏霏複陸重閣轉石成雷複陸複道閣也於上轉石以象雷聲礔礰激而增響磅磕象乎天威增響重聲也磅磕雷霆之音如天之威怒善曰礔數赤切磅怖萌切磕古蓋切巨獸百尋是爲曼延去聲作大獸長八十丈所謂蛇龍曼延也善曰漢書曰武帝作漫衍之戲也神山崔巍欻從

背見欻之言忽也偽所作也獸從東來當觀樓前背上忽然出神山崔巍也欻許律切熊虎升而拏攫猨狖超而高援皆偽所作也善曰拏攫相搏持也拏奴加切攫居縛切怪獸陸梁大雀踆踆皆偽所作也陸梁東西倡佯也踆踆天雀容也七輪切善曰尸子曰先王豈無大鳥怪獸之物哉然而不私也白象行孕垂鼻轔囷偽作大白象從東來當觀前行且乳鼻正轔囷也善曰轔音鄰囷巨貧切海鱗變而成龍狀蜿蜿以蝹蝹海鱗大魚也初作大魚從東方來當觀前而變作龍蜿蜿蝹蝹龍形貌也善曰蜿於表切蝹於君切含利颬颬化為仙車驪駕四鹿芝蓋九葩含利獸名性吐金故曰含利颬颬容也驪猶羅列駢駕之也以芝為蓋蓋有九葩之采也善曰颬呼加切蟾蜍與龜水人弄蛇作千歲蟾蜍及千歲龜行舞於前也水人俚兒能禁固弄蛇也善曰蟾昌詹切蜍市余切奇幻儵忽易貌分形儵忽疾也易貌分形變化異也善曰幻下辦切吞刀吐火雲霧杳冥

善曰西京雜記曰東海黄公立興雲霧漢官典職曰正旦作樂漱水成霧楚辭曰杳冥兮晝晦畫地成川流渭通涇善曰西京雜記曰東海黄公坐成山河又曰淮南王好方士方士畫地成河東海黄公赤刀粤祝音呪東海有能赤刀禹步以越人祝法厭虎者號黄公又於觀前爲之冀厭白虎卒不能救善曰西京雜記曰東海人黄公少時能幻制蛇御虎常佩赤金刀及衰老飲酒過度有白虎見於東海黄公以赤刀往厭之術不行遂爲虎所食故云不能救也皆僞作之也挾邪作蠱於是不售蠱惑也售猶行也謂懷挾不正道者於是時不得行也爾乃建戲車樹脩旃樹植也旃謂旛也建之於戲車上也侲僮程材上下翩翻侲之言善善童幼子也程猶見也材伎能也翩翻戲橦形也善曰史記徐福曰海神云若振女即得之矣侲之刃切突倒投而跟絓譬隕絶而復聯突然倒投身如將墜足跟反絓橦上若已絶而復連也善曰投他豆切謏文曰跟足踵也音根百馬同轡騁足並馳於橦子作其形

狀善曰陸賈新語曰楚平王增駕百馬同行也幢末之伎態不可彌彌猶極也言變巧之
多不可極也彎弓射乎西羌又顧發乎鮮卑彎挽弓也鮮卑在羌之東皆於
幢上作之善曰魏書曰鮮卑者東胡之餘也別保鮮卑山因號焉於是衆變盡心醒醉
盤樂極悵懷萃醒飽也萃猶至也於是游戲畢心飽於欣樂悵然思念所當復至也善曰
孟子曰盤游飲酒馳騁田獵陰戒期門微行要屈要或爲徼善曰期門已見西都賦漢
書曰武帝微行所出張晏曰騎出入市里不復警蹕若微賤之所爲故曰微行要屈至尊同乎卑賤也降
尊就卑懷璽藏紱天子印曰璽紱綬也懷藏之自同卑者也便旋閭閻周
觀郊遂善曰閭里門也閻里中門也郊已見西都賦周禮有六遂也若神龍之變化
章后皇之爲貴龍出則昇天潛則泥蟠故云變化章明也天子稱元后皇漢帝稱也善曰
管子曰龍被五色欲小則化如蠶蠋欲大函天地也然後歷掖庭適驩館掖庭今宮

主後宮擇所離者乃幸之捐衰色從嬿婉嬿婉美好之貌善曰毛詩序曰華落色衰韓詩曰嬿婉之求嬿婉好貌嬿於見切婉於萬切捐棄也促中堂之陿坐羽觴行而無筭中堂中央也善曰楚辭曰瑤漿蜜勺實羽觴漢書音義曰羽觴作生爵形儀禮曰無筭爵鄭玄曰筭數也祕舞更奏妙材騁伎祕言希見爲奇也更遞也奏進也妖蠱豔夫夏姬美聲暢於虞氏善曰左氏傳子產曰在周易女惑男謂之蠱音古又左氏傳曰楚莊王欲納夏姬杜預曰夏姬鄭穆公女陳大夫御叔妻七略曰漢興善歌者魯人虞公發聲動梁上塵暢條暢也勑亮切蠱媚始徐進而羸形似不任乎羅綺嚼清商而卻轉增嬋蜎以此豸音雖清商鄭音蟬蜎此豸恣態妖蠱也善曰宋玉笛賦曰吟清商追流徵嬋音蟬蜎於緣切紛縱體而迅赴若驚鶴之羣罷縱體舞容也迅疾赴節相越也相鶴經曰後七年學舞又七年舞應節振朱屣於盤樽振猶掉也朱屣亦絲屨也奮

長袖之颯纚舞人特作長袖颯纚長貌也善曰韓子曰長袖善舞颯素合切纚所倚切要紹
修態麗服颺菁要紹謂嬋娟作姿容也修為也態婿媚意也菁華英也善曰楚辭曰夸容脩
態要於妙切菁音精眳藐流眄一顧傾城眳眉睫之間藐好視容也流眄轉眼貌也眳七
井切善曰漢書李延年歌曰北方有佳人絶世而獨立一顧傾人城再顧傾人國展季桑門誰
能不營善曰國語曰臧文仲聞柳下惠之言韋昭曰柳下展禽之邑季字也家語曰昔有婦人召魯男
子不往婦人曰子何不若柳下惠然嫗不逮門之女也國人不稱其亂焉桑門沙門也東觀漢記制楚王曰以
助伊蒲塞桑門之盛饌說文曰營惑也列爵十四競媚取榮後宮官從皇后以下凡十
四等競爭邪媚求榮愛也善曰列爵十四見西都賦也盛衰無常唯愛所丁善曰
爾雅曰丁當也衛后興於鬒髮飛燕寵於體輕善曰漢書曰孝武衛皇后
字子夫漢武故事曰子夫得幸頭解上見其美髮悅之毛詩曰鬒髮如雲之忍切荀悅漢紀曰趙氏善舞號曰

飛燕上說之事由附輕而封皇后也爾乃逞志究欲窮身極娛進娛也娛樂也善曰楚辭曰逞志究欲心意安之也鑒戒唐詩他人是媮唐詩刺晉僖公不能及時以自娛樂曰子有衣裳弗曳弗婁宛其死矣他人是媮言今日之不極意恣嬌亦如此也善曰國語曰鑒戒而謀賈逵曰鑒察也自君作故何禮之拘善曰國語魯侯曰君作故事韋昭曰君所作則爲故事也商君書曰賢者更禮不肖者拘焉增昭儀於婕妤賢旣公而又侯善曰漢書曰孝成帝趙皇后有女弟爲婕妤絕幸爲昭儀又曰孝元帝傅婕妤有寵乃更號曰婕妤在昭儀上尊之也又曰封董賢爲高安侯後代丁明爲大司馬卽三公之職也許趙氏以無上思致董於有虞善曰漢書曰成帝謂趙昭儀曰趙氏故不立許氏使天下無出趙氏上者王閎爭於坐側漢載安而不渝渝易也善曰漢書曰上置酒麒麟殿視董賢而笑曰吾欲法堯禪舜何如王閎曰天下乃高帝天下非陛下有之統業至重天子無戲言高祖創業繼體承基暫勞

永逸無爲而治善曰劇秦美新曰漢祖創業蜀漢漢書平當曰今漢繼體承基三百餘年又楊雄曰不一勞者不久佚論語曰無爲而治其舜也與耽樂是從何慮何思善曰尚書曰惟耽樂之從周易曰天下何思何慮多歷年所二百餘朞朞一帀也從高祖至于王莽二百餘年善曰尚書曰殷禮配天多歷年所徒以地沃野豐百物殷阜沃肥也豐饒也殷盛也阜大也巖險周固衿帶易守謂左崤函右隴抵前終南後高陵善曰左氏傳曰制巖邑也李尤函谷關銘曰衿帶咽喉管子曰地形險且易守難攻得之者強據之者久流長則難竭柢深則難朽故奢泰肆情馨烈彌茂言土地險固故得放心極意而奢泰之馨烈益以茂盛鄙生生乎三百之外傳聞於未聞之者鄙生公子自稱謙辭也三百自高祖以下至作賦詩也善曰孔叢子子高謂魏王曰君聞之於耳邪聞之於傳邪者之與切曾髣髴其若夢善曰甘泉賦曰猶髣髴其若夢說文曰彷佛相似見不諦也論語曰子曰舉一隅而未一隅之能睹

示之此何與於郢人屢遷前八而後五居相圯耿不常厥
土盤庚作誥帥人以苦善曰廣雅曰與如也言欲遷都洛陽何如郢之屢遷乎言似之
也尚書曰自契至成湯八遷尚書序曰盤庚五遷又曰河亶甲居相祖乙圯于耿孔安國曰河水所毀曰圯盤
庚遷于郢郢人弗適有居率籲衆慼出矢言圯平鄙切方今聖上同天號於帝皇
天稱皇天天帝今漢天子號皇帝兼同之善曰方今猶正今也尚書刑德放曰帝者天號也天有五帝春秋元命
苞曰皇者煌煌也掩四海而爲家掩覆也善曰禮記孔子曰大道既隱天下爲家又曰聖人
能以天下爲一家也富有之業莫我大也三皇以來無大於漢者善曰周易曰富有之謂
大業也徒恨不能以靡麗爲國華善曰國語季文子曰吾聞以德爲國華章
昭曰爲國光華也獨儉嗇以齷齪忘蟋蟀之謂何儉嗇節愛也蟋蟀唐詩刺
儉也言獨爲節愛不念唐詩所刺邪漢書注曰齷齪小節也王逸楚辭注曰謂說也何休公羊傳注曰謂據疑

問所不知者曰何也豈欲之而不能將能之而不欲歟蒙竊惑焉言我不解何故反去西都從東京置奢逸即儉嗇也善曰蒙謙稱也周易曰匪我求童蒙也顧聞所以辯之之說也說猶分別解說

文選卷第二

共六十頁

文選卷第三

梁昭明太子撰

文林郎守太子右內率府錄事參軍事崇賢館直學士臣李善注上

京都中

京都有三卷此卷居中故曰京都中

東京賦

東京謂洛陽其賦意與班固東都賦同

張平子　薛綜注

安處先生於是似不能言憮亡禹然有間有間謂有頃之間也先生憑公子稱西京奢泰之事心怪其所貴者謂違禮失道故愕然有頃乃能言也善曰安猶烏也處處也言何處有此先生蓋虛假之也論語曰孔子似不能言者孟子曰夷子憮然為間也趙岐曰憮然猶悵然也乃莞爾而笑曰若客所謂末學膚受貴耳而賤目者也莞爾舒張面目

之貌也末學謂不經根本膚受謂皮膚之不經於心胷貴耳謂東京先生笑公子以西京爲貴以東爲賤也善

曰論語曰莞爾而笑又曰膚受之愬桓子新論曰世咸尊古卑今貴所聞賤所見**苟有胷而無**

心不能節之以禮苟猶誠也言實誠信胷臆之所聞而心不能以禮節度其可否也善曰韓

詩曰鄙野之人鮮陋無心也論語曰不以禮節之賈逵國語注曰節制也**宜其陋今而榮古**

矣言人不能以禮節度其事情者固宜薄陋今日之事而以此所聞古事爲榮貴也善曰夫尊古而卑今學

者之流也**由余以西戎孤臣而悝**苦灰**繆**穆**公於宮室**孤謂瓜

陋之臣也善曰史記曰由余本晉人亡入西戎相戎王使來聘秦觀秦之強弱穆公示以宮室引之登三休之

臺由余曰臣國土階三尺茅茨不翦寡君猶謂作之苦勞居之者淫此臺若鬼爲之則神勞矣使人爲之

亦勞矣於是穆公大慙鄭玄禮記注曰凡穆或作繆悝猶嘲也**如之何其以溫**

研覈是非近於此惑如奈也覈實也研審也先生余但西戎孤陋之臣耳尚

宮室之大如何公子雅好博古溫故知新之德也事理之是非而返惑於此事論語曰溫故知新可

師矣王褒責髯奴曰研覈否臧周姬之末不能厥政政用多僻也

幽厲二主周末世之王多邪僻之政也善曰毛詩曰民之多僻也始於宮鄰卒於金虎

鄰近也謂幽王近於宮室惑於褒姒卒有禍敗也金虎西方白虎神王金金白也善曰應劭漢官儀曰不制之

臣相與比周比周者宮鄰金虎宮鄰金虎言小人在位比周相進與君為鄰貪求之德堅若金讒謗之言惡若

虎也嬴氏搏音附翼擇肉西邑嬴秦姓也周書曰無為虎傅翼將飛入邑擇人而食也搏

翼謂著翼也是時也七雄並爭競相高以奢麗七雄謂韓魏燕趙齊楚秦

也爭謂各強盛而競相高以奢溢將為國好不復顧於禮法也善曰苔賓戲曰七雄虓闞史記張釋之曰秦以

苛察相高尚書曰弊俗奢麗也楚築章華於前趙建叢臺於後左氏傳曰

楚子成章華之臺於乾谿一朝叛之於前在春秋之時史記曰趙武靈王起叢臺太子圍之三月於後在六國

之時善曰鄒陽上書曰全趙之時武力鼎
士袨服叢臺之下臣瓚曰在邯鄲城內也秦政利觜長
距終得擅場言秦以天下為大場喻七雄為鬬雞利喙長距者終擅一場也史記曰秦始皇秦襄
王子名政說文曰擅專也思專其侈以莫己若莫無也若如也言始皇所以思專擅其奢
侈者以天下之君無如於我也廼構阿房傍起甘泉三輔故事秦始皇上林苑中作離宮
別觀一百四十六所不足以為大會羣臣二世胡亥起阿房殿東西三里南北三百步下可建五丈旗在山之
阿故號阿房也甘泉山名也戰國策范雎曰秦北有甘泉宮謂其下有甘泉水因以名之善曰阿房甘泉已見
上文結雲閣冠南山結連也雲閣閣名也高如雲故言雲三輔故事曰秦二世胡亥起雲閣欲
與山齊冠羈也終南山在長安南征稅盡人力殫丹言征稅之賦盡於天秦之用天下之力
於長城與宮室也殫盡也善曰鄭玄禮記注曰征稅也毛萇詩傳曰稅斂也然後收以太
之賦威以參夷之刑漢書伍被曰秦作阿房宮收之賦韋昭曰凡數三分有二

半言秦造宮室奢麗費用不足乃復收其太半之賦姓賦稅不得者誅其三族漢書曰秦用商鞅之法
夷之誅參三也謂滅三族也其遇民也若薙氏之芟所衛草遇逢周禮有
氏掌山澤芟除草营毛詩載芟載柞也既蘊崇之又行火焉左氏傳曰任有言曰
農夫之務去草芟夷蘊崇之杜預曰芟殺蘊積也崇聚也言秦始皇酷虐百姓如芟草積而放火焉悚悚
徒頻切黔首豈徒跼局高天蹐籍厚地而已哉乃救死
於其頸史記曰秦皇更名民曰黔首謂黑頭無知也跼蹐恐懼之貌也毛詩曰謂天蓋高不敢不跼傴
僂也謂地蓋厚不敢不蹐蹐累足也謂此詩之民非徒跼高天蹐厚地而已乃晝夜畏死其頸善曰豈非也老
子曰聖人在天下悚悚焉國語單襄公曰兵在其頸不可久也毆以就役唯力是視謂不
復知民有緩急與飢寒唯趨毆令作力而已善曰左氏傳曰除君之惡唯力是視言所觀者唯力是求餘無所
顧也百姓弗能忍是用息肩於大漢而欣戴高祖忍堪也言秦天

下之民君檐重物不得休息今來歸漢得息肩膊善曰左氏傳曰鄭成公疾子駟請息肩於晋杜預曰以負擔
喻也國語曰祭公謀父曰商王大惡庶民不忍欣戴武王賈逵曰戴奉也高祖膺籙受圖
順天行誅杖朱旗而建大號膺籙謂當五勝之籙受圖卯金刀之語順天謂順天
命而起又悟神娃之言舉朱旗而大呼天下之英雄與其定事也善曰春秋命曆引曰五德之運徵符合膺籙
故相代周易曰順乎天漢書高祖立爲沛公旗幟皆赤故曰朱也周易曰渙汗其大號鄭玄曰號令也所
推必亡所存必固言高祖所推擊者使之亡所存者使之堅固善曰尚書曰推亡固存邦乃
其昌掃項軍於垓下紲子嬰於軹紙塗掃除也項項羽也垓地名漢王圍項
羽於垓下羽聞四面有楚歌乃與數百騎走高祖使灌嬰追之斬羽東城紲猶繫也子嬰秦子嬰也善曰史
秦王子嬰乘素車白馬繫頸以組降於軹道旁也蘇林曰軹亭名在長安城東十三里因秦宫
據其府庫因仍也據就也府庫謂官吏所止爲府車馬器械所居曰庫也作洛

我則未暇作洛謂造洛邑也我我高祖也謂天下新造草創不暇暇改作如制禮也是以
匠營宮目翫阿房西匠謂秦之舊匠也目視也翫狎阿房宮名也漢書曰梧齊侯陽城
名延為少府作長樂未央宮也規摹踰溢不度入不臧規圖也踰越也溢過也度法也臧善
也謂西匠所圖越過不得禮法皆言不善也善曰聲類曰摹法也損之又損之然尚過於
周堂損減也言高祖雖數損減其制度猶過於周家之堂善曰老子曰損之又損之以至於無爲也觀
者狹而謂之陋帝已譏其泰而弗康觀視也陋小也康安也言觀者習見
秦之奢麗睹今日之減小皆以爲陋然高祖猶已譏其泰而不安也謂七年冬上自將擊韓王信蕭丞相留長
安營起未央宮立東闕前殿武庫太倉高祖見其壯麗怒曰何修宮室之過也且高既受命建
家造我區夏矣高高祖也區區域也夏華夏也言高祖受上天之命建立國家制造區夏
善曰毛詩曰文王受命作周也鄭玄曰受天命以王天下尚書盤庚曰永建乃家用肇造我區夏文又

躬自菲薄治致升平之德文文帝也躬自菲薄謂儉約漢書曰文帝欲作露臺召匠計直百金曰吾奉先帝宮室常恐太奢何用臺爲故文景之際號爲升平升平謂國太平也善曰禹菲薄飲食孝經鈎命決曰明王用孝升平致譽武有大啓土宇紀禪肅然之功武武帝也漢書武紀曰定越地爲南海七郡北置朔方等五郡故去大啓土宇啓開也紀記也肅敬也謂登封太山外禪肅然善曰尚書曰建邦啓士毛詩曰大啓爾宇宣重直用威以撫和戎狄呼韓來享宣宣帝也漢書宣紀曰呼韓邪單于款五原塞願奉國珍毛詩曰自彼氐羌莫敢不來享享獻也撫安也戎狄呼韓並國名也左氏傳曰子教寡人和戎狄言宣帝能和戎狄咸用紀宗存主饗祀不輟咸皆也紀録也宗太宗文帝廟號也主木主言刻木爲人主神置廟中而祭之輟止也凡天子五世則毀今廟不遷毀其主各四時祭祀無止絶時善曰漢書景紀曰高皇帝爲太祖廟文皇帝爲太宗廟言天子世世獻祖宗之廟也鄭玄論語注曰輟止也銘勳彝器歷世彌光彝常廟之器

彝勳功也歷經也彌益也銘勒也勒銘於宗廟之器乎鼎萬祀彌益光明善曰左氏傳臧武仲曰夫以大伐
取所得彝器銘其功烈以示子孫也字林曰銘題勒也今捨純懿而論爽德綜曰
大懿美也爽差也今公子反舍四帝純大懿美之德而專論爽差之過失者也善曰國語曰實有爽德賈逵
曰爽貳也以春秋所諱而為美談春秋諱國之惡今公子以為美談也善曰公羊傳
曰大惡諱之小惡書之又云魯人至今以為美談也宜無嫌於往初故蔽善而揚
惡衹吾子之不知言也宜之言義也無猶不也是也今公子之義不嫌於蔽國之善
揚國之惡是公子之不知言也善曰諺曉楚誤邑中庸好問善而揚惡可謂問之論語子曰不知言無以
知人也毛萇詩傳曰衹適也必以肆奢為賢則是黃帝合宮有虞總
期固不如夏癸之瑤臺殷辛之瓊室也肆放也賢善也謂黃帝明堂以
草蓋之名曰合宮舜之明堂以草蓋之名曰總章言難公子黃帝等造此是守儉也善曰尸子曰欲觀黃帝之

行於合宫觀堯舜之行於總章章期一也汲冢古文曰夏桀作傾宫瑶臺殫百姓之財殷紂作瓊室立玉門也
湯武誰革而用師哉湯謂殷湯武謂武王革攺也言誰遣革攺殷紂夏桀而用師哉以其
奢侈淫泆所以湯武順天命而行罰之此譏西京公子也善曰湯武革命已見東都賦孔叢子曰舜禹揖讓湯武用
師非相詭乃時也盍合亦覽東京之事以自寤乎盍猶何不也覽視也自寤
自覺寤也言公子何不視東京之行事心自覺寤耶且天子有道守在海外淮南
子曰若天下無道守在四夷天下有道守在海外討四夷皆爲臣僕善曰鄭玄禮記注曰道謂仁義也守位
以仁綜作人不恃隘害仁謂衆庶也隘險阨也言要須擇任賢臣不以隘害爲牢固善曰周易
曰何以守位曰仁也苟民志之不諒何云巖險與襟帶苟誠也諒信也公子
稱巖險周固襟帶易守故令合曰誠使人心不信何周固反易守者善曰李尤函谷關銘曰襟帶咽喉
秦負阻於二關卒開項而受沛負恃也卒終也言關以爲牢固終受

所入也二人謂高祖從武關入項羽從函谷關入善漢書曰沛公使兵守函谷關項羽使黥布攻破之
下又云沛公攻武關入秦應劭曰武關秦南關彼偏據而規小豈如宅中而
大彼謂秦也據依也言彼秦偏據關西所規近在二關之內故云小也豈如東京居天地之中所圖者四海
之外善曰尚書曰自服于土中孔安國曰洛邑地勢之中孔叢子曰子貢謂東郭充曰今子位卑而圖大昔
先王之經邑也先王謂周成王也邑洛邑也善曰毛萇詩傳曰經度也掩觀九隩
靡地不營掩猶及也九隩謂九州之內也靡地不營謂徧求之卜瀍澗及棃水皆不吉善曰新序曰
營度也九隩合道四海也土圭測景不縮不盈鄭玄曰土度也縮短也盈長也謂圭長一
尺五寸夏至之日豎八尺表日中而度之圭影正等天當中也若影長於圭則太近北圭長於影則太近南近
北多寒近南多暑近東多風近西多雨總風雨之所交然後以建王城總猶
括也王城今河南也周禮曰土圭之法測土深正日景以求地中四時之所交風雨之所會陰陽之所和乃建

王國也審曲面勢審度也謂審察地形曲直之勢而建王都善曰周禮曰或審曲面勢以飭
五材以辨民器鄭司農曰察五材曲直方面形勢之宜也泝素洛背河左伊右瀍
泝向也洛洛水河黃河伊伊水瀍瀍水善曰尚書曰予朝至于洛師卜瀍水東瀍水西惟洛食孔安國曰
洛出上洛山伊出陸渾山瀍出河南北山西阻九河東門于旋謂東有旋門在成皋西南
十數里阪形周屈故曰旋善曰穆天子傳曰天子西升九河郭璞曰旋今新安縣十里有九坂阻險也阿曲也盟
津達其後太谷通其前孟津四瀆之長故武王爲諸侯約誓於其上尚書曰東至
于盟津盟津地名在洛北都道所湊古今以爲津太谷在轘氏北洛陽西也洛陽記曰太谷洛城南五十里舊
名通谷迴行道乎伊闕邪徑捷乎轘轅伊闕山名也轘轅阪名也迴曲也捷
邪也謂大道迂曲乃當伊闕之外邪徑趣疾當歷轘轅善曰賈逵國語注曰道由也史記吳起曰桀之居伊闕王逸楚辭注曰捷疾也左
氏傳注曰捷邪出也漢書曰沛公從轘轅薛綜曰轘轅阪十二曲道將去復還故曰轘轅臣瓚曰在緱氏東南大室

鎮揭竭以熊耳太室嵩高別名也揭猶表也言以嵩高之嶽爲國之鎮也復表以熊耳之山爲曰郭璞山海經注曰太室在陽城縣西羽獵賦曰揭以崇山熊耳山名也尚書傳曰熊耳山在宜陽之西也底柱輟流鐔徒南以大岯底柱山名也在河東縣東南向居河中猶柱然也輟止也善曰尚書曰導河至於底柱東過大岯韻集曰鐔劒口也言大岯之險同乎劒口也莊子曰天子之劒以周宋爲鐔溫液湯泉黑丹石緇言泉水如湯浴之可以除病在河南梁縣界中也黑丹石緇謂黑石雜色也言溫液即湯泉之流黑丹石緇之所出善曰孝經援神契曰德至于山陵則出黑丹張揖子虛賦注曰玄厲黑石可用磨也王鮪岫居能奴來鼈三趾山有穴曰岫也王鮪魚名也居岫穴中長老言王鮪之魚由南方來出此穴中入河水見日目眩浮水上流行七八十里鈞人見之取之以獻天子用祭其穴在河南小平山善曰周禮曰春獻鮪鄭玄曰王鮪魚之大者山海經曰陽狂水西南流注于伊水中有三足鼈爾雅曰鼈三足曰能宓妃攸館神用挺紀攸所也館舍也傳曰成王遷九鼎於

洛邑卜年七百卜世三十後皆如其言故云神所授紹謂告年紀之處也善曰楚辭曰迎宓妃於伊洛王逸曰宓妃神女蓋伊洛之水精龍圖授羲龜書畀姒尚書傳曰伏羲氏王天下龍馬出河遂則其文以畫八卦謂之河圖又曰天與禹洛出書謂神龜負文而出列於背善曰爾雅曰畀賜也史記禹姓姒氏召伯相宅卜惟洛食相視也宅居也惟有此食謂吉兆善曰尚書曰召公既相宅卜惟洛食孔安國曰卜必先墨畫龜然後灼之兆順食墨吉也周公初基其繩則直謂初造洛邑言召公先相宅卜之吉周公繩度之合於制度善曰尚書曰周公初基作新大邑于東國洛毛詩曰其繩則直毛萇曰言不失繩直之宜也萇直良弘魏舒是廓是極萇弘周大夫也魏舒晉大夫獻子也廓猶規也極致也謂二人率諸侯曰成以致功規度王城三旬而立之善曰國語曰敬王十年劉文公與萇弘欲城周爲之告晉左氏傳曰晉魏舒合諸侯之大夫以城周也經途九軌城隅九雉南北爲經途道也軌車轍也善曰周禮國中經塗九軌鄭玄曰塗容九軌軌謂轍廣也又周禮曰王城

（偶之制九雉鄭玄云雉度也謂高一丈長三丈爲雉）度（徒洛）堂以筵度室以几（[illegible]堂也筵席也長九尺几俎也長七尺善曰周禮曰室中度以几堂上度以筵）京邑翼翼四方所視（京大也大邑謂洛陽也翼翼禮儀盛貌言常爲四方觀翼翼然也善曰毛詩曰商邑翼翼四方之極）漢初弗之宅故宗緒中圮（痞緒統也圮絕也漢家不居於洛故宗廟之統中遂廢絕也）巨猾間（去聲）釁（許覲）竊弄神器（巨王莽字巨君也猾狡也間候也釁隙也神器帝位也言王莽因成哀無嗣元后秉政漢祚微弱篡竊高位善曰老子曰天下神器不可爲也爲者敗之韋昭漢書注曰神器天子璽也）歷載三六偷安天位（載年也三六十八年謂王莽簒位一十八年也天位帝位也善曰尚書曰天位艱哉）于時蒸民罔敢或貳（于於也蒸衆也罔無也言是時衆民無敢有二心於莽者毛詩曰于時言言尚書蒸民乃粒）其取威也重矣（威畏也重猶多也謂爲天下所畏已者多矣善曰左氏傳先軫曰報施救患取威定霸）我世祖忿

之世祖光武也忿恚疾王莽威重如此也乃龍飛白水鳳翔參所令墟白水謂南陽白水縣也世祖所起之處也初爲更始大司馬討王郎於河北北爲參虛分野龍飛鳳翔以喻聖人之興也善曰周易曰飛龍在天大人造也授鉞四七共工是除授與也鉞斧鉞也四七二十八將也共工霸天下者以喻王莽也六韜曰凡國有難君召將以授斧鉞漢書曰顓頊有共工之陣以定水災欃槍旬始羣凶靡餘欃槍星名也謂王莽在位如妖氣之在天世祖除之凶惡無餘爾雅曰彗星爲欃槍也旬始妖氣也史記曰旬始狀如雄雞也靡無也今言世祖除凶賊無有遺餘也區宇乂寧思和求中天地之內稱寓言海內既已乂安思求陰陽之和天地之中而居之睿哲玄覽都茲洛宮睿聖也玄通也言通見此洛陽宮也善曰尚書曰睿作聖明作哲老子曰滌除玄覽河上公曰心居玄冥之處覽知萬物故謂之玄覽王弼曰玄物之極也廣雅曰玄遠也曰止曰時昭明有融曰辭也時是也融長也言當止居是洛邑必有昭明之德長久之道也善曰毛詩曰曰止曰時

昭明有融既光厥武仁洽道豐止戈曰武謚法曰功格天下曰光尅定禍亂曰武洽合也
豐盛也世祖既能止戈故謚光武言仁義之道大豐盛也善曰洽霑也登岱勒封與黃比
崇登上也岱泰山也謂王者功成作樂治定制禮故封泰山勒功於石以紀號也黃黃帝也史記曰崇高也
言世祖與黃帝比其尊號也善曰史記曰黃帝封泰山禪云亭司馬彪續漢書曰建武三十二年乃封禪孔安國
尚書傳曰崇尊也逮至顯宗六合殷昌逮及也殷盛也昌熾也顯宗明帝號也六合天
地四方也善曰呂氏春秋曰神通乎六合高誘曰四方上下爲六合也乃新崇德遂作德
陽崇德德陽皆殿名也崇德在東德陽在西相去五十步啓南端之特闈立應門
之將將啓開也端門南方正門應門中門也善曰爾雅曰宮中門謂之闈洛陽宮舍記曰洛陽有端門
毛詩曰應門將將毛萇曰將將嚴正之貌昭仁惠於崇賢抗義聲於金商
崇賢東門名也金商西門名也謂東方爲木主仁如春以生萬物昭天子仁惠之德故立崇賢門於東也西爲

金主義音爲商若秋氣之殺萬物抗天子德義之聲故立金商門於西善曰漢書曰角爲木爲仁商爲金爲義也

飛雲龍於春路屯神虎於秋方德陽殿東門稱雲龍門德陽殿西門稱神虎門神虎金獸也秋方西方也飛飛龍也易曰雲從龍爲水獸春路東方道也善曰漢書曰東宮蒼龍又曰東方於時爲春宮殿簿北宮有雲龍門王逸楚辭注曰屯陳也漢書曰西宮白虎又曰西方於時爲秋宮殿簿北宮有神虎門

建象魏之兩觀旌六典之舊章象魏闕也一名觀也旌表也言所以立兩觀者欲表明六典舊章之法謂懸書于象魏浹日而斂之善曰周禮曰太宰掌建邦之六典一曰治典二曰教典二曰禮典四曰政典五曰刑典六曰事典舊章法令條章也左傳曰舊章不可忘

其內則含德章臺天祿宣明溫飭迎春壽安永寧八殿皆以休令爲名美時君之德在應門之內也

飛閣神行莫我能形言閣道相通不在於地故曰飛人不見行往故曰神形謂天子之形容言我無能說其形狀也

濯龍芳林九谷八溪洛陽圖經曰濯龍池名故

歌曰濯龍望如海河橋渡似雷芳林苑名九谷八溪養魚池芙蓉覆水秋蘭被涯
音宜芙蓉荷華也秋蘭香草生水邊秋時盛也善曰楚辭曰秋蘭兮青青鄭玄注周易曰蘭香草也被亦覆也
渚戲躍魚淵游龜蠵音惟渚水渚也戲游也躍跳也毛詩曰王在靈沼於牣魚躍蠵
龜類也凡此物謂取有時非時則恣之游戲不驚動也永安離宮脩竹冬青永安宮名
也脩長也冬青謂不彫落也陰池幽流空泉洌清水耕陰幽流謂伏蕭從地下流通於
河也水黑色故曰玄泉洌清澄貌善曰楚辭曰臨沅湘之玄淵毛詩曰洌彼下泉鵯匹鶋居秋
棲鶻骨鵃竹交春鳴爾雅曰鸒斯鵯鶋郭璞曰鵯鶋匹鳥腹下白也又曰鶌鳩鶻鵃郭璞曰鶻
鵃似山鵲頭尾青黑色秋棲春鳴謂各得其性也鴡七余鳩麗离黃關關嚶嚶爾雅
曰鵙鳩王鵙也郭璞曰鶚鵰類也又曰鶬鶊鶯黃也郭璞曰鸝黃黑也關關嚶嚶謂音聲和也於南
則前殿靈臺龢驩安福前殿露寢也靈臺臺名也龢驩安福二殿名並在德

陽殿之南移誃直移門曲榭邪阻城洫謻門冰室門也臺有木曰榭阻依也洫城下池冰室
門及榭皆屈曲邪行依城池爲道也奇樹珍果鉤盾垂允所職奇異也珍貴也鉤盾
今官主小苑善曰鉤盾五丞也爾雅曰職主也西登少華亭候修勑登外也並有亭有候
也修治也勑整也謂西園中有少華之山九龍之內寔曰嘉德九龍本周時殿名也門上
有三銅柱柱有三龍相糾繞故曰九龍嘉德殿名在九龍門內也西南其戶匪雕匪刻
毛詩曰西南其戶不雕不刻尚質也言殿舍之多其戶或西或南也我后好約乃宴斯息
我后謂明帝也宴安也息止也善曰周易曰君子以嚮晦入宴息也於東則洪池清蘌語
淥水澹澹徒敢內阜川禽外豐葭菼洪池名也在洛陽東三十里阜
多也豐饒也內多魚鼈外饒蘆薍也善曰漢書音義應劭曰蘌在池水上作室可用棲鳥鳥入則捕之髙
唐賦曰淥水澹澹而盤紆說文曰澹澹水搖貌也爾雅曰葭葦也菼薍也薍五患切獻鼈上蜃與

鼃魚供蝸古花蠯蒲佳與菱芡蝸螺也菱芰也芡雞頭也善曰周禮曰春獻鼈蜃秋獻鼃魚祭祀供蜱蠯鄭玄曰蠯大蛤也杜子春曰蜃蜯也蜱與蠯同禮記曰蝸醢而苽食周禮曰加籩豆之實有菱芡也其西則有平樂都場示遠之觀平樂觀名也都謂聚會也爲大場於上以作樂使遠觀之謂之平樂在城西也龍雀蟠盤蜿紆元天馬半漢龍雀飛廉也天馬銅馬也蟠蜿半漢皆形容也善曰華嶠後漢書曰明帝至長安迎取飛廉并銅馬置上西門平樂觀也瑰異譎詭燦爛炳煥瑰奇也譎詭變化也燦爛炳煥粲白鮮明之貌奢未及侈儉而不陋言皆合於禮故奢不至侈故儉不至陋也規遵王度動中得趣規摹也遵循也趣意也度也先王之法度舉動合禮之意也家語孔子曰公甫之婦動中得趣於是觀禮禮舉儀具具足也言觀王之光明禮儀皆備具也善曰左氏傳曰諸侯宋魯於是觀禮經始勿亟居力成之不日勿猶不也亟急也成之不日言不用一日即成之善

曰毛詩曰經始勿亟庶人子來毛萇曰經度也又曰庶民攻之不日成之猶謂爲之者勞居之者逸勞苦也逸樂也善曰賈子曰翟王使使者之楚楚王饗客於章華之臺楚王曰翟亦有臺乎使者曰翟王茅茨不剪采椽不斲猶以作者大勞居者大逸也慕唐虞之茅茨思夏后之卑室唐唐堯也虞虞舜也夏后夏禹也善曰墨子曰堯舜茅茨不剪采椽不刊議文曰茅茨蓋屋也論語云禹卑宮室而盡力於溝洫也乃營三宮布教頒班常三宮明堂辟雍靈臺頒布也常舊典也所以行教化布典禮之宮也複福廟重屋八達九房複廟重覆也重屋重棟也謂明堂廟屋前後異制善曰禮記曰複廟重檐達鄉謂天子廟飾也大戴禮曰明堂九室而有八牖然九室則九房也八牖八達也規天矩地授時順鄉謂宮室之飾圓者象天方者則地也鄉方也言頒政賦教常隨時月而居其方月令曰孟春居蒼龍左个善曰大戴禮曰明堂者上圓下方范子曰天者陽也規也地者陰也矩也三輔黄圖曰明堂方象地圓象天又曰明堂順四時行令也造舟清池惟

水決泱央造舟以舟相比次為橋也毛詩曰造舟為梁泱泱水流貌善曰毛詩曰瞻彼洛矣惟水泱
泱左制辟雍右立靈臺言德陽殿東有辟雍於西有靈臺謂於其上班教令者曰
明堂大合樂射鄉者曰辟雍司歷紀候節氣者曰靈臺也因進距衰表賢簡能進善也衰
老也言因其進則舉而用之衰減者拒而退之謂擇賢以大射所以表明德行簡錄其能否謂辟雍也善曰尸子曰
治國有四術一忠愛二無私三用賢四簡能爾雅曰簡猶擇也馮皮氷相息亮觀祲浸祈褫
絲禳災善曰周禮曰春官宗伯馮相氏掌歲日月星辰之位辨其災祥以為時候鄭玄曰馮乘也相視
也祲謂陰陽氣相浸漸以成災也祈求福也禳除也災禍也謂求祈福而除災害也爾雅曰褫福也鄭玄周禮
曰卻變異曰禳於是孟春元日羣后旁戾尚書曰正月元日舜格于文祖孟春正月
也元日正日也羣后公卿之徒也旁四方也戾至也言諸侯正月一日從四方而至各來朝享天子也百僚
師師于斯胥洎尚書曰百僚師師百僚謂百官也師師謂相師法也胥相也洎及也言元日百官於

此相連及來朝賀也而藩國奉聘要荒來質至謂王侯藩籬國也言要荒之外所奉
聘令者盡來朝見善曰周禮曰鎮服外五百里曰藩服魏相上封曰顯明功臣以鎮藩國鄭司農周禮注曰衆
來曰頫寡來曰聘尚書曰五百里要服又五百里荒服漢書曰樓蘭王遣子質漢也具惟帝臣獻
琛執贄具之言俱也獻貢也琛寶也執持也贄禮也言藩國來貢者謂隨土所出寶而貢之也善曰萬
邦黎獻具惟帝臣毛詩曰來獻其琛封禪書曰百蠻執贄周禮曰以六禽作六贄鄭玄曰贄之言至也所執以
自致也當覲乎殿下者蓋數萬以二覲見也言於此之時當入見於殿下
者可數萬人分於闕下夾道爲二部爾乃九賓重平臚盧人列言鴻臚所主羌胡之
人皆羅列於朝廷也善曰漢書曰羣臣朝十月儀大行人設九賓臚句傳韋昭曰九賓則周禮曰九儀謂公侯
伯子男孤卿大夫士也臚傳也次以傳上令也蘇林曰上傳語告下臚下傳告上句臚猶行也二訓雖殊皆以
行上語爲臚也崇牙張鏞庸鼓設崇牙栒虡上板作劍筦者横曰栒植曰虡張謂樹之

以縣鍾鼓也善曰毛詩曰崇牙樹羽又曰鏞鼓有斁毛萇詩傳大曰鏞郎將司階虎戟交

鎩殺言虎賁中郎將主夾階而立虎賁或執戟或持鎩而相對也交鎩謂交加而設兵器也善曰漢書曰

儀兵郎中夾階說文曰鎩鈹有鐔龍輅充庭雲旗拂霓馬八尺曰龍輅天子之車也故

曰龍輅充蒲也庭朝廷旗謂熊虎爲旗爲高至雲故曰雲旗也楚辭曰載雲旗之逶夷拂至也霓天邊氣也

夏正三朝庭燎晳晳夏家建寅之正漢家所用也三朝歲月日朝晳晳大光明也善

曰東都賦曰春王三朝三朝歲首朔日也毛詩曰夜如何其夜未艾庭燎晣晣撞洪鍾伐靈鼓撞鏗

也伐擊也靈鼓六面鼓也善曰周禮曰靈鼓靈鼗旁震八鄙軒音耕礚苦代隱訇大宏

旁四方也震驚也八鄙四方與四角也軒礚隱訇鍾鼓之聲也若疾霆轉雷而激迅風

也霆霹靂也迅疾也言鍾鼓之聲又若雷霆之相轉亦如急風之迅疾也是時稱警蹕已

下雕輦於東廂警謂清道也輦人挽車彫謂有彫飾也殿東西次爲廂善曰漢書儀注曰

皇帝輦動則左右侍帷幄者稱警孔安國尚書傳曰殫刻鏤也冠通天佩玉璽通天冠名也佩
帶也玉璽天子印也蔡雍獨斷曰天子冠通天紆皇組要干將紆垂也皇大也組綬也干
將劍名也越絕書曰楚王令歐冶子干將爲鐵劍三枚一曰龍淵二曰太阿三曰工市也吴越春秋曰干將者
吴人造劍二枚一曰干將二曰莫耶負斧扆次席紛純白與黑謂之斧扆屏風畫之坐後也
次席竹席也紛純謂以組爲緣善曰禮記曰天子負斧扆南向而立鄭玄曰負之言背也周禮曰大朝覲王設
黼依設莞席紛純次席黼純左右玉几次席紛純謂三席俱設互言之左右玉几而
南面以聽矣周禮曰天子左右玉几鄭玄曰左右有几優至尊也善曰周易曰離者明也南方之
卦也聖人南面聽天下嚮明而治蓋取諸此也然後百辟乃入司儀辨等百辟諸侯
也司主也儀法也辨別也言百官有分別者謂司王之次也善曰百辟其刑之周禮曰司儀主禮掌九儀之賓
客分別五等之諸侯左傳臧僖伯曰明貴賤辯等差尊卑以班璧羔皮帛之贄既

奠班位次也謂尊卑有等差也善曰國語曰班爵貴賤以列之周禮曰子執穀璧孤執皮帛卿執羔大夫執鴈士雉各有次第奠置也天子乃以三揖之禮禮之善曰周禮曰主土揖庶姓時揖異姓天揖同姓鄭玄曰庶姓無親者也土揖推手小下之也異姓昏姻也時揖平推手也天揖推手小舉之又曰諸侯心平手禮伯男手在心下禮外國君在心上禮穆穆焉皇皇焉濟濟焉將將焉信天下之壯觀也壯觀言天下之人壯大觀覽也禮記曰天子穆穆諸侯皇皇大夫濟濟士將將鄭玄曰威儀容止之貌史記曰天下之壯觀也乃羨公侯卿士登自東除羨延也登進也謂命之上殿也天子從中階諸侯從東西階善曰東際階也訪萬機詢朝政尚書曰一日二日萬機言機微之事日有萬種詢謀也謂與謀朝政有所先後者也勤恤民隱而除其眚恤憂也隱痛也眚病也言有隱痛不安者今憂恤之也善曰國語祭公謀父曰勤恤民隱而除其害也人或不得其所若已納之於隍隍城下坑無水者善曰孟子曰

伊尹思天下之民匹夫匹婦不與被堯舜之澤者若已推
而納之於溝中也鄭玄毛詩箋曰納內也說文曰城池無
水曰隍 苟天下之重任 匪怠皇以寧靜 苟負也怠懈也皇暇也言無有懈怠
於寧靜者謂常有所憂也善曰孫卿子曰國者天下之大
器也重任也可不善擇而後錯之毛詩曰不敢怠遑
發京倉散禁財 發開也京大也禁藏也善曰尚書曰散鹿臺之財發鉅橋之粟毛詩曰曾孫之
庾如坻如京 賚皇寮逮輿臺 賚賜也皇寮百官也逮及也言天子散發禁庫之財無問
貴賤皆賜及之善曰左氏傳曰人有十等王臣公公臣
大夫大夫臣士士臣皁皁臣輿輿臣隸隸臣寮寮臣僕
僕臣臺漢書公卿言曰陛下出禁錢以振元元應
劭曰少府掌山澤陂池之稅名曰禁錢以給私養 命膳
夫以大饗 饔餼浹乎家陪 周禮曰膳夫主食之官孰曰饔腥曰餼浹徧也家陪
謂公卿大夫之家善曰毛詩曰
牲牢饔餼論語曰陪臣執國命 春醴惟醇 燔炙芬芬 醇厚
也燔炙謂炙肉也芬芬香氣盛也善曰毛詩曰為
此春酒又曰燔炙芬芬呂氏春秋曰厚酒肥肉 君臣

歡康具醉熏熏康樂也具俱也歡樂而和說也熏熏和說貌言君臣皆善曰毛詩曰公尸來止熏熏毛萇曰熏和悅也千品萬官已事而踆七旬已止也踆退也謂品秩官僚等玄止事而退還也善曰國語曰觀射父曰百姓千品萬官億醜管仲曰有司已事而踆踆與逡同也勤屢省昔井懋乾乾屢數也省察也懋勉也乾乾敬也善曰尚書曰屢省乃成周易曰君子終日乾乾也清風協於玄德淳化通於自然協同也淳厚也玄天也自然通神明也言帝如此清惠之風同於天德淳厚之化通於神明也善曰孔安國尚書傳曰風教也老子曰爲而不持長而不宰是謂玄德王弼曰玄德者皆有德不知其至出于幽冥者也老子曰天法道道法自然王弼曰自然者無稱之言窮極之辭憲先靈而齊軌必三思以顧愆憲法也先靈先聖之神靈即謂堯舜也愆過也齊同也軌迹也言有事能忠信與先聖同軌迹也善曰論語曰季文子三思而後行招有道於側陋開敢諫之直言招明也有道言使郡國於側陋之中舉有道之士而用之也直言謂直諫

者也善曰尚書曰明明揚側
陋漢書曰舉能直言極諫者聘丘園之耿絜旅束帛之
戔戔耿清也旅陳也謂有清絜者也言丘園中有隱士
貞絜清白之人聘而用之束帛謂古招士必以束
帛加璧於上周易曰六五賁于丘園束帛戔戔王肅云
失位無應隱處丘園蓋蒙闇之人道德彌明必有束帛
之聘也戔戔委積之貌也上下通情式宴且盤上謂君下謂臣式用也盤樂也言君情通
於下臣情達於上故能國家安而君臣歡樂也善曰墨
子曰古者聖王惟能審以尚同爲故上下通情毛詩曰
嘉賓式宴以樂也及將祀天郊報地功善曰將欲也白虎通曰祭天必在郊者天體至
清故祭必於郊取其清絜也周禮以正月上辛郊祀告
于上帝祭天而郊以報去年土地之功京房易占曰立
秋報地功祈福乎上玄思所以爲虔祈求也玄天也玄黃天地言天子祭天地之際
思念所以盡其忠敬善曰禮記曰共皇天上
帝之神以爲人祈福周易曰天玄而地黃也肅肅之儀
盡穆穆之禮殫殫盡也善曰毛詩頌曰至止肅肅禮記曰天子穆穆然後以獻精

誠奉禋祀曰允矣天子者也獻進也允信也天子言是天帝之子也善曰國語曰精意以享謂之禋祀周禮曰以禋祀昊天上帝毛詩曰允矣君子乃整法服正冕帶整理也冕所謂平天冠也言天子素帶朱裏謂三皇已來始冕制有數種鄭玄曰長一尺七寸廣八寸前圓後方以珠玉飾之也法服謂衣服並有法度善曰孝經曰非先王之法服不敢服珩行紞丁敢紘宏綖延玉笄綦其會笄簪也謂以玉飾之善曰左氏傳曰珩紞紘綖昭其度也杜預曰珩維持冠者紘纓從下上者紞冠之垂者也綖冠上覆者周禮曰王之五冕玉笄也又曰王之皮弁會五采玉琪鄭玄曰會縫中琪如綦綦綦謂結皮弁於縫中每貫結五采玉十二以爲飾謂之綦會火龍黼黻藻繂律鞶厲善曰左氏傳曰火龍黼黻昭其文也藻繂鞞鞛鞶厲斿纓昭其數也杜預曰火畫火也龍畫龍也白與黑謂之黼黻兩已相戾也藻繂以韋爲之所以藉玉鞞佩刀削上飾鞛下飾鞶厲紳帶之垂者斿旌旗之斿纓有馬膺前結飛雲之袷輅樹翠羽之高蓋袷輅次車也次車樹翠羽爲蓋如雲飛也今世謂之

羽蓋車也善曰高唐賦曰翠爲蓋
建辰旒之太常紛焱一作飆悠以容裔
辰謂日月星也畫之於旌旗垂十二旒名曰太常上畫三
辰以象天明也謂天子十二旒諸侯九旒大夫三旒紛盛
也悠從風貌容裔高低之貌焱火花也言風鼓動旌旗
紛紜盛亂如火花之飛起善曰周禮曰日月爲常左氏
傳曰三辰旂旗昭其明也
六玄虬之弈弈齊騰驤而沛艾六馬也玄黑也天
子駕六馬騰驤趣走也弈弈光明沛艾作姿容貌也善
曰甘泉賦曰六玄虬毛詩曰四牡弈弈司馬相如大人
賦曰沛艾赳螑
龍輈華轙蟻金鋄亡犯鏤鍚輈車轅轅端上刻作龍頭也華采畫也善曰爾
雅曰載轡謂之轙郭璞曰在軾上環轡所貫也蔡雍曰金
鋄者馬冠也高廣各五寸上如玉華形在馬髦前鏤彫飾
也當顱刻金爲之毛詩曰鉤膺鏤鍚
方釳乞左纛鉤膺玉瓖音襄方釳謂轅旁以五
寸鐵鏤鍚中央低兩頭高如山形而貫中以翟尾結著
之轅兩邊恐馬相突也左纛以旄牛尾大如斗置騑馬
頭上以亂馬目不令相見也鉤膺當胷也瓖
馬帶玦以玉飾也善曰廣雅曰釳許乞切
鑾聲噦噦

和鈴鈌鈌於良切鑾在衡和在軾皆以金爲鈴也噦噦和鳴聲鈌鈌小聲善曰毛詩曰鑾聲噦噦和
鈴鈌鈌重輪貳轄疏轂飛軨零蔡雍獨斷曰乘輿重轂外復有一轂副轄其外
乃復設轄然重輪即重轂也飛鈴以緹紬廣八尺長柱地畫左青龍右白虎繫軸頭取兩邊飾蔡雍月令章句
曰疏鏤也羽蓋威蕤葩瑵爪曲莖羽蓋以翠羽覆車蓋也威蕤羽貌葩爪悉以金作華
形莖皆曲蔡雍獨斷曰凡乘輿車皆羽蓋金華爪與瑵同順時服而設副咸龍旂而
繁纓五時之服各隨其車車各一色以爲副貳副車各一乘今謂之五帝車也龍旂者交龍爲旂也鞶今之馬
大帶也纓馬鞅也善曰毛詩曰龍旂陽陽周禮曰王路錫樊纓鄭玄曰樊讀如鞶謂今之馬大帶也繁與鞶古字通
立戈迤戛農輿輅木戈謂木勾矛戟也戛長矛也矛置車上邪柱之是謂戎輅農輿無蓋
所謂耕根車也言耕藉於藉田乘馬無飾故稱木善曰迤邪也屬車九九乘軒並轂副車
曰屬言相連也屬車有藩者曰軒皆在後爲三行故曰並轂善曰漢雜事曰諸侯貳車九乘秦滅九國兼其車

服故大駕屬車八十一乘輕伏弩重旃朱旄青屋通帛曰旃朱旄旄干尾赤色者也青
屋青作蓋裏也善曰說文曰輕車蘭閒皮篋以安其弩也徐廣車服志曰輕車置弩於軾上載以屬車然置弩
於輕曰輕弩奉引既畢先輅乃發奉引謂引道者言引道之次已定前車乃發善
曰漢官儀曰大駕則公卿奉引尚書曰先路在左塾之前鸞旗皮軒通帛綪蒨旆鸞旗
謂以象鸞鳥也皮軒以虎皮為之善曰蔡邕車服志曰鸞旗俗人名曰雞翹上林賦曰前皮軒後道斿通帛曰
旃國語曰分魯公以少帛綪茷韋昭曰綪茷大赤也雲罕九斿閤戟轇膠輵葛雲罕
旌旗之別名也九斿亦旗名也閤鋋也轇輵雜亂貌善曰上林賦曰載雲罕說文曰斿旌旗流也史記曰趙良
謂衛歎曰君之出也操閤戟者旁車而趨王逸楚辭注曰轇輵參差縱橫也髶而容髦被繡虎夫
戴鶡髶髦髦頭茸騎也善曰漢書昇為髦頭應劭曰繡衣在天子乘輿之前鶡鷩鳥也鬬至死乃止令武
士戴之取猛也司馬彪續漢書曰虎賁騎皆鶡冠駙承華之蒲梢飛流蘇之騷

敎桑葛反騑副馬也承華廐名也言取華廐之蒲梢以為副馬也漢官儀有承華廐善曰後宮蒲梢汗血之馬流蘇五采毛雜之以為馬飾而垂之續漢書曰騑馬赤珥流蘇摯虞決疑要注曰凡下垂為蘇騷殺垂貌

總輕武於後陳奏嚴鼓之嘈囋才達反後陳者謂北軍五營兵在後陳列嘈囋鼓聲善曰漢書曰賁鋼九以撾鼓聲中嚴鼓之節晉灼曰疾擊鼓戎士介而揚揮戴金鉦而建黃鉞戎兵也士士卒也介甲也揮為肩上絳幟如燕尾者也金鉦鐲鐃之屬也黃鉞以黃金飾之善曰左氏傳廚人濮曰揚徽者公徒也徽與揮古字通蔡邕獨斷曰乘輿後有金鉦黃鉞清道案列天行星陳清道謂蹕止行者列猶次也言天子行如上天之星行蹕列有次善曰司馬相如上疏曰清道而後行周易曰天行健尚書大傳曰明明上天爛然星陳肅肅習習隱隱轔轔肅肅敬貌習習行貌隱隱衆多貌轔轔車聲也殿丁站未出乎城闕旆已反乎郊畛諸鄰切殿後軍也旆前軍也郊畛謂郊界也言從之多後猶未出城闕前已迴於郊界也善曰論語曰孟

之反不伐奔而蹶寀袁太玄經注曰[illegible]界也盛夏后之致美爰敬恭於明神盛書嘉也夏后禹也言今嘉發行禹之事爰布恭敬於神明也善曰論語曰惡衣服而致美於黻冕菲飲食而致孝於鬼神毛詩曰恭敬明神也爾乃孤竹之管雲和之瑟孤竹國名出竹善曰周禮曰孤竹之管雲和之琴瑟和與龢古字通鄭玄曰孤竹特生者也雲和山名也出美木用為琴瑟其聲清亮也雷鼓䨻䨻六變既畢雷鼓八面鼓也九樂六變為一成則更奏畢盡也善曰周禮曰雷鼓路鼓奏之若樂六變一變川澤之神見二變山林之神見三變丘陵之神見四變墳衍之神見五變地神見六變天神見毛詩鼓䨻䨻冠華秉翟列舞八佾冠華以鐵作之上闊下狹以翟為尾飾之舞人頭戴一行羅列八人八八六十四人謂今麥䕺花也穀梁傳曰舞夏天子八佾善曰蔡邕獨斷曰大樂郊祀舞者冠建華冠毛詩曰右手秉翟馬融論語注曰佾列也元祀惟稱羣望咸秩元大也祀祭也稱舉也謂大祭天地之禮[illegible]則舉羣岳衆神望以祭祀之皆有秩次善曰尚書曰咸秩無文王肅曰秩序也左氏

傳曰乃有事于羣望孔安國尚書傳曰在遠者皆望而祭之飈熛由燎之炎煬揉致高

煙乎太一飈飛飈也熛之言聚也謂聚薪焚之揚其光炎使上達於天也太一天之尊神也曜魄寶

也善曰周禮曰以熛燎祀司中司命郭璞方言注曰火熾猛爲煬說文曰致送也漢書曰中宮天極星其一明

者太一常居也神歆馨而顧德祚靈主以元吉歆饗也顧眷也祚報也靈

明也元大也吉福也言天神覩人主之明肅顧饗其馨香之祭故報之以大福尚書曰明德惟馨周易曰黃裳

元吉然後宗上帝於明堂推光武以作配宗尊也上帝太微中五帝也配

對也言尊祭五帝於明堂以光武配之漢書曰明帝宗祀五帝於明堂光武皇帝配之辯方位而

正則五精帥而來摧祖回切辯別也方位謂四方中央之位也則法也五精五方星也帥循也

摧至也言五帝揔集至明堂善曰漢書曰祀五帝於明堂坐位各處其方孝經鉤命决曰宗祀文王於明堂以

配上帝五精之神爾雅曰摧至也尊赤氏之朱光四靈懋而允懷赤氏

謂漢火德所統赤帝熛怒也河圖曰四靈蒼帝神名靈威仰赤帝神名赤熛怒黃帝神名含樞紐白帝神名白招拒黑帝神名協光紀今五云四靈謂除赤餘有四懋悦也懷安也善曰尚書曰民其允懷孔安國曰民信歸之

於是春秋改節，四時迭代。改易也迭更也代謝也言感四時之謝而欲享祀也善曰易乾鑿度孔子曰天地有春秋冬夏節故生四時又曰五行迭終四時更廢

蒸蒸之心，感物曾思。廣雅曰蒸蒸孝也感物謂感四時之物即春韭卵夏麥魚秋黍肫冬稻鴈孝子感此新物則思祭先祖也善曰尚書曰虞舜蒸蒸廣雅曰感傷也

躬追養於廟祧吐堯，奉蒸嘗與禴祠。言祭皆追感孝養之道故躬自為之躬猶身也善曰禮緯曰祭者所以追養繼孝也禮記曰遠廟為祧毛詩曰禴祠蒸嘗公羊傳曰春曰祠夏曰禴秋曰嘗冬曰蒸

物牲辯編省，設其楅衡。物牲謂祭祀之牲物皆徧省視之也橫木於牲角端以備抵觸謂之楅衡善曰周禮曰牧六牲而阜蕃其物以供祭祀凡祭祀飾其牛牲設其楅衡杜子春曰楅衡所以持令不得抵觸人也

毛炰炮豚

胎博亦有和羹善曰鄭玄曰周禮注曰毛炰者豚胎去其毛而炰之以備八珍毛詩曰毛炰胾羹周禮曰飲食之豆其實豚胎杜子春曰以胎爲膊謂脅也毛詩曰亦有和羹滌濯靜嘉禮儀孔明滌濯謂洗滌也靜絜也嘉善也孔甚也言禮儀甚鮮明也善曰周禮曰大祭祀眡滌濯鄭玄曰滌濯祭器也毛詩曰籩豆靜嘉又曰禮儀既備又曰祀事孔明萬舞奕奕鐘鼓喤喤萬舞干也奕奕舞形也喤喤鼓聲也善曰毛詩曰萬舞奕奕鐘鼓喤喤靈祖皇考來顧來饗平聲靈皇神名謂先帝也言先帝之神顧念子孫享其食也神具醉止降福穰穰神謂先神也具俱也止已降下也穰穰衆多也善曰毛詩曰神具醉止降福穰穰及至農祥晨正土膏脉起農祥天駟即房星也晨時正中也謂正月初也善曰國語曰虢文公曰太史順時覛土農祥晨正土乃脉發太史告稷曰土膏其動韋昭曰農祥房星也晨正謂立春之日晨中於午也脉理也膏土潤也乘鑾輅而駕蒼龍善曰禮記曰孟春之月乘鑾輅駕蒼龍鄭玄曰鑾輅有虞

氏之車也有鑾和之節而飾之以青輪春東方色青也馬八尺爲龍介馭間以剡以冉耜天子
車帝在左御在中介處右善曰禮記曰天子祈穀于上帝親載耒耜措之于參保介之御間鄭玄曰保介車右
置耒耜於車右與御者之間明以勸農又使勇士衣甲而參乘備非常也保猶衣也毛詩曰以我覃耜毛萇曰
覃利也鄭玄禮記注曰耜耒之金也覃與剡同躬三推上回於天田修帝籍之千
畝善曰東觀漢記曰永明四年詔書曰朕親耕于籍田以祈農事禮記曰躬耕帝籍天子三推爲籍千畝耤
華上林苑箴曰芸芸天田芃芃作穀供禘郊之粢盛必致思乎勤己禘郊謂祭
天於南郊也言天子籍田千畝必須親耕者爲敬其祖考用充宗廟之粢盛故云勤己善曰禮記曰王者禘其
祖之所自出鄭玄曰禘大祭也又曰天子籍田千畝以事天地以爲齊盛毛萇詩傳曰器實曰粢在器曰盛鄭
玄禮記注曰致之言至也兆民勸於疆場亦感懋力以耘耔音子兆民
謂百姓也疆田畔也耘去草耔壅本也善曰毛詩曰疆埸有瓜或耘或耔爾雅曰懋勉也春日載陽

合射辟雍陽暖也言春三月之時與諸侯合射辟雍行禮教善曰毛詩曰春日載陽鄭玄曰載之言則也東觀漢記永平三年三月上初臨辟雍行大射禮設業設虡宮懸金鏞設施也業栒上板刻爲鴈齒捷業然植者爲虡橫者爲栒以施設懸之宮中也鏞大鍾也善曰毛詩曰設業設虡周禮曰正樂懸之位王宮懸鄭司農曰宮懸四面也鏞已見工文鼖鼓路鼗樹羽幢幢鼖大鼓也鼗鼗小鼓也幢幢羽貌善曰周禮曰以鼖鼓鼓軍事又曰路鼓路鼗毛詩曰崇牙樹羽毛萇曰置羽於栒上以爲飾也於是備物物有其容言備具也物禮物也射之禮物並有容飾也善曰左氏傳屠蒯曰事有其物物有其容伯夷起而相儀后夔坐而爲工伯夷唐虞時明禮儀之官也后夔舜臣掌樂之官言禮以行施故云起樂以靜陳故曰坐善曰左氏傳曰孟僖子不能相儀又曰昔玄妻樂正后夔取之儀禮曰大射工六人張大侯制五正善曰毛詩曰大侯既抗毛萇曰大侯君侯也周禮曰王射三侯五正鄭司農曰王張五采之侯即五正之侯也謂天子五正諸

侯三正大夫士二正以布畫取五方正色於大侯之上也設三乏之罘司旌言天射張三侯故設三乏之乏以華為之護旌者之禦矢也司旌謂執旌司射帀當畢之周禮曰服不氏射則以旌居乏而待獲杜子春曰乏音為匱乏之乏爲雍曰罘隱也音翡并夾既設儲乎廣庭并夾鑷矢者用禮曰射則取矢也言侯高則以并夾取之也儲待也廣大也謂張設於大庭以待天子也於是皇輿夙駕輦於東階輦之言却也謂却於東階下天子未乘之時也善曰毛詩曰皇輿夙駕鑾音紫以須消啓明掃朝霞登天光於扶桑須俟也消不見也掃滅也言晨時啓明先見尚有餘光日出乃不見霞日邊赤氣也謂天子須啓明光消霞滅日上扶桑乃就乘輿也禮天子日出乃視朝善曰毛詩曰東有啓明西有長庚淮南子曰登于扶桑爰始將行是謂朏明也天子乃撫玉輅時乘六龍玉輅謂玉飾之也鄭玄禮記注曰撫猶據也東都賦曰登玉輅乘時龍善曰周易曰時乘六龍此謂各隨其時而乘之發鯨魚鏗華鐘發舉也鏗

猶擊也華鐘謂有篆刻文故言華也善曰東都賦曰發鯨魚鏗華鐘大丙弭節風后陪乘
善曰淮南子曰若夫鉗日大丙之御也馬莫使之而自走高誘曰二人太一之御也楚辭曰吾令羲和弭節兮
王逸曰弭按節徐行也史記曰黃帝舉風后以理人鄭玄曰風后黃帝三公也應劭漢官儀曰常伯任侍中出
即陪乘也攝提運衡徐至於射宮攝提有六星玉衡比斗中星主迴轉並飾於車上徐
行至於射宮射宮謂辟雍也善曰漢書曰攝提失方音義曰攝提隨斗杓所建十二月也杓匹遙切春秋保乾圖曰
斗節運衡何休公羊傳曰運轉也禮事展樂物具展謂舒陳器物也物具謂器物皆具備也
王夏闋騶側留虞奏王夏樂名也天子初出奏也闋終也善曰周禮曰出入則奏王夏又
曰九射王奏騶虞之樂決拾既次彫弓斯彀古候決以象骨著右手巨指所以約弦
也拾韝捍著左臂也彫弓謂有刻畫也彀張也善曰毛詩曰決拾既次鄭玄曰次謂手指相比也達餘
萌於暮春昭誠心以遠喻昭明也誠心謂天子之心也善曰禮記曰季春昫者

畢出萌者盡達白虎通曰天子所以親射何助陽氣達萬物也名之爲侯者何明諸侯不朝者則當射之然則

射者帝誠心遠喻於下也文子曰誠心可以懷也進明德而崇業滌饕餮他結

之貪欲射義曰射所以觀德也崇猶興也業崇射業也滌蕩去也言有貪婪嗜欲者皆滌蕩去之也善曰

漢書明帝詔曰親射泰侯蓋遵土威惡助微達陽也周易曰君子進德修業杜預左氏傳注曰貪財曰饕貪食

曰餮仁風衍而外流誼方激而遐騖衍布也方道也激感也遐遠也騖馳也善

曰典引曰仁風翔乎海表禮記曰射者仁道也又曰古諸侯之射所以明君臣之義也廣雅曰方正也日

月會於龍狵關恤民事之勞疚狵尾也日月會於尾謂十月時也疚病也

民勞病於歲事到此月乃終也故天子憨恤勞來之善曰國語云日月會於龍狵國家於是乎蒸嘗也賈逵曰

狵龍尾也月令孟冬日在尾漢書曰東宮蒼龍因休力以息勤致歡忻於春酒

謂田事畢休民力息勤勞也善曰禮記曰孟冬之月勞農以休息春酒謂春時作至冬始熟也毛詩曰春酒惟

尃
執鑾刀以袒割奉觴豆於國叟言天子親執鑾刀袒右膊而割牲以示歡也善曰東觀漢記曰永明二年詔曰十月元日始尊事三老兄事五更朕親袒割牲毛詩曰執其鑾刀孝經援神契曰天子親臨辟雍袒割禮記曰食三老五更於太學天子袒而割牲執醬而饋執爵而酳降至尊以訓恭送迎拜乎三壽降下也至尊天子也三壽三老也言天子尊學而養此三老者以教天下之敬故來拜迎去拜送焉善曰左傳曰享以訓恭儉蔡邕獨斷曰天子事三老使者安車輭輪送迎而至家天子獨拜毛詩曰三壽作朋也敬愼威儀示民不偷偷以朱反協韻敬宜也儀禮也毛詩曰敬愼威儀視民不佻毛萇曰佻偷也我有嘉賓其樂愉愉嘉賓謂三老五更也愉愉和悅之貌也善曰毛詩曰我有嘉賓聲教布濩護盈溢天區布濩猶散被也天區謂四方上下也言天子教覃及之尚書曰聲教訖于四海文德旣昭武節是宣旣已也昭明也宣猶發也言文武之教無處不臨善曰尚書曰誕敷文德漢書武帝詔曰躬秉武節三農之隙

曜威中原孫罽也曜威謂治兵也善曰國語曰三時務農一時講武韋昭曰三時春夏秋西都賦曰曜威而講
武事也歲惟仲冬大閱西園西園上林苑也善曰周禮曰仲冬教大閱公羊傳曰大閱
者何簡車馬也後漢書曰先帝左開鴻池右作上林苑虞人掌焉先期戒事先期謂期日戒
戒羣吏脩獵具也善曰周禮虞人掌山澤之官度知禽獸多少戒脩告也悉率百禽鳩諸靈囿
悉盡也率斂也鳩聚也囿苑也囿謂集禽獸於靈囿之中善曰毛詩曰悉率左右以燕天子毛萇曰驅禽獸於
王之左右鄭玄曰率循也悉率驅禽獸順其左右之宜以安待王之射毛詩曰王在靈囿獸之所同
是謂告備同亦聚也備具也言禽獸皆已合聚田物具備也善曰毛詩曰獸之所同禮曰告備于王
乃御小戎撫輕軒毛詩曰小戎俴收謂小戎之車輕便宜田獵鄭玄曰輕車驅逆之車
中畋四牡既佶其栗且閑中畋馬謂調良馬可用獵者佶健也閑習也毛詩曰四牡既佶
既佶且閑戈矛若林牙旗繽紛若林言多也繽紛風吹貌兵書曰牙旗者將軍之旌謂古

者天子出建大牙旗竿上以象牙飾之故云牙旗迄上林結徒營迄至也結止也徒衆也營
域也上林苑名善曰說文曰營市居也次一作叙和樹表司鐸授鉦次比也和軍之
正門為和也表門表也司主也鉦鐸所以為軍節善曰周禮曰大閱虞人為表以旌為左右和門又曰教振旅
辨鼓鐸鐲鐃之用也坐作進退節以軍聲言聲中進退取鍾鼓旗之節善曰周禮曰司馬
執鐸以教坐作進退疏數之節三令五申示戮斬牲示教也言三令五申示衆人畢有不
用命者斬之若牲也善曰尹文子曰將戰有司讀誥誓三令五申之旣畢然後即鼓史記曰孫子約束旣布三
令五申之周禮曰大閱斬牲以徇陣曰不用令者斬之陳師鞠旅教達禁成陳師猶列
師衆也鞠之言告也教達謂三令五申禁令已行軍法成也善曰毛詩曰陳師鞠旅火列具舉武
士星敷具俱也敷布也言武士繁徒如星之布也善曰毛詩曰火列具舉毛萇曰列人持火也鵝
鸛灌魚麗离箕張翼舒鵝鸛魚麗並陣名也謂武士發於此而列行如箕之張如

翼之符也善曰左氏傳曰晉荀吳與華氏戰于赭丘鄭翩願爲鸛其御願爲鵝左氏傳曰王伐鄭鄭原繁爲魚麗之陣軌塵掩迒骂匪疾匪徐掩覆也迒迹也謂車軌之塵適自覆蹟言得遲疾之中也善曰穀梁傳曰蒐于紅車軌塵馬候蹄也馭不詭遇射不翦毛孟子曰爲之詭遇一朝而獲十劉熙曰横而射之曰詭遇毛萇詩傳曰面傷不獻翦毛不獻升獻六禽時膳四膏升進也四膏者禮記曰牛膏香犬膏臊雞膏腥羊膏羶善曰周禮曰庖人掌供六禽鄭司農曰六禽鴈鶉鷃雉鳩鴿也馬足未極輿徒不勞極盡也輿衆也勞罷勞也善曰韋昭漢書注曰輿車士也成禮三毆一作驅解罘伏侯放麟大鹿曰麟解散也罘罔也周易曰王用三毆失前禽也毆與驅同善曰穀梁傳曰四時之田用三焉一日乾豆二日賓客一日充君之庖不窮樂以訓儉不殫物以昭仁訓教也殫盡也物謂禽獸也言殺禽獸不盡即昭明人君行仁之道謂崇儉嵌也善曰列女傳曰周宣王姜后曰好奢必樂窮樂者亂之所與左傳曰享以訓躬儉慕天乙之弛罟因教祝以懷

民天乙郣湯名也弛廢也善曰呂氏春秋曰湯見罔置四面湯拔其三面置其一面祝曰昔蛛蝥作罔今之
人學紓欲高者高欲下者下吾取其犯命者漢南之國聞之曰湯德至禽獸三十國歸之高誘曰紓緩也毛萇
詩傳曰懷來也儀姬伯之渭陽失熊羆而獲人儀則也姬伯文王為西伯
也善曰史記曰太公望呂尚東海人以漁釣于周西伯西伯將出獵卜曰所獲非龍非彲非虎非羆所獲霸王
之輔西伯獵果遇太公渭之陽與語大說文王勞之大公曰臣聞君子樂其志小人樂其事遂載與俱歸澤
浸昆蟲威振八寓浸潤也八寓八方區宇也善曰毛詩序曰文王德及鳥獸昆蟲焉鄭玄禮
記注曰昆明也明蟲者陽而生陰而藏也蒼頡篇曰宇邊也說文曰寓籀文宇字好樂無荒允
文允武允信也無荒言不好荒淫之樂信與文王武王等其功德也善曰毛詩曰好樂無荒允文允武
昭假烈祖薄狩于敖既璅璅一作瑣焉敖鄭地今之河南滎陽也謂周王狩也璅璅小
也言鄙陋不足說也詩曰建旐設旄薄獸于敖岐陽之蒐又何足數岐陽岐山之陽謂成

王所狩之地亦以小不足可數也善曰左氏傳曰成王有岐陽之蒐爾乃卒歲大儺奴何毆

除羣厲卒終謂一歲之終儺逐疫鬼善曰漢舊儀曰昔顓頊氏之有三子巳而爲疫鬼一居江水爲瘧鬼一居若水爲罔兩蜮鬼一居人宮室區隅善驚人爲小鬼於是以歲十二月使方相氏蒙虎皮黃金四目玄衣丹裳執戈持盾帥百隸及童子而時儺以索室中而毆疫鬼也方相秉鉞巫覡胡激

操茢音例善曰周禮曰方相氏黃金四目玄衣朱裳執戈揚盾也國語曰在男謂之覡在女謂之巫也說文曰操把持也左傳曰襄公乃使巫以桃茢先祓殯杜預曰茢乃黍穰也侲震子萬童丹首

玄製侲子童男童女也朱丹也玄製皁衣也善曰續漢書曰大儺謂逐疫選中黃門子弟十歲以上十二以下百二十人爲侲子皆赤幘皁製以逐惡鬼于禁中桃弧棘矢所發無臬牛列切飛

礫雨散剛癉亶必斃桃弧謂弓也棘矢箭也癉難也言鬼之剛而難者皆盡死也善曰漢舊儀常以正歲十二月命時儺以桃弧葦矢且射之赤丸五穀播灑之以除疾殃左氏傳曰桃弧棘矢以

除其災說文曰梟射埻的也煌火馳而星流逐赤疫於四裔煌火光也馳覺
也赤疫疫鬼惡者也四裔謂四海也星流謂群鬼覺走煌煌然如火光之與星流也善曰續漢書曰衛持火炬
逆疫出端門外騶騎傳炬出宮五營騎士傳火棄洛水中星流言疾也左氏傳曰投諸四裔以禦魑魅然
後凌天池絕飛梁凌外也善曰莊子曰北溟者天池也如淳漢書注曰直渡曰絕甘泉
賦曰歷倒景而絕飛梁捎所交切魑魅斮側角獝其筆狂魑魅山澤之神獝狂惡戾之鬼
名捎殺也斮擊也善曰諸鬼之說者各異今隨所釋而載之不改易也斬蝼紆危蛇移腦方
良方良草澤之神也腦陷其頭也善曰莊子曰蝼虵之狀其大若轂其長若轅紫衣而朱冠也因耕父
於清泠零溺女魃蒲曷於神潢黃清泠水名在南陽西鄂山上神潢亦水名未知
所在善曰山海經曰有神耕父處豐山常游清泠之淵出入有光又曰大荒之中有山名不勾有人衣青衣名
曰黄帝女魃所居不雨殘夔魖虛與罔像殪煙計野仲而殲子廉游光

夋猶殺也夔木石之怪如龍有角鱗甲光如日月見則其邑大旱説文曰魖耗鬼也罔象木石之怪殰殺也魖
減也野仲游光惡鬼也兄弟八人常在人間作怪害八靈爲之震慴之涉況鬾巨宜蜮
域與畢方鬾小兒鬼畢方老父神如鳥兩足一翼者常銜火在人家作怪災也善曰楚辭曰合五嶽
與八靈王逸曰八靈八方之神也爾雅曰震慴懼也漢舊儀曰魖鬼也魊與蜮古字通度朔作梗
更守以鬱壘神荼副焉對操七刀索葦東海中度朔山有二神一曰神
荼二曰鬱壘領衆鬼之惡害者執以葦索而用食虎善曰風俗通曰黄帝書上古時有神荼鬱壘昆弟二人性能
執鬼度朔山上有桃樹下常簡閲百鬼鬼無道理者神荼與鬱壘持以葦索執以飼虎是故縣官常以臘祭夕
飾桃人垂葦索畫虎於門以禦凶也毛詩傳曰梗病也謂爲人作梗病者目察區陬子侯司執遺
鬼察觀也區陬隅隙之間也司主也謂於度朔山主執遺餘之鬼也京室密清罔有不
韙密靜也清潔也罔無也韙善也謂無復疫癘皆得安善也於是陰陽交和庶物時

育庶衆也漢書曰陰陽和風雨時言瘦癘既無陰陽乃和衆物育養也卜征考祥終然允淑征巡行也考問也祥吉也允信也淑善也善曰左氏傳一不襲曰先王卜征五年而歲卜其祥祥習則行周易曰視履考祥毛詩曰終然允臧也乘輿巡乎岱嶽勸稼穡於原陸乘輿天子也岱泰山也種曰稼收曰穡謂春勑東方諸侯課氏以耕種故尚書云二月東巡狩至於岱宗柴同衡律而壹軌量齊急舒於寒燠於六衡稱也軌法也寒燠猶苦樂同壹齊皆使中一不參差也善曰尚書曰同律度量衡又曰謀恒寒若豫恒燠若省幽明以黜陟乃反旆而迴復省察也幽闇也黜退也陟昇也謂有功者進無功者退也故尚書曰三載考績黜陟幽明也反旆謂迴還也望先帝之舊墟慨長思而懷古先帝先神也舊墟長安也慨歎息也古往也謂前漢初也俟閶風而西遐致恭祀乎高祖俟待也閶闔風秋風也祠謂祭祀高祖廟也遐邈也善曰東觀漢記曰永明二年十月幸長安祠高廟周書曰恭明祠專明刑易說曰秋閶闔風至旣春遊以發

生啓諸蟄於潛户春游謂仲春巡行岱嶽是時蟄蟲皆開户帝乃東巡助宣氣也善曰爾雅曰春爲發生禮記曰仲春之月蟄蟲咸動啓户始出度秋豫以收成觀豐年之多稌他杜秋行曰豫謂秋行禮高祖廟此時萬物始成善曰晏子曰吾王不游吾曷以休吾王不豫吾曷以助一游一豫爲諸侯度爾雅曰秋爲收成毛詩曰豐年多稌毛萇曰稌稻也嘉田畯之匪懈行致賚于九扈嘉善也畯田官也九扈農正知田事扈正也言天子行慶福致賚於九扈使民不淫放善曰毛詩曰田畯至喜又曰夙夜匪懈左氏傳曰郯子曰九扈爲九農正杜預曰扈有九種也春扈鳻鶞夏扈竊玄秋扈竊藍冬扈竊黃棘扈竊丹行扈唶唶宵扈嘖嘖桑扈竊脂老扈鷃鷃以九扈爲九農之號各隨其宜以教人事也左瞰勘暘谷右睨玄圃暘谷日出之處玄圃在崑崙山上瞰望也睨視也善曰淮南子曰日出于暘谷浴于咸池也又曰懸圃在崑崙閶闔之中玄與懸古字通眇天末以遠期規萬世而大摹莫胡切叶韻眇視也摹法也言帝之巡狩眇然

以天末爲遠期規欲以爲萬代之大法也善曰劇秦美新曰創億兆規萬世且歸來以釋勞膺多福以安悆羊主悆寧也歸謂西征旋乃釋吏士之劬勞祭祀受多福以安寧也善曰尚書曰永膺多福總集瑞命備致嘉祥總會也集聚也祥神也即騶虞澤馬之屬也瑞應也即鸞鳳之屬也善曰墨子曰禹親抱天之瑞命也孝經鉤命決曰帝王起緯合宿嘉瑞貞祥圉語林氏之騶鄒虞擾澤馬與騰黃圉牢養也林氏山名也騶虞義獸也善曰山海經曰林氏有珎獸大若虎五采畢具尾長於身其名騶吾乘之日行千里劉芳詩義疏曰騶虞或作吾應劭漢書注曰擾音柔擾馴也陰嬉讖曰聖人爲政澤出馬山海經曰大封國有文馬縞身朱鬣名曰吉良乘之壽千歲瑞應圖曰騰黃神馬一名吉光然吉良騰黃一馬而異名也鳴女牀之鸞鳥舞丹穴之鳳皇女牀山名在華陰西六百里山海經曰女牀之山有鳥焉其狀如鶴五色文名曰鸞鳥見即天下安寧又曰丹穴之山有鳥焉其狀如鵠五采名曰鳳皇是鳥也飲食自歌自舞見則天下安寧

植華平於春圃，豐朱草於中唐植猶種也華平瑞木也天下平其華則平有不平處其華則向其方傾中唐堂塗也善曰孝經援神契曰德至於地則華平盛也瑞應圖曰木名也宮闕記有春王圃鶡冠子曰聖王之德下及萬靈則朱草生抱朴子曰朱草長三尺枝葉皆赤莖似珊瑚也如淳漢書注曰唐庭也毛詩曰中唐有甓

惠風廣被，澤洎幽荒惠恩也洎及也幽荒九州外謂四夷也

北燮素頰，丁令南諧越裳燮諧皆和也越裳南蠻今九真是也丁令國名善曰漢書曰匈奴北服丁令也韓詩外傳曰成王之時越裳氏重九譯而至獻白雉於周公

西包大秦，東過樂浪音郎善曰司馬彪續漢書曰大秦國名犂鞮鞬在西海之西漢書有樂浪郡

重舌之人九譯，僉稽首而來王重舌謂能曉夷狄語者九譯九度譯言始至中國者也善曰國語曰夫戎狄坐諸門外而使舌人體委與之韋昭曰舌人能達異方之志象胥之官也韓詩外傳曰成王之時越裳氏重九譯而至獻白雉於周公晉灼漢書注曰遠國使來因九譯言語乃通也說文曰譯傳四夷之語者尚書

曰禹拜稽首四夷來王是以論其遷邑易京則同規乎殷盤京京師也
規法也盤庚殷王之名也改奢即儉則合美乎斯干斯干謂周宣王儉宮室之詩也
今漢光武改西京奢華而就儉約合斯干之美善曰韓詩曰宋襄公去奢即儉登封降禪則
齊德乎黃軒登謂上泰山封土降謂下禪梁父也言光武登上泰山下禪梁父則與黃帝軒轅齊
其功德善曰黃帝封泰山爲無爲事無事永有民以孔安爲作也事
業也永長也孔甚也以無爲爲功以無事爲業澹然不
煩瀆也善曰老子曰爲無爲事無事我無爲而民自化
我無事而民自富遵節儉尚素樸遵循也樸質也言遵循節儉尚其朴素也善曰漢書曰文
帝躬節儉莊子曰同乎無欲是謂素樸思仲尼之克己履老氏之常足孔子
曰克己復禮馬融曰克己約身善曰老子曰知足常足也將使心不亂其所在目不
見其可欲善曰老子曰不見可欲使心不亂河上公曰放鄭聲遠美人使心不亂不邪淫也賤

犀象簡珠玉簡猶略也善曰長楊賦曰賤瑇瑁而疏珠璣藏金於山抵紙璧於谷藏抵皆謂不取之謂儉故也善曰莊子曰藏金於山藏珠於淵說文曰抵側擊也翡翠不裂瑇瑁不蔟音族翡翠鳥名也瑇瑁介名不裂不折其羽以爲玩飾也不蔟不又蔟取之爲器也所貴惟賢所寶惟穀善曰尚書曰所寶惟賢則邇人安范子計然曰五穀者萬人之命國之重寶民去末而反本咸懷忠而抱慤苦角切詐僞爲末忠信爲本善曰淮南子云守道順理者不免於飢寒之患而欲人之去末反本是猶發其原而壅其流也說文曰慤謹也于斯之時海內同悅曰吁漢帝之德俟其禕而言於此之於離時皆同歡樂也于於也悅樂也吁驚也禕美也蓋蓂莢爲難蒔也神志故曠世而不覿覿見也蓂莢瑞應之草王者賢聖太平和氣之所生生於階下始一日生一莢至月半生十五莢十六日落一莢至晦月而盡小月則一莢厭不落王者以證知月之小大堯時夾階生之謂不世見故云難

蓂也善曰田俅子曰堯爲天子蓂莢生於庭爲帝成曆范曄後漢書班固議曰漢興以來曠世曆年惟我
后能殖之以至和平方將數所主諸朝階后帝也惟我帝有至和之德故
必能殖之方當生於朝陛得以數知月之大小也謂上文蓂莢也善曰鄭玄毛詩箋曰方直也然則道
胡不懷化胡不柔胡何也懷來也柔安也言皆安安之也聲與風翔澤從雲
游翔游皆行也風者天之號令雲雨者天之膏潤故聲教與風皆翔恩澤與雲俱行也萬物我
賴亦又何求我賴賴我也言万物皆賴帝之恩惠以得所無復他求也德寓天覆赴
輝烈光燭寓猶蓋也帝之德蓋如天之覆日月之光輝照於遠近也善曰國語勒鞮曰君之德宇何
不寬裕也寓與宇同禮記孔子曰天無私覆狹三王之趢祿趗七木軼五帝之
長驅狹謂陋也趢趗局小貌也軼過也驅馳也言以三王禮法爲局小狹陋過五帝而遠馳則繼三皇之
跡也善曰戰國策曰樂毅長驅至齊踵三皇之遐武誰謂駕遲而不能屬

踵繼也二皇伏羲神農也遐遠也武迹也屬逮也誰敢謂今所駕者遲而不能遠言必能逮也東京之懿未罄值余有犬馬之疾不能究其精詳懿美也罄盡也先生言東京之美未盡遇我有疾故不能究其美事也善曰孔叢子謂魏王曰臣有犬馬之疾不任國事毛萇詩傳曰詳審也故粗為賓言其梗槩如此粗猶略也賓西京也梗槩不纖密言粗舉大綱如此之言也若乃流遁忘反放心不覺樂而無節後離其戚言若流情放心不自反縱恣意所為淫樂無禮以無節終後卒當罹其憂禍即秦皇二王莽是也善曰淮南子曰凡亂之所由生皆在流遁廣雅曰遁去也孟子曰人有放心不知求學問之道也一言幾渠衣於喪國我未之學也幾近也先生責公子去取樂今日皇恤我後言今非之也善曰論語曰一言可以喪邦乎且夫挈苦結缾之智守不假器言挈缾之小智耳尚不安以假人也善曰左氏傳曰人有言曰雖有挈缾之智守不假器禮也況管蔡祖管帝業而輕

天位篹繼也今如公子言皆淫心放意之事此乃輕居天王之尊位而禪於董賢善曰長楊賦曰恢帝業尚書曰天位艱哉瞻仰二祖厥庸孔肆庸功也孔甚也肆勤也言瞻望高祖功庸甚勤苦而得之也常翹翹以危懼若乘奔而無轡言居天子之位常若奔馬而無轡履氷而負重也善曰毛詩曰予室翹翹毛萇曰翹翹危也鄧析曰明君之御民若乘奔而無轡白龍魚服見困豫且子余切說苑曰吳王欲從民飲五子胥白昔曰龍下清泠之淵化爲魚豫且射中目白龍不化豫且不射君今棄萬乘之位而從於臣恐有豫且之患此言先生責公子陰戒期門微行要屈雖萬乘之無懼猶怵惕於一夫萬乘天子也即秦始皇也高祖也昔秦始皇東遊爲張良所擊中其副車漢高祖於栢人亭殆爲貫高所中善曰尚書曰休惕惟厲孔安國曰怵惕懼也方言曰戒備也過秦論曰一夫作難惕驚也終日不離其輜重獨微行其焉如輜重車也焉言安也如往也公子說微行要屈故先生問之言欲何往也善曰老子曰終日行不離

輜重張揖曰輜重有衣車也漢書曰武帝微行始出也夫君人者黈纊塞耳車中不
内顧黈纊言以黃綿大如丸懸冠兩邊當耳不欲妄聞不急之言也内顧謂不外視臣下之私也善曰大戴禮孔子
曰黈纊塞耳所以塞聰也魯論語曰車中不内顧崔駰車左銘曰正位授綏車中不顧壁不出軌鸞以節步珮以
制容鑾以節塗珮為行容鑾為車節善曰禮記曰君子在車則聞鑾和之聲行則鳴珮玉也行
不變玉駕不亂步行合容則玉聲應馬步齊則鑾和響並謂君之禮法却走馬以
糞車何惜騕烏皎褭寧少與飛兔却退也老子曰天下無道戎馬生於郊天下有道却
走馬以糞河上公曰糞者糞田也兵甲不用却走馬以務農田然今言糞車者言馬不用而車不敗故曰糞車也何惜言
不愛之也善曰呂氏春秋曰飛兔騕褭古之駿馬方其用財取物常畏生類之珍
也方將也生類謂天下万物之類也殄盡也賦役常畏人力之盡也謂任役使人常畏人力盡
也取之以道用之以時論語曰敬事而信節用而愛人使民以時此之謂也善曰毛萇詩傳

曰太平而微物衆多取之有時用之有道山無槎仕假枿五葛畋不麛烏天胎斜斫

曰槎斬而復生曰枿不麛胎者言不如公子所道攫胎拾夘枝獲麑麑麛也漢書曰昔先王山不槎蘗畋不殺胎

草木蕃廡武鳥獸阜滋蕃滋也廡盛也阜大也滋益也善曰尚書曰廡草蕃廡班固漢

書序曰蕃阜廡物民忘其勞樂輸其財民謂百姓也言民不以力役爲勞苦不以

財賦爲損費故文王有子來之人武帝時卜式入錢以助官也善曰周易曰悅以使人人忘其勞也百姓

同於饒衍上下共其雍熙言富饒是同上下咸悅故能雍和而廣也論語曰百姓足

君孰與不足善曰尚書曰黎民於變時雍又曰庶績咸熙洪恩素蓄民心固結洪大也蓄

積也固牢固也謂高祖已下積恩施惠人心固結故王莽之時皆謳吟而思漢也善曰四子講德論曰洪恩所

潤不可究陳國語甯莊子曰民無結不可以固孫子曰吾將固其結也執誼顧主夫懷貞

節夫猶人人也言執禮義之心顧思漢德人懷貞正之志分也楚辭曰原生受命于貞節忿莽慝

之干命怨皇統之見替音鐵叶韻慝惡也統嗣也替廢也謂怨王莽之逆命怨漢統之替廢也玄謀設而陰行合二九而成譎玄神也譎變也謂王莽之謀陰行十八年而成變詩也登聖皇於天階章漢祚之有秩聖皇光武也章明也秩常也言明漢家之常秩也善曰甘泉賦曰聖皇穆穆東都賦曰漢祚中缺若此故王業可樂焉若如此也言如此即王業之可樂也善曰毛詩曰致王業之艱難今公子苟好勦子小民以媮逾樂忘民怨之爲仇也勦盡也媮猶僥倖也仇讎也今公子所言苟好盡人以僥倖須臾之樂不知人好共怨己當成大讎也善曰左氏傳晉栢子曰無及於鄭而勦民杜預曰勦勞也左氏傳師服曰怨耦曰仇好殫物以窮寵忽下叛而生憂也殫盡也寵驕也忽忘也生憂謂生己之憂患也言好盡人之財以寵極驕逸之樂忘人叛己之爲大患也漢書谷永曰財竭則下叛下叛則上亡夫水所以載舟亦所以覆舟覆敗也善曰孫卿子曰君者舟也人者水也所

以載舟所以覆舟堅冰作於履霜尋木起於蘖魚竭栽言事皆從

微至著不可不慎之於初所以尋木起於牙蘖洪波出於涓泉善曰周易曰履霜堅冰至說文曰尋八尺也山

海經曰尋木長千里枝乘上書曰十圍之木始生而蘖孔安國尚書傳曰用生栟裁韋昭曰株生曰蘖鄭玄禮

記注曰栽植也蘖與栟古字同昧旦丕顯後世猶怠昧早也丕大也顯明也怠懈也謂起

行大明之道後世子孫猶尚懈怠善曰左氏傳讒鼎之銘曰昧旦丕顯後世猶怠況初制於甚泰

服者焉能改裁去聲叶韻譬如為人裁衣始制之洪大服者得而衣之何能更小之乎善曰

賈逵國語注曰裁制也故相如壯上林之觀楊雄騁羽獵之辭雖

系計以隤牆填壍七念亂以收置嗟解罘浮系繼也亂理也司馬相如

上林賦其卒曰乃命有司隤牆填壍使山澤之人得至焉楊雄羽獵賦其末曰放雉兔收置罘也卒無

補於風規祇以昭其愆尤規猶諫也祇適也愆短也尤過也言不能補其愆過

文選卷第四

梁昭明太子撰

文林郎守太子右内率府録事參軍事崇賢館直學士李善注上

京都中

張平子南都賦一首　左太沖三都賦序一首

蜀都賦一首

南都賦

摯虞曰南陽郡治宛在京之南故曰南都

張平子

於烏顯樂都既麗且康毛萇詩傳曰於歎辭詩曰適彼樂國陪京之南居漢之陽京謂洛陽也尚書曰嶓冢導漾東流爲漢鄭玄曰漾水至武都爲漢割周楚之豐壤跨荆豫而爲疆西京賦曰周即豫而弱呂氏春秋曰河漢之間爲豫州也漢書地理志注

曰南陽屬荊州又曰荊州楚故都體爽塏以閑敞紛郁郁其難詳爽塏已見西京
賦揚雄豫州箴曰郁郁京河伊洛是經也爾其地勢則武關關其西桐栢揭
竭其東武關山爲關在西也漢書音義文頴曰武關山爲關而在西弘農界也漢書曰南陽之平陽縣
有桐栢山流滄浪而爲隍廓方城而爲墉尚書曰漢水又東爲滄浪之水
左氏傳屈完曰楚國方城以爲城漢水以爲池說文曰城池無水曰隍毛萇詩傳曰墉城也湯谷涌
其後淯育水盪其胷盛弘之荊州記曰南陽郡城北有紫山紫山東有一水無所會通冬
夏常溫因名湯谷山海經曰攻離之山淯水出焉南流注于漢郭璞曰今淯水在淯陽縣南盪他浪切推
淮引湍三方是通淮水自此而去故曰推湍水自彼而來故曰引說文曰推排也山海
經曰翼望之山湍水出焉郭璞曰湍鹿摶切今湍水逕南陽穰縣而入淯也三方東西及南也其寶利珍
怪則金彩玉璞隨珠夜光彩金之彩也璞玉之未理者淮南子曰隨侯之珠和氏之璧得

之而富失之而貧高誘曰隨侯漢中國姬姓諸侯也隨
侯見大蛇傷斷以藥傅而塗之後蛇於夜中銜大珠以
報之因曰隨侯之珠蓋明月珠也鄒陽曰夜光之璧劉
琨云夜光之珠尹文子曰田父得寶玉徑尺置於廡上
其夜明照一室然則夜光爲通稱不繫之於珠璧也銅錫鉛鍇苦駭赭堊惡流黃鄭玄
周禮注曰錫鑞也說文曰鉛青金又曰九江謂鐵爲鍇山
海經曰陸郈之山其下多堊若之山其上多赭郭璞曰赭
赤土也堊似土白色也郈音跪本草經曰石流黃生東海
牧陽山谷中本草言其所出此亦兼而有之博物志曰雄
黃似石流黃綠碧紫英青雘烏郭丹粟廣志曰碧有縹碧有綠碧本草經曰紫石
英生太山之谷山海經曰景山之西曰驕山其下多青雘
郭璞曰雘黝屬音瓠山海經曰荊山之首曰景山雎水出
焉其中多丹粟郭璞曰細沙如粟太一餘糧中黃瑴角玉本草經曰太一禹餘糧一
名石腦生山谷博物志曰石中黃子黃石脂又曰欲得
好瑴玉用合漿於襄鄉縣舊穴中鑿取大者如魁斗小
者如雞子松子神陂赤靈解角習鑿齒襄陽耆舊記曰神陂在蔡陽縣界有松

子亭下有神陂也赤靈赤龍也解角脫角也事未詳耕父揚光於清泠之淵游女弄珠於漢皐之曲山海經曰有神耕父處豐山常游清泠之淵出入有光韓詩外傳曰鄭交甫將南適楚遵彼漢皐臺下乃遇二女佩兩珠大如荊雞之卵其山則崆口江峣五江嶱苦葛嵑五葛嵣大郎㟐莽嶚遼剌力割崆峣嶱嵑山石高峻之貌字書曰崆山貌也嵣㟐山石廣大之貌也嶚山高而相戾也廣雅曰嶚高也說文曰剌戾也岝仕白崿額嶵祚迴嵬五廻嶔香金巇許宜屹魚乞嶭五結埤蒼曰岝崿山不齊也說文曰嶵嵬山石崔嵬高而不平也嶔巇山相對而危險之貌也屹嶭斷絕之貌也幽谷嶜岑岑吟夏含霜雪毛詩曰出自幽谷揚雄蜀都賦曰玉石嶜岑又曰夏含霜雪嶜岑高峻之貌也或峮丘鈞嶙鄰而纚力氏連或豁爾而中絕峮嶙相連之貌鞠九六巍巍其隱天俯而觀乎雲霓五結鞠高貌也班孟堅西都賦曰其陽則崇山隱天楊雄蜀都賦曰蒼山隱天若夫

天封大狐列仙之陬子侯天封未詳或曰山名也南郡圖經曰大胡山故縣縣南十里
張衡云天封大胡也薛綜注曰區陬隅隙之間也上平衍而曠蕩下蒙籠而
崎溪嶇區孫子兵法曰草樹蒙龍廣雅曰崎嶇傾側也坂坻遲巀在結嶭五結而
成巘魚勉谿壑錯繆謬而盤紆郭璞上林賦注曰坻岸也又曰巀嶭高峻也毛
萇詩傳曰巘小山別大山也錯繆雜亂貌也芝房菌奇殞蠢生其隈玉膏滵
密溢流其隅芝房芝生成房也菌蠢是芝貌也山海經曰密山丹水出焉其中多白玉是有
玉膏滵溢流貌崑崙無以叅閬浪風不能踰東方朔十州記曰崑崙其北角
曰閬風之顛其木則檉勑貞松楔更黠㮨即槾萬栢杻橿彊檉似栢而香爾
雅曰楔曰荆桃郭璞曰櫻桃也郭璞山海經注曰㮨似松栢有刺槾荆也又曰杻似桑而細葉又曰橿中車材楓
柙櫨櫪歷帝女之桑爾雅曰楓聶楓音風聶之涉切劉逵吴都賦注曰押香木智甲切郭璞上林賦

注櫨橐櫨力胡切㯕與櫟同來的切山海經曰宣山有桑焉其枝四衢名帝女之桑郭璞曰婦人主蠶因以名桑也
楈胥枒邪栟并櫚閭柍於两柘檍憶檀郭璞上林賦注曰楈枒似栟櫚皮可作索張揖
注上林賦曰栟櫚椶也皮可以爲索柍未詳爾雅曰杻檍郭璞曰似桑蒼頡篇曰檀木名結根竦本
垂條嬋蟬媛袁結猶同也廣雅曰竦上也嬋媛枝相連引也布緑葉之萋萋
敷華蘂之蓑蓑素回反毛萇詩傳曰萋萋茂盛貌王逸楚辭注曰蘂實貌也劉淵林蜀
都賦注曰蘂一曰花頭點也蓑蓑下垂貌玄雲合而重陰谷風起而增哀淮南
子曰玄雲素朝毛詩曰習習谷風攢在官立叢駢青冥盱瞑音眠言林木攢羅
衆色幽昧也楚辭曰遠望兮芊眠王逸曰芊眠遥視闇未明也芊眠與盱瞑音義同杳藹蓊鬱於
谷底森蕁蕁祖本而刺天皆茂盛貌也司馬相如弔二世曰衆樹之蓊鬱兮虎
豹貙熊游其下縠呼[illegible][illegible]叔玃居縛猱奴刀㹳廷戲其巔六韜曰散

宜生得黃熊而獻之紂說文曰豰類犬胥以上黃以下
黑爾雅曰玃父喜顧郭璞曰似獮猴而大蒼黑色鄭玄
禮記注曰猱獼猴也張載吳都賦注曰猱猨屬鸑鷟岳鵷鶵翔其上騰猨飛
蠝壘棲其間國語曰周之興也鸑鷟鳴於岐山賈逵曰鸑鷟鳳之別名也山海經曰南禺之山有
鵷鶵郭璞曰鳳屬也上林賦曰蜼玃飛蠝張揖曰蠝飛鼠也蠝與𧓭同並音壘其竹則籦鍾籠
龍䉋謹篾銘决篠蘇了簳幹箛孤箠追戴凱之竹譜曰籦籠竹名也伶倫吹以爲
律竹菫皮白如霜大者宜爲篙篠出魯郡山堪爲笙孔安國曰篾桃枝也簳小竹也宋玉笛賦曰奇簳箛箠二
竹名其形未詳緣延坻遲阪澶徒幹漫陸離陸離猶參差也阿烏可那奴可蓊
烏孔茸如風靡雲披阿那柔弱之貌說文曰蓊竹貌也埤蒼曰茸竹頭有文也風靡雲披
言隨風而靡如雲之披也爾其川瀆則滍雉澧濼藥濜自吝發源巖
穴水經曰滍水出南陽縣西堯山山海經曰澧水出雉山郭璞曰今出南陽字書曰濼水出泚陽泚音此酈

善長水經注曰盧水出襄鄉縣東北陽中山潛盧於臚洞出没滑骨瀼襄漓决盧山
傍穴也言水洞出此穴没滑瀼漓疾流之貌也布濩戶漫汗漭莽沆胡朗洋溢言廣大也
莽流已見西京賦揔括趨欱呼荅箭馳風疾言江海欱受諸水故揔括而超之說文曰欱歠也慎子曰西河
下龍門其流駛於竹箭孫子曰其疾如風流湍投濈戢砏普貧汃八輣普耕軋烏八許慎淮
南子注曰湍水行疾也埤蒼曰濈水行出也砏汃輣軋波相激之聲也埤蒼曰砏大聲也長輸遠逝漻
流淚力計淢域汩爲筆反漻淚清貌也廣雅曰輸寫也韓詩外傳曰淮南子曰水淚破舟說文曰
淢疾流也王逸楚辭注曰汩去貌其水蟲則有蠼龜鳴蛇潛龍伏螭
抱朴子曰蠼龜噉蛇山海經曰鮮水多鳴蛇其狀如蛇四翼其音如磬見則其邑大旱說文曰螭若龍而黄也
鱏尋鱣張連鰅隅鱅黿鼉鮫⿰魚巂以規反文郭璞上鱏鱣已見上林賦注曰鰅
魚有文采鱅似鰱而黑山海經注曰鮫鯌屬也皮有班文而堅鮫⿰魚巂已見東京賦巨蜯蚌函含珠

駮剥瑕委蛇揚雄蜀都賦曰蜯函珠而壁裂蜯與蚌同函與含同郭璞爾雅注曰蝦大者長一二丈委
蛇長貌瑕與蝦古字通於其陂澤則有鉗盧玉池赭陽東陂杜預表曰
所領部曲皆居南鄉界所近鉗盧大陂下有良田舊說曰玉池在宛也貯知旅水渟亭滲汙
亘宜望無涯說文曰貯積也廣雅曰渟止也說文曰滲濁水不流也方言曰亘竟也上林賦曰寮之無
涯其草則藨平表苧直呂蘋頻莞桓蔣將蒲孤蒹葭說文曰藨
蔛之屬又曰苧可以爲索郭璞山海經注曰蘋頻青蘋似莎而大鄭玄毛詩箋曰莞小蒲也說文曰蔣菰蔣也爾
雅曰蒹薕也葭蘆也藻茆卯菱芡渠儼芙蓉含華從風發榮斐
披芬葩藻已見西京賦爾雅曰茆鳧葵菱芡芙蓉並見東京賦其鳥則有鴛鴦鵠
鷖烏兮鴻鴇保鴐加鵝鶷苦札鶂雅札鸊步覓鷉吐雞鷫肅鷞所良
鶤昆鸕盧毛詩曰鴛鴦于飛班孟堅西都賦曰黃鵠鵁鸛鳧鷖鴻鴈張平子西京賦曰鷫鷞鴰

鴇鴐鵝鴻鸍說文曰鶔鶂鳧屬方言曰野鳧甚小而好
没水中者南楚之外謂之鷿鷉鶂與鷉同蒼頡篇曰鸊
鷈似鶂而黑鷈音磁嚶嚶烏耕和鳴澹徒濫淡徒敢隨波言自恣也毛詩曰鳥鳴嚶嚶爾雅曰
關關嚶嚶聲之和也上林賦曰隨風澹淡其水則開竇灑所蟹流浸彼稻田鄭玄
周禮注曰竇孔穴也音豆漢書音義曰灑分也毛詩曰浸彼稻田溝澮脉連隄塍繩相
軺立笱反爾雅曰水注溝曰澮韋昭國語注曰脉理也隄塍已見西都賦軺相連之貌朝雲不興
而潢潦老獨臻左氏傳曰潢汙行潦之水說文曰潢積水池也潦雨水決渫薛則暵
罕爲溉古愛爲陸冬稌杜夏穱側角隨時代熟說文曰渫去除也又
曰暵乾也又曰溉灌也稌已見東京賦楚辭曰稻粢穱麥挐黃粱其原野則有桑漆麻
苧直旅菽麥稷黍百穀蕃廡武翼翼與與說文曰苧麻屬鄭玄
毛詩箋曰菽大豆也百穀蕃廡並已見東京賦毛詩曰我黍與與我稷翼翼若其園圃則有

蓼了蕺側立蘘而羊荷諸之餘蔗薑蹯煩菥析蓂覓芋瓜說文

曰蓼辛菜也風土記曰葱香菜根似茆根蜀人所謂葅香葱與蕺同說文曰蘘荷葍葙也葍普卜切葙子余切

漢書音義曰藷蔗甘柘也字書曰蹯小蒜也爾雅曰菥蓂大薺乃有櫻梅山柿侯桃梨

栗漢書音義曰櫻桃含桃也郭璞爾雅注曰梅似杏實酸說文曰柿赤實果也曹毗魏都賦注曰侯桃山桃

子如麻子槫郢棗若留穰橙鄧橘說文曰槫棗似梗如兗切廣雅曰石留若榴也

漢書南陽郡有穰縣鄧縣說文曰橙橘屬也其香草則有薜萍計荔力計蕙若薇

蕪蓀萇王逸楚辭注曰薜荔香草也郭璞山海經注曰蕙香草也若杜若也本草經曰蘼蕪一名

薇蕪陶隱居注曰蕙葉似蛇牀而香王逸楚辭注曰蓀香草也萇萇楚也爾雅曰蓀楚銚弋也銚音遙晻

於感曖愛蓊烏摠蔚含芬吐芳言草木闇瞋而茂盛也說文曰晻不明貌王逸楚辭

注曰曖闇昧貌若其廚膳則有華鄉重秬渠舉滍秩履皋香秔公行反

華薌鄉名也毛萇詩傳曰秬黑黍一稃二米故曰重也稃音敷湍皐湍水之澤也廣雅曰秔秈也秈音仙歸鴈鳴鵽陟滑黃稻鮮鱻音遷魚以爲芍張晷藥音略鴈能候時去來故曰歸史記曰楚人有以弱弓微繳加歸鴈之上爾雅曰鵽鳩寇雉郭璞曰鵽大如鴿羣飛出北方沙漠聲類曰鱻小魚也子虛賦曰芍藥之和具而後進也文穎曰五味之和酸甜滋味百種千名說文曰甜美也春卵夏筍秋韭冬菁音精爾雅曰筍竹萌也廣雅曰韭其華謂之菁蘇蔱殺紫薑拂徹羶尸然腥爾雅曰蘇桂荏字書曰蔱茱萸也司馬彪上林賦注曰紫薑紫色之薑也杜預左氏傳注曰徹猶去也酒則九醞於問甘醴十旬兼清醪敷徑寸浮蟣若蓱魏武集上九醞酒奏曰三日一釀滿九斛米止廣雅曰醞投也韓詩曰醴甜而不泲也十旬蓋清酒百日而成也鄭玄周禮注曰清酒今之中山冬釀接夏而成也漢書音義晉灼曰百日之末酒也說文曰醪汁滓酒也徑寸蓋酒膏之徑寸也釋名曰酒有汎齊浮蟻在上汎汎然如蓱之多者其甘不爽醉而

不醒老子曰五味令人口爽廣雅曰爽傷也毛萇詩傳曰病酒曰酲及其糺宗綏族禴
祠蒸嘗左氏傳曰召公思周德之不類故糺合宗族于成周爾雅曰綏安也毛詩曰禴祠蒸嘗于公先
王以速遠朋嘉賓是將揖讓而升宴于蘭堂儀禮曰速賓鄭玄曰
速召也論語曰有朋自遠方來毛詩曰我有嘉賓鼓瑟吹笙吹笙鼓簧承筐是將儀禮曰若四方賓燕則揖讓
而升賈逵國語注曰不脫履升堂漢書曰被蘭堂珍羞琅玕充溢圓方爾雅曰珍美也
方言曰羞熟以羞之美故喻於玉也圓方器也尚書曰厥貢琅玕又曰惟辟玉食琢琱狎獵金
銀琳琅爾雅曰玉謂之琱琱與彫古字通也爾雅曰理玉曰琢都角切狎獵飾之皃頭甲切獵上一甲切
尚書曰厥貢球琳琅玕侍者蠱媚巾韝鮮明蠱已見西京賦毛萇詩傳曰蓁市安服也
字書曰備上衣被服雜錯履躡華英雜錯非一也華英光耀也被皮義切儇才齊
敏受爵傳觴方言曰儇急疾也呼緣切齊在雞切毛萇詩傳曰敏疾也獻酬既交率

禮無違毛詩曰獻酬交錯左氏傳晉侯曰魯侯自郊勞至于贈賄禮無違者東觀漢記曰朱浮上疏曰陛下率禮無違彈琴擫籥流風徘徊言樂聲之餘風也說文曰擪一指按也擪與擫同烏牒切鄭玄周禮注曰籥舞者所吹也如篴三孔籥音藥篴音敵清角發徵聽者增哀言既奏清角而又發徵聲故增哀也韓子師曠曰清徵之聲不如清角許慎淮南子注曰清角絃急其聲清也客賦醉言歸王稱露未晞毛詩曰鼓咽咽醉言歸又曰湛湛露斯匪陽不晞厭厭夜飲不醉無歸接歡宴於日夜終愷樂之令儀毛詩曰愷樂飲酒又曰莫不令儀於是暮春之禊元巳之辰方軌齊軫祓于陽瀕毛詩曰唯暮之春史記曰武帝禊霸上續漢書曰三月上巳官人皆禊於東流水上祓除宿垢疾也周禮曰女巫掌歲時祓除楊雄蜀都賦曰相與如乎陽瀕朱帷連綱曜野映雲綱維綱也男女姣服駱驛繽紛駱驛繽紛往來衆多貌致飾程蠱偠紹便

依原本，本頁有欄無字。

依原本，本頁有欄無字。

流曰亂說文曰渴高舉也汰太瀺仕咸灂仕角兮船容裔陽侯澆兮掩鳧鷖楚辭曰齊吴榜以激汰王逸曰汰水波也上林賦曰瀺灂隕隊戰國策曰塞漏舟而輕陽侯之波則舟覆矣淮南子曰武王伐紂渡于孟津陽侯之波逆流而擊之高誘曰陽侯陽國侯也溺死於水其神能爲大波王逸楚辭注曰回波爲澆毛詩曰鳧鷖在涇追水豹兮鞭蝄蜽憚丁達夔龍兮怖蛟螭水豹已見西京賦說文曰蝄蜽山川之精物也蛟螭若龍而黄國語曰木石之怪夔水之怪龍韋昭曰木石爲山也夔一足也於是日將逮昏樂者未荒毛詩曰好樂無荒收驩命駕分背迴塘孔叢子曰巾車命駕廣雅曰塘堤也車雷震而風厲馬鹿超而龍驤雷震言多也風厲言疾也毛詩曰戎車嘽嘽如霆如雷毛萇詩傳曰雷出地奮震驚百里古詩曰涼風率已厲杜預左氏傳注曰厲猛也韓子曰馬如鹿者千金鄒陽上書曰蛟龍驤首舞賦曰龍驤橫舉揚鑣飛沫周禮曰凡馬八尺已上爲龍夕暮言歸其樂難忘此乃游觀之好耳

目之娛未睹其美者焉足稱舉言此游觀耳目之樂非極美也夫南陽者真所謂漢之舊都者也遠世則劉后甘厭龍醢海視魯縣而來遷左氏傳曰劉累學擾龍于豢龍氏以事孔甲龍一雌死潛醢以食夏后夏后饗之既又使求之懼而遷於魯縣漢書曰南陽郡魯陽縣即御龍氏所遷奉先帝而追孝立唐祀乎堯山先帝謂堯也皇甫謐曰堯始封於唐今中山唐縣是也後徙晉陽及爲天子都平陽於詩爲唐國是堯以唐侯升爲天子也水經曰南陽魯縣西堯山酈元曰魯縣立堯祠於西山謂之堯山也固靈根於夏葉終三代而始蕃音繁言劉氏植根於夏葉終三代而始蕃昌也毛萇詩傳曰葉世也三代已見班固兩都序非純德之宏圖孰能揆求癸而處旃孔安國尚書傳曰揆度也鄭玄毛詩箋曰旃之也近則考侯思故匪居匪寧穢長沙之無樂歷江湘而北征東觀漢記曰春陵節侯長沙定王中子買節侯

生戴侯戴侯生考侯考侯仁以舂陵地勢下濕難以久處上書願徙南陽守墳墓元帝許之於是北徙考或爲
孝非也曜朱光於白水會九世而飛榮朱光火德也已見東京賦東觀漢記
曰考侯仁徙封南陽白水鄉又曰世祖光武皇帝高祖九世孫承文景之統出自長沙定王樂光榮也封禪書曰發
號榮察茲邦之神偉啓天心而寤靈言考侯既察此都之神偉且啓上天
之心又寤先靈之意使之而王也說文曰偉奇也於其宮室則有園廬舊宅
隆崇崔嵬說文曰崔高大也御房穆以華麗連閣煥其相徽御房
帝舊房也相徽言俱美孔安國尚書傳曰徽美也聖皇之所逍遙靈祇之所保
綏聖皇謂光武也逍遙謂潛龍之日韓詩外傳曰逍遙也靈祇天地之神也毛詩曰神保是饗又曰綏以多
福也章陵鬱以青蔥清廟肅以微微東觀漢記曰建武中更名舂陵爲章
陵光武過章陵祠園廟爾雅曰青謂之蔥林木茂盛之貌微微幽靜貌皇祖歆而降福彌

萬祀而無衰毛詩曰獻之皇祖說文曰歆神食氣也毛詩曰降福孔夷爾雅曰彌終也又曰祀年也帝王臧其擅美詠南音以顧懷帝王光武也顧懷過章陵祠園廟之時也爾雅曰臧善也說文曰擅專也左氏傳楚鍾儀因於晉與之琴操南音劇秦美新曰后土顧懷且其君子弘懿明叡允恭溫良容止可則出言有章進退屈伸與時抑揚班固說東平王蒼曰體弘懿之姿叡哲也已見東京賦尚書曰允恭克讓論語子貢曰夫子溫良恭儉讓孝經曰容止可觀進退可度毛詩曰其容不改出言有章周易曰往者屈也來者伸也屈伸相感而利生焉班固漢書敘孫通述曰叔孫奉常與時抑揚方今天地之睢虛惟剌力達帝亂其政豺虎肆虐真人革命之秋也漢書音義曰方向也謂高祖之時蒼頡篇曰今時辭也謂光武天地猶天下也睢剌猶謬亂也謂秦二葉也淮南子曰萬物所睢楚辭曰偭乖剌而無當王逸曰剌邪也帝謂高祖也馬融論語注曰亂理也豺狼貪殘謂王莽也真人光武

也文子曰得天地之道故謂之真人革命已見東都賦

爾其則有謀臣武將皆能攫九縛戾執猛破堅摧剛排揵件陷扃古熒蹵蹈咸陽蒼頡篇曰攫搏也說文曰揵距門也又曰扃外閉之關也高祖階其塗光武攬其英漢書曰沛公圍宛城南陽守齮降引兵西無不下者爾雅曰階因也齮音蟻東觀漢記曰鄧禹吳漢並南陽人三略曰主將之體務在攬英雄之心是以關門反距漢德久長言居西而距東居東而距西故言反也杜篤論都賦曰是時山東翕然狐疑意聖朝之西都懼關門之反距及其去危乘安視人用遷去危乘安謂太平也視人用遷謂觀人所安而設教周召之儔據鼎足焉以尨匹婢王職史記曰周公旦者周武王弟也蘋武王又召公奭姓姬氏成王時召公為三公漢書曰夫三公鼎足之輔也賈逵國語注曰尨由理也縉紳之倫經綸訓典賦納以言漢書音義臣瓚曰縉赤白色紳大帶也周竒曰搢揷笏於大帶周易曰君子以經綸國語曰修其訓

典尚書曰敷納以言也是以朝無闕政風烈昭宣也春秋考異郵曰後雖殊世
風烈猶合於持方宋均曰持方受命者名於是乎鯢齯眉壽鮐背之叟皤
皤然被黃髮者毛詩曰以介眉壽毛萇曰眉壽毫眉也爾雅曰黃髮鯢齯鮐背耇老壽也
皤皤已見東京賦喟然相與歌曰望翠華兮葳蕤建太常兮
裶裶音霏上林賦曰建翠華之旗葳蕤翠華貌太常已見東京賦上林賦曰紛紛裶裶駟飛龍
兮騤騤逵振和鑾兮京師飛龍言疾也周易曰飛龍在天毛詩曰四牡騤騤鄭
玄禮記注曰鑾輅有虞氏之車也有鑾和之節揔萬乘兮徘徊按平路兮來
歸萬乘見東京賦毛萇詩傳曰迴遲遲也然徘徊即遲遲也毛詩曰行道遲遲南陽舊居故曰來歸毛詩曰來
歸自鎬豈不思天子南巡之辭者哉遂作頌曰毛詩曰豈不爾
思尚書曰五月南巡狩

皇祖止焉光武起焉皇祖高祖也周易曰庖犧氏沒神農氏作據彼河洛統四海焉河洛謂東都也西都賦曰眥有意乎都河洛夲枝百世位天子焉毛詩曰文王子孫夲枝百世永世克孝懷桑梓焉毛詩曰永世克孝又曰維桑與梓必恭敬止真人南巡覩舊里焉東觀漢記曰光武征秦豐幸舊宅酈元水經注曰光武征秦豐張衡以爲真人南巡覩舊里焉

三都賦序一首

左太冲善曰臧榮緒晉書曰左思字太冲齊國人少博覽文史欲作三都賦乃詣著作郎張載訪岷邛之事遂構思十稔門庭藩溷皆著紙筆遇得一句即疏之徵爲秘書賦成張華見而咨嗟都邑豪貴競相傳寫三都者劉備都益州號蜀孫權都建業號吳曹操都鄴號魏思作賦時吳蜀已平見前賢文之是非故作斯賦以辨衆惑

劉淵林注 三都賦成張載爲注魏都劉逵爲注吴蜀自是之後漸行於俗也

蓋詩有六義焉其二曰賦 善曰子夏詩序文也 楊雄曰詩人之賦麗以則 善曰法言文也 班固曰賦者古詩之流也 善曰兩都賦序文 先王采焉以觀土風 善曰禮記曰命太師陳詩以觀民風鄭玄曰陳詩謂采其詩以觀視之 見緑竹猗猗 於宜 則知衛地淇澳 於六 之産 善曰毛詩衛風曰瞻彼淇澳緑竹猗猗 見在其版屋則知秦野西戎之宅 善曰毛詩秦風曰在其版屋亂我心曲毛萇曰西戎版屋也 故能居然而辨八方 善曰河圖龍文曰鎮星光明八方歸德難蜀父老曰六合之内八方之外 然相如賦上林而引盧橘夏熟楊雄賦甘泉而陳玉樹青葱班固賦西都而歎以出比目張衡賦西京而述以遊海若 九此四者皆非西京之所有也 假

稱珍怪以爲潤色若斯之類匪啻失至于茲善曰茲此也假稱珍怪也若斯珍之流不啻於此多尚書曰不啻如自其口出考之果木則生非其壤校之神物則出非其所於辭則易爲藻飾於義則虛而無徵蓋韓非所謂畫鬼魅易爲好畫狗馬難爲工之類且夫玉卮紙移無當去聲雖寶非用卮一名觶酒器也當底也善曰韓子堂溪公謂韓昭侯曰今有白玉之卮無當有瓦卮有當君寧何取曰取瓦卮也後言無驗雖麗非經善曰劉廙荅丁儀刑禮書曰崇飾後言欲其往來而論者莫不詆丁禮訐斤謁其研精作者大氐音旨舉爲憲章善曰墨子曰雖有詆訐之人無所依矣說文曰詆訶也訐面相序罪也尚書序曰研精覃思司馬遷書曰詩三百篇大氐賢聖發憤之所爲也禮記曰憲章文武積習生常有自來矣傳曰習實生常善曰左傳叔孫曰叔出季處有自來矣余既思摹莫蒲二京而賦三都其山

川城邑則稽之地圖其鳥獸草木則驗之方志善曰周禮曰外
史掌四方之志鄭玄曰志記也風謠歌舞各附其俗魁梧忤長者莫非
其舊善曰漢書音義應劭曰魁梧丘墟壯大之意也韓子曰重厚自尊謂之長者何則發言
為詩者詠其所志也善曰毛詩序曰詩者志之所之在心為志發言為詩升高能賦
者頌其所見也善曰毛萇詩傳曰升高能賦可以為大夫美物者貴依其本
讚事者宜本其實善曰釋名曰稱人之美曰讚匪本匪實覽者奚
信且夫任土作貢虞書所著辯物居方周易所慎虞書曰禹
別九州任土作貢定其肥磽之所生也而著九州貢賦之法也周易曰君子以慎辯物居方聊舉其
一隅攝其體統歸諸詁訓焉

蜀都賦一首

有西蜀公子者言於東吴王孫善曰聖主得賢臣頌曰今臣僻在西蜀史記武王得仲雍曾孫周章封之東吴漢書曰漂母謂韓信曰吾哀王孫而進食鄭林曰如言公子也博物志曰王孫公子皆相推敬之辭曰蓋聞天以日月爲綱地以四海爲紀九土星分萬國錯跱崤胡交函有帝皇之宅河洛爲王者之里非日月無以觀天文非四海無以著地理故聖人仰觀俯察窮神盡微者必須綱紀也崤東西崤也函函谷關也賈生過秦曰以崤函爲宮里居也言周漢皆以河洛爲都邑善曰越絶書范蠡曰天貴持盈不失日月星辰之綱紀毛詩曰滔滔江漢南國之紀周禮曰以星土分辨九州之地所封域尚書曰萬國咸寧張衡靈憲曰星體生於地列居錯峙崔駰河南尹箴曰唐虞商周河洛是居吾子豈亦曾聞蜀都之事歟請爲左右揚搉古學而陳之韓非有揚搉篇班固曰揚搉古今其義一也善曰許慎淮南子注曰揚搉粗略也夫蜀都者蓋兆基於上世開國於

中古廓靈關以為門包玉壘而為宇帶二江之雙流抗峨眉之重阻揚雄蜀王本紀曰蜀王之先名蠶叢柏濩魚鳧蒲澤開明是時人萌椎髻左言不曉文字未有禮樂從開明上到蠶叢積三萬四千歲故曰兆基於上代也秦惠王討滅蜀王封公子通為蜀侯惠王二十七年使張若與張儀築成都城其後置蜀郡以李氷為守地理志曰蜀守李氷鑿離堆穿兩江為人闢田百姓饗其利是時蜀人始通中國言語頗與華同故言闢國於中古也靈關山名在成都西南漢壽界在前故曰門也玉壘山名也湔水出焉在成都西北岷山界在後故曰宇也江水出岷山分為二江經成都南東流經之故曰帶也揚雄蜀都賦曰兩江珥其前峨眉山名也在成都南犍為界面之故曰抗也水陸所湊兼六合而交會焉豐蔚所盛茂八區而菴烏覽藹焉八區四方四隅也地理志曰巴蜀土地肥美有山林菓實之饒班固西都賦曰郊野之富號為近蜀美其豐盛善曰六合已見西都騂長楊賦曰洋溢八區於前則跨躡犍乾牂臧枕之鴆

轉交趾經途所亘五千餘里山阜相屬含谿懷谷崗巒糺紛觸石吐雲阜大山也巒山長而狹也一曰山小而銳也水注川曰谿注壑曰谷善曰漢書志有犍爲郡牂牁郡並屬益州又有交趾郡屬交州轉寄也於蟻切春秋元命包曰山有含精藏雲故觸石而出也鬱葐汾蒀於文以翠微崛魚物巍巍以峨峨干青霄而秀出舒丹氣而爲霞翠微山氣之輕縹也霞赤雲也嚴夫子哀時命曰紅霓紛其朝霞山摩氣通故曰舒丹氣以爲霞也善曰甘泉賦曰騰青霄而軼浮景河圖曰崑崙山有五色水赤水之氣上蒸爲霞而赫然也龍池瀥胡角瀑步角濆扶粉其隈漏江伏流潰胡內其阿汨骨若湯谷之揚濤沛普賴若蒙氾似之涌波龍池在朱提南十里地周四十七里漏江在建寧有水道伏流數里復出故曰漏江西谷曰所出也濛氾曰所入也善曰瀥瀑水沸之聲也公羊傳曰濆泉者何涌泉也淮南子曰日出于湯谷浴于咸池楚辭云日出于暘谷入于蒙氾濛氾見西京

賦　於是乎邛竹緣嶺菌桂臨崖宜旁挺龍目側生荔
枝布綠葉之萋萋結朱實之離離迎隆冬而不凋常
曄曄以猗猗邛竹出興古盤江以南竹中實而高節可以作杖神農本草經曰菌桂出交阯圓如
竹爲衆藥通使一曰菌薰也葉曰蕙根曰薰南裔志曰龍眼荔枝生朱提南廣縣犍爲僰道縣隨江東至巴郡
江州縣往往有荔枝樹高五六丈常以夏生其變赤可食龍眼似荔枝其實亦可食邛竹菌桂龍眼荔枝皆冬
生不枯鬱茂於山林善曰王逸荔枝賦曰綠葉蓁蓁又曰朱實叢生孫卿子曰松柏經隆冬而不凋蒙霜雪而
不變曄曄猗猗已見西都賦　孔翠群翔犀象競馳白雉朝雊猩猩
生夜啼金馬騁光而絕景碧鷄儵忽而曜儀火井沉
熒於幽泉高爓飛煽扇於天垂孔孔雀也翠翠鳥也孔雀特出永昌南涪
縣翡翠常以二月九月群翔與古十餘白雉出永昌猩猩生交阯封溪似猨人面能言語夜聞其聲如小兒啼

春秋傳曰豕人立而啼服子慎曰啼呼也淮南子曰猩
猩知往地理志曰金馬碧雞在越嶲青蛉縣禺同山漢
宣帝時方士言益州有金馬碧雞之神可以醮祭而置
也宣帝使諫議大夫王褒持節而求之褒道病卒竟不
能致也蜀郡有火井在臨邛縣西南火井鹽井也欲出
其火先以家火投之須臾許隆隆如雷聲爓出通天光
輝十里以筒盛之接其光而無炭也爚爍也善曰廣
雅曰熒光也說文曰爓火焰也音艷天垂天四垂也其間
則有虎珀丹青江珠瑕英金沙銀礫歷符采彪筆尤炳暉
麗灼酌爍舒藥切永昌博南縣出虎珀牂牁有白曹山出丹青曾青空青青也本草經云皆出越嶲
郡瑕玉屬也揚雄蜀都賦太瑕英江珠永昌有水出金如糠在沙中興古盤町山出銀符采玉之橫文也灼爍
豔色也善曰博物志曰虎珀一名江珠於後則却背華容北指崑崙緣以
劒閣阻以石門華容水名在江由之北崑崙山名也揚雄蜀都賦曰北屬崑崙劒閣谷名自蜀
通漢中道一由此背有閣道在梓潼郡東北石門在
漢中之西褒中之北此二處蜀之險隘於是存焉流

漢陽湯湯傷驚浪雷奔望之天迴即之雲昏水物殊品鱗介異族或藏蛟螭勅知或隱碧玉嘉魚出於丙穴良木攢於襃谷有鱗曰蛟螭蛟螭水神也一曰雌龍也一曰龍子也相如上林賦曰蛟龍赤螭碧玉謂水玉也尸子曰龍淵生玉英丙穴在漢中沔陽縣北有魚穴二所常以三月取之丙地名也襃中縣南口斜谷水源在北南流經襃中故北口曰斜南口曰襃同一谷耳長四百七十里襃斜出良材漢書曰斜谷之木不足爲我棫善曰枚乘七發曰波湧而濤起橫奔似雷行任豫益州記曰嘉魚鱗似鱒魚其樹則有木蘭梫寢桂杞櫹蕭椅於其桐椶枒邪楔斛八樅七松楩頻縣柟南幽藹於谷底松柏蓊鬱於山峯木蘭大樹也葉似長生冬夏榮常以冬華其實如小柿甘美南人以爲梅其皮可食揚雄蜀都賦曰樹以木蘭梫桂木桂也傳曰杞柟之木櫹大木也詩曰其桐其椅椶枒出蜀其皮可作繩覆欂似松有枓也樅柏葉松身楩柟二樹名皆大木也擢脩幹竦

長條翕羽飛雲拂輕霄羲和假道於峻岐陽烏迴翼乎高標言山木之高也善曰楚辭曰吾令羲和弭節兮廣雅曰日御謂之羲和左傳曰假道於虞春秋元命包曰陽成於三故日中有三足烏烏者陽精巢居棲翔聿兼鄧林穴宅奇獸窠宿異禽鄧林林名也窠巢鳥巢也善曰鄧林已見西京賦熊羆咆步交其陽鵰鶚鶚其聿其陰獲犺戈猗騰希而競捷虎豹長嘯而永吟形如鵰皆鷙鳥也枚乘曰鷙鳥累百不如一鶚鶚疾鶚也善曰楚辭曰虎豹鬬兮熊羆咆說文曰咆嗥也毛詩曰鴥彼晨風春秋元命包曰猛虎嘯谷風起杜篤連珠曰長吟永嘯於東則左縣巴中百濮音卜所充濮夷也傳曰麇人率百濮濮今巴中七姓有濮也外負銅梁於宕徒浪渠銅梁山名宕渠縣名銅梁在巴東宕縣在巴西也要害地也險也膏腴土境內函要害於膏腴沃也其中則有巴菽巴戟靈壽桃枝樊以葙賁靚圃濱以鹽

池巴菽巴豆也巴戟巴戟天也靈壽木名也出涪陵縣
枇杷枝莖也出墊江縣二者可以爲杖樊著也詩曰
營營青蠅止乎樊蒟草名也亦名土茄葉覆地而生根
可食人飲則以繼𥡪鹽池出巴東北新井縣水出地如
湧泉可煑以爲鹽善曰埤
蒼曰蒟蒻也蒻側及切 蛸必滅蟰音啼山棲黿元龜水處
潛龍蟠於沮子預澤應鳴鼓而興雨蛸蟰鳥名也如今之
所謂山鷄其雄色赤
畢色黑出巴東黿大龜也譙周異物志曰涪陵多大龜
其甲可以卜其緣中又似瑇瑁俗名曰靈又沮有菜澤
也巴東有澤水人謂有神龍不可鳴鼓鳴鼓其傍即便
雨也善曰李尤七嘆曰龍鼉水處方言曰未升天龍謂
之蟠龍蓁毋遼孟子注曰
澤生草言蒟沮與蒟同 丹沙赩許力熾昌志出其坂蜜房
郁毓被其阜山圖采而得道赤斧服而不朽涪陵丹興
二縣出月
砂丹砂出山中有穴尚書禹貢曰厥土赤埴巴西漢昌
縣多野蜂蜜蠟山圖隴西人也隨道士之名山採樂身
輕不食莫知所如赤斧巴人也能煉丹砂與消石服之
身體毛髮盡赤皆古仙者也見列仙傳善曰毛萇詩傳

曰艶赤貌也鄭玄尚書注曰熾赤也班固終南頌曰蠢彥溜其巔郁鯈盛多也若乃剛悍汗生
其方風謠尚其武奮之則賨在宗旅翫之則渝舞銳氣剽
於中葉蹻綺驕容世於樂府善曰廣雅曰悍勇也應劭風俗通曰巴有賨人剽勇高祖
爲漢王時閬中人范目說高祖募取賨人定三秦封目爲閬中慈鳧鄉侯并復除目所發賨人盧朴沓鄂度夕
龔七姓不供租賦閬中有渝水賨人左右居銳氣喜舞高祖樂其猛銳數觀其舞後令樂府習之揚雄荊州箴
曰風飄以悍氣銳以剛毛詩曰昔在中葉漢書曰武帝樂府於西則右挾故蝶岷山涌
瀆發川陪以白狼夷歌成章江水出岷山也白狼夷在漢壽西界漢明帝時作詩
三章以頌漢德益州刺史朱輔驛傳其詩奏之語在輔傳也坰野草昧林麓黝於糾儵
式六交讓所植蹲存鴟所伏交讓木名也兩樹對生一樹枯則一樹生如是歲更終不
俱生俱拔也岷山在安都縣蹲鴟大芋也其形類蹲鴟故卓王孫曰吾聞岷山之下沃野下有蹲鴟至死不

飢善曰黝儵茂盛貌百藥灌叢寒卉冬馥異類衆夥禍于何不育

其中則有青珠黃環碧砮芒消或豐綠荑啼或蕃丹元伐

椒蘪蕪布濩護於中阿風連莚餘戰蔓萬於蘭皋紅葩紫

飾柯葉漸苞敷蘂葳蕤落英飄颻青珠出蜀郡平澤黃環出蜀郡碧石

生越巂郡無會縣砮可作箭鏃禹貢梁州厥貢砮石芒消出蜀郡廣陽山綠荑辛荑蘪蕪皆香草也蘪蕪出岷

山菅陵山風連出岷山一曰出廣都山岷山特多藥草其椒尤好異於天下漸苞相苞裹而同長也書曰草木

漸苞蘂者或謂之華或謂之實一曰花鬚頭點也楚辭曰採薜荔之落英神農是嘗盧跗

是料聊芳追氣邪味蠲癘痟音消扁鵲盧人古良醫揚雄法言曰扁鵲盧

人而醫多盧癘氣不和之氣也痟亦頭病也周禮四時皆有癘疾春多痟首之疾漢書相如常有痟病善曰淮

南子曰神農乃始教人播種五穀嘗百草之滋味史記曰號中庶子謂扁鵲曰臣聞上古之時醫有俞跗醫病

不以湯液其封域之内則有原隰墳衍通望彌博演以潛沬武蓋浸以緜雒禹貢梁州云沱潛既道有水從漢中沔陽縣南流至梓潼漢壽縣入穴中通岡山下西南潛出今名復水舊說云禹貢潛水也又有水出岷山之西東流過漢壽南流有高山上合下開水經其中曰沬水潛行曰演此二水伏流故曰演以潛沬緜水在緜竹縣出紫巖山雒水在上雒縣出桐栢山周禮曰揚州其浸五湖言益州之有緜雒猶揚州之有五湖故曰浸以緜雒也潛沬緜雒四水所經本皆蜀郡故皆謂之封域之内也溝洫脈散疆里綺錯黍稷油油秔古衡稻莫莫指渠口以爲雲門灑滮扶彪池而爲陸六澤雖星畢之滂普郎沲度羅尚未齊其膏液廣深四尺爲溝倍溝爲洫左氏傳曰先王疆理天下謂地勢縱横之宜也莫莫茂也李冰於湔山下造大堋以壅江水分散其流溉灌平地故曰指渠口以爲雲門也滮流貌詩曰滮池北流浸彼稻田蔡邕曰凝雨曰陸尚書洪範曰星有好雨月失道而入畢則多雨詩曰月離于畢俾滂沲

矣善曰鄭玄周禮注曰黃帝樂曰雲門言黃帝之德如雲之出門也然此唯取雲門之名不取樂也爾乃邑居隱賑之忍夾江傍山棟宇相望桑梓接連家有鹽泉之井戶有橘柚之園隱盛也賑富也梓木名可以爲琴瑟蜀都臨邛縣江陽漢安縣皆有鹽井巴西充國縣有鹽井數十大曰柚小曰橘犍爲南安縣出黃甘橘地理志曰蜀都嚴道巴郡朐忍魚復二縣出橘有橘官善曰楊雄蜀都賦曰夾江緣山又曰西有鹽泉鐵冶橘林銅陵其園則有林檎枇杷橙柹梬郢楟亭榹心移桃函含列梅李羅生皆菓名也林檎實似赤柰而小味如梨枇杷冬華黃實夲出蜀蜀有給客橙冬夏華實相繼張揖曰楟山梨善曰爾雅曰榹桃山桃也百果甲宅圻異色同榮朱櫻春熟素柰夏成善曰周易曰百果草木皆甲圻鄭玄曰木實曰果皆讀如人倦之解解謂圻呼皮曰甲根曰宅宅居也呼火亞切漢書叔孫通曰古有春嘗果今櫻桃熟可嘗也素柰白柰也王逸荔枝賦曰酒泉白柰若乃大火流涼

風厲列白露凝微霜結詩曰七月流火禮記月令孟秋凉風至善曰毛萇詩傳曰火大
火也流下也毛詩曰白露爲霜楚辭曰微霜結兮眇眇紫棃津潤樼側鄰栗鏬呼亞發
蒲陶亂潰胡對若榴競裂甘至自零芬芬酷苦毒烈詩云樹之榛栗
傳曰榛栗棗脩鏬發栗皮坼鏬而發也甘至言熟也善曰西京雜記曰上林有紫梨郭璞上林賦注曰蒲陶
似燕薁可作酒馬融西第頌曰紫房潰漏又曰胡桃自零若榴已見兩都賦上林賦曰酷烈淑郁榛與樼同
其園則有蒟俱宇蒻弱茱萸瓜疇芋于句區甘蔗之夜辛薑
陽蓲許于陰敷蒟蒟醬也緣樹而生其子如桑椹熟時正青長二三寸以蜜藏而食之辛香温調五
臟蒻草也其根名蒻頭大者如斗其肌正白可以灰汁煑則凝成可以苦酒淹食之蜀人珎焉茱萸一名藙也
疇者界埒小畔際也楊雄太元經曰陽蓲萬物言陽氣蓲煦生萬物也陰敷藁生於陰也日往菲薇
月來扶踈任土所麗衆獻而儲任土任其土地所生也尚書所謂任土作貢也

易曰百穀草木麗乎土其沃瀛盈則有攢在官蔣將叢蒲綠菱紅蓮
雜以蘊藻糅女又以蘋蘩楚辭曰倚沼畦瀛王逸云瀛澤中也班固以為畦蔣菰名也蘊
藻蘋蘩皆水草也蘊叢也總莖柅柅乃禮裛於業葉蓁蓁臻蕡墳實時味
王公羞焉柅柅蓁蓁盛茂貌也詩曰爾肴既將傳曰荷有明信澗谿沼沚之毛蘋蘩蘊藻之菜可薦
於鬼神可羞於王公善曰毛詩曰敦彼行葦維葉柅柅又曰桃之夭夭其葉蓁蓁又曰桃之夭夭有蕡其實
其中則有鴻儔鵠侶鸆鷺鵜徒兮鶘胡晨鳧旦至候鴈銜
蘆皆水鳥名鴻鵠多群飛故言侶儔也鸆鷺鵜鶘二鳥名也晨鳧常以晨飛也鴈候時南北故曰候鴈銜蘆
以禦矰繳令不得截其翼也淮南子曰鴈銜蘆而翔以備矰繳善曰毛詩曰振鷺于飛爾雅曰鵜洿澤也郭璞
曰即鵜鶘也說苑曰魏文侯嗜晨鳧呂氏春秋曰季秋之月候鴈來木落南翔冰泮北徂
雲飛水宿哢吭胡剛清渠其深則有白黿命鼈玄獺上祭

鱣陟連鮪于鬼鱒在本魴鮷啼鱧禮魦鱨木落者葉落也木葉落秋時也冰泮春時也善曰淮南子曰木葉落而長年悲家語曰冰泮而農桑起爾雅曰吭馬曨禮記月令孟春獺祭魚將食之先以祭也鱣鮔鱨也鮷似鮎魦似鮒鱒魴皆見詩也楚辭曰乗白黿兮逐文魚張衡應閒曰黿鳴而鼈應命呼也差鱗次色錦質報章躍濤戲瀨中流相忘莊周云泉涸魚相與處陸相呴以濕相濡以沫不若相忘於江湖善曰毛詩曰終日七襄不成報章於是乎金城石郭兼帀中區既麗且崇實號成都金石言堅也故朝錯曰神農之教雖有金城湯池也闢二九之通門畫方軌之廣塗營新宮於爽塏愷擬承明而起廬漢武帝元鼎二年立成都十八門周禮經塗九軌畫言端直也爽塏高明也善曰左氏傳曰齊景公欲更晏子之宅曰請更諸爽塏者杜預曰爽高燥也漢書曰嚴助爲會稽太守帝賜書曰君猒承明之廬張晏曰承明廬在石渠門外結陽城之延閣飛觀榭乎雲中

開高軒以臨山列綺牕而瞰苦檻江陽城蜀門名也善曰淮南子曰延閣棧道
高軒堂左右長廊之有牕者張載魯靈光殿賦注曰軒檻所以開明也古詩曰交疏結綺窻內則議
殿爵堂武義虎威宣化之闥崇禮之闈議殿爵堂殿堂名也武義虎威
二門名也宣化崇禮皆闈闥之名也華闕雙邈重門洞開金鋪交映玉題
相暉金鋪門鋪首以金爲之玉題以玉爲之孟子曰榱題數尺楊雄曰旋題玉英善曰西都賦曰樹中天
之華闕長門賦曰擠玉戶而撼金鋪外則軌躅直録八達里閈汗對出比屋
連甍千廡音武萬室閈里門也管子曰閭閈不可以無闔盧綰與高祖同里班固曰綰自同閈
廡房也蘇秦說魏襄王曰廬廡之數也善曰漢書班嗣與桓生書曰伏孔氏之軌躅音義曰三輔說牛蹄處爲
躅爾雅曰八達謂之崇期孫炎曰崇多也多道會期於比亦有甲第當衢向術壇徒蘭
宇顯敞高門納駟術道也楚辭九章曰燕雀烏鵲巢堂壇兮王逸曰壇猶堂也漢于公高其

門使容駟馬高蓋此言甲第高門可以納駟善曰西京賦曰北闕甲第當道直啓李尤高安館銘曰增臺顯敞禁室靜幽庭扣苦后鍾磬堂撫琴瑟匪葛匪姜疇能是恤疇誰也善曰蜀志曰諸葛亮爲丞相又曰姜維初爲亮倉曹椽稍遷爲大將軍亞以少城接乎其西市廛所會萬商之淵列隧百重羅肆巨千賄呼罪貨山積纖麗星繁少城小城也在大城西市在其中也都人士女袨縣服靚才姓粧賈音古貿莫構墆直例鬻舛兖錯縱橫異物崛詭奇於八方布有橦華麪有桄光榔郎邛杖傳節於大夏之邑蒟句醬流味於番潘禺愚之鄉蘇林曰袨服謂盛服也張揖曰靚謂粉白黛黑也墆貯也橦華者樹名橦其花柔毳可績爲布也出永昌桄榔樹名也木中有屑如麪可食出興古張騫傳曰臣在大夏時見邛竹杖蜀布問安得此大夏國人曰吾賈人往市之身毒國身毒國在大夏東南可數千里南越傳曰使唐蒙

諷曉南越食蒙以蒟醬蒙問所從來荅曰西北牂牁江廣數里出番禺城下故漢書曰感蒟醬竹杖則開牂牁越嶲也邛竹杖以節爲奇故曰傳節也善曰都人士女巳見西都賦漢書曰富商大賈或帶財入方巳見上三都序輿輦雜沓徒合冠帶混并累轂疊跡叛衍相傾諠譁鼎沸則哤莫江聒公達宇宙囂許驕塵張陟亮天則埃壒烏蓋曜靈叛亂出莊周曰何貴何賤是謂叛衍善曰蔡邕月令章句曰冠首飾也帶大帶所以束身也司馬彪莊子注曰叛衍猶漫衍也國語管子曰四人雜處則其言哤說文曰聒讙語也文子曰四方上下曰宇說文曰宙舟輿所極覆也西都賓曰軼埃壒之混濁楚辭曰角宿未旦曜靈焉藏廣雅曰輝靈白日也闤闠之裏伎巧之家百室離房機杼相和貝錦斐成濯色江波黃潤比吡二筒籯盈金所過闤市巷也闠市外内門也貝錦錦文也譙周益州志云成都織錦既成濯於江水其文分明勝於初成他水濯之不如江水也黃潤謂筒中細布也司馬相如凡將篇曰黃潤纖美宜制褌揚

雄蜀都賦曰筩中黄潤一端數金籯縢也韋賢傳曰黄金滿籯善曰毛詩曰百室盈止古詩曰札札弄機杼毛詩曰萋兮斐兮成是貝錦也

修修隆富卓鄭埒劣名公擅山川貨殖私廐藏鏹九兩巨萬鈲浦覓摫規兼呈亦以財雄翕習邊城

漢書貨殖傳曰蜀卓氏之臨卭公擅山川銅鐵上爭王者之利下錮齊人之業富至僮八百人程鄭亦冶鑄富埒卓氏司馬相如傳云臨卭富人程鄭僮亦數百人鏹錢貫也殖貨志曰藏鏹千萬楊雄方言云鈲摫裁也梁益之間裁木爲器曰鈲裂帛爲衣曰摫兼呈者皆有常課至擬於王者亦以財雄猶班壹以財雄邊城也漢書班氏叙傳當孝惠高后時以財雄邊出入弋獵旌旗鼓吹以臨卭是蜀郡之邊縣故云邊城善曰藏鏹管子之文也

三蜀之豪時來時往養交都邑結儔附黨

三蜀蜀郡廣漢犍爲也本一蜀國漢高祖分置廣漢漢武帝分置犍爲善曰孫卿子曰偷合苟容以持禄養

劇談戲論扼腕抵紙掌出則連騎歸從百兩

劇甚也鬼谷先生書有抵戲篇桓譚七說

曰戲談以要譽張儀傳曰天下之士莫不扼腕以言戰國策曰蘇秦說趙王華屋之下抵掌而言皆談說之客
也百兩百乘也詩云之子于歸百兩御之善曰漢書曰揚雄口吃不能劇談連騎已見西京賦
若其舊俗終冬始春吉日良辰置酒高堂以御嘉賓
揚雄蜀都賦曰其俗
迎春送冬百金之家千金之公善曰楚辭曰吉日兮良辰曹植箜篌引曰置酒高殿上毛詩曰以御賓客且以
酌醴
金罍中坐肴槅四陳觴以清醥鮮以紫鱗羽爵執競絲竹乃發巴姬彈弦漢女擊節
鮮魚鱠也詩云炮鱉鱠鯉巴姬漢之美人猶衛
之雅質蔡之幼女善曰毛詩曰肴核維旅鄭玄曰肴菹醢也核桃梅之屬也左氏傳楚共王有巴姬槅與核義
同
起西音於促柱歌江上之飊
寮
厲紆長袖而屢舞翩躚躚以裔裔
昔周昭王涉漢中流而隕其右辛遊靡拯王遂卒不復還周乃侯其子于西翟實為
長公楚徙宅西河長公思故處始作西音長公繼是音以處西山秦國之風蓋取乎此見呂氏春秋韓子曰長

袖善舞詩曰屢舞躚躚合樽促席引滿相罰樂飲今夕一醉累月言頻飲也善曰東方朔六言詩曰合樽促席相娛漢書曰趙事侍中皆引滿舉白毛詩曰今夕何夕又曰一醉日富若夫王孫之屬郤却敫公之倫從禽于外巷無居人並乘驥子服魚文玄黃異校結駟繽紛王孫卓王孫也貨殖傳曰卓王孫田宅射獵之樂擬於人君郤公豪俠也揚雄蜀都賦曰若其漁弋郤公之徒相與如乎目野羅車百乘觀者萬提服箭服詩云象弭魚服善曰周易曰即鹿無虞以從禽也毛詩曰叔于田巷無居人桓子新論曰善相馬者曰薛公得馬惡貌而正走名驥子周禮六廐成校校有左右楚辭曰青驪結駟齊千乘西踰金隄東越玉津朔別期晦匪日匪旬金隄在岷山都安縣西隄有左右口當成都西也壁玉津在犍爲之東北當成都之東也揚雄羽獵賦前曰邪界虞淵後曰浮彭蠡張衡羽獵前曰逐息嵎崘後曰彎許公于箕隅道里遼迥非一曰所遊金堤玉津東西分行所欲經營亦非一所其間悠遠故曰朔別晦期也

若云一月之中乃能周徧不以旬日著也蹴秋六蹈蒙籠涉寥廓鷹犬儵眒勝䌵罻尉羅絡幕儵眒疾速也罻羅鳥獸網也絡幕施張之貌也善曰蒙籠已見南都賦桓譚新論曰道路皆蒿草寥廓狼籍子雲賦曰儵眒倩浰毛群陸離羽族紛泊匹各翕響揮霍中網林薄毛群獸也羽族鳥也陸離分散也紛泊飛薄也翕響揮霍奄忽之間也屠麖京麋翦旄麈帶文蛇跨彫虎皆獵之所得也麖麋體大故屠之旄麈有尾故翦之蛇虎可畏而帶跨之言其勇也尸子曰中黃伯云余左執太行之優而右搏彫虎善曰越人衣文蛇志未騁時欲晚追輕翼赴絕遠出彭門之闕馳九折之坂經三峽之崢嶸躡五屼兀之蹇滻岷山都安縣有兩山相對立如闕號曰彭門楊雄蜀都賦曰彭門鴻屼九折坂在漢壽嚴道縣邛萊山三峽巴東永安縣有高山相對相去可二十丈流右崖甚高人謂之峽江水過其中五屼山名也一山有五重在越嶲當犍爲南安縣之南也楊雄蜀都賦曰五

岏參差善曰楚辭曰下崢嶸戟食鐵之獸射噬毒之鹿
兮無地子虛賦曰蹇滻溝瀆
鼯胡了切當爲䶉拍拍普格切貙丑于氐於葽於堯草彈言鳥於森木貌獸毛黑
白臆似熊而小以舌舐鐵須臾便數十斤出建寧郡也有
鹿兩頭主食毒草名之食毒鹿出雲南郡此二事魏完南中
志所記也易曰噬腊肉遇毒貙氐謂貙人也言鳥鸀鳿之屬
皆出南中文立蜀都賦虎豹之人善曰方言曰噬食也博物
志曰江漢有貙人能化爲虎說文拔象齒戾歷結犀角鳥
曰拍揩也漢書音義曰葽盛貌
鍛所翔獸廢足鍛翮不能飛廢足不能行也善曰淮南
札子曰飛鳥鍛羽走獸廢足許愼曰鍛殘
也殆而趨綺列來相與第如滇丁田池集于江洲試水客艤
音蟻輕舟娉江斐與神遊趨去也第且也相如傳曰第如
臨卭譙周異物志曰滇池在建
寧界有大澤水周二百餘里水乍深廣乍淺狹似如倒
池故俗云滇池江洲在巴郡楊雄蜀都賦曰分川並注
合乎江洲滇池江洲非一處也今連之者說或有在滇
池時或有在江洲時無有常也應劭曰艤正也一日南

方俗謂正船迴濟處爲艤項羽傳曰烏江亭長艤船待羽江斐二女遊於江濱逢鄭交甫挑之不知其神女也遂解珮與之交甫悅受珮而去數十步空懷無珮女亦不見語在列仙傳罨奄翡翠釣鰋偃鮋長流下高鵠出潛蚪鰋鮋魚名吹洞簫發櫂宅孝謳感鱏尋魚動陽侯洞簫長簫無底也王褒所頌者也漢元帝能吹洞簫櫂謳鼓櫂而歌也鱏魚出江中頭與身正半口在腹下淮南子曰瓠巴鼓琴鱏魚出聽善曰櫂謳已見西都賦陽侯已見南都賦騰波沸涌珠貝汜浮若雲漢含星而光耀洪流管子曰若江湖之人求珠貝者不舍也言魚駭波動珠貝浮見也善曰相貝經曰素質紅裏謂之珠貝將饗獠力召者張帟幕會平原酌清酤戶割芳鮮飲御酣賓旅旋車馬雷駭轟轟闐闐若風流雨散漫乎數百里間獠獵也帟平帳也周禮曰田則張幕設帟月令曰躬耕帝籍反乃執爵命曰勞酒言以宴群臣也鮮新殺者也一曰生肉也善曰旣載清酤毛萇詩

日酣酒也斯蓋宅土之所安樂觀聽之所踴躍也焉獨三川
爲世朝市若乃卓犖呂角奇譎倜儻罔巳一經神怪一緯
人理遠則岷山之精上爲井絡天帝運期而會昌景福
肸喜筆蠁而興作碧出萇弘之血鳥生杜宇之魄妄變化
而非常羌見偉於疇昔張儀曰爭名者於朝爭利者於市今三川周室天下之朝市也
河圖括地象曰岷山之地上爲井絡帝以會昌神以建
福上爲天井言岷山之地上爲東井維絡岷山之精上爲
天之井星也昌慶也言天帝於此會慶建福也莊周曰
萇弘死於蜀藏其血三年化爲碧蜀記曰昔有人姓杜
名宇王蜀號曰望帝宇死俗說云宇化爲子規子規鳥
名也蜀人聞子規鳴皆曰望帝也善曰降丘宅土劉向
雅琴賦曰觀聽之所至乃知其美也漢書音義韋
昭曰有河洛伊故曰三川上林賦曰肸蠁布寫近則
江漢炳丙靈世載其英蔚若相如皭在爵若君平王褒韓

曄而秀發揚雄含章而挺生幽思絢絢呼道德摛摛勑離藻掞傷豔天庭考四海而爲儁後當中葉而擅名是故遊談者以爲譽造作者以爲程也相如司馬長卿也君平嚴遵也王褒字子淵楊雄字子雲皆蜀人君平作老子指歸子雲作太玄法言故曰幽思絢道德也鄭玄曰文章成謂之絢漢武帝讀相如子虛賦而善之吾獨不得與此人同時哉元帝善王褒所作甘泉洞簫頌令後宮貴人左右皆誦之楊雄奏羽獵賦天子異焉又云班固述雄傳曰初擬相如獻賦黃門故曰摛藻掞天庭也漢書禮樂志曰長麗前掞光耀明善曰史記曰屈原浮游於塵埃之外皭然泥而不滓者也徐廣曰皭踈淨之貌也周易曰含章可貞馮衍德誥曰沉情幽思引六經之精微毛詩曰昔在中葉戰國策蘇秦曰外客遊談之士無敢自進於前也至乎臨谷爲塞因山爲障峻岨塍繩埒劣長城豁險吞若巨防蘇秦曰齊南有太山東有琅邪北有渤海西有清河所謂四塞之國也史遷述蒙恬傳曰據河爲塞大曰隄小曰

塍云峻岨之嚴䙡長城若塍埒也谽深貌也戰國策曰齊有長城巨防足以爲塞也一人守隘萬夫莫向善曰淮南子曰一人守隘千夫莫向公孫躍馬而稱帝劉宗下輦而自王善曰范曄後漢書曰公孫述字子陽扶風人也王莽時爲導江卒正更始立述恃其地險衆附遂自立爲天子蜀志曰先主姓劉諱備漢靖王勝後也益州牧劉璋使人迎先主令討張魯先主遂進圍成都璋出降先主即皇帝位備漢後故曰宗由此言之天下孰尚故雖兼諸夏之富有猶未若茲都之無量也論語曰夷狄之有君不如諸夏之亡周易曰富有之謂大業也又論語曰惟酒無量

文選卷第四

共六十頁

文選卷第五

梁昭明太子撰

文林郎守太子右内率府録事參軍事崇賢館直學士臣李善注上

京都下

左太冲吳都賦一首　劉淵林注

吳都賦吳都者蘇州是也後漢末孫權乃都於建業亦號吳

東吳王孫囅然而咍囅大笑貌莊周云齊桓公囅然而笑楚人謂相笑爲咍楚辭曰衆兆所咍善曰囅勑忍切咍呼來切曰夫上圖景宿辨於天文者也下料聊物土析於地理者也謂天垂其象而分野形地以别土而區域殊料度也善曰文子曰天道爲文地道爲理古先帝代曾覽八紘之洪緒一六合而光宅翔集

遐宇鳥策篆素玉牒石記烏聞梁岷有陟方之館行宮之基歟淮南子曰九州外有八澤方千里八澤外有八紘亦方千里蓋八索也一六合而光宅者并有天下而一家也說文曰牒札也石記刻石書傳記也烏安也梁梁州也岷岷山皆蜀地也書云舜陟方謂南巡守也光武紀云濟陽有武帝行過宮善曰呂氏春秋曰神通乎六合高誘曰四方上下爲六合尚書序曰光宅天下鳥策鳥書於策也春秋運斗樞曰黃龍負圖出置帝前鳥文漢書音義曰大篆蟲書鳥書是也鄭玄禮記注曰策簡也篆素篆書於素也楊雄書曰齎油素四尺東觀漢記曰封禪其玉牒文祕天子事也說文曰諜記也牒與諜同孝經鈎命訣曰封禪刻石紀號也天子行所立名曰行宮陟升也方道也巡狩謂舜也而吾子言蜀都之富禺同之有瑋其區域美其林藪矜巴漢之阻則以爲襲險之右徇蹲鴟之沃則以爲世濟陽九齬齵而筭顉亦曲士之所歎也旁魄而論都抑非大人之壯觀也吾子謂西蜀公子言蜀地富饒

及蜀同之所有也瑋美也蜀都賦云左綿巴中百濮所充緣以劒閣
阻以蜀門矜夸其險也徇營也亡身從物曰徇夸物示人亦曰徇卓
王孫曰吾聞岷山之野下有蹲鴟至死不飢三年不收其形如蹲鴟
故號也越巂郡蜻蛉縣禺山有金馬碧雞之神巴漢之阻巴郡之扞
關也漢中廣漢其路由於劒閣褒斜也易無妄曰災氣有九陽阸陰阸
四合為九一元之中四千六百一十七歲各以數至陽阸故云百六
之會王孫言公子徇其土地自生蹲鴟可以救代飢儉度陽九之厄
漢書律歷志具有其事齷齪好奇局小之貌曲謂僻也言筭量蜀地
亦是曲僻之士旁魄取寬大之意王孫謂寬大之意論西都也善曰
楊雄城門校尉箴曰盤石唐芒襲險重固漢書酈食其曰其將齷齪
好苛禮齪楚角切文子曰曲士不可言至道莊子曰將旁礴萬物
以為一司馬彪曰旁礴猶混同也礴與魄同鵩鳥賦曰大人不曲
何則土壤不足以攝生山川不足以周衛公孫國之而破諸
葛家之而滅茲乃喪亂之丘墟顛覆之軌轍安可以儷庚
王公而著風烈也攝持也老子曰善攝生漢書公孫述王莽末時王蜀為光武將吴漢破之魏志曰漢末諸葛亮
輔劉備而為臣都於蜀終於魏將鄧艾所平麗著也凡天下存亡
唯繫乎人然強弱有常勢利害有常地必有不可守之土不

可興之國矣易曰六五之吉麗王公也善曰漢武栢梁臺衛尉詩曰周衛交戟禁不時毛詩曰喪亂弘多呂氏春秋燭過曰子胥諫而不聽故吴爲丘墟毛詩序曰閔周室之顛覆奢靡非也尚書周公曰獘化奢麗風烈已見南都賦翫其磧礫而不窺玉淵者未知驪龍之所蟠也習其獘邑而不覿上邦者未知英雄之所躔也磧礫淺水見沙石之貌玉淵水深之處美玉所出也尸子曰龍淵生玉英莊子曰千金之珠在九重之淵驪龍頷下故曰不窺玉淵者不知驪龍之蟠也善曰上林賦曰下磧礫之坻說文曰磧水渚有石也且歷切驪音離左氏傳曰衛州吁曰獘邑與陳蔡從上邦猶上國也方言曰躔歷行也子獨未聞大吴之巨麗乎且有吴之開國也造自太伯宣於延陵蓋端委之所彰高節之所興建至德以刱洪業世無得而顯稱由克讓以立風俗輕脫躧於千乘若率土而論都則非列國之所觖望也戰國策曰黑齒彫題大吴之國也昔周太伯三以天下讓延陵季子辭國而不處遂化荊蠻之方與華夏同風二人所與左氏傳曰太伯端委以治端委禮衣委貌謂冠袖長而裳齊委

至地也孔子曰太伯三以天下讓人無得而稱焉善曰端委至德太伯也高節克讓延陵也左傳曰吴子諸樊既除喪將立季札札曰聖達節次守節下失節爲君非吾節也遂讓不受史記曰壽夢欲立季札讓不可乃立諸樊也漢書武帝曰吾去妻子如脫躧耳聲類曰躧或爲韃說文曰韃鞮屬也亦所解切諸侯故言千乘之國論語曰導千乘之國漢書曰上欲王盧綰爲群臣觖望臣瓚曰觖謂相觖而怨望也觖音決

故其經略上當星紀拓音託土畫疆卓犖呂角兼并包括干越跨躡蠻荆左傳曰天子經略土地定城國制諸侯略分界也一曰遠界爲經略也爾雅曰星紀斗牽牛吴分野斗者日月五星之所經始故謂之星紀意者斗爲星紀則其分域亦所以能爲綱維故曰卓犖兼并也越今之蒼梧鬱林合浦交阯九眞南海日南皆越地吴之所并也荆蠻吴所得荆州四郡零陵桂陽長沙武陵善曰漢書曰戎狄之與干越不相入也音義曰干南方越名也春秋曰干越入吴杜預注曰干越人發語聲詩曰蠢爾蠻荆

婺女寄其曜翼軫寓其精指衡岳以鎮野目龍川而帶坰婺女越分翼軫楚分非吴分故言寄曜寓精也善曰漢書曰越地婺女之分野楚地翼軫之分野周禮曰正南曰荆州其鎮衡山漢書南海有龍川縣南越志縣北有龍穴山舜時

有五色龍乘雲出入此穴爾雅曰林外謂之坰爾其山澤則嵬嶷嶢屼巊冥鬱岪潰渱泮汗滇㴐淼漫或湧川而開瀆或吞江而納漢磈磈磈磈滮滮涆涆歕砛乎數州之間灌注乎天下之半山之大者衡嶽澤之大者彭蠡地理志曰彭蠡澤在豫章彭澤西會稽餘姚縣蕭山瀵水所出嵬嶷高大皃巊冥鬱岪山氣暗昧之狀潰渱泮汗謂直望無崖也滇㴐淼漫山水闊遠無崖之狀錢塘縣武林水所出龍川故曰涌川九江經廬山而東故曰開瀆禹貢曰三江既入震澤底定故曰吞江又曰漢水東爲滄浪南入于江故曰納漢磈磈石在山中之貌涆涆水流行聲勢也歕砛山深險連延之狀荊楊交廣數州之間土地闊遠故曰天下之半善曰嶷魚力切字指曰岦禿山也五骨切埤蒼曰岪鬱山皃扶勿切渱胡東切滇通見切㴐莫見切淼水皃音眇磈胡罪切磈力罪切涆古旦切百川派別歸海而會控清引濁混濤并瀨濆薄沸騰寂寥長邁潬焉洶呼恭切洶隱焉礚礚字說曰水別流爲派濤大波也瀨急湍也長邁不回之意礚苦蓋切善曰尚書大傳曰百

川趣于海洶洶礚礚皆水聲也出乎大荒之中行乎東極之外經扶桑之中林包湯谷之滂沛潮波汩起迴復萬里歊霧漨浡雲蒸昏昧大荒謂海外也爾雅曰孤竹北戸西王母日下謂之四荒孤竹在北北戸在南日下在東西王母在西皆四方荒昏之國也又曰東至大遠西至邠國南至濮鉛北至祝栗謂之四極極謂四方之極極遠也言大荒東極扶桑湯谷者謂海外彌廣無所不連也潮波汩起言水彌廣汩急疾無所不至歊霧水霧之氣似雲蒸昏暗不明也善曰扶桑湯谷已見上文漨薄工切浡蒲昧切泓澄奫潫澒溶沆户朗瀁余兩莫測其深莫究其廣澶湉漠而無涯惣有流而爲長瓌異之所叢育鱗甲之所集往善曰說文曰泓下深大也澄湛也奫潫迴復之貌皆水深廣貌也奫於旻切潫於權切澒胡孔切溶余腫切澶湉安流貌澶音纏湉音恬瓌異龜魚皆在水中生長於是乎長鯨吞航修鯢吐浪躍龍騰蛇鮫鯔琵琶王鮪偉鯸鮐鮣印龜鱕鯌烏賊擁劍

七百八十二

鼂上音侯鼊辟鯖青鰐咢涵泳乎其中航舡之別名異物志云鯨魚長者數十里小者數十丈

雄曰鯨雌曰鯢或死於沙上得之者皆無目俗言其目化爲明月珠鄧析子曰釣鯢者不於清池一說曰鯨猶言鳳鯢猶言皇也異物志曰朱厓有水虵鮫魚出合浦長二三尺背上有甲珠文堅強可以飾刀口可以爲鑢鱕魚形如鯢長七尺吳會稽臨海皆有之琵琶魚無鱗其形似琵琶東海有之鯸鮐魚狀如科斗大者尺餘腹下白背上青黑有黃文性有毒雖小獺及大魚不敢餤之蒸煑餤之肥美豫章人珎之鯽魚長三尺許無鱗身中正四方如印扶南俗云諸大魚欲死鯽魚皆先封之鱕䱜有橫骨在鼻前如斤斧形東人謂斧斤之斤爲鱕故謂之鱕䱜魚二十餘種此其尤異者此魚所繫無不中斷也有出入䱜子朝出求食暮還入母腹中皆出臨海烏賊魚腹中有藥擁劒蟹屬也從廣二尺許有爪其螯偏大大者如人大指長二寸餘色不與體同特正黃而生光明常忌護之如珍寶矣利如劒故曰擁劒其一螯尤細主取食出南海交趾鼂鼊龜屬也其形如笠四足縵胡無指其甲有黑珠文采如瑇瑁可以飾物肉如龜肉肥美可食鯖魚出交趾合浦諸郡鰐魚長二丈餘有四足似鼉喙長三尺甚利齒虎及大鹿渡水鰐擊之皆中斷生則出在沙上乳卵卵如鴨子

亦有黄白可食其頭豚去齒旬日閒更生廣州有之涵沉也楊雄方言曰南楚謂沉爲涵泳潛行也見爾雅言已上魚龍潛沒泳其中善曰莊子曰吞舟之魚蕩而失水周易曰見龍在田或躍在淵楚辭曰騰蛇兮後從文子曰騰蛇無足而騰鰌音酋鮐音夷鰫甫表切鰫甫亦切鰐五洛切涵音含

葺七入鱗鏤甲詭類舛錯泝素洄順流噞喁沉浮葺累也甲謂龜甲也楚辭曰魚葺鱗以自別噞喁魚在水中羣出動口氣善曰毛詩曰泝洄從之道阻且長淮南子曰水濁則魚噞喁噞牛檢切喁魚凶切

鳥則鵾鷄鸀燭鳿玉鷫霜鵠鷺鴻鶢爰鶋居避風候鴈造七報江鸂鶒鷛鸂鶄鶴鶖鶬鸛鷗鷁七激鸕汜濫乎其上鵾鷄鳥也好鳴鸀鳿鳿水鳥也鷞如鷺而大長頸赤目其毛辟水毒丹陽鄱陽皆有之鶢鶋鳥也似鳳左傳曰海鳥爰居止魯東門外三日臧文仲使國人祭之不知其鳥以爲神也鸂鶒水鳥也色黄赤有斑文食短狐蟲在水中無毒江東諸郡皆有之鷛鶄似鴨而鷄足鷛鶴出南海桂陽諸郡善曰候鴈已見南都賦毛詩曰有鶖在梁毛萇詩傳曰秃鶖也蒼頡篇曰鷗大如鳩郭璞山海

經注曰鷸水鷄也鷫音肅鸂音渠鶖音秋湛淡羽儀隨波參差理翮整翰容
與自翫彫琢蔓藻刷盪漪瀾湛淡迅疾皃漪瀾水波也彫琢鳥食皃蔓藻海藻之屬也
善曰說文曰刷刮也漪蓋語辭也毛詩曰河水清且漣漪爾雅曰大波爲瀾魚鳥聱耳萬物蠢
生芒芒黖黖慌呼廣罔奄欻許勿神化翕忽函幽育明窮性
極形盈虛自然蚌蛤珠胎與月虧全巨鼇贔備屓許器首
冠靈山大鵬繽翻翼若垂天振盪汪流雷抃重淵殷上聲動
宇宙胡可勝原蠢動也黖黖絕遠皃奄欻去來不定之意翕忽疾皃函幽育明皆謂珠玉光耀之狀
也窮性極形物皆極之也呂氏春秋曰月望則蚌蛤實月晦則蚌蛤虛列仙傳曰鼇負蓬萊山而抃滄海之中贔屓
用力壯貌莊子曰北溟有魚名鯤化爲鵬怒而飛翼若垂天之雲鵬之將徙於南溟水擊三千里摶扶搖而上九萬
里示振盪之狀也汪流水深貌其聲勢之不可勝盡也淮南子曰虛廓生宇宙宇宙生天地者也善曰聱耳衆聲也埤蒼云聱

不聽也魚幽切肌牛乙切杜篤論都賦曰蠢生萬類黙黙不
明貌許既切春秋保乾圖曰日以圓照月以虧全宋均曰全
十五日時也列子夏革曰渤海之東曰歸塘其中有五山焉
帝命禺強使巨鼇十五舉首而戴五山峙而不動玄中記曰
鼇巨龜也西京賦曰巨靈贔屓
王逸楚辭注曰擊手曰抃音卞島嶼序緜邈洲渚馮平隆崇
曠瞻迢遞迥眺冥蒙珍怪麗奇隙充徑路絕風雲通洪桃屈
盤丹桂灌叢瓊枝抗莖而敷蕊珊瑚幽茂而玲瓏島海中山
也嶼海中
洲上有山石魏武蒼海賦曰覽島嶼之所有綿邈廣遠貌水
中可居曰洲小洲曰渚曠瞻迢遞謂島嶼也馮隆高貌迢遞
遠貌迥眺冥蒙謂洲渚濛與之貌言珍怪之物麗於島嶼之
中徑路絕者人道斷絕風雲通者唯風雲能交通也意者謂
奇怪之徒因風雲以交通水經曰東海中有山焉名曰度索
上有大桃屈盤三千里桂生蒼梧交趾合浦以南山中所在
叢聚無他雜木也其枝葉皆辛太叢生曰灌瓊樹生其華蘂
仙人所食令人長生楚辭曰精瓊蘂以為糧蓬萊三山神仙
所居故宜有焉漢書歌曰上蓬萊咀瓊英珊瑚樹赤色有枝無
葉扶南傳曰漲海中有盤石珊瑚生其上玲瓏明貌善曰後

漢黎陽山碑曰山河馮隆有精英兮朱穆鬱金賦曰丹桂植其東莊子曰南方積石千里名瓊枝高百二十仞增岡

重阻列眞之宇玉堂對霤石室相距藹藹翠幄嫋嫋素女江

斐於是往來海童於是宴語斯實神妙之響象嗟難得而

覼縷玉堂石室仙人居也海童海神童也吳歌曲曰仙人齎持何等前謁海童爾雅曰嗟楚人發語端也善曰馮衍

爵銘曰富如江海壽配列真道書曰上巨神次曰仙人下曰真人楚辭曰紫貝闕兮玉堂鄭玄禮記注曰堂前有承霤列

仙傳曰赤松子常止西王母石室中藹藹盛貌徐幹齊都賦曰翠幄浮遊埤蒼曰嫋嫋美也奴鳥切史記曰秦帝使素女

鼓五十絃瑟神異經曰西海有神童乘白馬出則天下大水王延壽王孫賦曰嗟難得而覼縷覼力戈切爾乃地

勢坱圠卉木𩬅蔓遭藪為圃值林為苑異䓘蓲蘛育夏曄于輒

冬蒨方志所辨中州所美坱圠莽沕也高下不平貌也卉百草摠名楚人語也有木曰苑有草曰圃

言林藪非一所在皆爲苑圃有國有家者因天地之自然不復假人功爲園圃也爾雅曰䓘榮也蘛華也敷蘛華開貌南土草

木通□冬生故曰倩善曰鵬鳥賦曰坱圠無垠坱烏朗切圠烏八切廣雅曰駁長也烏老切夸枯瓜切爾雅曰薟蕍榮也郭璞曰蕍猶敷蕍亦草之貌也蘛與蕍同庾俱切蘛與敷同無俱切草則藿蒳豆蔻薑彙非一江蘺之屬海苔之類綸組紫絳食葛香茅莫侯石帆水松東風扶留異物志曰藿香交趾有之豆蔻生交趾其根似薑而大從根中生形似益智皮殼小厚核如石榴辛且香蒳草樹也葉如拼櫚而小三月採其葉細破陰乾之味近苦而有甘并雞舌香食之益美薑彙大如累累氣猛近於臭南土人擣之以爲虀菱一名廉薑生沙石中薑類也其累大辛而香削皮以黑梅并鹽汁漬之則成也始安有之彙類也易曰拔茅連茹以其彙征吉所謂薑彙非一也江蘺香草也楚辭曰扈江蘺海苔生海水中正青狀如亂髮乾之亦鹽藏有汁名曰濡苔臨海出之爾雅曰綸似綸組似組東海有之紫紫菜也生海水中正青附石生取乾之則紫色臨海常獻之絳絳草也出臨賀郡可以染食葛蔓生與山葛同根特大美於芋也豫章間種之香茅生零陵石帆生海嶼石上草類也無葉高尺許其華離婁相貫

連雖無所用然異物也死則浮水中人於海邊得之希有見
其生者水松藥草生水中出南海交趾東風亦草也出九真
扶留藤也緣木而生味辛可食檳榔者斷破之長寸許以合
石賁灰與檳榔并咀之口中赤如血始興以南皆有之善曰
蒳音納蔻火豆切彙音謂綸古頑切布濩皐澤蟬聯陵丘夤緣山嶽之岊
冪歷江海之流抗白蔕銜朱蕤鬱兮蓩茂曄兮菲菲光
色炫晃芬馥肸蠁職貢納其包匭離騷詠其宿莽布濩遍滿
貌蟬聯不絕貌夤緣布滕上貌冪歷分布覆被貌許氏記字曰岊陬隅而山之節也抗搖也蔕花本也菲菲花美貌也方言曰凢草
生而初達謂之蓩芬馥色盛香散狀包裹也匭猶結也尚書禹貢曰包匭菁茅菁茅生桂陽可以縮酒給宗廟異物也重之是故既
包裹而又纏結之一曰匭柙也爾雅曰卷葹草拔其心不死江淮間謂之宿莽屈原嘉之以其志故離騷曰夕攬洲之宿莽善曰毛
萇詩傳曰抗動也淮南子曰草木之勾萌銜孚載實說文曰蕤草木華垂貌肸蠁已見蜀都賦夤緣出也岊音節蓩以稅切蕤汝誰
切木則楓柙甲櫲樟栟櫚枸古侯稂緜杬杶櫨文欀楨

橿薑平仲桾櫏遷松梓古度楠榴之木相思之樹楓柙皆香木名也橡樟木也異物志曰栟櫚椶也皮可作索枸桹樹也直而高其用與栟櫚同栟櫚出武陵山枸桹出廣州木緜樹高大其實如酒杯皮薄中有如絲綿者色正白破一實得數斤廣州日南交趾合浦皆有之杬大樹也其皮厚味近苦澀剥乾之正赤煎訖以藏衆果使不爛敗以增其味豫章有之杶櫨二木名文文木也材密緻無理色黑如水牛角日南有之欀木樹皮中有如白米屑者乾擣之以水淋之可作餅似麪交趾盧亭有之楨櫨二木名劉成曰平仲之木實白如銀君遷之樹子如瓠形松梓二木名古度樹也不華而實子皆從皮中出大如安石榴正赤初時可煑食也廣州有之南榴木之盤結者其盤節文尤好可以作器建安所出最大長也相思大樹也材理堅邪斫之則文可作器其實如珊瑚歷年不變東冶有之善曰桹音郎杬音元杶敕倫切欀音襄楨音貞宗生高岡族茂幽阜擢本千尋垂蔭萬畝

攢柯挐莖重葩殗葉輪囷虯蟠垣塜鱗接榮色雜糅

綢繆縟繡宵露霮徒感䨴徒外旭日晻烏感時與風颻摇颺様

飂瀏颼飀鳴條律暢飛音響亮蓋象琴筑竹并奏笙竽俱唱宗生宗類而生於高山之脊故名宗生族茂言種族繁多也擢本高聳皃八尺曰尋言婆娑覆萬畝之地莊子曰匠石見樹百圍其臨千仞而後有枝此大樹之屬也善曰許慎淮南子注曰挐亂也女居切殗重也葉重疊貌於劫切鄒陽上書曰輪困離奇輪囷謂屈曲貌蚪蟠謂樹如龍蛇之盤屈相糾也埵㙮枝柯相重疊貌埵楚立切㙮除立切繆繡言草木花光似繡文綢繆花采密貌灑霸露垂貌毛詩曰旭日始旦𣌭亦闇也房妹切飂瀏風聲也飂於酉切瀏力久切颼所求切飀音留律謂籟也殷仲文所謂幽律是也言木枝葉與風搖蕩作聲如律呂之暢說文曰筑似箏五絃之樂也世本曰隨作竽鄭玄周禮注曰三十六簧也

其上則猨父哀吟貚子長嘯狖鼯吾猓古火然騰趠飛超爭接縣垂競游遠枝驚透沸亂牢落暈散吳越春秋曰越有處女出於南林之中越王使使聘問以劒戟之事處女將北見於越王道逢老翁自稱袁公問處女吾聞子善為劒術願一觀之女曰妾不敢有所隱唯公試之於是袁公即跳於林竹槁折墮地處女即接末袁公操本以刺處女女應節入三入因舉枝擊之袁公即飛上樹化為白猿遂引去貚子猿類猿身人面見人嘯異

物志曰狖猿類露鼻尾長四五尺居樹上雨則以尾塞鼻建安臨海北有之鼯大如猿肉翼若蝙蝠其飛善從高集下食火煙聲如人號一名飛生飛生子故也東吾諸郡皆有之猓然猿狖之類居樹色青赤有文日南九真有之揚雄方言曰透驚也善曰山海經曰獄法之山有獸狀如犬人面見人則笑名猈猈胡奔切抆秉兎園賦曰上涌雲亂葉暈散狖余幼切趠吐教切超土弔切其下則有梟羊麡儕狼㹶貐貙敕俱象烏菟之族犀兕之黨鉤爪鋸牙自成鋒穎精若燿星聲若震霆名載於山經形鏤於夏鼎爾雅曰梟羊一名萬萬如人面長脣黑身有毛及踵見人則笑左手操管海南經所云也異物志云麡狼大如麈角前向有枝下出反向上長者四五尺廣州有之常居平地不得入山林山海經曰南海之外有㹶貐狀如貙龍首食人貙虎屬也或曰能化爲人也象生九真日南山中大者其牙鼻長一丈於菟虎也江淮間謂虎爲於菟犀狀如水牛頭似豬四足類象蒼黑色一角當額上鼻上角亦墮也又有小角長五寸不墮性好食棘口中灑血武陵已南山

中有之兕獸也似牛左傳曰昔夏之方有德也遠方圖
物貢金九牧鑄鼎象物而爲之備使人知神姦故人入
山澤林藪不逢不若魑魅魍魎莫能逢之故曰形鏤於
夏鼎善曰麡在西切猰於八切㺄以主切淮南子曰句
爪鋸牙於是摯矣禮記曰刀卻刃授穎鄭玄曰
穎鐶也摯伯陵荅司馬遷書曰有能見鐶穎之狀其竹則
篔簹箖箊於桂箭射筒柚由梧有篁篻簩有叢皆竹名也
異物志曰篔簹生水邊長數丈圍一尺五六寸一節相
去六七尺或相去一丈廬陵界有之始興以南又多小
桂夷人績以爲布葛箖箊是袁公所與越女試劒竹者
也桂竹生於始興小桂縣大者圍二尺長四五丈箭竹
細小而勁實可以爲箭通竿無節江東諸郡皆有之射
筒竹細小通長長丈餘亦無節可以爲射筒筒及由梧
竹皆出交趾九眞篻竹大如戟槿實中勁強交趾人銳
以爲矛甚利簩竹有毒夷人以爲觚刺獸中之則必死
篔于君切篻芳眇切簩音勞苞筍抽節往往縈結綠葉翠莖冒霜停
雪橚矗蓄森萃蓊茸而勇蕭瑟檀欒蟬蜎玉潤碧鮮梢雲

無以踰嶰谷弗能連鸑鷟食其實鵷鶵擾其間苞筍冬筍也出合浦其味美於春夏時筍也見馬援傳漢書天文志曰見梢雲其說梢如樹也嶰谷崑崙北谷也漢書律歷志黃帝詔伶倫爲音律伶倫乃之崑崙山之陰嶰谷之中取竹斬之以其厚均者吹之以爲黃鍾之管鸑鷟鳳鶵也鵷鶵周本紀曰鳳類也非梧桐不棲非竹實不食黃帝時鳳集東園食帝竹實終身不去馴擾善也善曰橚矗長直貌蓊茸茂盛貌蕭瑟聲也冒犯也嬋娟言竹姸雅也橚所六切矗丑六切枚乘兔園賦曰脩竹檀欒夾水碧鮮言竹似之也梢雲山名出竹

其果則丹橘餘甘荔枝之林檳榔無柯椰葉無陰龍眼橄欖探榴禦霜結根比景之陰列挺衡山之陽薛瑩荊揚已南異物志曰餘甘如梅李核有刺初食之味苦後口中更甘高涼建安皆有之荔枝樹生山中葉綠色實赤肉正白味大甘美檳榔樹高六七丈正直無枝葉從心生大如楯其實作房從心中出一房數百實實如鷄子皆有殼肉滿殼中正白味苦澀得扶留藤與古賁灰合食之則柔滑而美交趾日南九眞皆有之椰樹似檳榔無枝條高十餘尋葉在其末如束蒲實大如瓠繫在樹頭如掛物

也實外有皮如胡桃核裏有膚膚白如雪厚半寸如豬膏味美
如胡桃膚裏有汁升餘清如水美如蜜飲之可以愈渴核作
飲器也龍眼如荔枝而小圓如彈丸味甘勝荔枝蒼梧交阯
南海合浦皆獻之山中人家亦種之橄欖生山中實如雞子
正青甘美味成時食之益善始興以南皆有之南海常獻之
棎棎子樹也生山中實似梨冬熟味酸丹陽諸郡皆有之榴
榴子樹也出山中實亦如梨核堅味酸美交阯獻之善曰橄
音敢欖音覽棎市贍切漢書音義如淳曰比景日中於頭上
景在巳下故名之比景比方利切一作北景云漢武時日南
郡置北景縣言在日之南向北看日故名宋玉笛賦曰余嘗
觀於衡山之陽素華斐丹秀芳臨青壁系紫房鷓鴣南翥而中
留孔雀綷羽以翱翔山雞歸飛而來棲翡翠列巢以重行
鷓鴣如雞黑色其鳴自呼或言此鳥常南飛不北豫章已南諸郡處處有之孔雀尾長六七尺綠色有華彩朱崖交阯皆
有之在山草中山雞如雞而黑色樹棲晨鳴今所謂山雞者鷩蛦也合浦有之翡翠巢於樹顛生子夷人稍徙下其巢子
大未飛便取之皆出於交阯鬱林郡其琛賂則琨瑤之阜銅鍇之垠火齊之

寶駭雞之珍頳丹明璣金華銀樸紫貝流黃縹碧素
玉隱賑崴褭雜插幽屏必井精曜潛頴晢哆直氏山谷碕
岸為之不枯林木為之潤黷隋侯於是鄙其夜光宋玉
於是陋其結綠琛寶也賂貨也詩曰來獻其琛大賂南金琨瑶皆美石也鍇金屬也禹貢揚州貢金
三品謂金銀銅也異物志曰火齊如雲母重沓而可開色
黃赤似金出日南頳赤也丹丹砂也出山中有穴禹貢荆
州貢丹璣珠屬也朱崖出珠金華采者銀朴銀之在石者紫
貝以色言之流黃上精也淮南子曰夏至而流黃澤縹碧素
玉者亦以色言也晢者言其如晢摘而陊落山谷者淮南
子曰積疊琁玉以純脩碕張衡南都賦曰隋珠夜光張祿
先生曰宋有結綠隋侯宋玉於此各鄙其寶也善曰尚書
曰瑶琨篠蕩孝經援神契曰神靈滋液則犀駭雞宋衷曰
角有光鷄見而駭驚也劉欣期交州記曰金華出珠崖謂
金有華采者玾著曰崴褭不平也又重累冢崴烏乖切褭
故乖切幽屏謂生處也潛頴謂潛深而有光頴說文晢擿
空青珊瑚墮之珠玉潛伏土石間隨四時長故晢毀陊落

山谷之土石也潤賦也黷黑茂貌晢勑列切孫卿子曰言
無小而不聲行無隱而不形玉在山而木潤淵生珠而崖
不枯許慎淮南子注
曰碕長邊也巨依切其荒陬子侯譎決詭則有龍穴內
蒸雲雨所儲陵鯉若獸浮石若桴雙則比目片則王
餘窮陸飲木極沉水居泉室潛織而卷綃淵客慷慨
而泣珠開北戶以向日齊南冥於幽都陬四隅謂邊遠也
湘東新平縣有龍
穴穴中黑土天旱人人便共以水沾穴則暴雨應之常以此
請雨也陵鯉有四足狀如獺鱗甲似鯉居土穴中性好食蟻
楚辭曰陵魚曷止王逸曰陵魚陵鯉也浮石體虛輕浮在海
中南海有之桴舟也比目魚東海所出王餘魚其身半也俗
云越王鱠魚未盡因以殘半棄水中為魚遂無其一面故曰王餘
也朱崖海中有渚東西五百里南北千里無水泉有大木漸之
以盆甕承其汁而飲之水居鮫人水底居也俗傳鮫人從水中
出曾寄寓人家積日賣綃綃者竹孚俞也鮫人臨去從主人
索器泣而出珠滿盤以與主人曰南人北戶猶曰北人南戶
也善曰尚書曰宅朔方曰幽都謂日既在北則南冥與幽都

同王餘泉客皆見博物志鮹陛見後漢書史記曰秦始皇地南至北向戶北據河爲塞其四野則畛畷無數膏腴兼倍原隰殊品窊隆異等象耕鳥耘此之自與穪挻秀菰孤穗詞翠切於是乎在畛畷謂地廣道多也舊井田間有經有畛善曰鄭玄毛詩箋曰畛舊田有徑路也之引切說文曰畷兩陌間道也知衞切又陟劣切說文曰窊汙邪下也於瓜切越絕書曰舜葬蒼梧象爲之耕禹葬會稽鳥爲之耘左傳曰生人之道於是乎在煑海爲鹽採山鑄錢國稅再熟之稻鄉貢八蠶之緜善曰史記曰吳有豫章郡銅山吳王濞則招致天下亡命者盜鑄錢煑海爲鹽國用富饒異物志交趾稻夏熟農者一歲再種劉欣期交州記曰一歲八蠶繭出日南也徒觀其郊隧之內奧都邑之綱紀霸王之所根柢帝開國之所基趾郛郭周匝重城結隅通門二八水道陸衢所以經始用累千祀憲紫宮以營室廓廣庭之漫漫

寒暑隔閡五蓋於邃宇虹蜺回帶於雲館所以跨跱煥炳萬里也爾雅曰柢本也吳與周並世世稱王自泰伯至闔閭二十五世矣夫差益強欲得為盟主故曰霸王之所根柢也越絕書曰吳郭周匝六十八里六十步大城周匝四十七里二百一十步水門八陸門八其二有樓名門者車船並入閶門今見在銅柱石填地大城中有小城周十二里亦有水陸門皆閶闔宮在高平里言經營造作之始使子孫累代保居也漫漫長遠貌寒暑所閡謂冬溫夏涼善曰西都賦曰虹蜺迴帶於棼楣造姑蘇之高臺臨四遠而特建帶朝夕之濬池佩長洲之茂苑窺東山之府則瓌寶溢目覼海陵之倉則紅粟流衍姑蘇吳臺名也善曰越絕書曰吳王夫差起姑胥之臺五年乃成高見三百里史記曰越伐吳敗之姑蘇漢書伍被曰子胥云見麋鹿遊姑蘇之臺然姑胥即姑蘇也漢書枚乘上書曰夫漢諸侯方輸錯出其珍怪不如東山之府轉粟西向不如海陵之倉修治上林圈守禽獸不如長洲之苑遊曲臺臨上路不如朝夕之池蔡雍月令章句穀藏曰倉蒼頡篇曰覼索視之貌師曦切漢書太倉

之栗紅腐而不可食起寢廟於武昌作離宮於建業闡闔閭之所營采
夫差之遺法抗神龍之華殿施榮楯而捷獵崇臨海之崔巍飾
赤烏之韡曄吳志曰前吳都武昌在豫章後都建業在丹陽孫權自會稽徙治丹陽建業人皆不樂徙故爲歌曰寧飲建業
水不向武昌居言離宮者明非吳舊都也神龍建業正殿名臨海赤烏
皆建業吳大帝所太初宮殿名也捷獵高顯貌越絕書曰昔越王勾踐
欲伐吳大夫種對以九術於是作榮楯嬰以白璧鏤以黃金狀類龍蛇以
獻吳王夫差夫差大悅子胥諫曰王勿受也王不聽遂受之以飾殿也闔
閭造吳城郭宮室其子夫差嗣增崇後嗣孫權移都建業皆學之故曰闡
闔閭之所營采夫差之遺法而施榮楯也春秋左氏傳曰夫差次有臺榭
陂池焉玩好必
從歡樂是務
東西膠葛南北崢嶸房櫳對櫎晃連閣相經
閽闥譎詭異出奇名左稱彎碕右號臨硎善曰膠葛長遠貌
崢嶸深邃貌魯靈
光殿賦曰洞膠葛其無垠說文曰櫳房室之疏也又曰櫎帷屏屬然則門總
之廡通名櫎櫎音晃音義同彎碕臨硎闔閭名也吳後主起昭明宮於太
初之東開彎碕臨硎二門彎碕宮東
門臨硎宮西門碕巨依切硎口耕切
彫欒鏤楶青瑣丹楹圖以

雲氣畫以仙靈雖兹宅之夸麗曾未足以少寧思比屋於傾
宮畢結瑶而搆瓊梁楣也瓊户兩邊以青畫爲瓊文楹柱也汲郡地中古文冊書曰桀築傾宫飾瑶臺紂作瓊室立玉
門言其夸麗善曰鄭玄禮記注曰楣謂之粱音節左氏傳曰丹桓宫楹杜預曰楹柱也高闈有閌洞門方軌朱
闕雙立馳道如砥樹以青槐亘以緑水玄蔭耽耽清流亹亹善曰
李尤德陽殿賦曰朱闕巖巖漢書音義應劭曰馳道天子之道毛詩曰周道如砥言其平直也漢書賈山上書曰秦爲馳道樹以青松然古之
表道或松或槐也亘引也耽耽樹陰重貌韓詩曰亹水流進貌列寺七里俠棟陽路屯營櫛比解
署棊布横塘查下邑屋隆夸長干延屬飛甍舛互吴白宫門南出苑路
府寺相屬俠道七里也解猶署也吴有司徒大監諸署非一也横塘在淮
水南近家渚緣江築長堤謂之横塘比接柵塘查下查浦在横塘西隔内
江自山頭南上十里至查浦建業南五里有山崗其間平地吏民雜居
東長干中有大長干小長干皆相連大長干在越城東小長干在越城
西地有長短故號大小相干韓詩曰考盤在干地下而黄曰干櫛比喻
其多也藏宫物曰公廨醫巫所居曰署飛甍舛互言室屋之多相連不

之貌善曰應劭風俗通曰今尚書御史謁者所止皆曰寺俠棟
棟相俠也古洽切陽路路陽也毛詩曰其崇如墉其比如櫛
其居則
高門鼎貴魁岸豪傑虞魏之昆顧陸之裔岐嶷繼體老成
奕世躍馬疊跡朱輪累轍陪兵而歸蘭錡內設冠蓋
雲蔭閭閻闐噎
魁岸大度也漢書曰江充為人魁岸又于公高門以
待封又貢捐之傳曰石顯方鼎貴應劭曰鼎始也乃
祖乃父已來皆貴故曰鼎貴也虞虞翻文秀魏魏周顧顧榮陸陸遜隆吳之
舊貴也昆裔皆後世也岐嶷謂有識知也老成德之人養之乞言躍馬騰
躍之謂言富貴也蔡澤傳曰躍馬肉食西京賦曰武庫禁兵設在蘭錡
閭閻闐噎言人物徧滿之貌善曰毛詩曰克岐克嶷又曰雖無老成人
謝承後漢書曰王公位二千石弈世相襲
楊惲書曰方家隆盛時乘朱輪者十人
其鄰則有任俠之靡輕
訬之客締交翩翩儐從弈弈出躡珠履動以千百里讌巷
飲飛觴舉白翹關扛鼎拚射壺博鄱陽暴謔中酒而作
靡美也楊子法言曰聶政荊軻刺客之靡締結也賈誼過秦論曰締
交白罰爵名也漢書曰引滿舉白鄱陽人俗性暴急何晏云鄱陽惡

戲難與曹也鄱陽本豫章縣善曰漢書曰季布爲任俠如淳曰相與信爲任同是非爲俠漢書述曰江都輕訬謂輕薄爲訬也締結也翩翩往來貌弈弈輕靡之貌高誘淮南子注曰訬輕利急疾也訬音眇史記曰趙平原君使人於楚楚相春申君處趙使欲夸楚爲玳瑁簪刀劍室皆以珠飾之請春申君春申君客三千餘人其上客皆躡珠履而迎之趙使大慙翹關扛鼎皆猛壯力之勁能招門關也列子曰孔子勁能招國門之關而不肯以力聞招與翹同扛舉也漢書曰項羽力能扛鼎又漢書贊曰元帝時覽拚射孟康曰手搏爲拚壷投壷也禮有投壷論語曰不有博弈者乎**於是樂只衎而歡飫無匱都輦殷而四奧來暨水浮陸行方舟結唱櫂轉轂昧旦永日**昧旦清晨也左傳曰昧旦丕顯善曰毛詩曰其樂只且又曰嘉賓式宴以衎飫已見上文輦王者所乘故京邑之地通曰輦焉漢書曰殺身靡骨死事輦轂下四隩來暨言四方之人皆來唱櫂轉轂言遠人唱歌檝船乘車轉轂以向吳都楚辭曰青驪結駟齊千乘漢書曰轉轂百數毛詩曰旦以永日衎苦旦切飫一據切**開市朝而並納橫闤闠而流溢混品物而同廛并都鄙而爲一士女佇眙商賈駢坒紵衣**

絺服雜沓從萃輕輿按轡以經隧樓船舉颿帆而過肆
果布輻湊而常然致遠流離與珂苦式混同也竹貽立何玳視也今市聚人
謂之立貽南方多絺葛故曰紵衣絺服也樓船船有樓也颿
者船帳也地理志曰越多犀象玳瑁珠璣銅銀果布之湊黄
支國多異物入海市明珠流離果橘柚之屬布箋紵之屬近
海多寶物湊會處也玳老鵰化西海爲玳巳裁割若馬勒者
謂之珂玳者珂之本璞也曰南郡出珂玳善曰楚辭曰覽涕
而竹貽許慎淮南子注曰坒相連也扶必切羽獵賦曰萃從
沇溶埤蒼曰從走貌先輩切隧向市路肆市路也漢書有樓船將軍玳音弋纚賄紛紜器用萬
端金鎰磊砢可力珠琲步對闌干桃笙象簟韜於筒中蕉
葛升越弱於羅紈纚蠻夷貨名也扶南傳曰纚貨布帛曰賄金二十四兩爲鎰史記曰趙孝成王
一見虞卿賜黄金百鎰磊砢衆多貌琲貫也珠十貫爲一琲
闌干猶縱横也桃笙桃枝簟也吳人謂簟爲笙又折象牙以
爲簟也蕉葛葛之細者
升越越之細者纚音捷僁譶澩漻交貿相競諠譁喤呷芬

葩蔭映揮袖風飄而紅塵晝昬流汗霡脉霂沐而中逵泥濘善曰儸所立切蒼頡篇曰讘不止也佇立切衆繆衆相交錯之貌衆胡巧切方言曰繆猥也奴巧切方言曰諻吁橫切諻通也說文曰呷吸也呼甲切紛葩謂舒張貨物使覆映史記蘇秦說齊王舉袂成帳揮汗成雨毛萇詩傳曰小雨謂之霡霂杜預左氏傳注曰濘泥也奴定切富中之甿貨殖之選乘時射利財豐巨萬競其區宇則并疆兼巷矜其宴居則珠服玉饌越絕書曰富中大唐中也勾踐治以為田肥饒故謂之富中珠服珠襦之屬以珠飾之也玉饌者尚書曰惟辟玉食言富中之食貨殖之選者各利所以能豐其財也并疆踰田畝也兼巷踰里閭也言農人之富自相夸競善曰說文曰甿田人也孔安國尚書曰自賢曰矜射賓亦切趫起喬材悍壯此焉比廬捷若慶忌勇若專諸危冠而出竦劒而趨扈帶鮫函扶揄屬鏤力駒切秦零陵令上書曰荆軻挾匕首卒刺陛下陛下以神武扶揄長劒以自救胡非子曰解其長劒免其危冠離騷曰扈江離楚人謂

被爲邑鮫函鮫魚甲可爲鎧淮南子曰鮫革犀兕爲甲冑也周禮曰燕無函孟子曰矢人豈不仁於函人哉左傳曰吳賜子胥屬鏤以死凡此皆其器用之事義亦其土俗所能出有嘉服用也善曰成公綏洛禊賦曰趫才逸態習水善浮呂氏春秋曰吳王欲殺王子慶忌謂要離曰言常以馬逐之江上而不能及射之矢左右蒲抱而不能中高誘曰慶忌吳王僚之子也走追奔獸接及飛鳥左傳曰吳公子光享王鱄諸寘劒於全魚中以進抽劒刺王遂殺闔閭

藏鍦於人去戢自閭家有鶴膝戶有犀渠軍容蓄用器械兼儲吳鉤越棘純鈞湛盧戎車盈於石城戈船掩乎江湖

鍦矛也楊雄方言曰吳越以矛爲鍦戢楯也鶴膝矛也矛骹如鶴脛上大下小謂之鶴膝犀渠楯也蜃皮爲之國語曰奉父犀渠軍容軍之容表言矛劒等也司馬法曰古者軍容不入國國容不入軍軍容入國則人德廢國容入軍則人德弱越絕書曰闔閭既重莫耶乃復命國中作金鉤有人貪王賞之重殺其兩兒以血釁鉤遂成二鉤獻之闔閭詣官求賞王曰爲鉤者衆多而子獨求賞何以異於衆人之鉤乎曰我之作鉤也殺二子成兩鉤王曰

舉鈎以示之何者是也於是鈎師向鈎而哭呼其兩子之名吴鴻扈稽曰我在此王不知汝之神也聲未絶於口兩鈎俱飛著於父之背吴王大驚曰嗟乎寡人誠負子迺賞之百金遂服其鈎爾雅曰棘戟也純鈎湛盧劒名也越絶書曰昔越王勾踐有寳劒五聞於天下客有能相劒者名薛燭王召而問之對曰歐冶子因天地之精悉其伎巧一曰純鈎二曰湛盧三曰莫耶四曰豪曹五曰巨闕石城石頭隝也在建業西臨江其中有庫藏軍儲戈船船下有戈也江湖二水名也善曰禮記曰越棘大弓天子之戎器也鄭玄曰越國名也考工記曰越鐵利可以爲戟環濟吴紀曰建安十七年城石頭越絶書伍子胥船有戈

露往霜來日月其除草木節解鳥獸腯膚觀鷹隼誡征夫坐組甲建祀姑命官帥而擁鐸將校獵乎具區詩曰今我不樂日月其除國語曰本見而草木節解本氐也謂霜降之後生氣旣衰草木枝葉皆節理解落也腯肥也左氏傳曰肥腯謂畜之碩大蕃滋也漢書曰鷹隼未擊矰弋不施於蹊隧於此時也可以戒戎夫左氏傳曰裹糧坐甲又曰組甲三千馬融曰組甲以組爲甲祀姑幡名麾旗之

蜀也國語曰吳王夫差出軍與晉爭長昏乃戒夜中令服兵擐甲陳王卒官帥擁鐸建祀姑此吳軍容之舊制也鐸
施號令而振之也周禮校人中大夫掌王田獵之馬一校千二百九十六匹具區澤名也在吳之西善曰爾雅曰吳
越之間有具區烏滸忽古狼𦡁呼光夫南西屠儋都含耳黑齒之酋自由金
鄰象郡之渠驫駥飍矞靸霅警捷先驅前塗異物志曰烏滸南夷別名
也其落在深山之中其種族爲人所殺則居其死所且伺殺主若有過之者是與非則侁而食之狼𦡁人夜鬻金知其良
不夫南特有才巧不與衆夷同西屠以草染齒染白作黑儋耳人鏤其耳匡夫南之外有金鄰國去夫南可二千餘里土
地出銀人衆多好獵大象生得其死則取其牙酋渠皆豪帥也象郡今日南郡也又有象林郡善曰驫駥飍矞衆馬走皃
驫必幽切駥呼橘切飍香幽切矞以出切靸霅走疾皃靸素合切霅徒合切俞騎騁路指南司
方出車檻檻被練鏘鏘吳王乃巾玉輅軺翊焦驌驦旂魚須
常重光攝烏頰烏號佩干將羽旄揚蕤雄戟耀芒貝胄象弭

織文鳥章六軍袀翊遵服四騏龍驤管子曰桓公北征孤竹見人長尺而人物具焉冠而右祛衣走馬管仲曰登山之神有俞兒者長尺人物具焉霸王之君興登山之神見且走馬前導也祛衣示前有水也右祛衣從右方涉也至卑耳之溪有贊水者從左方涉其深及冠從右方涉其深至膝已涉大濟也指南指南車也鬼谷子曰鄭人取王必載司南之車爲其不惑也鏘鏘行步貌也左傳曰被練三千馬融曰被練爲甲者所服也王輅以玉飾車也驌驦馬也左氏傳曰唐成公如楚有兩驌驦馬子常欲之不與三年止之唐人竊馬而獻子常子常歸唐侯馬融曰驌驦鳥也馬似之旂旌旗之屬周禮有巾車官又交龍爲旂以魚須爲柄也日月爲常重光謂日月畫於旂上也攝持也烏號柘名以爲弓淮南子曰烏號之弓不能無弦而射列女傳曰柘枝體勁烏集其上彼即舉彈烏乃哀號故號之干將劒名胄兜鍪以貝飾之弭弓末以象飾之鳥章染絲織鳥畫爲文章置於旌旗也左氏傳曰袀服振振袀同也騏馬名善曰毛詩曰大車檻檻子虛賦曰靡魚須之撓旃史記趙良曰蚤盧之勁矛干將之雄戟又曰胄貝朱綅又曰象弭魚服又曰織文鳥章又曰乘其四騏南都賦曰馬鹿超而龍驤峭格周施罿罻普張

畢罕瑣結罠蹏連網阹以九疑禦以沅湘轄軒蓼擾轂
騎煒煌莊子曰峭格羅絡謂張網周遍罿罻畢罕皆鳥網也瑣結似鎖連結也連網言不絕也罠麋網
蹏兔網周易曰蹄所以在兔得兔而忘蹄阹闌也因山谷以遮獸也禦禁也謂因沅湘爲藩落也揚雄羽獵賦曰禦自汧
渭九疑山名沅湘水名轄輕也詩云轄車鑾鑣㪍騎張弓弩之騎也峭七肖切罿音衝罻音尉畢音畢罠無貧切阹音袪禦
音語㪍古侯切袒裼徒搏拔距投石之部猨臂骿脅狂趭獷猤鷹瞵
鶚視趻䠄翋䎆若離若合者相與騰躍乎莽罠之野爾雅曰袒
裼肉袒也詩云袒裼暴虎拔距謂兩人以手相案能拔引之也超踰躍也投石舉石以投擿也王翦傳曰投石拔距猨臂通肩
也漢書李廣猨臂爲武騎常侍骿脅今骿幹也骿駢通史記商君傳趙良謂鞅曰君之出多力而駢脅者參乘左傳曰晉文公
駢脅趭走也鷹瞵鶚視言勇士似之也善曰司馬相如大人賦曰騰而狂趭子召切説文曰犬獷不可附也子猛切猤壯勇之
貌其翠切説文曰瞵目精也力忍切趻䠄翋䎆相隨驅逐衆多貌趻七感切翋力荅切䎆徒合切莽罠廣大貌莽莫浪切罠音

文五　十八

浪干鹵殳鋋暘以良切夷勃盧之旅長殺短兵直髮馳騁儇許緣佻坌並銜枚無聲悠悠旆旌者相與聊浪郎乎昧莫之坰干鹵皆楯也越絕書曰越王身披暘夷之甲扶勃盧之矛短兵刃劒也尚書曰稱爾干過秦論曰流血漂鹵廣雅曰殺矛也呼狄切楚辭曰車錯轂兮短兵接史記曰荆軻怒髮直衝冠方言曰儇能疾也能他弔切漢書曰相如弔二世曰坌入曾宮之差峩音義曰坋並也步寸切周禮銜枚氏下士鄭玄曰止言語囂諠也枚大如箸横銜之毛詩曰有聞無聲又曰蕭蕭馬鳴悠悠旆旌悠悠流貌昧莫廣大貌聊浪放曠貌鉦征鼓疊山火烈熛林飛爓浮煙載霞載陰拉擸雷硠崩巒弛直氏岑鳥不擇木獸不擇音疊振疊也熛火爓也左傳曰鳥則擇木又曰鹿死不擇音鹿得美草呦呦而鳴至於困迫將死不暇復擇出音急之至也凡閑暇而有好聲逼急不擇音獸皆然非唯鹿也莊子亦曰獸死不擇音以雷硠之至故云鳥不擇木獸不擇音善曰說文曰鉦鐃也拉擸雷硠崩弛之聲拉朗荅切擸音獵硠音郎爾雅曰巒山墮山小而高曰岑虣甝虪

頮麖麈麞蕎驚六駮追飛生彈鸑鶵射猱挺白雉落黑鴆零陵絕嶚尞嶕茲遙聿越巉鋤咸險趾踰竹栢[犭䜌]猭杞柟封狶䝓神螭掩剛鏃祖祿潤霜刃染頮絆前兩足也莊子曰連之以羈頮頮音聳麖大麈也桂林有麖山海經曰駮如馬白身黑尾一角鋸牙虎爪音如鼓能食虎也詩曰隰有六駮飛生鼯也師曠曰南方有鳥曰羌鵠黃頭赤目五色備也猱似猨奴刀切挺音亭鴆鳥一名雲白黑色長頸赤喙食蝮蛇體有毒古人謂之鴆毒江東諸大山中皆有之左氏傳曰叔牙飲酖酒而死聿越豹走貌霜刃言其殺利也善曰毛詩曰不敢暴虎毛萇曰暴虎空手以搏也虥與暴同爾雅曰虥白虎明甘切虪黑虎音叔說文曰驀上馬也鶁音京史記曰趾萬里如淳曰趾超踰也趾良切埤蒼曰[犭䜌]猭逃也[犭䜌]丑珎切猭耻傳切淮南子申包胥曰吳爲封狶脩蛇方言曰南楚人謂猪爲狶虛豈切䝓狶声呼學切於是弭節頓轡齊鑣駐蹕徘徊倘徉寓目幽蔚覽將帥之拳勇與士卒之抑揚羽族以觜距爲刀鈹披毛羣以齒角爲矛鋏古業皆

體著池著而應卒倉忽所以挂扢而爲創瘡痏衝蹤而
斷筋骨莫不蚴鋭挫芒拉捭摧藏蹤有石林之岝
顗崿請攘臂而靡之雖有雄虺之九首將抗足而
跐之離騷曰抑志弭節蹕止行者也王者出入警蹕倘佯猶翱翔言吴之將帥皆有拳勇羽族鳥屬也毛群獸屬也鈹
兩刃小刀也鋏刀身劒鋒有長鋏短鋏體著者著體而生也楚辭天問篇曰烏有石林此本南方楚圖畫而屈原難問之
於義則石林當在南也楚辭招魂曰南方不可以止雄虺九首往來儵忽雖有石林雖有雄虺者蓋張誕之云非必臨時所遇
善曰左氏傳曰得臣寓目焉毛詩曰無拳無勇拳與權同楚辭曰帶長鋏之陸離廣雅曰扢摩也公紇切蒼頡篇曰痏毆傷也爲軌
切說文曰蹤觸也枓律切蚴折傷也女六切拉頓折也捭兩手擊絶也布買切靡碎也廣雅曰跐蹋也且爾切顛覆
巢居剖破窟宅仰攀鵕鸃俯蹴就七六豺獏封剖几熊
羆之室剽掠虎豹之落猩猩啼而就禽萬萬笑而

被格屠巴蛇出象骼斬鵬翼掩廣澤山海經曰猩猩豕身人面異物志曰出交趾封溪有猩猩夜聞其聲如小兒啼也鬻鬻梟羊也巴解上章矣梟羊善食人大口其初得人喜而笑却脣上覆額移時而後食之人因爲筒貫於臂上待執人人即抽手從筒中出鑿其脣於額而得禽之張衡玄圖曰梟羊喜獲先笑後愁山海經曰巴蛇食象三歲而出其骨骼骨也其爲蛇青黃赤黑鵬翼大垂天也善曰許慎淮南子注曰鵕鸃鷩雉也鵕思俊切鸃音儀爾雅曰貘白豹音陌剖亦刳也廣雅曰落居也鬻扶沸切骼音格輕禽狡獸周章夷猶狼跋乎紭横中忘其所以睒賜失其所以去就魂褫氣懾之葉而自蹋跊者應弦飲羽形僨景僵者累積而增益雜襲錯繆傾藪薄倒岬岫巖穴無豣豵翳薈無麏麚鷚思假道於豐隆披重霄而高狩籠烏兎於日月窮飛走之栖宿周章謂章皇周流也楚辭曰君不行兮夷猶王逸曰夷猶猶豫也紭

綱綱也蹎跋促遽皃踢趹皆頓伏也飲羽謂所射箭没其箭
羽也闗子曰宋景公以弓人之弓升虎圈之臺東向而射箭
集彭城之東其餘力逸勁猶飲羽於石梁雜襲重疊也錯繆
聊乱貌薄不入之叢藪澤別名言欲假道豐隆非實事也然
欲窮高極遠究變化備幽明之故設此云善曰毛詩曰狼跋
其胡說文曰睒䁴視也式冉切睗疾視也式亦切䀹奪也直
示切聲類曰踼趹也徒郎切漢書音義曰趹崩也蒲北切爾
雅曰傎僵也方問切許慎淮南子注曰岬山旁古押切爾雅
曰山有穴曰岫毛萇詩傳曰獸三歲曰豣公妍切爾雅曰豕
生三子曰豵子公切說文曰鶔鷈也音須又曰䳄鳥大鷀也
力紉切楚辭曰吾令豐隆乘雲兮王逸曰豐隆雲師也春秋
元命苞曰日月兩設以蟾蠩與兎者陰雙居月中有兎已見
蜀都賦
嶰澗闃岡岵童罾罘滿效獲衆迴靶乎行邪睨觀
魚乎三江泛舟航於彭蠡渾萬艘而既同闃空也易曰闃其無人爾雅曰
山多草木曰岵岡山脊也童無草木也若童無角靶轡革也彭
蠡澤名善曰爾雅曰小山別大山曰嶰山夾水曰澗毛萇詩傳
曰太平山不童澤不竭聖主得賢臣頌曰王良執靶左氏傳
曰公觀魚于棠尚書曰三江既入震澤底定彭蠡既豬說文

曰艘船揔名㮣一作滚滚水會也𦪹古買切航船引名弘舸連舳巨檻接艫飛雲蓋海制非常模疊華樓而島跱時髣髴於方壺比鷁首而有裕邁餘皇於往初楊雄方言曰江湖凡大船曰舸舳船前也艫船後也船上下四方施板者曰檻也飛雲蓋海吳樓船之有名者皆彫鏤采畫有軒欄華檻之船也島峙謂似方壺蓬萊二山有宮闕左氏傳曰楚敗吳師獲其乘舟餘皇吳子光請於衆曰喪先君之乘舟豈唯光罪衆亦有焉善曰釋名曰上下重牀曰艦江表傳曰孫權乘飛雲大船吳志曰賀齊所乘船彫刻丹鏤望之若山方壺已見上文張組幃構流蘇開軒幌鏡水區槁工檝師選自閩禺習御長風狎翫靈胥責千里於寸陰聊先期而須臾流蘇謂翦綃綵垂於彫文之樓也水區河中也言開文軒光輝如鏡照川也閩越名也秦并天下以其地為閩中郡班固述兩越傳曰悠悠外宇閩越東甌禺番禺也其彼地人便水方言云刺船曰槁檝橈也淮南子曰來溪谷之流以象禺長風遠風也靈胥伍子胥神也昔吳王殺子胥於江沉其尸於江後為神江海之間莫不尊畏

子胥將濟者皆敬祠其靈以爲性命舟檝之師獨能狎翫之也千里路之長也寸陰晷之短也言水靈輯睦浪濤弭息取長路於短景獨能先期而到故有須臾之暇也善曰西京賦曰長風激於別島越絕書曰子胥死王使捐於大江口乃發憤馳騰氣若奔馬乃歸神大海蓋子胥水仙也櫂謳唱簫籟鳴洪流

響渚禽驚弋磻波放稽鶬鵬虞機發留鵁鶄弋繳射也鶬鶬鵬鳥也楚辭曰從玄鶴與鶬鵬尚書曰若虞機張鄭氏注曰虞主田獵之地者也機弩牙也鵁鶄鳥也似鳧頭上揔毛羽善曰櫂謳已見西都賦說文曰籟三孔籥也磻已見西京賦鉤餌縱橫網罟接緒術兼

詹公巧傾任父筌䱎亘鱛鱺鰭魦罩勑教兩鯩罺側梢鰝

鰕乘魚胡豆黿鼉同穴共羅沉虎潛鹿馽縶櫳僒束徽

鯨輩中於羣犗攙搶暴出而相屬雖復臨河而釣鯉

無異射鮒附於井谷易曰結繩而爲網罟以畋以漁詹公詹何也任父任公子也莊周曰

任公子爲大鉤巨𦊘五十犗牛以爲餌蹲會稽投竿東海
巳而大魚食巨鉤鉤沒而下鶩揚奮鬐白波若山海水震
蕩任公子得若魚離餌之制河以東蒼梧以西莫不猒此
魚者筌捕魚器今之斗囬也筌所以得魚也莊子曰得魚
而忘筌罩籗也編竹籠魚者也詩云南有嘉魚烝然罩罩
魪左右魪一目所謂比目魚也云須兩魚並合乃能游若
單行落魄著物爲人所得故曰兩魪丹陽吴會有之罺抑
魚之器也鱟形如惠文冠青黑色十二足似蟹足悉在腹
下長五六寸雌常負雄行漁者取之必得其雙故曰乗鱟
南海朱崖合浦諸郡皆有之罛魚網也詩云施罛濊濊虎
魚頭身似虎或云變而成虎鹿頭魚有角似鹿同罛共羅
言皆爲網罟所制獲也縶襱傝束者陷網罟之中見偪束
也徽鯨魚之有力者也魚大者莫若鯨也故曰徽一鯨也攙
搶星也淮南子曰鯨魚死而彗星出易井卦曰九二井谷
射鮒鄭玄云九二坎爻也坎爲水上直魚生一艮爻也艮
爲山山下有井必因谷水所生魚無大魚但多鮒魚耳言
微小也夫感動天地此魚之至大射鮒并谷此魚之至小
故以相況善曰列子曰詹何楚人也以獨繭絲爲綸芒針
爲鉤荆篠爲竿剖粒爲餌引盈車之魚於百仞之淵鮔鱨
鮪也鮔古贈切鱨魦巳見西京賦魪音介爾雅曰鰝大魚

鰕音遐鸀音候鶤已見西京賦又曰櫳兼有也力公切鵬
鳥賦曰儃若囚拘求頊切徽音輝說文曰犗騬牛也犗古
邁切騬以陵切結輕舟而競逐迎潮水而振緡密巾想萍實
之復形訪靈夔於鮫人精衛銜石而遇繳文鰩夜
飛而觸綸北山亡其翔翼西海失其遊鱗繳弋綸也緡綸皆釣
繳也詩曰其釣惟何惟絲伊緡善曰家語曰楚昭王渡江
得物如斗入王舟中王怪之使問孔子孔子曰此為萍實
可剖而食之其甘如蜜唯王者能獲此吉祥也云先時童
謠曰楚王渡江得萍實大如斗赤如日剖而食之甘如蜜
引此事言今乘江流想復遇斯事也山海經曰東海中有
獸如牛蒼身無角一足入水則風其聲如雷以其皮冒鼓
閞五百里名曰夔鮫人居水中故訪之北山經曰發鳩之
山有鳥狀如鳥而文首白喙赤足名精衛其鳴自呼赤帝
之女姓姜遊於東海溺而死不反常取西山木石以填
東海西山經曰秦器之山濩水出焉是多鰩魚狀如鯉
魚身而鳥翼蒼文而白首赤喙常行西海而遊於東海
夜飛而行言吳之綸繳得此鳥魚故西海北山失其鱗翼

也戰國策曰夏水浮輕舟楊雄蜀都賦曰行舟競雕題之士鏤身之卒比飾虬龍蛟螭與對簡其華質則亂費錦繢會料潦其虓勇則鵰悍狼戾善曰水經云雕題國在鬱林水南漢書曰昔少康之庶子封於會稽文身斷髮以避蛟龍之害蛟螭龍子也亂費錦文貌於既切詩曰闞如虓虎火交切戰國策曰趙王狼戾無親戾力計切相與昧潛險搜瓌奇摸蝳蝐捫觜蠵剖巨蚌於回淵濯明月於漣漪昧冒也巨蚌育明珠者列仙傳曰高后時會稽朱仲獻三寸四寸珠此非回淵巨蚌不出之也風行水成文曰漣漪詩曰河水清且漣漪明月珠珠之至光者清且漣漪者水極麗也濯光珠於麗水盖美之善曰回淵水也觜子規切蠵呼圭切大龜也言天下川澤魚鳥虫獸瓌奇之物隱翳之處搜索使盡也說文曰眛目不明也門撥切謂之潛隱之穴也畢天下之至異訖無索而不臻谿壑為之一罄川瀆為之中去聲貧哂澹臺之見謀聊襲海而徇珍載漢女於後

舟追晉賁而同塵徇求也襲入也于寶搜神記曰澹臺子羽賫璧渡河風波忽起兩龍夾舟子羽奮劒斬龍波乃上登岸投璧於河河伯三歸之子羽毀璧而去漢女貢大夫巳見西京賦老子曰和其光同其塵汨乘流以砰宕翼颸風之䬟䬟直衝濤而上瀨常沛沛以悠悠汔可休而凱歸揖天吳與陽侯汨疾也砰宕舟擊水貌䬟䬟風初貌颸疾風瀨水大波沛沛行貌悠悠亦行貌離騷曰溘颸風兮上征班固曰颸疾也凱樂也左氏傳曰振旅凱入于晉山海經曰朝陽之谷神爲天吳是水伯揖之者辭水靈而歸善曰詩曰汔可小康鄭玄曰汔幾也虛乞切陽侯見南都賦指包山而爲期集洞庭而淹留數軍實乎桂林之苑饗戎旅乎落星之樓置酒若淮泗積肴若山丘飛輕軒而酌綠酃方雙轡而賦珍羞班固曰洞庭澤名王逸曰太湖在秣陵東湖中有包山山中有如石室俗謂洞庭吳有桂林苑落星樓樓在建鄴東北十里左傳曰以數軍實外傳曰射不過講軍實鄭氏曰軍所以討獲曰實善

日周處風土記曰陽羡太湖中有包山左傳晉穆子曰有酒如
淮有肉如坻史記云紂爲肉山也湘州記曰湘州臨水縣有酃
湖取水爲酒名曰酃酒車騎行酒肉已見西京賦飲烽起釂鼓震真士遺倦衆懷
欣幸平館娃烏佳之宮張女樂而娛群臣羅金石與絲竹若
鈞天之下陳吳俗謂好女爲娃楊雄方言曰吳有館娃宮善曰飲烽釂鼓鈞天並見西京賦左傳曰女樂二八
登東歌操南音胥陽阿詠韎莫介任䀀楚舞吳愉越
吟翕習容裔靡靡愔愔晏子春秋曰桀作東歌南音徵引也南國之音也左氏傳曰鍾儀在晉使
與之琴操南音商角徵羽各有引鍾儀楚人思在楚故操南音呂氏春秋曰禹行水見塗山之女禹未之遇而南省南土塗山之女乃令其
妾往候禹于塗山之陽女乃作歌曰候人猗實始作爲南音周公召公取風焉胥繼也呂氏春秋曰陽阿古樂曲周禮曰韎東樂名任南
樂名䀀楚歌也漢書四面楚歌也愉吳歌也楚辭曰吳歈蔡謳翕習容裔音樂之狀靡靡愔愔言樂容與閑麗也善曰韎任已見東
都賦曹植妾薄相行曰齊謳楚舞紛紛登樓賦曰莊舄顯而越吟史記曰紂作靡靡之樂左傳曰楚右尹子革曰祈招之

詩曰祈招之愔愔若此者與夫唱和之隆響動鍾鼓之鏗耾横有殷坻丁禮頹於前曲度難勝皆與謠俗汁協律呂相應其奏樂也則木石潤色其吐哀也則悽風暴興或超延露而駕辯或踰綠水而采菱軍馬弭髦而仰秣淵魚竦鱗而上升詩曰唱予和女解嘲曰聲若坻頹坻頹崩聲也天水之大名曰隴坻因為隴坻之曲楚辭曰伏羲駕辯伏羲作琴始造此曲淮南子曰瓠巴鼓琴鱏魚出聽伯牙鼓琴駟馬仰秣善曰戰國策司馬喜曰臣觀人萌謠俗列子曰鄭師文鼓琴當春而叩商弦以召南呂涼風至草木實及秋叩角絃以激夾鍾溫風徐迴草木發榮衛子曰皆與謠俗協言雖遐方異樂皆上合律呂下應謠俗故能奏和樂之音則木石潤色也淮南子曰夫歌采菱發陽阿鄙人聽之不若延露以和高誘曰延露鄙曲也淮南子曰互會綠水之趣高誘曰綠水古詩也趣節也鏗耾大聲汁猶愜也酣湑思與半入音并歡情留良辰征曾陽揮戈而高麾迴

曜靈於太清將轉西日而再中齊既往之精誠酣酒洽也滑樂也辰時也爾雅曰不辰不時也楚辭曰日吉兮辰良淮南子曰魯陽公楚將也與韓遘戰酣日暮援戈而麾之日為之反三舍太清謂天也此言酣飲與音樂蓋是其中半并會之際歡情之所以留連良辰之所以覺也故追述魯陽廻日之意而將轉西日於中盛之時以適已之盛觀也昔光武合呼沱水鄉行有隕霜之應精誠之感通天地人神以相應魯陽公麾日抑亦此之謂也苟曰可麾而迴則精誠可庶而幾故曰齊精誠於既往蓋是酣樂之至逼時之晏者所以慷慨髣髴是故引而況焉善曰曜靈已見蜀都賦鶡冠子曰上及太清下及太寧也昔者夏后氏朝羣臣於茲土而執玉帛者以萬國蓋亦先王之所高會而四方之所軌則春秋之際要盟之主闔閭信其威夫差窮其武內果伍員之謀外騁孫子之奇勝彊楚於栢舉棲勁越於會稽闕掘溝乎商魯爭長於黃池左傳曰禹會諸侯於塗山執玉帛而朝者萬國先王謂舜等也信讀為申國語曰吳

王夫差起軍與齊晉爭衡晉文踐土之盟齊桓邵陵之會舊其威強未能過也伍員楚大夫出仕於吳吳王因其謀伐楚孫武吳人善用兵作書號孫子兵書北征闞池爲深溝於商魯之間北屬之濟以會晉定公於黃池吳晉爭長吳先歃晉惡之善曰左傳曰楚師陳于栢舉闔閭之弟夫槩王先擊楚子常楚師大敗國語曰越王句踐棲於會稽之上難蜀父老曰南馳使以誚勁越徒以江湖嶮陂物產殷充繞霤李拔未足言其固鄭白未足語其豐士有陷堅之銳俗有節概蓋之風暱五賁眦助賁則挺劒喑蔭鳴烏故則彎弓漢書王莽策命前將軍曰繞霤之固南當荊楚鄭白二渠名意若謂吳江湖之阻洞庭之嶮土地之沃物產之豐雖關中所謂繞霤之固鄭白之豐未足以爲言也凡天下言豐者皆多稱關中故引焉韓信曰項羽喑嗚叱咤善曰太公陰符經曰無堅不陷也楊惲曰西河魏土凛然皆有節槩暱皆已見西京賦家語孔子曰公良儒者有勇力挺劒而令衆也孟子曰越人彎弓而射我擁之者龍騰據之者虎視麾城若振槁搴旗若顧指雖帶

甲一朝而元功遠致雖累葉百疊而富彊相繼樂湑衎苦旱其方域列仙儔棲其土地桂父練形而易色赤須蟬蛻稅而附麗賈誼傳曰權制天下顧指如意叔孫通列傳曰斬將搴旗之士顧指指諭疾且易也葉猶世也列仙傳曰桂父象林人也常服桂葉以龜腦和之顏色如童時黑時白時赤南海人尊事之累世赤須子豐人也豐中傳世見之秦穆公之主魚吏也數道豐界災異水旱十不失一食柏實石脂絕穀齒落更生細髮復出後去之吳山言此人等仙如蟬之脫殼爾雅曰麗附也莊子曰附離不以膠漆赤須子本非吳人故言附麗也夫土地險固以致彊豐沃以致盛而天下之美皆歸焉霸王之功皆存焉故賦者既舉其富彊之業而載其神仙之事善曰長楊賦曰麾城摲邑商君曰秦師至鄢郢舉若振槁槁葉落漢書曰吳晉爭長吳為帶甲三萬史記曰維祖元功輔臣股肱新序曰齊侯相管仲國既富強楚辭曰濟江海兮蟬蛻淮南子曰蟬飲而不食二十日而蛻中夏比為畢世而罕見丹青圖其珍瑋貴其寶利也舜禹游焉沒齒而忘歸精

靈留其山阿翫其奇麗也中夏貴其珍寶而不能見徒以丹青畫其象類也楚辭九歌曰
九疑繽兮並迎謂舜神在九疑山也言聖帝明王存亡而
淹留於是者貴其奇麗也書曰舜南巡狩陟方死山海經
曰南方蒼梧之丘有九疑山焉舜之所葬吴越春秋禹老
嘆曰吾年壽將盡止死斯乎乃命群臣葬我於會稽之山
論語曰管仲奪伯氏駢邑沒齒無怨言也剖判庶士商搉角萬俗國有鬱鞅而
顯敞邦有湫子小阨烏介而踡拳跼伊茲都之函弘傾神州而
韞櫝仰南斗以斟酌兼二儀之優渥湫下也阨小也函弘寬大也左氏傳齊景
公欲更晏子之宅曰子宅湫隘不可以居禹所受地說書
曰崑崙東南方五千里名曰神州帝王居之楚辭曰八柱
何以東南傾吴國在地勢所傾寫故曰傾神州而韞櫝也
論語曰韞櫝而藏諸廣雅曰商度也㩁粗略也言商度其
粗畧天官星占曰南斗主爵祿其宿六星
春秋說題辭曰南斗為吴詩曰既優既渥係此而揆之西
蜀之於東吴小大之相絕也亦猶棘林螢燿而與夫樗

木龍燭也否泰之相背也亦猶帝之懸解而與桎梏
疏屬也庸可共世而論巨細同年而議豐确乎胡角崔寔政論
云使賢不肖相去如日月之與螢火雖頑嚚之人猶察山
海經曰㷊木長千里又曰鍾山之神名曰燭龍視爲晝瞑
爲夜莊子曰老子死秦失弔之三號而出弟子曰非子之
交耶曰然然弔若是可乎曰始也吾以其人也而今非也
適爲夫子時也適去夫子順也安時而處順憂樂不能入
也古者謂是帝之懸解莊子曰有繫謂之懸無繫謂之解郭
璞曰懸絶曰解山海經曰二負殺猰貐帝乃梏之疏屬之
山桎其右足反縛兩手漢宣帝時鑿磻石於上郡陷得石
室其中有反縛械人劉向曰此二負之臣也帝曰何以知
之以山海經對帝天也人生稟命於天受拘俗之性憂虞
終身不解此乃自然執縛爲天所繫夫安時處順憂樂不
能入此自然放肆爲天所解也天在上者故曰帝之懸解
性之永放者也桎梏疏屬形之永拘者也相背之甚故以
相況焉凡物安於所守思不易方處窮塞而不識天下之
通塗亦如此也善曰棘聚而成林郭象云莊子注曰
生曰懸死曰解過秦論曰不可同年而語矣确薄也豎其

幽遐獨邃寥廓閑奧耳目之所不該足趾之所不蹈倜
儻之極異譎君屈詭之殊事藏理於終古而未寤於前覺
也若吾子之所傳孟浪之遺言略舉其梗概而未得其
要妙也倜儻譎詭皆謂非常詭異之事終古猶永古也
周禮考工記曰輪已崇則人不能登也輪已庳
則終古登阤離騷曰吾焉能忍此終古孟子曰伊尹云
天之生斯人也使先知覺後知先覺覺後覺也予天民
之先覺者也孟浪猶莫絡也不委細之意莊子曰夫子
以為孟浪之言我以為妙道之行善曰司馬彪莊子注
曰孟浪鄙野之語東京賦曰粗
謂賓言其梗槩梗槩粗言也

文選卷第五終

文選卷第六

梁昭明太子撰

文林郎守太子右内率府錄事參軍事崇賢館直學士臣李善注上

京都下

魏都賦一首

魏曹操都鄴相州是也太沖賦三都以吴蜀遞相頻折以魏都承制度

左太沖

魏國先生有睟其容乃盱衡而誥曰异乎交益之士孟子曰君子所性仁義禮智根於心其生色睟然見於面不言而喻趙岐曰睟潤澤貌也眉上曰衡盱舉眉大視也异異也尚書堯典四岳曰异哉善曰漢書曰武帝置交州又改梁曰益有益州又曰公盱衡厲色振揚武怒音義曰眉上曰衡謂舉眉揚目也字林曰盱張目也爾雅曰誥告也蓋音有楚夏者土風之乖也善曰孫卿子曰人居楚而楚居夏而

夏非天性也積靡使然也史記曰淮北沛陳汝南南郡此西楚也潁川南陽夏人之居故至今謂之夏人情有險易者習俗之殊也論語曰性相近習相遠也善曰周易曰辭有險易春秋說題辭曰中國之性習俗常操雖則生常固非自得之謂也傳曰習實生常善曰孟子曰使自得之趙岐曰使自得其本善性也

昔市南宜僚弄丸而兩家之難解聊為吾子復說德音以釋二客競于辯囿者也莊子曰市南宜僚弄丸而兩家之難解又曰公孫龍辯者之徒飾人之心易人之意能勝人之口不能服人之心辯者之囿也善曰毛詩曰德音孔昭

大泰極剖判造化權輿善曰周易曰易有太極是生兩儀史記曰鄒衍稱引天地剖判以來淮南子曰大丈夫無為與造化逍遙爾雅曰權輿始也劇秦美新序曰權輿天地未袪也班固漢書述曰彰其剖判體兼晝夜理包清濁善曰列子曰昏明之分察故一晝一夜又曰夫有形者生於無形清輕者上為天濁重者下為地流而為江海結而為山嶽善曰班固終南山賦曰流澤遂而成水停積結而為山列宿分其野荒裔帶其

隅巖岡潭淵限蠻隔夷峻危之竅也潭淵也屈平卜居曰横江潭而漁善曰漢書曰秦地於天官東井輿鬼之分野楊雄交州箴曰交州荒裔水與天際方言曰竅空也蠻陬子侯夷落譯導而通鳥獸之氓也陬落蠻夷之居處名也一名聚居爲陬善曰廣雅曰落居也杜篤通邊論曰親録譯導緩步四來論衡曰四夷入諸夏因譯而通說文曰譯傳四夷之語者漢書賈捐之上書曰駱越之人與禽獸無異毛萇詩傳曰氓民也正位居體者以中夏爲喉不以邊垂爲襟也易曰正位居體美在其中而暢於四支善曰喉衿以身及衣爲喻也戰國策頓子曰韓天下之喉咽也魏天下之胷腹也李尤函谷關銘曰衿帶咽喉聲類曰衿衣交領也長世字甿者以道德爲藩不以襲險爲屏也善曰左氏傳北宮文子曰有其國家令問長世周書成王曰朕不知字民之道敬問伯父說文曰甿田民也東方朔集曰文帝以道德爲籬以仁義爲藩毛萇詩傳曰藩屏也楊雄城門校尉箴曰盤石唐芒襲險重固毛萇詩傳曰屏蔽也而子大夫之賢者尚弗曾庶翼

等威附麗皇極思稟正朔樂率貢職善曰言不曾與衆庶翼戴上者等其威儀而附著於大中之道也國語越王勾踐曰苟聞子大夫之言賈逵曰親而近之故曰子大夫尚書曰庶明厲翼孔安國曰衆庶皆明其教而自勉厲翼戴上命左氏傳申士會曰貴有常尊賤有等威莊子曰附麗不以膠漆王弼周易注曰麗著也尚書曰皇極皇建其有極孔安國曰皇大極中也謂大中之道也又曰稟受也論語比考讖曰正朔所加莫不歸義又撰考讖曰穿胷儋耳莫不貢職漢書曰單于非正朔所加東觀漢記曰百蠻貢職而徒務於詭隨匪人宴安於絕域榮其文身驕其險棘善曰詭隨匪人言詭善隨惡同於匪人又自宴安於其絕域也毛詩曰無縱詭隨以謹無良毛萇曰詭隨詭人之善隨民之惡毛詩曰獨為匪民左氏傳管仲曰宴安酖毒不可懷也李陵書曰出征絕域漢書曰少康之庶子封於會稽文身斷髮蔡雍樊陵碑曰進路孔夷人情險棘毛萇詩傳曰棘急也縿默語之常倫牽膠言而踰侈飾華離以矜然假倔渠屈彊巨兩而攘臂非醇粹之方壯謀

踳舛駮於王義孰愈尋靡蓱於中逵造沐猴於棘刺

李尤書曰言語辯聰之說而不度於義者謂之膠言周官曰形方氏掌制邦國之地域而正其封疆無華離之

地班固云不變曰醇不雜曰粹莊子曰惠施多方其書五車其道踳駮言惡也楚辭天問曰靡蓱九逵枲華安居韓子曰燕王好微巧衛人曰臣能以棘刺之端為母猴王悅之養以五乘之奉王曰吾請觀客為棘刺之母猴衛人曰臣為棘刺之母猴也人主欲觀之必半歲不入宮不飲酒食肉雨霽日出視之晏陰之間而棘刺之母猴乃可見燕王因養衛人而不能觀其母猴鄭人有臺下之冶者謂王曰臣為削者諸微巧必以削削之所削必大於削今棘刺之端不容削王試觀客之削則能與不能可知也王曰客為棘刺之母猴何以理之曰以削王曰吾欲觀客之削也客

曰臣請取之因逃治人明王曰上之無度量言談之士多棘刺之說也善曰周易曰君子或默或語廣雅曰膠

欺也鄭玄禮記注曰矜謂自尊大也毛萇詩傳曰然是也漢書伍被曰偋彊江淮間孟子曰馮婦善搏虎攘臂下車衆皆悅之楚辭曰王色頩以開顏精純粹而始壯華口哇反司馬彪莊子注曰踳讀曰舛舛乖也駮色雜不

同也顛普丁反王逸楚辭注曰寧有荊草蔓衍於九逵之道靡蔓也劍閣雖嶛憑之者蹶
非所以深根固蔕也善曰劍閣蜀境也酈元水經注曰小劍戍去大劍飛閣通衢故謂之劍閣
廣雅曰嶛巢高也力彫反又曰蹶敗也善曰老子曰有國之母可以長久是謂深根固蔕長生久視之道聲類
曰蔕果鼻也洞庭雖濬負之者北非所以愛人治國也善曰洞庭
吳境也史記吳起曰三苗氏左洞庭而右彭蠡恃此險也禹滅之毛萇詩傳曰濬深也鄭玄周禮注曰負性恃
也漢書音義服虔曰師敗曰北南北之北老子曰愛人治國能無知乎彼桑榆之末光踰
長庚之初輝善曰東觀漢記光武曰失之東隅收之桑榆毛詩曰東有啓明西有長庚況河
冀之爽塏苦改與江介之湫于小湄善曰左氏傳齊景公欲更晏子之宅曰子之宅
湫隘囂塵請更諸爽塏楚辭曰長江介之遺風薛君韓詩章句曰介界也毛萇詩傳曰水草交曰湄故將
語子以神州之略赤縣之畿魏都之卓犖呂角六合之樞

機鄒衍以爲儒者所謂中國者於天下八十一分居一耳中國名赤縣神州赤縣神州內自有九州禹之所叙九州也是以不得爲州數中國外若赤縣神州者九所謂九州者也范雎說秦王曰魏韓中國處而天下之樞也善曰河圖括地象曰崑崙謂東南地方五千里名曰神州帝王居之小雅曰略界也周禮曰方千里曰王畿西都賦曰卓躒諸夏卓犖與卓躒音義同呂氏春秋曰神通乎六合

于時運距陽九漢綱絕維姦回內贔備兵纏紫微翼翼京室眈耽眈帝宇巢焚原燎變爲煨燼故荊棘旅庭也殷殷寰內繩繩八區鋒鏑縱橫化爲戰場故麋鹿寓城也不飲酒而怒曰贔詩曰內贔于中國漢室之亂起於闈官故曰內贔也紫微宮在南城下于時兵所圍繞光熹元年四月靈帝崩八月大將軍何進入省見太后黃門張讓郭進等斬進進部曲將兵突入尚書閤閤閉虎賁中郎將袁術等攻閤日暮術等起火燒閤初平元年十二月董卓遷都長安其夜燒洛陽南北宮易曰鳥焚其巢尚書曰若火之燎于原春秋穀梁傳曰寰內諸侯

非天子之命不得出會尹更始曰天子以千里爲寰伍被詡淮南王曰昔伍子胥諫吳王吳王不用乃曰臣今見麋鹿遊姑蘇臺也臣今見宮中荊棘露沾衣也善曰春秋保乾圖曰五運七變各以類驚宋衷曰五運五行用事之運也孔安國尚書傳曰距至也漢書陽九厄曰初入百六陽九音義曰易傳所謂陽九之厄漢書曰漢興禁網疏闊管子曰國有四維四維不張則滅王逸楚辭注曰維紘也尚書曰崇信姦回毛詩曰商邑翼翼漢書客謂陳涉曰夥涉之爲王沈沈者應劭曰沈沈宮室深邃之貌沈長含切與眈音義同謝承後漢書曰陽球爲司隸校尉虎視帝宇廣雅曰煨燼也烏瓌反廣雅曰煨煙也杜預左氏傳注曰燼火之餘木也似進反毛萇詩曰夥衆也毛詩曰子孫繩繩兮長楊賦曰洋溢八區言廣大也說文曰鋒兵耑也又曰矢鋒也戰國策曰綴甲厲兵效勝於戰場

伊洛榛曠崤函荒蕪善曰服虔漢書注曰榛木叢生也賈逵國語注曰蕪穢也臨菑牢落鄢郢丘墟善曰漢書齊郡有臨菑縣牢落猶遼落也洞簫賦曰聯連綿以牢落東觀漢記曰第五倫自度仕宦牢落漢書南郡有故鄢縣呂氏春秋燭過曰子胥諫而不聽故吳爲丘墟而是有魏開國之

日締構之初萬邑譬焉亦獨犨昌由麋之與子都培塿之與方壺也善曰周易曰開國承家廣雅曰締結也犨麋古之醜人也呂氏春秋曰陳有惡人焉曰敦洽犨麋椎顙廣顙色如漆赭陳侯悅之毛詩曰不見子都子都美丈夫也左氏傳曰太叔曰培塿無松柏培步苟反塿路苟反方壺二山名已見上文且魏地者畢昴之所應虞夏之餘人先王之桑梓列聖之遺塵考之四隈則八埏延之中測之寒暑則霜露所均卜偃前識而賞其隆吳札聽歌而美其風雖則衰世而盛德形於管絃雖踰千祀而懷舊蘊於遐年詩譜云魏地畢昴之分野虞舜及禹所都之地在禹貢冀州雷首之北析城之西周以封同姓其後晉獻公滅魏以封大夫畢萬在晉之南河曲故其詩云彼汾一畝寘之河之干隈猶隅也鄭衍曰四隈不靜司馬相如封禪文曰下泝八埏國語曰卜偃云魏大名也以是始賞天啓之矣左傳曰吳公子札來聘使工為之歌魏曰美

哉大而婉儉而易行以德輔此則為明主也善曰毛詩
曰惟桑與梓必恭敬止王逸楚辭注曰考校也周禮曰
以土圭測日影以求地中日南多暑日北多寒禮記曰
日月所照霜露所墜左氏傳史趙曰盛德必百世祀虞
越春秋樂師曰君主之德可記之於管
絃毛詩序曰懷其舊俗方言曰蘊積也爾其疆域則旁
極齊秦結湊冀道開胷殷衛跨躡燕趙山林幽峽
烏朗切川澤迴繚恒碣碪𥖩於青霄河汾浩涆而皓溔
南瞻淇澳於六則綠竹純茂北臨漳滏父則冬夏異沼神
鉦迢遞於高巒靈響時驚於四表溫泉毖秘涌而自浪
華清蕩邪而難老善曰史記蘇秦說魏襄王曰南有鴻
溝東有淮潁西有長城北有河外地
理志曰魏觜觿參之分野也自高陵以東河東河內南有
陳及汝南之邵陵隱強新汲西華長平潁川舞陽郾許
鄢樊陵河南之開封中牟陽武酸棗卷皆魏分也魏武皇
帝初封魏公南得河內魏郡北得趙國中山常山鉅鹿

安平甘陵東得平原西得東平九十郡以此爲魏之奉國蓋冀州之地恒山北岳也碣石山名也詩云瞻彼淇澳綠竹猗猗漢書溝洫志曰下淇園之竹漳滏二水名經鄴西北滏水熱故曰滏口水有寒有溫故曰冬夏異沼也冀州圖鄴西北鼓山山上有石鼓之形俗言時自鳴劉邵趙都賦曰神鉦發聲俗云石鼓鳴則天下有兵革之事詩云毖彼泉水溫水在廣平都易縣俗以治疾洗百病華清非華水也善曰王逸楚辭注曰湊聚也冀道亦二國名也爾雅曰兩河間曰冀州左氏傳曰江黃道栢方睦於齊杜預曰道國在汝南胷猶前也南都賦曰淯水蕩其胷漢書地理志曰河內本殷舊都周分爲鄁鄘衛磈碨高貌磈五感反鄭玄周禮注曰汾水出汾陽縣浩古老切汗古旦反上林賦曰澋溔潢漾廣雅曰浩溔大也皓故老反溔餘眇反山海經曰少山清漳水出焉郭璞曰至武安南入濁漳山海經曰神囷山滏水出焉郭璞曰經鄴西北入漳說文曰泜水駃流也泜與毖同音秘魚豢典略曰浪井者弗鑿而成毛詩曰永錫難老

墨井鹽池玄滋素液厥田惟中厥壤惟白原隰畇畇墳衍厈厈或嵬壘力罪而複

陸戓爌苦光朗而拓落乾坤交泰而絪縕嘉祥徵顯而豫
作是以兆朕振古萌柢疇昔藏氣讖緯閟象竹帛迥時
世而淵默應期運而光赫暨聖武之龍飛肇受命而光
宅鄴西高陵西伯陽城西有石墨井井深八丈河東猗氏南有
鹽池東西六十四里南北七十里尚書禹貢冀州厥土惟
白壤厥田惟中中闕閒也詩云閟宮有洫善曰周禮曰辨其
墳衍原隰之名鄭玄曰水厓曰墳下平曰衍毛詩曰畇畇原
隰以純反斥斥廣大之貌也蒼頡篇曰斥大也嵬壘不平之
貌嵬鳥罪切爌朗光明之貌拓落廣大之貌周易曰天地交
泰又曰天地絪縕西京賦曰備致嘉祥文帝荅[illegible]植詔曰所
獻詩二篇徽顯成章兆猶機事之先見者也淮南子曰欲與
物接而未成朕兆者也許慎曰朕兆也直軫反毛詩曰振古
如茲毛萇曰振自也廣雅曰萌始也爾雅曰柢本也丁計反
禮記曰余疇昔之夜夢鄭玄曰疇發語聲也說文曰讖驗也
河洛所出書曰讖毛萇詩傳曰閟閉也墨子曰以其所書於竹
帛傳於後代子孫春秋說題辭曰尚書者所以推期運明命
授之際魏志曰大祖武皇帝姓曹諱操為丞相封魏王文帝

受禪追尊曰武皇帝東京賦曰世祖乃龍飛白水毛詩序曰文王受命作周也鄭玄曰受天命而王天下也東京賦曰漢初弗之宅爰初自臻言占其良謀龜謀筮亦既允臧修其郛郭繕其城隍經始之制牢籠百王畫雍豫之居寫八都之宇鑒茅茨於陶唐察卑宮於夏禹古公草創而高門有閌苦浪宣王中興而築室百堵兼聖哲之軌并文質之狀商豐約而折中准當年而為量思重爻摹大壯覽荀卿采蕭相僝拱木於林衡授全模於梓匠謀龜謀筮猶周公之卜都洛邑也毛詩云爰契我龜又曰卜云其吉終然允臧重爻易爻也大壯易卦名也易曰上古穴居而野處後世聖人易之以宮室上棟下宇以禦風雨蓋取諸大壯謂壯觀也荀卿曰宮室臺榭以避燥濕養德別輕重也非為奓泰將以明人之大通仁順也春秋左傳曰山林之木衡鹿守之治木器曰梓尚書有梓材之篇也善

曰尚書曰謀及卜筮淮南子曰太一者牢籠天地殫西京也豫東京也西京賦曰取殊裁於八都墨子曰堯舜茅茨不翦論語子曰禹卑宮室毛詩美古公亶父曰高門有閌又美宣王曰築室百堵說文曰僝具也饌魁反又曰僝取也子軟切孟子曰梓匠輪輿能與人規矩不能使人巧趙岐曰梓匠木工也遐邇悅豫而子來工徒擬議而騁巧闡鉤繩之筌緒承二分之正要揆日晷考星耀建社稷作清廟築曾宮以迴匝比岡隒魚檢而無陂造文昌之廣殿極棟宇之弘規崱若崇山崛起以崔嵬髧徒感若玄雲舒蜺以高垂二分春秋之中者也詩云定之方中作爲楚宮揆之以日作爲楚室定營室星營室中可以興土切也陂傾也易曰无平不陂文昌正殿名也蜺龍形而五色善曰難蜀父老曰遐邇一躰豫或爲務西都賦序曰衆庶悅豫毛詩曰庶人子來周易曰擬之而後言議之而後動擬議以成其變化甘泉賦曰王爾投其鉤繩杜預左傳注曰銓次也與筌同周禮曰匠人建國晝絫

諸日中之景夜考之極星以正朝夕鄭玄曰極星北辰也周禮曰左宗廟右社稷說文曰隒崖也鄭玄禮記注
曰陂傾也周易曰上棟下宇以避風雨劉高貌也景福殿賦曰若仰崇山而戴垂雲髮垂貌也淮南子曰玄雲
素朝瓌材巨世𡎺楚洽𡒄除立參差枌音汾橑音老複結欒櫨疊施丹
梁虹申以並亘朱桷森布而支離綺井列疏以懸蔕華蓮
重葩而倒披齊龍首而涌霤時梗槩於淲被左池爾雅曰桷謂之榱善曰西
都賦曰因瓌材而究奇抗應龍之虹梁廣雅曰曲枅謂之欒說文曰欂櫨柱枅也然欒櫨一也有曲直之殊耳西京賦蔕倒茄
於藻井披紅葩之狎獵又曰䟽龍首以抗殿齊龍首而涌霤謂畫爲龍首於椽承檐四隅而以寫霤也說文曰霤屋水流
也東京賦曰其梗槩如此毛詩曰滮池北流也旅楹閑列暉鑒抰烏浪振榱題黮
靆階陊嶙峋長庭砥平鍾簴夾陳風無纖埃雨無微津
詩云旅楹有閑抰中央也振屋宇檼也文昌殿前有鍾簴其銘曰惟魏四年歲在丙申龍次大火五月丙寅作

鞋賓鍾又作無射鍾建安二十一年七月始設鍾簴於文昌殿前所以朝會四方也善曰鄭玄毛詩箋曰旅楹衆也薛君韓詩章句曰閑大也謂閑然大也暉鑒言楹柱光輝遠照抰振也廣雅曰鑒照也聲類曰黮深黑色也直感反黮亦黑也徒對反應劭上林賦注曰楯闌横也西京賦曰抵鍔嶙峋坢蓊曰嶙峋山崖之貌也毛詩曰風雨攸除墨子曰聖王作爲宮室邊足以御風寒上足以待霜露

巖巖北闕南端逌遵竦峭雙碣方馮比輪西闕延秋東啓長春用覲羣后觀享頤賓文昌殿前値端門端門之前南當南止車門又有東西止車門端門之外東有長春門西有延秋門文昌殿所以朝會賓客享四方善曰德陽殿賦曰朱闕巖巖凡南方正門皆謂之端春秋説題辭曰血書魯端門西京賦曰圓闕竦以造天若雙闕之相望毛萇詩傳曰覲見也尚書曰肆覲羣后周易曰觀頤觀其所養也頤養亦享也故曰觀享頤賓許兩切

左則中朝有䋣聽政作寢匪樸匪斵去泰去甚木無彫鎪所畱土無綈題錦玄化所甄國風所禀中朝內朝也漢氏大司馬侍中散騎

諸吏爲中朝丞相六百石以下爲外朝也文昌殿東有聽政殿内朝所在也墨子曰堯之爲君采椽不斲晏子春秋曰明堂之制下之濕潤不能及也上之寒暑不能入也土事不文木事不鏤示民知節也老子曰去甚去泰爾雅曰鏤鎪也善曰毛萇詩傳曰艳赤貌也尚書曰既勤樸斲孔安國曰樸治斲削也西京賦曰木衣綈錦說文曰綈厚繒也蔡雍陳留太守頌曰玄化洽矣黔首用寧漢書音義如淳曰陶人作瓦器謂之甄吉然反毛詩序曰一國之事繫一人之本謂之風

於前則宣明顯陽順德崇禮重闈洞出鏘鏘濟濟珍樹猗猗奇卉萋萋蕙風如薰甘露如醴聽政殿聽政殿門聽政門前升賢門升賢門左崇禮門崇禮門右順德門三門並南向升賢門前宣明門宣明門前顯陽門顯陽門前有司馬門閽守門也周官閽人守王門爾雅曰宮中之門謂之闈洞達也南北外内東西左右掖門皆洞達相通善曰禮記曰大夫濟濟庶士鏘鏘毛萇詩傳曰猗猗萋萋茂盛貌也音此禮切叶韻東京賦曰惠風橫被邊讓帝臺賦曰惠風如春施家語舜曰南風之薰兮王肅曰薰風至之貌也論衡曰甘露味如飴蜜王者太平則降鄭玄

周禮注曰醴今甜酒禁臺省中連闥對廊直事所縣典刑所藏藹

藹列侍金蜩齊光詰朝陪幄納言有章亞以柱後執法

內侍符節謁者典璽儲吏膳夫有官藥劑有司肴醳

亦順時脥理則治升賢門內聽政闥向外東入有納言闥尚書臺宣明門內升賢門升賢門外東入南

內豎署顯陽門內宣明門外東入最南有謁者臺閣次中央符節臺閣最北御史臺閣三臺並別西向符節臺東有

丞相諸曹善曰魏武集荀欣等曰漢制王所居曰禁中諸公所居曰省中淮南子曰連闥通房人所安也直事若今

之當直也蔡邕獨斷曰直事尚書一人典刑周禮六典八刑也建安十八年始置侍中中尚書御史符節謁者金蜩金

蟬蔡邕獨斷曰侍中常侍皆冠惠文加貂附蟬左氏傳曰詰朝將見杜預曰詰朝平旦也周禮曰幕人掌幄帟鄭玄

曰王所居之帳也尚書舜典曰龍命汝作納言應劭漢書注曰納言如今尚書官王之喉舌也毛詩曰出言有章

漢書音義曰柱後以鐵為柱今法冠是如淳曰御史冠也符節掌璽故云典璽漢有尚符璽謁者受事故曰儲

吏漢書謂者掌贊受事周禮膳夫上士又曰醫師掌聚毒藥共醫事鄭玄周禮注曰劑和也又禮記注曰舊醳之酒謂昔酒也呂氏春秋伊尹曰用新去陳腠理遂通高誘曰腠理肌脉也於後則椒鶴文石永巷壼術椒梓木蘭次舍甲乙西南其戶成之匪日丹青煥炳特有溫室儀形宇宙歷像賢聖圖以百瑞綷以藻詠芒芒終古此焉則鏡有虞作繪兹亦等競近世王者後宮以椒房為通稱聽政殿後有鳴鶴堂椒梓坊木蘭坊文石室後宮所止也壼宮中巷也術道也鳴鶴堂之前次聽政殿之後東西二坊之中央有溫室中有畫像讚尚書咎繇薦舜曰予欲觀古人之象日月星辰山龍華蟲作繪粉米永巷掖庭之別名善曰列女傳曰姜后待罪永巷周禮曰正宮掌宮中次舍甲乙謂次舍之名以甲乙紀之也毛詩曰築室百堵西南其戶又曰不日成之藻詠文藻頌詠也綷子對切芒芒遠貌也楚辭曰長無絕兮終古廣雅曰鑒謂之鏡照也鄭玄論語注曰繪畫也右則踈圃曲池下畹高堂蘭渚莓莓石瀨湯

湯弱葼係實輕葉振芳奔龜躍魚有睩吕梁馳道周屈於果下延閣胤宇以經營飛陛方輦而徑西三臺列峙以崢嶸亢陽臺於陰基擬華山之削成上累棟而重霤下冰室而沍冥文昌殿西有銅爵園園中有魚池堂皇班固曰畹三十畝也離騷曰既滋蘭之九畹石瀨湍也水激石間則怒成湍葼木之細枝者也揚雄方言曰青齊兖豫之間謂之葼故傳曰慈母怒子折葼而笞之其惠存焉子紅切係古計切莊子曰吕梁懸水三十仞流沫三十里黿鼉魚鱉之所不能遊也漢廐舊有樂浪所獻果下馬高三尺以駕輦車銅爵園西有三臺中央有銅爵臺南則金虎臺北則冰井臺有屋一百一間金虎臺有屋一百九間冰井臺有屋百四十五間上有冰室三臺與法殿皆閣道相通直行為徑周行為營建安十五年作銅雀臺山海經曰太華之山削成四方沍堅也春秋左氏傳曰固陰沍寒善曰楚辭曰坐堂伏檻臨曲池曹植責躬詩曰夕宿蘭渚左氏傳曰原田莓莓杜預曰若原田之草莓莓然莓莫來反楚辭曰石瀨兮淺淺說文曰睩察也千例

反漢書曰太子不敢絶馳道應劭曰天子道也若今之中道延相連延也淮南子曰延樓棧道魯靈光殿賦注飛陛揭孽方輦言廣也甘泉賦曰似紫宮之崢嶸魯靈光殿賦曰榭而高大謂之陽基在下故曰陰基周軒中天丹墀臨猋增構峩峩清塵彯彯雲雀踶甍而矯首壯翼攡鏤於青霄雷雨窈冥而未半皦日籠光於綺寮習步顧以升降御春服而逍遥八極可圍於寸眸萬物可齊於一朝丹墀以丹與蔣離合用塗地也爾雅曰扶搖謂之猋猋上也風從下升也班固西都賦說鳳闕曰上觚稜而栖金雀凡鳥之栖也羽翼戢弭以今揆古言栖非所覩之形也張衡西京賦曰鳳翥鶱於甍標咸愬風而欲翔此鳳之有定有住尚向風而無一方則不宜言愬風也但鳥峙則形定翼住飛則斂足絶㩧踶則聳羽翮用勢若將飛而尚住故言雲雀踶甍而矯首也踶音提王吉傳曰進退步趨以實下言人不行則膝脛以下虛弱不實也眸眸子也王褒甘泉賦曰十分未升其一增惶懼而日眩若播岸而臨坑登木末以闚泉揚雄甘泉賦說臺曰鬼魅

不能自逮半長途而下顛班固西都賦說臺曰攀井幹而未半目眩轉而意迷舍靈檻而却倚若顛墜而復稽張衡西京賦說臺曰將乍往而未半怵悼慄而竦兢非都盧之輕蹻孰能超而究升此四賢所以說臺榭之體皆危巇𡾊懼雖輕捷與鬼神由莫得而目逮也非夫王公大人聊以雍容升高彌望得意之謂也異乎老子曰若春升臺之為樂焉故引習步頓以實下𤄊八方之究遠適可以圍於徑寸之眸子言其理曠而當情也莊子有齊物之論善曰軒長廊之有隱也列子曰周穆王築臺號中天臺漢典職儀曰以丹漆地故稱丹墀西都賦曰正殿崔嵬層構七發曰蒙清塵毛萇詩傳曰壯健也摛鏤摛布其彫鏤也說文曰窈窕深遠也冥幽昧也毛詩曰有如皦日西京賦曰交綺豁以疏寮論語曾點曰春服既成毛詩曰於焉逍遙淮南子曰八紘之外乃有八極趙岐孟子章句曰眸目童子也

長塗牟首豪徼古弔互經晷漏肅唱明宵有程附以蘭錡魚几宿以禁兵司衛閑邪鉤陳周警牟首閣道有室者也霍光傳說昌邑王輦道牟首鼓吹歌舞豪徼道也晷漏漏刻也善曰說文曰晷景故曰晷漏漢書房中歌曰肅倡和聲字書倡亦唱

字也充向反程猶限也程與呈通西京賦曰武庫禁兵
設在蘭錡建安二十二年初置衛尉漢書曰衛尉掌宮
門衛屯兵周易曰闕邪存其誠樂汁圖曰鈎
陳後宮也服虔甘泉注曰紫宮外營鈎陳星於是崇墉
濬洫嬰堞帶涘四門⿰車獻⿰車獻魚竭隆廈重起憑太清以混成
越埃壒烏害而資始藐藐標危亭亭峻趾臨焦原而不
倪誰勁捷而无⿰犭思與國岑而永固非有期乎世祀陽
靈停曜於其表陰祇濛霧於其裏墉城也濬深也洫
城溝也張衡西京
賦曰經城洫堞城上女墻也賈誼曰翟代衛冠俠城堞渓
厓也毛詩云夏屋渠渠又曰既成藐藐尸子曰莒國有石
焦原者廣尋長五十步臨百仞之谿莒國莫敢近也有勇
以見莒子者獨却行齊踵焉所以服莒國也善曰薛綜
西京賦注曰⿰車獻⿰車獻高貌也鶡冠子曰上及太清下及太
寧老子曰有物混成先天地生西都賦曰軼埃壒之混
濁周易曰萬物資始王逸楚辭注曰藐藐遠也說文曰
標末也鄭玄禮記注曰危棟上也西京賦曰狀亭亭以

茖芝說文曰阯基也論語曰慎而无禮則葸𢡃與葸同思子反陽靈天神也甘泉賦曰齊乎陽靈之宮周禮曰掌地祇之禮也苑以玄武陪以幽林繚了垣開囿觀宇相臨碩果灌叢圍木竦尋篁篠懷風蒲陶結陰回淵灌積水深蒹葭贙雚胡官蒻弱森丹藕淩波而的皪緑芰泛濤而浸七心潭以心羽翮頡頏鱗介浮沉棲者擇木雛者擇音若咆步交渤澥與姑餘常鳴鶴而在陰表清籞勤虞箴思國郞志從禽樵蘇往而無忌即鹿縱而匪禁玄武苑在鄴城西苑中有魚梁釣臺竹園蒲陶諸果詩曰集于灌木春秋左氏傳曰鳥則擇木又曰鹿死不擇音皆自得之謂也雛者舉雉兎之類不傷其時况其巨者乎楊雄曰勃澥之鳥淮南子曰軼鶤雞於姑餘易曰鳴鶴在陰其子和之張衡東京賦曰江池清籞虞箴虞人之箴也事見春秋其辭曰芒芒禹跡畫為九州經啓九道人有寢廟

獸有茂草各有攸處德用不擾在帝夷羿冒于原獸忘其國恤思其麀牡武不可重是用不恢于夏家獸臣司原敢告僕夫周易曰即鹿無虞往從禽也孟子齊宣王問曰文王之囿方七十里有諸孟子對曰於傳有之曰若是其大乎荅曰民猶以爲小也曰寡人之囿方四十里民猶以爲大何也荅曰文王之囿方七十里芻蕘者往焉雉兔者往焉與民同之民以爲小不亦宜乎臣始至於境問國之大禁然後敢入臣聞郊關之内有囿方四十里殺其麋鹿者如殺人之罪則是四十里爲阱於國中民以爲大不亦宜乎言樵蘇往而無忌即鹿縱而匪禁者蓋同乎周文之德異乎齊宣之意善曰西都賦曰幽林穹谷西京賦曰繚垣緜連周易曰碩果不食莊子曰見巨木其絜百圍孫子曰水深則回說文曰淵回水也毛詩曰有潅者泉文子曰積水成海說文曰釁分別也胡犬反本草曰藕一名水芝爾雅曰荷芙蕖其根藕此文云夌波而的皪即藕爲徧名非唯根矣的皪光明也上林賦曰的皪江靡鄭玄周禮注曰陵芰也說文曰白濤大波也浸潭漸漬也隨波之貌洞簫賦曰玉液浸潭而承其根毛萇詩傳曰飛而上曰頡飛而下曰頏周禮曰川澤宜鱗物墳衍宜介物鄭玄曰鱗魚龍之屬介龜鼈之屬水居陸生者也漢書音義晉灼曰樵取薪也蘇取草也

腜腜坰野奕奕菑畝甘荼伊蠢芒種斯阜西門溉
其前史起灌其後墱流十二同源異口畜爲屯雲泄爲
行雨水澍粳古衡稌徒五陸蒔稷黍黝黝桑柘油油麻紵均
田畫疇蕃廬錯列薑芋充茂桃李蔭翳音咽叶韻家安其
所而服美自悅邑屋相望武方而隔踰奕世膴膴美也詩云周原膴膴
堇荼如飴爾雅曰田一歲曰菑詩云薄言采芑于此菑
畝周官曰澤草所生種之芒種鄭司農曰芒種稻麥也
今鄴下有十二墱天井堰在城西南分爲十二墱丁鄧切
微子麥秀之歌曰黍苗油油漢制列侯公主田無過三
十頃者其餘各以官次哀帝時董賢賜田猥多王嘉上
疏均田之制從此隳壞疇者界也埒畔際也詩云中田
有廬孟子曰五畝之宅樹之以桑故曰蕃廬錯列老子
曰甘其食美其服樂其俗安其居鄰里相望雞犬之聲
相聞人至老死不相與往來善曰韓詩曰周原腜腜莫
來反毛詩曰奕奕梁山維禹甸之賈逵國語曰阜長也

河渠書曰西門豹引漳水溉鄴以富魏之河內漢書曰史起爲鄴令遂引漳水溉鄴人歌之曰鄴有賢令兮爲史公決漳水兮灌鄴旁終古潟鹵兮生稻粱水陸謂高下之田也二渠之利下則澍生粳稌高則植立稷黍也說文曰澍時雨所以澍生萬物者也之樹反方言曰蒔更也郭璞曰謂更種也時吏切爾雅曰黑謂之黝郭璞曰黝黑貌也聲類曰油油麻肥也莊子曰治邑屋曷嘗不法聖人哉謝承後漢書曰王翁位二千石奕世相襲

內則街衝輻輳朱闕結隅石杠飛梁出控漳渠疏通溝以濱路羅青槐以蔭塗比滄浪平而可濯方步櫚以占而有踰習習冠蓋莘莘所巾蒸徒斑白不提行旅讓衢設官分職營處署居夾之以府寺班之以里閭鄴城內諸街有赤闕黑闕正當東西南北城門最是其通街也石竇橋在宮東其水流入南北里爾雅曰石杠謂之徛郭璞曰石橋音江疏通也魏武帝時堰漳水在鄴西十里名曰漳渠堰東入鄴城經宮中東出南北二溝夾道東行出城所經不竇者也楚辭曰滄浪之水清可以濯

吾纓善曰杜預左氏傳注曰衡交道也齒容反文子曰群臣輻湊李尤德陽殿賦曰朱闕巖巖晉灼漢書注曰飛梁浮道之橋小雅曰控引也步欄長廊也楚辭曰曲屋步欄宜擾畜上林賦曰步欄周流長途中宿蔡雍胡億碑曰祁祁我君習習冠蓋毛萇詩傳曰莘莘衆多也禮記曰斑白者不提挈鄭玄曰雜色曰斑家語曰虞芮二國爭田入文王境行者讓路周禮曰設官分職以爲民極小雅曰班次也

其府寺則位副三事官踰六卿奉常之號大理之名厦屋一揆華屏齊榮肅肅階闥重門再啓師尹爰止毗代作楨當司馬門南出道西最北東向相國府第二南行御史大夫府第三少府卿寺道東最北奉常寺次南大農寺出東掖門正東道南西頭太僕卿寺次中尉寺出東掖門宮東北行北城下東入大理寺宮內大社西郎中令府城南有五營魏武帝爲魏王時太常號奉常廷尉號大理建安十八年始置侍中尚書御史符節謁者郎中令太僕大理大農少府中尉二十一年大理鍾繇爲相國始置太常宗正二十二年以軍師華歆爲御史大夫初置衛尉時武帝爲魏王置相國御史大夫故云位副三事

置卿近九故曰官喻六狎善曰毛詩曰三事大夫莫肯夙夜夏屋已見上注鄭玄禮記注曰畫華也爾雅曰屏謂之樹鄭玄禮記注曰榮屋翼也爾雅曰兩階間曰闕許亮反周易曰重門擊柝說文曰㝫門之闕也毛詩曰赫赫師尹毛萇曰太師周之三公也尹氏爲太師毛詩曰天子是毗又曰王國克生維周之楨毛萇曰禎幹也其閭閻則長壽吉陽永平思忠亦有戚里寘宮之東閈出長者巷苞長壽吉陽永平諸公都護之堂殿居綺牕輿騎朝猥蹀𨂬啟其中思忠四里名也長壽吉陽二里在宮東中當石竇吉陽南入長壽北入皆貴里都護者將軍曹淵也漢書萬石君傳曰徙其家長安戚里以姊爲美人故善曰古詩云交疏結綺窻廣雅曰猥衆也烏罪反聲類曰蹀躡也徒協反說文曰啟匽也立知反營客館以周坊飾賓侶之所集瑋豐樓之閈閎起建安而首立葺牆幂室房廡雜襲剞居綺劂罔掇匠斲積習廣成之傳無以疇槀街之邸不能及鄴城南有都亭

城東亦有都道北有大邸起樓門臨道建安中所立也古者重客館故舉年號也春秋左傳曰高其閈閎繕完葺墻以待賓客圬人以時冪館宮室子產曰僑聞文公之爲盟主也宮室卑庳以崇大諸侯之館館如公寢爾雅曰閎巷門也一曰閎門中所從出入也葺覆也圬人塗人也冪墁也館宮室諸侯傳也史記藺相如奉璧西入秦秦舍相如廣城傳善曰說文曰廡堂下周屋也許慎淮南子注曰剞劂曲刀也劂九月反鄭玄論語注曰輟止綴古字通張晏漢書注曰疇等也漢書曰郅支首懸槀街蠻夷邸間晉灼曰黃圖在長安城內也

廓三市而開廛籍平逵而九達班列肆以兼羅設闤闠以襟帶濟有無之常偏距日中而畢會抗旗亭之嶢嶭五結侈所覜之博大周禮大市日昃而市朝市朝時而市夕市日夕而市此三市之謂也逵已見上章傳曰逵市在逵之上易曰日中爲市致天下之人聚天下之貨交易而退各得其所善曰有無謂貨物之多少也二者常偏此能濟之也孟子曰古之爲市也以其所有易其所無西京賦注曰旗亭市樓也嶢嶭高峻之

貌爾雅曰覞視也他吊反百隧轂擊連軫萬貫憑軾捶馬袖幕紛半壹八方而混同極風采之異觀質劑子遺平而交易刀布貿而無筭軾車横覆膝人所憑也周官曰聽賣買以質劑又曰以質劑結信而止訟鄭玄曰質劑謂兩書一札而別之也若今下手書保物要還矣質大賈也劑小賈也刀布錢刀之謂荀卿書曰省刀布之斂善曰西京賦曰俯察百隧史記蘇秦曰臨菑之塗車轂擊人肩摩連衽成帷舉袂成幕左傳曰楚子王謂晉侯曰君憑軾而觀之說文曰捶擊也河圖龍文曰八方歸德淮南子曰釆俗者所以一羣生之短脩明九夷之風釆高誘曰風俗釆事也財以工化賄以商通難得之貨此則弗容器周用而長務物背窳而就攻不鬻邪而豫賈古著馴風之醇醲周官曰百工飭貨八材商賈阜通貨賄漢書貨殖傳曰桓文之後禮義大壞上下相冒於是商通難得之貨工作無用之器攻者堅也詩曰我車既攻通物曰商居賣曰賈禮記王制曰器用不中度不鬻於市布帛精麤不中數幅廣狹不中量

不鬻於市姦色亂正色不鬻於市禽獸魚鱉不中殺不鬻於市此皆不鬻邪之義史記曰子産治鄭不鬻賈周官曰平肆展成鄭玄曰展整也成平也市者使定物賈防誑豫也善曰廣雅曰財貨也財與材古字通爾雅曰賄財也廣雅曰長常也言常習之史記曰舜居河濱器不苦窳晉灼曰窳病也餘乳反淮南子曰黄帝治天下市不豫賈周易曰駉致其道仲長子昌言曰淑清穆和之風既宣醇醲之化既浹孔安國尚書傳曰醇粹也說文曰醲厚酒也女龍切優渥然以酒之醲以喻政厚也白藏平之藏去富有無隄同賑大內控引世資賨幏積墆琛幣充牣仞關石之所和鈞財賦之所厎慎燕弧盈庫而委勁冀馬填廄救而駔駿白藏庫在西城下有屋一百七十四間爾雅曰秋爲白藏因以爲名也大內京邑都內寶藏也漢書淮南王安上疏曰越人貢財之奉不輸大內食貨志曰或墆財夏書曰關石和鈞王府則有此夏之逸書禹貢曰庶土交正厎慎財賦咸則三壤鄴城西下有乘黃廄燕幽州也弧弓也爾雅曰北方之美者有幽都之筋角焉春秋左傳曰冀之北土馬之所生善曰周

易曰富有之謂大業漢書東方朔曰不足以危無隄之興蘇林曰隄限也爾雅曰賑富也風俗通曰桀紂之後輸布一四二丈是謂賨布廪君之巴氏出嫁布八丈賨在宗反嫁音稼墆音滯賈逵國語注曰闗通也鄭玄儀禮注曰和調也孔安國尚書傳曰金鐵曰石供民器用通之便和平子虛賦曰充仞其中說文曰駔壯馬也子朗反

至乎勍敵糾紛庶士罔寧聖武興言將曜威靈介冑重襲旍旗躍莖弓珧以焦解檠巨景子鋋飄英三屬之甲縵莫韓胡之纓控絃簡發妙擬更平嬴建安十九年五月立魏公位諸侯王上赤紱遠遊冠二十一年進爵為王二十二年得設天子旍旗出警入蹕賜朱冠冕十二旒金根車駕六馬建太常設五時副車爾雅曰弓以蜃者謂之珧蜃骨也檠弓柙也詩云二矛重英漢書刑法志曰魏氏武卒衣三屬之甲趙惠文王好劍劍士夾門而客者三千人趙太子悝謂莊周曰吾王所見劍士皆蓬頭突鬢垂冠縵胡之纓短後之衣瞋目而語難者王乃悅之戰國策更嬴謂魏王曰臣能虛發而下鴈魏王曰然則射可至於此乎更嬴

曰可有鴈從南方來更羸虛發而鴈下善曰左氏傳曰子魚曰勍敵之人隘而不成列杜預曰勍強也尚書曰庶士交正毛詩曰庶士有揭又曰興言出宿長楊賦曰以露威靈金匱曰良弓非勍檠不張說文曰鋋小矛史記曰冒頓自立為單于控弦之士三十萬班固漢書李廣述曰控弦貫石威動北鄰爾雅曰簡擇也謂擇處而發也齊被練而銛息廉戈襲偏裻以讀會列畢出征而中律執奇正以四代碩畫精通目無匪制推鋒積紀鋌氣彌銳三接三捷既晝亦月剋翦方命否滅咆白交烋虛交雲撤叛換席卷虔劉祲子鴆威八紘荒阻率由洗兵海島刷馬江洲振旅輷輷反旆悠悠凱歸同飲踈賞普疇朝無冠五官印國無費留

春秋左傳曰被練三千馬融曰練為田裘史記蘇代曰強弩在前銛戈在後司馬法曰師多則讀孫武曰奇正還相生若環之無端莊子曰庖丁為文惠君屠牛手之所觸莫不中音合於桑林之舞文君曰善哉技庖丁對曰

臣好者道進乎技矣臣始解牛時所見無非牛者三年之後未
嘗見全牛也今臣以神遇而不以目視也良庖歲更刀割也族
庖月更刀折也今臣刀十九年矣所解數千牛也而刀刃若新
發於硎若彼節者有間而刀刃者無厚以無厚入有間恢乎其
於遊刃必有餘地矣文君曰善吾聞丁之言得養生焉一紀十
二年推鋒積紀謂魏武帝從初平元年起兵至建安二十五年
軍無不尅抑亦庖丁用刀十九年之義也孫武曰避其銳氣謂
銳氣之利甚於鋒刃也易曰晉康侯用錫馬蕃庶晝日三接詩
云一月三捷既晝亦月者蓋取其頻繁之數或日或月也方
命放棄王命也尚書曰咈哉方命尅翦方命者謂始起兵誅
董卓之首亂漢室也咆烋猶咆哮也自矜健之貌也詩云咆
烋于中國呑滅咆烋者虓黠韓暹楊奉之專用王命也叛換
猶恣睢也漢書曰項氏叛換雲撤換叛者謂討破袁紹猶勝
項羽也虔劉殺也春秋左傳呂相絕秦曰虔劉我邊陲席卷
虔劉者謂擒呂布於徐州尅袁術於楊州平韓約馬超於雍
州降劉表於荊州之屬也祲威八紘荒阻率由者謂壯羈單于
于白屋東懷孫權於吳會西攝劉備於巴蜀也硎小嘗也司馬
相如梨賦曰唰嗽其漿史記蘇秦曰輷輷軯軯若三軍之衆
穀梁傳曰入曰振旅兵事以嚴終也春秋左傳曰凡公行告
於宗廟反行飲至漢書曰疏爵而貴之疏爵普疇疇其爵邑

者刓印印角刓也韓信傳曰項王有功當封爵印刓忍不能
與孫子兵法曰戰勝而不脩其賞者凶命曰費留善曰國語
曰公使申生代東山韋昭注曰東山皐落氏也衣之偏裻之衣
韋昭注曰裻在中左右異故曰偏裻音督說文曰讀列中止
也然讀列或止或列周易曰師出以律漢書揚雄上疏曰石
晝之臣甚衆史記曰秦穆公與晉惠公戰於韓地秦人見穆
公窘亦皆推鋒爭死尚書曰方命圮族春秋感精符申楚圖
宋更相吞滅春秋推誠圖曰諸侯氷散席卷各爭恣妄西都
賦曰祲威盛容淮南子曰八澤之外乃有八紘尚書曰率由
典常以藩王室魏武兵接要曰大將將行雨濡衣冠是謂洗
兵刷猶飲也所劣切劉劭七華曰漱馬河源遊目崑崙蒼頡
篇曰輪輷衆車聲也呼萌切今爲輷字音田毛詩曰悠悠旆
旍魏武孫子注曰賞
不以時但留費也喪亂既弭而能宴武人歸獸而去戰蕭斧
戢柯以柙刃虹旍攝麾以就卷斟洪範酌典憲觀所恒通其變
上垂拱而司契下緣督而自勸道來斯貴利往則賤固圉寂
寥京庾流衍尚書曰往代歸獸栢譚新論雍門周說孟嘗君曰以強秦
之勢代弱燕譬猶磨蕭斧以伐朝菌也馬融廣成頌曰建

雄虹之長旍洪範箕子陳政術之篇也易曰觀其所恒而天地萬物之情可見矣又曰通其變使人不倦老子曰聖人執左契而不責於人有德司契無德司徹善曰毛詩曰喪亂既平周公攝政弘化明亂用武法曰以戰去戰雖戰可也押胡甲反尚書曰垂拱而天下治莊子曰緣督以為經可以保身可以全生司馬彪曰緣順也督中也順守道中以為常也禮記曰仲春省囹圄文子曰法寬刑緩囹圄空虛毛詩曰曾孫之庾如坻如京鄭玄曰庾露積穀也

於時東鯷即序西傾順軌荆南懷𢡟惠朔北思韙偉緜緜迥塗驟山驟水襁負賮贄重譯貢篚𩭰首之豪鐻耳之傑服其荒服斂衽而審魏闕置酒文昌高張宿設其夜未遽庭燎晰晰有客祁祁載華載𦓖入声協韻岌岌冠縰所綺纍纍呂追辮髮清酤戶如濟濁醪如河涷醴豆流澌息茲醖酎踵波豐沛有衍衍行庖皤皤愔愔醧一據讌酣湑無譁呼瓜反地理志曰會

稽海外有東鯷人分爲二十餘國以歲時獻見尚書禹貢曰
織皮西傾因桓是來織皮西戎國也懐順也司馬相如封禪
書曰義征不憓淮南子曰三苗髽首贛禮贄也周官曰九州
之外謂之藩國世一見各以其所貴寶爲贄孟子曰將有遠
行行者必以賮蒼頡篇曰賮財貨也建安二十一年匈奴南
單于呼廚泉將其名王大人來朝待以客禮張衡南都賦
曰九醞甘醴十旬兼清蘇秦曰齊有清濟濁河楚辭小招魂
曰挫糟凍飲酎清涼王逸曰凍冷也酎三重醸醇酒也韓詩
云賓爾籩豆飲酒之醧能者飲不能者已謂之醧許氏曰醧
酒美也善曰尚書曰西戎即序尸子曰荆者非無東西也而
謂之南其南者多也杜預左氏傳注曰韙是也論語曰襁負
其子慱物志曰織縷爲之以約小兒於背上尚書曰厥貢漆
絲厥篚織文山海經曰青要之山䰠武羅司之穿耳以鐻
郭璞曰鐻金銀之器名䰠音神鐻音渠漢書曰高張四縣
晉灼曰樂四縣也周禮曰凡樂事宿縣毛詩曰夜未央鄭
玄曰未渠央也毛詩曰庭燎晣晣又曰采蘩祁祁楚辭曰
高余冠之岌岌鄭玄禮記注曰纚今之幘也纚與縰同漢
書曰諸侯纍纍從楚又終軍曰解辮髮削左衽毛詩曰旣
載清酤說文曰凘流氷也周易曰鴻漸于磐飲食衎衎王
肅曰衎衎寬饒之貌也 皤皤豐多貌韓詩曰愔愔夜飲

薛君曰愔愔和悅之貌也孔安國尚書傳曰樂酒曰酣毛詩曰迨我暇矣飲此湑矣毛詩曰湑莤也鄭玄曰沛莤之也一曰湑樂也醧乙據反

延廣樂奏九成冠韶夏冒六莖傮響起疑震霆天宇駭地廬驚億若大帝之所興作二嬴之所曾聆

善曰賈逵國語注曰延陳也尚書曰蕭韶九成鳳凰來儀樂動聲儀曰帝嚳樂曰六英■顓頊曰五莖舜曰大韶禹曰大夏宋衷曰六英能爲天地四時六合也五莖能爲五行之道立根本也漢書曰顓頊作六莖夏大承二帝也韶繼堯也曹與曹古字通西京賦曰大帝說秦穆公而覲之響以鈞天廣樂史記曰趙簡子病扁鵲視之曰昔秦穆公嘗如此七日而寤寤之日告公孫支曰我之帝所甚樂帝告我晉國且大亂今主君之疾與之同二日簡子寤曰我之帝所甚樂與百神遊於鈞天廣樂九奏萬舞不類三代之樂又曰趙氏之先與秦同祖然則秦趙同姓故曰二嬴也傅雅曰聆聽也

金石絲竹之恒韻匏土革木之常調干戚羽旄之飾好去清謳微吟之要妙世業之所日用耳目之

所聞覺雜糅紛錯兼該泛博鞮鞻所掌之音韎邁昧任而金禁金之曲以娛四夷之君以睦八荒之俗鞮鞻周掌樂官名也周官鞮鞻氏掌四夷之樂與其聲歌韓詩內傳曰王者舞六代之樂舞四夷之樂大德廣之所及善曰周禮曰播之以八音金石土革絲木匏竹禮記曰干戚羽旄謂之樂鄭玄曰干盾也戚斧也武舞所執羽翟羽也旄旄牛尾文舞所執魏文帝樂府曰短歌微吟不能長孔叢子曰世業不替周易曰百姓日用而不知鄭玄周禮注曰鞮鞻四夷舞者屝也鞮都泥反鞻俱具反毛萇詩傳曰東夷之樂曰韎孝經鉤命決曰東夷曰昧南夷曰任西夷之樂曰株離北夷之樂曰禁然韎昧皆東夷之樂而重用之疑悞也甘泉賦曰八荒協兮萬國諧既苗既狩爰遊爰豫藉田以禮動大閱以義舉備法駕理秋御顯文武之壯觀邁梁騶之所著夏獵曰苗冬獵曰狩建安二十一年三月魏武帝親耕籍田于鄴城東建安二十二年十月甲午治兵上親執金鼓以詔進退大閱講武也魯詩傳

曰古有梁騶梁騶天子獵之田曲也善曰孟子夏諺曰吾王不遊吾何以休吾王不豫吾何以助一遊一豫爲諸侯度禮記曰天子爲藉田千畝公羊傳曰大閱者何簡車馬也蔡邕獨斷曰天子有法駕莊子曰尹需學御三年而無所得夜夢受秋駕於其師明日往朝其師其師望而謂之曰吾非獨愛道也恐子之未可與也今將教子以秋駕司馬彪曰秋駕法駕也史記曰此天下之壯觀也林不槎枿澤不伐夭斧斨以時罾罘以道德連木理仁挺芝草皓獸爲之育藪丹魚爲之生沼矞雲翔龍澤馬于皐山圖其石川形其寶莫黑匪烏三趾而來儀莫赤匪狐九尾而自擾嘉穎離合以蕁蕁醴泉涌流而浩浩顯禎祥以曲成固觸物而兼造蓋亦明靈之所酬酢休徵之所偉兆草木未成曰夭斨方銎斧也詩曰取彼斧斨以伐遠揚延康元年木連理芝草生於樂平郡白鹿白麐見於郡國赤魚見於太原郡黃初元年十一月黃龍高四五丈出雲中張口正赤矞雲者外赤內青也揚雄太玄經曰紫霓矞雲澤馬見於上黨郡瑞石靈圖出於張掖之柳谷始見於建安形成於黃初又備於太和周圍七尋中

高一仞旁厚一里蒼質素章龍馬鳳凰仙人之象粲然盛著是以有魏
詩雲鳥之書黃初二年醴泉出河内郡玉璧一枚延康元年三足烏九
尾狐見於郡國嘉禾生醴泉出易曰顯道而神德行是故可與酬酢可
與佑神矣賓主俱飲主人先舉名曰酬客酌主人酒名曰酢酢者報也
行道德宇神明而祥瑞皆至此蓋明靈感應之理其與人事交報之義
也故曰蓋亦明靈酬酢也善曰國語里革曰山不槎蘖澤不伐夭槎士
雅切蘖五割切夭烏老切麑七羊切罾子能切文子曰鷹隼未擊羅網
不得張谷草木未落斤斧不得入山林孝經援神契曰德至草木則木
連理古瑞命記曰王者慈仁則芝草生說文曰亍步也丑亦反毛詩曰
莫赤匪狐莫黑匪烏尚書曰鳳凰來儀應劭漢書曰擾音擾馴也說文
曰穎穗也蕈茂盛貌尹本切蒼頡篇曰禎善也周易曰曲成萬物旼
而不遺尚書有休徵孔安國曰庥美行之驗也說文曰偉大也旼
率土遷善罔匱沐浴福應宅心醰徒南粹餘糧栖畝而弗收
頌聲載路而洋溢河洛開奧符命用出翩翩黃鳥銜書
來訊叶韻音悉人謀所尊鬼謀所秩劉宗委馭巽其神器闚玉策
於金縢案圖籙於石室考曆數之所在察五德之所莅量寸

旬消吉日陟中壇即帝位改正朔易服色繼絶世脩廢職徽
幟以變器械以華顯仁昭明藏用玄默菲言厚行陶化染學
讎校篆籀篇章畢覿優賢著於揚歷匪孽形於親戚河洛開輿
河出圖洛出書也黄初元年黄鳥銜丹書書見河尚臺易曰人謀鬼謀百姓
與能玉策玉牒也尚書曰納策于金縢縢緘也揚雄遺劉歆書曰得觀書於
石室莅臨也詩曰方叔莅上司馬法曰明不寶咫尺之玉而愛寸陰之旬旬時也禮記
曰聖人南面而治天下改正朔易服色殊徽號異器械易曰顯諸仁藏諸用讎校所爲
讎校者也魏文帝好書作皇覽諸文章辭藻多奏御故曰讎校尚書盤庚曰優賢揚
歷歷試也善曰封禪書曰旼旼穆穆周易曰君子見善則遷有過必改史記太史公
曰成王作頌沐浴膏澤尚書曰宅山阜猥積譚美也廣雅曰粹純也淮南子曰昔容
成之時置餘糧於畝首蔡雍胡廣碑曰餘糧栖于畝畝公羊傳曰古者什一而籍而
頌聲作矣毛詩曰厥聲載路毛萇曰路大也七略曰鄒子有終始五德從所不勝木
德繼之金德次之火德次之水德次之魏志曰文帝諱丕字子桓武帝太子爲魏王
漢帝以衆望在魏遂禪位乃爲壇於繁陽王升壇即阼改元爲黄初尚書曰將遜于
位遜與巽同消擇也古玄切淮南子曰君人之道儼然玄墨馬融論語注曰菲薄也論
語曰君子薄於言而厚於行風俗通曰案劉向别録讎校一人讀書校其上下
得繆誤爲校一人持本一人讀書若怨家相對漢書音義曰周宣王太史大篆

也藴音胄漢書晁錯曰今陛下不孽諸侯應劭曰援之以禮不以庶孽畜之也本枝別幹蕃屏皇家勇若任城才若東阿抗旍則威噞秋霜摛翰則華縱春葩英喆知列雄豪佐命帝室相兼二八將猛四七赫赫震震開務有謚故令斯民覩泰階之平可比屋而為一建安二十三年代郡烏丸反魏武帝以鄢陵侯彰為北中郎將行驍騎將軍入涿郡界叛胡數千騎卒至彰唯有步卒千人騎數百疋身自搏戰追胡大破之斬首五千餘級二八者八元八凱也四七者漢光武二十八將也黃帝泰階六符經曰泰階者天之三階也上階上星為天子下星為女主中階上星為諸侯三公下星為卿大夫下階上星為元士下星為庶人三階平則陰陽和風雨時歲大登民人息天下平是謂太平善曰毛詩曰本支百世說文曰幹本也左氏傳富辰曰封建懿親以蕃屏周蔡邕述行賦曰皇家赫而天居彰後為任城王植為東阿王漢書終軍曰驃騎抗旌昆耶左衽顩猶猛也魚瞻反荀悅申鑒曰人主怒如秋霜荅賓戲曰摛藻如春華易乾鑿度曰代者赤兊黃佐命應劭漢官儀曰帝室猶古言王室毛詩曰赫赫師尹周易曰夫易開物成務爾雅曰謚靜也音密尚書大傳曰周人可比屋而封筭祀有紀天禄有終傳業禪祚高謝萬邦皇

恩綽矣帝德冲矣讓其天下臣至公矣榮操行之獨得
超百王之庸庸追亘卷領與結繩睠留重華而比蹤尊
盧赫胥羲農及有熊雖自以爲道洪化以爲隆世篤玄
同奚遽不能與之踵武而齊其風淮南子曰古者有瞀而卷領以王天下其
爲德生而不殺莊周曰昔者軒轅氏赫胥氏尊盧氏虙
戲神農氏當是時人結繩而用之若此之時則至治也
黃帝一號有熊氏踵繼也武迹也楚辭曰及前王踵之
武善曰幽通賦曰旦筭祀于契龜音義曰筭數也尚書
曰天祿永終王逸楚辭注曰謝去也西京賦曰皇恩溥
尚書曰帝德廣運老子曰大滿若冲字書曰冲虛也魏志
曰陳留王奐即皇帝位後禪位于晉嗣王魏世譜曰魏
封帝爲陳留王臣至公謂帝爲臣於晉至公之道也仲
長子昌言曰人主臨之以至公司馬相如弔二世文曰
操行之不得班固曰漢承百王之弊馮衍顯志賦曰非
庸庸之所識庸謂凡常無奇異也史記曰舜字重華高
誘淮南子注曰隆盛也老子曰知者不言言者不知是

六臣　文六　二三　王用

謂玄同韓子曰雖厚愛之奚遽不亂是故料聊其建國析其法度諮其考室議其舉厝復之而無斁申之而有裕非疏糲魯葛之士所能精非鄙俚之言所能具詩云斯干宣王考室也疏糲麤也韓非曰糲糧之飲黎藿之羹斁猒也漢書司馬遷傳曰質而不俚俚鄙也善曰說文曰析量也爾雅曰諮謀也陳琳檄吳將校曰豈輕舉厝也哉毛詩曰無斁於人斯又曰綽綽有裕至於山川之倬詭物產之魁殊或名奇而見稱或實異而可書生生之所常厚洵美之所不渝其中則有鴛鴦交谷虎澗龍山掘鯉之淀蓋節之淵狋狋精衛銜木償怨常山平干鉅鹿河間列真非一往往出焉昌容練色犢配眉連玄俗無影木羽偶仙琴高沉水而不濡時乘赤鯉而周旋師門使火以

騐術故將去而林燔老子曰人之輕死以其生生之厚也謂適生生之情以自厚也鴐鵞水在南和縣西交谷水在鄴南虎澗在鄴西南龍山在廣平沙縣掘鯉淀在河間莫縣之西淀者如淵而淺也蓋節淵在平原鬲縣北山海經曰發鳩之山有鳥狀如烏而文首白喙赤足名曰精衛赤帝之女名曰女娃女娃遊於海溺而不反精衛常取西山之木石以堙東海焉列眞謂列仙也列仙傳昌容者常山道人也自稱殷王女食蓬累根二百餘年而顏色如年二十人故曰練色犢子者鄴人也時壯時老時好時醜乃知其仙人也陽都女者生而連眉耳細而長衆以爲異俗皆言此天人也會犢子來過都女都女悅之遂留相奉待出門共牽犢耳而走莫能追之玄俗者自言河間人也餌巴豆雲英賣藥於市七丸一錢治百病王病瘕服藥用下蛇十餘頭王家老舍人自言父甘見俗俗形無影王呼俗著日中實無影河間故趙也文帝三年以爲國木羽者鉅鹿南和人也母貧賤常助產婦兒生自下要母母大怖暮夢見大冠赤幘守兒言此兒司命君也當報汝恩使子與木羽俱仙母陰信識之後兒生字之爲木羽兒至年十五夜有車馬來迎之呼木羽木羽爲我御來遂俱

七百四十九

去琴高者趙人也浮游冀州二百餘年後辭入碭水中取龍子與諸弟子期期曰皆絜齊待於傍設屋祠果乘赤鯉來出坐祠中留一月復入水去師門者嘯父弟子亦能使火爲孔甲龍師孔甲不能修其心意殺而埋之外野一旦風雨迎之訖則山木皆燔孔甲祠而禱之未還而道死嘯父冀州人也在曲周市上曲周屬廣平郡漢武帝征和二年嘗爲平干國故曰常山平干也師門者本嘯父弟子故附冀州善曰廣雅曰倬絕也薛綜西京賦注曰詭異也王逸楚辭注曰魁大也鄭玄周禮注曰生猶養也劉瓛周易義曰自無出有曰生毛詩曰洵美且仁鄭玄曰洵信也毛詩曰舍命不渝毛萇曰渝變也淀音蝦說文曰翄亦翅字翼翅也叔敱反今音秖翄翄飛貌也馮衍爵銘曰壽配列真劉歆移曰天下衆書往往頗出左傳太史剋曰奉以周旋

易陽壯容衛之稚質邯鄲躧步趙之鳴瑟真定之梨故安之栗醇酎中山流湎千日淇洹之筍信都之棗雍丘之粱清流之稻錦繡襄邑羅綺朝歌緜纊房子縑總清河若此

之屬繁富夥禍夠古侯非可單究是以抑而未罄也枚乘兎園賦曰易陽之容淮南子曰綦之幼女衛之稚質史遷記曰趙中山鼓鳴瑟跕躧真定屬中山郡出御黎故安屬范陽出御粟楊雄幽州箴曰蕩蕩幽州惟冀之別禹貢無幽州故安今見屬中山郡中山出好酎酒其俗傳玄昔有人曰玄石者從中山酒家酤酒酒家與之千日之酒語其節度比歸數百里可至於醉如其言飲之至家而醉其家不知其醉以爲死也棺斂而葬之中山酒家計向千日憶曰玄石前來酤酒其醉向解也遂往問其鄰人曰玄石死來三年服已闋矣於是與其家至玄石冢上揺而開其棺玄石於是醉始解起於棺中其俗語曰玄石飲酒一醉千日信都屬安平出御棗雍丘屬陳留也地理志曰魏參之分野南有陳留栢祗曰雍丘之糧清流鄴西出御稻襄邑屬陳留舊有服官中都賦曰朝歌羅綺又房子出御綿清河出縑總清河一名甘陵也善曰漢書音義臣瓚曰跕爲躧跕鄭牒反躧所解反薛君韓詩章句曰均衆謂之流開門不出容謂之洄淇園已見上文杜預左氏傳注曰水出洹汲郡汲即衛地也洹或爲園洹音垣孔安國尚書傳曰纊細緜廣雅曰總絹也

廣雅曰夠多也蓋比物以錯辭述清都之閑麗雖選言以簡章徒九復而遺育覽大易與春秋判殊隱而一致末上林之隤墻本前脩以作系胡計切逸詩九變復貫知言之選擇來比物謂屬變而還復舊貫則知言之選擇來比物錯辭物土之敘也屈原遠遊曰造句始觀清都言雖選言簡章徒至九復而猶遺其精育也春秋推見以至隱易本隱以之顯所言雖殊其合德一也故曰末上林之隤墻本前脩以作系也前脩謂前賢也離騷攙吾法夫前脩司馬相如上林賦曰頹墻填壍使山澤之人得至楊雄羽獵賦後曰放雉兎收罝罘與百姓共之亂者理也傳曰有亂臣十人此皆二賦以其後居正之義理其前過甚之事也張衡東京賦曰相如壯上林之觀楊雄騁羽獵之辭雖系以隤墻填壍亂以收其罝罘卒無補於風規蓋易有系辭之義而以本於前脩以為系亂之意也系者亂也且易之系述而辨至於相如初壯上林之觀後說隤墻之事首尾相副非本系辭之流也而張衡云系以隤墻謂為系辭同音於義有未安焉諸文賦之後亂者與本絕

於隤墻收置罘雖不與本文絶義張氏同諸系辭之別可知之善曰韓子曰述類比物列于曰周穆王豐及化人之宮王以爲清都紫微班固漢書司馬相如贊文曰推見至隱言大易春秋隱顯殊而合德若一故觀覽而法則之上林則類墻塡塹舞本前修而作系所謂勸百而諷一故輕末而鄙賦

其軍容弗犯信其果毅糾華綏戎以戴公室元勳配管敬之績歌鍾析邦君之肆則魏絳之賢有令聞也

國語曰鄭伯納女樂二八歌鍾二肆公錫魏絳女樂一八歌鍾一肆曰子教寡人和戎狄而政諸華於今八年七合諸侯寡人無不得志與子共之管敬仲相桓公九合諸侯魏絳輔晉悼公七合諸侯故謂之元勳配管敬之績也悼公得二肆而賜魏絳一肆故諸侯歌鍾析邦君之肆也善曰司馬法曰古者國容不入軍軍容不入國禮記曰介胄有不可犯鄭玄禮記注曰信讀如屈伸之伸假借字也左氏傳君子曰殺敵爲果致果爲毅班固漢書述曰大祖元勳啓立輔臣毛詩曰令問令望

閑居隘巷室邇心遐富仁寵義職競弗羅千乘

為之軾廬諸侯為之止戈則干木之德自解紛也呂氏
春秋
曰段干木者魏文侯敬之過其廬而軾之其僕曰干木
布衣耳而君軾其廬不亦過乎文侯曰干木不趣俗役
懷君子之道隱處窮巷聲馳千里之外未肯以已易寡
人也寡人光乎勢干木富於義勢不如德尊財不如義
爲吾安敢不軾乎秦欲攻魏而司馬庾諫曰段干木賢
者而魏禮之天下皆聞無乃不可加乎兵秦君以為然乃
止工木寂然不競於俗故曰職競弗羅也逸詩云兆云
謅多職競弗羅善曰漢書曰司馬相如稱疾閒居毛詩
曰誕寘之隘巷又曰其室
則邇老子曰解其紛也貴非吾尊重士踰山親御監
門嗛嗛同軒掆女
格秦起趙威振八蕃則信陵之名若蘭
芬也史記曰魏有隱士曰侯嬴年七十家貧為大梁夷
門監者公子方置酒大會賓客坐定從車騎虛左自
迎侯生秦兵圍邯鄲公子姊為平原君夫人平原使使
讓公子公子數請王及賓客辯士說王萬端王畏秦終
不聽公子公子用侯生策使朱亥椎殺將軍晉鄙而奪
兵卒進擊秦軍秦軍解去邯鄲遂存秦兵伐魏公子駕

歸救魏王魏王以上將授公子公子使徧告諸侯諸侯各進兵救魏公子率五國之兵破秦至函谷關秦兵不敢出當是之時公子威振天下善曰史記曰侯生直上載欲以觀公子公子執轡愈恭然親御謂身自爲御也監門即侯嬴也周易曰謙謙君子卑以自牧嗛古謙字說文曰撝按也

英辯榮枯能濟其厄位加將相窒知逸隙之策西海齊鋒一口所敵張儀張祿亦足云也

史記張儀者魏人也始嘗與蘇秦俱事鬼谷先生學術蘇秦自以不及張儀儀以學而遊說諸侯嘗從楚相飲楚相亡璧楚相門下意張儀曰儀貧無行此必盜相君璧共執儀掠笞數百不服釋之張儀相秦使於諸侯皆說之散其合從之謀秦封儀爲武信君爲秦將取陜築上郡塞范雎者魏人也遊說欲事魏王家貧無以自資乃事魏中大夫須賈賈怨范雎以告魏將魏齊笞擊折脅摺齒雎佯死即盛以簀中范雎謂守者曰公能出我我必厚謝公守者乃請棄簀中死人遂伏匿更名張祿先生隨秦謁者王稽入秦謂昭王曰臣居山東時聞齊有田單而不聞其有王也聞秦有太后穰侯不聞其有王也今太后擅行不顧穰侯出使不報華陽涇陽專斷不請四貴

備而國不危者未之有也昭王懼乃疑穰侯收其印而相張
祿為應侯應侯之相秦蔡澤說曰今君相秦計不下席謀不
出廊廟坐制諸侯六國不得合從使天下皆畏秦也善曰曹
植輔臣論曰英辯博通張升反論曰啞枯則冬榮解嘲曰室
隙蹈瑕而無所屈也摧惟庸蜀與鴝鵒同巢句吳與鼃黽同穴
善曰許慎淮南子注曰摧揚摧略也尚書曰及庸蜀人
孔安國曰庸在江漢之南左氏傳曰鸜鵒袾袾鸜具瑜
反袾音誅世本曰吳孰姑徙句吳注孰姑壽夢也句吳
太伯始所居地名句吳句音溝說文曰鼃蝦蟇也胡媧
反鄭玄周禮注曰黽蝦蟇屬也黽莫耿切一自以為禽鳥一自以為魚鼈善曰
漢賈捐之上書曰駱越之人譬猶魚鼈何足貪也山阜
鍾會蒭蕘論曰吳之玩水若魚鼈蜀之便山若禽獸
猥積而踦嶇泉流迸集而咉咽隰壤瀸漏而沮洳
林藪石留力又而蕪穢山阜猥積蜀也泉流迸集吳也戰
國策段規謂韓王曰分地必取成
皐韓王曰成皐石留之地無所用之也石留之地踰上
地多石猶人物之有留結也一曰壤瀸而石也或作溜

字善曰廣雅曰踦䮒傾側也字書曰迸散走也映咽流不通
也映烏朗反公羊傳曰瀸者何漬也作廉反周易曰甕敝漏
然涌猶淊也淊所禁反毛詩曰彼汾沮洳毛
萇曰沮洳其漸洳也漢書揚惲曰蕪穢不治
窮岫泄雲日月
恒翳宅土熇暑封疆障癘吳蜀皆暑濕其南皆有瘴氣
善曰泄猶出也埤蒼曰熇熱
貌許妖切蔡莽螫適刺力剳昆蟲毒噬蔡莽螫刺多毒草也昆蟲
毒噬蝮蛇䲹鳥之屬也善
曰王逸楚辭注曰蔡草莽也方言曰莽草也南楚曰莽鄭玄禮記
注曰昆明也明蟲者陽而生陰而藏詩序曰文王德及鳥獸昆蟲
漢罪
流禦秦餘徙帑揚雄蜀都賦曰秦漢之徙充以山東貨
殖傳曰秦破趙遷卓氏於蜀漢時曰
南比景合浦九真亦皆有徙者息夫躬孫寵之屬焉善
曰左氏傳舜流四凶族以禦螭魅廣雅曰帑餘也力制
反
胥貌蕞罪陋稟質遳脆蔣衛巷無杼直呂首里罕耆耋地理
志曰江南卑濕丈夫多夭巴蜀輕易淫泆柔弱褊阸漢
書曰人胥天地之貌方言曰燕記曰豐人杼首杼首長首
也燕謂之杼交益之人率皆弱陋故曰無杼首也善曰
左氏傳曰蕞爾小國杜預曰蕞爾小貌也廣雅曰質軀

也遂亦脆也七戈反說文曰脆少耎易斷也左氏傳
曰王使宰孔謂齊侯曰伯舅耋老杜預曰七十曰耋或
魋直追髻而左言或鏤膚而鑽髮或明發而嫿歌或浮泳
而卒歲揚雄蜀記曰蜀之先代人椎結左語不曉文字
嫿謳歌巴土人歌也何晏曰巴子謳歌相引牽連
手而跳歌也潛行為泳詩曰漢之廣矣不可泳思善曰
漢書淮南王曰越鬋髮文身之人張揖以為古剪字也
子踐反文身即鏤膚也毛詩曰明發不寐爾雅曰嫿嫿
契契愈遐急也郭璞曰喊役不均賢人憂歎遠急切也
佻或作嫿音葦苕一音徒
了反毛詩曰何以卒歲風俗以韰果為嫿人物以戕害
為藝善曰揚雄反騷曰何文肆而質韰應劭曰韰狹也
下介切方言曰慄勇也果與慄古字通說文曰嫿
靜好也音畫左氏傳曰自內害
其君曰殺自外曰戕七良反威儀所不攝憲章所不
綴禮記曰孔子憲章文武善曰毛詩曰明友
攸攝攝以威儀賈逵國語注曰綴連也由重山之
束阨烏介因長川之裾勢距遠關以闚闠俞時高櫟

而陛制重山束阨謂蜀也長川袑勢謂吳也漢書曰形束壤制善曰束扼拘束其民白於湫厄也据勢依据川之形勢也闚關望尊位也陛制亦以高攀之陛而能約制其民也漢書音義曰其土地形勢足以束制其人也据古據字九御切薄戍綿冪無異蛛蝥之網弱卒瑣甲無異螳蜋之衛善曰綿冪微貌呂氏春秋湯祝曰蛛蝥作罔罟今之人學之蛛音株蝥莫侯反莊子蘧伯玉謂顏闔曰汝不知夫螳蜋乎怒其臂以當車轍不知其不勝任也與先世而常然雖信險而勦絕揆既往之前迹即將來之後轍成都迄已傾覆建鄴則亦顛沛善曰尚書曰天用勦絕其命勦子小反左傳呂相絕秦曰傾覆我社稷論語曰顛沛必於是馬融曰顛沛僵仆也顧非累卵於疊棊焉至觀形而懷怛善曰言其危懼易見不俟觀形也說苑曰晉靈公造九層臺孫息聞之求見曰臣能累十二博棊加九雞子其上公曰子作之孫息以棊子置下加九雞子於其上靈公曰危哉孫息曰是不危復有危於此者九層之臺三年不成鄰國將欲興兵社稷亡滅君欲何

望公即懷臺賈逵國語注曰怛懼也**權假日以餘榮比朝華而菴**奄**謌**善曰權猶苟且也楚辭曰聊假日以須時說文曰木堇朝華暮落**以覽麥秀與黍離可作謡於吳會**善曰尚書大傳曰微子將朝周過殷之墟見麥秀之蔪蔪曰此父母之國宗廟社稷所立也志動心悲欲哭則爲朝周俯泣則婦人推而廣之作雅聲毛詩序曰黍離閔宗周大夫行役過故宗廟宮室盡爲禾黍而作是詩**而先生之言未卒吳蜀二客矍焉相顧䁥焉失所有靦瞢容神惢形茹弛氣離坐㥏墨而謝**矍懼也左傳曰駟氏矍懼毛詩曰有靦面目瞢愧也左傳曰亦無瞢焉楊雄方言曰慙也荆揚之間曰㥏善曰張以愯先壠反今本並爲矍矍大視呼縛反說文曰䁥失意視他狄反字書曰蔡弃也謂坐下也惢與蘂同工[illegible]髓切說文曰惢心疑也亦而髓反呂氏春秋曰以茹魚驅蠅蠅愈至而不可禁然茹臭敗之義也如舉反廣雅曰弛釋也弛紙反㥏勑典反杜預左氏傳注曰墨色下也說文曰謝辭也**曰僕黨清狂怵迫閩濮**卜**習蓼蟲之忘辛**

譏進退之惟谷非常寱而無覺不覩皇輿之軌躅漢書昌邑
王賀傳曰賀清狂不慧注色理清徐而心不慧故曰清狂也
賈誼鵩鳥賦曰怵迫之徒或趨西東善曰閩已見吳都
賦孔安國尚書注曰濮國在江漢之南楚辭注曰蓼蟲
不知從乎葵藿王逸曰蓼蟲處辛剌食苦惡不從葵藿
食甘美毛詩曰人亦有言進退惟谷又曰尚寐無覺楚
辭曰恐皇輿之敗班固漢書班嗣曰伏周孔氏之軌躅
音義曰躅迹也過以侃剽之單慧歷執古之醇聽楊雄方言曰侃剽輕也善曰鄭玄禮
記注曰過猶誤也王逸楚辭注曰歷逢也老子曰執古之道侃敷劒切剽匹妙反兼重一龍反悂以貤繆
偭辰光而罔定善曰言既重其悂而又累其繆也廣倉曰悂用心并誤也方奚反說文曰貤重
次第物也弋豉反漢書音義應劭曰偭背也音靣國語曰次序三辰賈逵曰日月星也先生玄識
深頌靡測得聞上德之至盛匪同憂於有聖老子曰古之士微妙
玄通深不可識夫惟不可識故強為之頌故曰先生玄
識深頌靡測又曰上德無為而無不為易曰顯諸仁藏

諸用鼓萬物而不與聖人同憂盛德大業至矣哉夫聖人親憂其事然後能立易體無爲而無不爲自然動物而不與聖人同憂蓋謂治合造化出於形器之表者聖人無所復聞無復恤也故曰鼓萬物而不與聖人同憂其上賦中云顯仁昱明藏用玄默故下覆報言之也善曰王弼周易注曰不與聖人之憂憂君子之道不長小人之道不消黍稷之不茂茶蓼之蕃殖至於乾坤簡易是常無偏於生養無擇於人物不能委曲與彼聖人同此憂之

抑若春霆發響而驚蟄飛競潛龍浮景而幽泉高鏡善曰二客聞言朗然心悟猶春霆響驚蟄紛然而競飛龍彩幽泉煥然而照也呂氏春秋曰聞春始雷則蟄虫動矣詩推度客曰震起而驚蟄睹周易曰潛龍勿用也

雖星有風雨之好人有異同之性庶覲蔀家與剝廬非蘇世而居正尚書洪範曰庶人惟星星有好風星有好雨言人心之不同如星之所好異易曰豐其屋蔀其家小人剝廬楚辭九章曰蔀也必獨立春秋公羊傳曰君子大居正善曰言已因此辛見蔀家剝廬之凶非謂悟世而居正道也爾雅曰

庶幸也王弼周易注曰蔀覆暖鄣光明之物也既豐其屋又覆其家屋厚家覆闇之甚也王逸楚辭注曰蘇寤之也

且夫寒谷豐黍吹律暖之也昬情爽曙箴規顯之也

劉向別録曰鄒衍在燕有谷地美而寒不生五穀鄒子居之吹律而温至黍生今名黍谷善曰孔安國尚書注爽明也說文曰曙旦明也

雖明珠兼寸尺璧有盈曜車二六三傾五城未若申錫典章之爲遠也

大史書曰田敬仲世家傳曰齊威王二十四年與魏惠王會田於郊魏王問曰王亦有寶乎曰無有也魏王曰若寡人小國也尚有徑寸之珠照車前後十二乘者十枚奈何以萬乘之國而無寶乎善曰尹文子曰田父得寶王徑寸置於廡上其夜照一室史記曰趙惠文王得楚和璧秦昭王聞之願以十五城請易璧毛詩曰申錫無疆

亮曰日不雙麗世不兩帝天經地緯理有大歸安得齊給守其小辯也哉

二客自言安能守此者自晦也荀卿子曰辯說譬論齊給便利而不愼義謂之姦說善曰禮記曰天無二日土無二王漢

書文帝賜尉他書云兩帝並立新序單襄公曰經之以天緯之以地經緯不爽天之象也家語孔子曰小辯害義小言破道也

文選卷第六

共五十八頁

文選卷第十三

梁昭明太子撰

文林郎守太子右內率府錄事參軍事崇賢館直學士臣李善注上

物色　四時所觀之物色而爲之賦又云有物有文曰色風雖無正色然亦有聲詩注云風行水上曰

易曰風行水上渙渙然即有文章也

風賦劉熙釋名云風者汎也高誘注[illegible]風者放也動氣放散曾子書曰[illegible]

物理志曰陰陽擊發氣也

宋玉史記曰楚有宋玉景差之徒皆好辭而以賦見稱王逸楚辭序曰宋玉屈原弟子也

楚襄王游於蘭臺之宮史記曰楚懷王薨太子橫立頃襄王又曰楚有謂頃襄王曰王綪繳蘭臺徐廣曰綪縈也七見切宋玉景差侍有風颯然而至景差楚大夫說文曰颯風聲楚辭曰風颯颯兮木蕭蕭王迺披襟而當之曰快哉此風寡人所與庶人共者邪宋玉對曰此獨大王之風耳庶人安得而共之王曰夫風者天地之氣溥暢而至不擇貴賤高下而加焉河圖帝通紀曰風者天地之使也[illegible]通義曰陰陽散為風風氣[illegible]也[illegible]

……物者也風之……淜不避貴賤美惡今子獨以爲寡人之風豈有說乎
宋玉對曰臣聞於師枳句來巢空穴來風枳木名也□句言枳樹多
句也說文曰句曲也古侯切似橘屈曲也考工記曰橘踰淮爲枳莊子曰騰猿得枳棘枳句之間振動悼慄又
曰空門來風桐乳致巢此以其能苦其性者司馬彪曰門戶孔空風善從之桐子似乳著其葉而生其葉似箕
□鳥喜巢其中也其所託者然則風氣殊焉者下或有西字非也王曰夫風
始安生哉宋玉對曰夫風生於地起於青蘋之末莊子曰大
塊噫氣其名爲風爾雅曰萍其大者曰蘋郭璞曰水萍也侵淫谿谷盛怒於土囊之
口春秋元命包曰陰陽怒而爲風侵淫漸進也土囊大穴也盛弘之荊州記曰宜都佷山縣有山山有穴口
大數尺爲風井土囊當此之類也緣泰山之阿舞於松栢之下阿曲也飄
忽淜滂激颺熛怒淜滂風擊物聲淜疋冰切熛怒如熛之聲說文曰熛火飛也俾堯切滂普

華切耾耾雷聲迴穴錯迕耾侯萌切埤蒼曰耾耾風聲廣雅曰耾聲也十洲記曰玄洲在
北海上有風聲響如雷上對天之西北門也凡事不能定者迴穴此即風不定貌錯迕雜錯交迕也蹷石
伐木梢殺林莽蹷動也伐擊也漢書音義應劭曰蹷頓也韋昭曰梢擊也至其將衰
也被麗披離衝孔動楗被麗披離四散之貌也字林曰楗拒門也眴煥粲爛離
散轉移眴呼縣切眴煥粲爛鮮明貌故其清涼雄風則飄舉升降乘
凌高城入于深宮邸華葉而振氣說文曰邸觸也邸與抵古字通徘徊
於桂椒之間翱翔於激水之上將擊芙蓉之精廣雅曰菁華也
精與菁古字通獵蕙草離秦衡獵歷也秦香草也衡杜衡也又云秦木名也范子計然曰秦衡
出於隴西天水芳香也槩新夷被荑楊楚詞曰露甲新夷飛林薄顏師古曰新夷一名留夷
兮上林賦雜以留夷也易曰枯楊生稊王弼曰稊者楊之秀也稊與荑同徒奚切迴穴衝陵蕭條

芳然後倘常佯羊中庭北上玉堂倘佯猶徘徊也躋于羅帷
經于洞房迺得為大王之風也說苑雍門周說孟嘗君曰下羅帷來清風楚辭曰姱容修態亘洞房
故其風中人狀直憯悽惏慄清涼增欷素問曰若汗出逢虛風其中人也楚詞曰憯悽增欷鄭玄曰憯憂也說文曰憯痛也錯感切惏寒貌毛萇詩傳曰慄冽寒氣也慄理吉切欷欣既切
清清泠泠愈病析酲清清泠泠清涼之貌也愈猶差也漢書曰泰尊柘漿析朝酲應劭曰酲酒病析解也
發明耳目寧體便人此所謂大王之雄風也王曰善哉論事夫庶人之風豈可聞乎宋玉對曰夫庶人之風塕然起於窮巷之間堀窟堁課揚塵塕然風起之貌也一孔切堀堁風動塵也廣雅曰堀突也淮南子曰揚堁而弭塵許慎曰堁塵塺也塺莫迴切
勃鬱煩冤衝孔襲門勃鬱煩冤風迴旋之貌司馬彪莊子注曰襲入也動沙堁

吹死灰堁或為塸坲也駭溷濁揚腐餘廣雅曰駭起也言風之來既起溷濁之氣又舉揚腐臭之餘家語孔子曰惜其腐餘而務施仁人之偶也溷胡困切腐扶甫切邪薄入甕牖至於室廬禮記孔子曰儒有蓬戶甕牖故其風中人狀直憞溷鬱邑歐溫致濕憞徒對切孔安國尚書傳曰憞惡也言此風入於人身體令惡也憞溷煩濁之貌字林曰溷亂也王逸楚詞注曰鬱邑而憂也毆古驅字素問曰冬傷於寒春必病溫又曰中央生濕濕生土也言此風毆溫濕氣來令致濕病也中心慘怛生病造熱慘怛憂勞也慘錯感切方言曰怛痛也素問黃帝問歧伯曰人傷於寒而轉為熱何也曰夫寒盛則生於熱也中脣為胗軫得目為蔑說文曰胗脣瘍也呂氏春秋曰氣鬱處目則為蔑為盲高誘曰蔑眵也蔑與䁾古字通亡結切眵充支切唶齰嗽獲死生不卒唶齰嗽獲中風口動之貌風疾[illegible]甚言此而未即死言生而又有疾也故云不卒說文曰唶食也齰齧也士白切嗽吮也[illegible][illegible]切聲類曰嚄大唤也宏麥切獲與嚄古字通卒子[illegible]

所謂庶人之雌風也

秋興賦并序

潘安仁劉熙釋名曰秋就也言萬物就成也興者感秋而興此賦故因名之

晉十有四年余春秋三十有二始見二毛十四年晉武帝太始十[illegible]年也左氏傳宋襄公曰不禽二毛杜預曰二毛頭白有二色也以太尉掾兼虎賁中郎將寓直于散騎之省臧榮緒晉書云賈充為太尉又辟岳為賈充掾漢書曰期門僕射秩比千石平帝更名虎賁郎置中郎將寓寄也世說曰[illegible]之既墓將改置直館問左右虎賁中郎將省合在何[illegible]有人荅云無省當將殊進旨問何以知[illegible]荅曰潘岳秋興賦敘云兼虎賁中郎將寓直於散騎之省玄咨嗟[illegible]言劉謙之晉紀云玄欲復虎賁中郎將疑訪之僚佐莫能定參軍劉簡之對昔潘岳秋興賦敘云兼虎賁[illegible]郎將寓直於散騎之省以言之是也玄從之高閣連雲陽景罕曜[illegible]

曰[illegible]雁[illegible]

其中珥蟬冕而襲紈綺之士此焉游處[illegible]

中中常侍加貂附蟬亦禮記注曰襲重衣也漢書曰[illegible]
尹伯與王許子弟爲羣在於綺襦紈袴之間[illegible]

處平生之遊處僕野人也偃息不過茅屋茂林之下禮記曰[illegible]

酒呂氏春秋田替曰若夫偃息之義則未聞也[illegible]
漢書曰王霸隱居止茅屋蓬戶論衡曰山種[illegible]名曰[illegible]

茂林談話不過農夫田父之客說文曰話會合善言也[illegible]
快切毛詩曰帥時農夫[illegible]

厭百穀禮記曰上農夫食九人
尹文子曰魏田父有耕於野者攝官承乏猥廁朝列[illegible]

傳韓厥謂齊侯曰敢告不敏攝官承乏蓋顗
篇曰廁次也雜也禮記曰爵祿有列於朝夙興晏寢

匪遑底寧毛詩曰夙興夜寐又曰不遑寧處譬猶池魚籠鳥有江湖山

藪之思於是染翰操紙慨然而賦翰筆毫也說文曰[illegible]
賦太息也字林口[illegible]

[illegible]不得志許既切于時秋也故以秋興命篇鄭玄周禮注曰[illegible]
興者託事於物[illegible]

其

辭曰四時忽其代序兮萬物紛以迴薄 莊子黃帝陽四時運行□其序楚辭曰日月忽其不淹兮春與秋兮代序鵩鳥賦曰萬物迴薄 覽花蒔之時育兮察盛衰之所託 字林曰蒔更別種上吏切周易曰時育萬物 感冬索而春敷兮嗟夏茂而秋落 孔安國尚書傳曰索盡也又曰敷布也又曰巳布而生也呂氏春秋曰春氣至則草木產秋氣至則草木落 雖末士之榮悴兮伊人情之美惡 舞賦曰擾末士之亂曲文子曰有榮悴者必未愁悴 善乎宋玉之言曰悲哉秋之為氣也 王逸注曰寒氣聊戾歲將暮也 蕭瑟兮 陰氣促急風暴疾也 草木搖落 花葉隕落肌潤去也 而變衰 形體易色枝枯槁也 憭慄兮 息念卷戾心自傷 若在遠行 遠出之客他方 登山臨水 升高遠望視江河也 送將歸 族親別還故鄉巳上宋玉九辯之文 夫送歸懷慕徒之戀兮 言懷思慕戀徒侶也 遠行有羈旅之憤 左氏

傳陳敬仲曰羈旅之臣杜預曰羈寄旅客臨川感流以歎逝兮登山懷遠而
悼近論語曰子在川上曰逝者如斯夫不舍晝夜包曰逝往也言凡往者如川之流也晏子春秋曰景公
遊於牛山臨齊國乃流涕而歎曰奈何去此堂堂之國而死乎使古而無死不亦樂乎左右皆泣晏子獨笑曰
夫盛之有衰生之有死天之數也物有必至事有當然曷有悲老而哀死古無死古之樂也君何有焉懷遠悼
近齊景之謂也彼四感之疚心兮遭一塗而難忍毛詩曰既來既往使我心
疚鄭玄曰疚病也嗟秋日之可哀兮諒無愁而不盡野有歸燕
隰有翔隼楚辭曰燕翩翩其辭歸鷙擊之鳥通呼曰隼一曰鶉春化為布穀文子曰鷹隼未擊羅網
不得張游氛朝興槁葉夕殞杜預左氏傳注曰氛氣也鄭玄毛詩箋曰木葉槁得風乃
落於是迺屏輕箑所甲釋纖絺呂氏春秋曰冬不用箑非愛箑也清有餘也高
曰箑扇也孔安國尚書傳曰纖細也絺細葛也藉莞蒻若御袷衣鄭玄毛詩箋曰莞小蒲

□□官切說文曰蒻蒲子以為華□也又曰袷衣無絮也古洽切庭樹槭以灑落兮勁風戾而吹帷槭枝空之貌所隔切戾勁疾之貌蟬嘒嘒而寒吟兮鴈飄飄而南飛毛詩曰菀彼柳斯鳴蜩嘒嘒毛萇詩曰嘒嘒小聲也飄飄飛貌楚辭曰鴈廱廱而南游天晃朗以彌高兮日悠陽而浸微言秋日天氣高朗晃朗明貌悠陽日入貌杜篤弔王子比干曰霞霏尾而四除言晃朗而高明楚辭曰天高而氣清禮記曰仲秋殺氣浸盛陽氣日衰何微陽之短晷覺涼夜之方永尚書曰日短星昴以正仲冬毛詩曰夏之日冬之夜毛萇曰言長也月朣朧以含光兮露淒清以凝冷埤蒼曰朣朧欲明也朣徒東切朧力東切熠燿粲於階闥兮蟋蟀鳴乎軒屏毛詩曰熠燿宵行毛萇曰熠燿燐也燐螢火也毛詩曰蟋蟀在堂毛萇曰蟋蟀蛬也崔豹古今注曰熠燿燐也一曰燿夜腐草為之食蚊蚋又曰蟋蟀名蛬初秋生得寒則鳴噪齊南謂之懶婦也聽離鴻之晨吟兮望流火之餘景毛詩曰七月流火毛萇曰大火

也流下也宵耿介而不寐兮獨展轉於華省王逸楚辭注曰耿介執節守度
毛詩曰耿耿不寐如有隱憂又曰悠哉悠哉展轉反側悟時歲之遒盡兮慨俛首
而自省楚辭曰歲忽忽而遒盡毛萇詩傳曰遒終也廣雅曰遒急也列子曰師曠俛首而聽之曾子曰
君子旦就業夕而自省也斑鬢髟以承弁兮素鬖颯以垂領服虔通俗文曰
鬖垂而髟方料切說文曰白黑髮雜而髟字林亦同周禮曰士弁服白虎通曰皮弁冠名仰羣儁之
逸軌兮攀雲漢以遊騁登春臺之熙熙兮珥金貂之炯
炯高閣連雲升之以攀雲漢也言羣儁自致高遠老子曰衆人熙熙如享太牢如登春臺漢書谷永對詔曰
戴金貂之飾執常伯之職也董巴輿服志曰侍中冠金璫附蟬爲文貂尾爲飾廣雅曰炯炯光也苟趣
舍之殊塗兮庸詎識其躁靜六韜太公曰夫人皆有[illegible]趣舍不同司馬遷書曰趣
舍異路莊子王倪曰吾庸詎知吾所謂知非不知邪司馬彪曰庸猶何用也老子曰重爲輕根靜爲躁君

至人之休風兮齊天地於一指莊子曰不離於真謂之至人又曰以指喻指之非指不若以非指喻指之非指也以馬喻馬之非馬不若以非馬喻馬之非馬也天地一指也萬物一馬也郭象曰夫自是而非彼我之常情也故以我指喻彼指則指於我指獨為非指矣此指喻指之非指也若覆以彼指還喻我指則我指於彼指復為非指矣此以非指喻指之非指也將明無是無非莫若反覆相喻反覆相喻則彼之與我既同於自是又均於相非均於相非則天下無是同於自是則天下無非何以明其然邪是若果是則天下不得復有非之者也非若果非亦不得復有是之者也今是非無主紛然殽亂明此區區各信其偏見而同於一致耳仰觀俯察莫不皆然是以至人知天地一指也萬物一馬也故浩然大寧而天下萬物各當其分同於自得而無是無非也彼知安而忘危兮故出生而入死周易曰安不忘危存不忘亡老子曰出生入死韓子曰人始於生而卒於死始之謂出卒之謂入故曰出生入死也行投趾於容跡兮殆不踐而獲底闕側足以及泉兮雖

猨玃而不獲言人之行投趾在乎容跡之地近不踐而獲妄若以足外爲無用欲關之及泉雖則捷若猨玃亦不能獲也莊子惠子謂莊子曰子言無用莊子曰知無用而可與言用矣夫地非不廣且大也人之所用容足耳然則側足而墊之致黃泉人尚有用乎惠子曰無用莊子曰然則無用之爲用也亦明矣郭璞爾雅注曰底止也龜祀骨於宗祧兮思反身於綠水莊子曰莊子釣於濮水楚王使二大夫往聘莊子曰願以境內累子莊子持竿不顧曰吾聞楚有神龜死已三千歲矣王巾笥而藏之廟堂之上此龜者寧其死爲留骨而貴乎寧其生而曳尾塗中乎二大夫曰寧生而曳尾塗中莊子曰往矣吾將曳尾於塗中矣且斂衽以歸來兮忽投紱以高厲衽襟也字林曰紱綬也楚辭曰颯弭節而高厲耕東皐之沃壤兮輸黍稷之餘稅水田曰皐東者取其春意漢書鄭明曰將歸延陵之皐修農圃之疇[illegible]晏曰隱耕皐澤之中阮籍奏記曰將耕東皐之陽輸黍[illegible]纓之稅說文曰穢粗也泉涌湍於石間兮菊揚芳於崖澨禮記曰仲[illegible]菊有[illegible]

觀秋水之涓涓兮玩游鯈之潎潎 莊子曰秋水時至百川灌河又路曰涓涓不壅將成江河莊子曰莊子與惠子遊濠梁上莊子曰鯈魚出遊從容是魚樂也惠子曰子非魚安知魚樂莊子曰子非我安知我不知魚之樂也潎潎游貌也匹曳切

逍遙乎山川之阿

放曠乎人間之世 莊子有逍遙遊篇司馬彪曰言逍遙無為者能遊大道也又有人間世篇司馬彪曰言處人間之宜居亂世之理與人羣者不得離人然人間之事故世世異宜唯無心而不自用者為能隨變所適而荷足累

優哉游哉聊以卒歲 家語孔子歌曰優哉游哉聊以卒歲王肅曰言優游以終焉也

雪賦

說文曰雪凝雨也釋名曰雪綏也水下遇寒而凝綏綏然下也曾子曰陰氣凝而為雪五經通訓曰春凝氣為雨寒凝為雪

謝惠連 沈約宋書曰謝惠連陳郡陽夏人也幼而聰敏年十歲能屬文族兄靈運深加

知賞本州辟主簿不就後爲司徒彭城王
法曹爲雪賦以高麗見奇年二十七卒
歲將暮時既昏毛詩曰歲亦暮止劉向七言日時將昏暮白日午昏冥也寒風積愁
雲繁莊子曰風積不厚則其負大翼也無力傅玄詩曰浮雲含愁色悲風坐自興班婕妤情表賦曰佇風
軒而結睇對愁雲之浮沈然疑此賦非婕妤之文行來已久故兼引之梁王不悅游於兔
園此假王客以爲辭也漢書曰梁孝王文帝子也西京雜記曰梁孝王好宮室苑園之樂築兔園也迺
置旨酒命賓友召鄒生延枚叟漢書梁孝王待士鄒陽從孝王游又曰枚乘爲
弘農都尉去官游梁相如末至居客之右漢書曰相如客游梁又曰田叔等十人漢廷臣
無能出其右者俄而微霰零密雪下莊子曰餓而死王肅家語注曰餓有頃也王迺
歌北風於衛詩詠南山於周雅毛詩衛風曰北風其涼雨雪其雱又小雅信南
山曰上天同雲雨雪雰雰授簡於司馬大夫言大夫尊之也國語越王勾踐曰苟聞子大夫

[illegible]爾雅曰簡謂之畢郭璞曰今簡札也曰抽子秘思騁子妍辭侔色揣

稱為寡人賦之鄭玄周禮注曰侔等也莫侯切說文曰揣量也初委切爾雅曰稱好也老子曰

王公自謂孤寡不穀相如於是避席而起逡巡而揖孝經曰曾子避席公羊曰

逡巡北面再拜也廣雅曰逡巡却退也曰臣聞雪宮建於東國雪山峙於

西域孟子曰齊宣王見孟子於雪宮劉熙曰雪宮離宮之名也漢書西域傳曰天山冬夏有雪岐昌

發詠於來思姬滿申歌於黃竹岐周所居昌文王名也毛詩曰昔我

往矣楊柳依依今我來思雨雪霏霏姬周姓也滿穆王名昭王子也孔安國尚書傳曰申重也穆天子傳曰天

子遊黃臺之丘大寒北風雨雪天子作詩三章以哀人夫我徂黃竹負閟寒乃宿於黃竹曹風以麻

衣比色楚謠以幽蘭儷曲毛詩曹風曰蜉蝣掘閱麻衣如雪宋玉諷賦曰臣嘗行至

主人獨有一女置臣蘭房之中臣授琴而鼓之為幽蘭白雪之曲賈逵曰儷偶也盈尺則呈瑞

於豐年褒丈則表沴於陰德左氏傳曰凡平地尺為大雪毛萇詩傳曰豐年之冬
必有積雪金匱曰武王伐紂都洛邑未戊雨雪十餘日
深丈餘漢書曰氣相傷謂之沴沴臨莅不和意也春秋
潛潭巴曰大雪甚厚後必有女主天雪
連月陰作威宋均曰雪為陰臣道也雪之時義遠矣
哉請言其始若迺玄律窮嚴氣升禮記曰季冬之月日
窮於次月窮於紀又
曰孟冬之月天地始肅鄭玄曰肅嚴急之氣也孟冬之
月天氣上騰夏侯孝若寒雪賦曰嚴氣枯殺玄澤閉凝
焦溪涸護湯谷凝酈元水經注曰焦泉發于天門之左
南流成溪謂之焦泉盛弘之荆州記
曰南陽郡城北有紫山東有
一水冬夏常溫因名湯谷也火井滅溫泉冰博物志曰
臨邛火井
諸葛亮往視後火轉盛以盆貯水煑之得鹽後人以火
投井火即滅至今不燃又曰西河郡鴻門縣亦有火井
祠火從地出張衡溫泉
賦曰遂適驪山觀溫泉沸潭無湧炎風不興酈元水經
注曰以生
物投之須臾即熟又曰曲阿季子廟前井及潭常沸故
名井曰沸井潭曰沸潭炎風在南海外常有火風夏日

䬟其過島也呂氏春秋曰何謂八風東北曰炎風高誘曰一曰融風北戶墐扉裸封壤
垂繒毛詩曰穹窒熏鼠塞向墐戶毛萇曰向北出牖也墐塗也東夷傳曰倭國東四千餘里裸人國也字
林曰繒帛總名也於是河海生雲朔漠飛沙淮南子曰四海之雲湊又曰八澤之
雲以雨九州公羊傳曰河海潤千里何休曰河海興雲雨及千里說文曰北方流沙漢書李陵歌曰徑萬里兮
度沙漠沱嘩後漢書袁安議曰今朔漠既定揚泉物理論曰風怒則飛沙揚礫連氛累靄揜日
韜霞文字集略曰靄雲狀又曰靄亦靄也一大切毛萇詩傳曰揜覆也於儼切杜預左氏傳曰韜藏也吐
刀切霰淅瀝而先集雪紛糅女又而遂多韓詩曰先集維霰薛君曰霰霙也音
英羖侯孝若寒雪賦曰集洪霰之淅瀝煥㩖磊以纚素楚辭曰雪紛糅其增加鄭玄禮記注曰糅雜也其
為狀也散漫交錯氛氳蕭索王逸楚辭注曰氛氳盛貌藹藹浮浮瀌瀌
弈弈毛詩曰雨雪浮浮又曰雨雪瀌瀌方遥切廣雅曰藹藹弈弈盛貌聯翩飛灑徘徊

委積始緣甍而冒棟終開簾而入隙杜預曰甍屋棟也毛詩曰下士是冒傳曰冒覆也字林云隙壁際孔從阜㾊二小夾日也初便娟於墀廡末縈盈於帷席便娟縈盈雪迴委之貌楚辭曰嬋娟修竹王逸曰嬋娟好貌說文曰廡堂下周屋也釋名曰大屋曰廡既因方而爲珪亦遇圓而成璧眄隰則萬頃同縞瞻山則千巖俱白於是臺如重璧逵似連璐廣雅曰縞練也穆天子傳曰爲盛姬築臺是曰重璧之臺劉公幹清廬賦曰蹈琳珉之塗然即逵也許慎淮南子注曰璐美玉也音路庭列瑤階林挺瓊樹瑤階玉階也已見西京賦說文曰挺拔也達鼎切莊子曰南方積石千里樹名瓊枝皓鶴奪鮮白鷴失素相鶴經一云鶴千六百年形定而色白復二千年大毛落茸毛生色雪白鷴鳥名也西都賦曰招白鷴紈袖慙冶玉顏掩姱說文曰紈素也冶妖也范子紈素出齊古詩曰燕趙多佳人美者顏如玉楚辭曰美人皓齒嫮與姱同好貌若迺積素未虧白日朝

鮮爛兮若燭龍銜燿照崑山山海經曰赤水之北有章尾山有神人面蛇身其瞑乃晦其視乃明是燭九陰是謂燭龍楚辭曰日安不到燭龍何照王逸曰言天西北有幽冥無日之國有龍銜燭而照之山海經曰鍾山之神名曰燭陰郭璞曰即燭龍也詩含神務曰天不足西北無有陰陽故有龍銜火精以照天門中也崑山已見上文爾其流滴垂冰緣霤承隅王逸楚辭注曰霤屋宇也粲兮若馮夷剖蚌列明珠莊子曰夫道馮夷得之以遊大川抱朴子釋鬼篇曰馮夷華陰人以八月上庚日度河溺死天帝署為河伯說文曰蚌蜃也司馬彪以為明月珠蚌蛤也蜀志秦宓奏記曰剖蚌求珠至夫繽紛繁騖之貌皓旰曒絜之儀迴散縈積之勢飛聚凝曜之奇固展轉而無窮嗟難得而備知若迺申娛翫之無已夜幽靜而多懷風觸楹而轉響月承幌而通暉包氏論語注曰梲者梁上楹也說文曰楹柱也承上也文字集略曰幌以帛明牕也

酌湘吴之醇酎御狐貉之兼衣吴録曰湘川酃陵縣水以作酒有名吴興烏程縣若下酒有名酃酎已見魏都賦論語曰狐貉之厚以居晏子春秋曰景公時雨雪三日公被狐白之裘晏子入公曰怪哉雨雪三日不寒晏子曰古之賢者飽而知飢温而知寒公曰善出裘發粟以與飢人夏侯孝若寒雪賦曰既增覆而累氈以加裘而兼衣對庭鶤之雙舞瞻雲鴈之孤飛西京雜記曰公孫乘月賦曰鶤雞舞於蘭渚蟋蟀鳴於西堂踐霜雪之交積憐枝葉之相違馳遥思於千里願接手而同歸杜篤衆瑞頌曰千里遥思展轉反側毛詩曰攜手同歸鄒陽聞之懣然心服莊子曰子貢懣然慙又曰使人以心服而不敢忤說文曰懣煩也蒼頡曰悶也莫本切有懷妍唱敬接末曲於是迺作而賦積雪之歌歌曰攜佳人兮披重幄援綺衾兮坐芳縟燎薰鑪兮炳明燭酌桂酒兮揚清曲漢武帝秋風辭曰懷佳人兮不能忘

[illegible]蕭薰鑪銘楚辭曰奠桂酒[illegible]漿薰火煙上出也字從黑又續而爲白雪之歌歌曰曲既揚兮酒既陳朱顏酡兮思自親楚辭曰美人既醉朱顏酡王逸曰酡著也面著赤色也酡徒何切願低帷以昵枕念解珮而褫紳昵近也褫奪衣也孔安國論語注曰紳大帶也怨年歲之易暮傷後會之無因君寧見階上之白雪豈鮮耀於陽春楚辭曰無衣裘以御冬恐死不得見乎陽春歌卒王迺尋繹吟玩撫覽扼腕毛萇詩傳曰繹悅也方言曰繹理也說文曰扼把也鄭玄曰腕掌後節也史記曰天下之士莫不扼腕以言顧謂枚叔起而爲亂亂者理也總理一賦之終也亂曰白羽雖白質以輕兮白玉雖白空守貞兮孟子曰白羽之白也猶白雪之白白雪之白也猶白玉之白也歟劉熙曰孟子以爲白羽之白性輕白雪之性消白玉之性堅雖俱白其性不同問告子言子以爲三白之性同未若茲雪因時興滅言隨時行

盛也
玄陰凝不昧其潔，太陽曜不固其節。蔡雍述行賦曰玄靈黯以凝結
李雨集之泰漆正曆日日太陽也
節豈我名，潔豈我貞，憑雲陞降，從風
飄零，值物賦象，任地班形。任猶因也
素因遇立，汚隨染成。汚猶相汚也
縱心皓然，何慮何營。歸田賦曰苟縱心於域外孟子曰我善養吾浩然之氣敢
問何謂浩然之氣曰難言也其為氣也至大至剛以直養而無害則塞於天地之間潘安丘巖平頌曰無營無
欲澹爾淵清

月賦 周易曰坎為月陰精也鄭玄曰臣象也廣雅云夜光謂之月月御謂之望舒說文曰月者
太陰之精釋名曰月闕也言有時盈有時闕也

謝希逸 沈約宋書曰謝莊字希逸陳郡陽夏人也太常弘微子也年七歲能屬文任至
光祿大夫泰初二年卒時年三十六謚曰憲子所著文章四百餘首行於代

陳王初喪應劉端憂多暇假設陳王應劉以起賦陳王曹植也應劉應瑒劉楨善曰魏文帝書曰徐陳應劉一時俱逝孫卿子曰其爲人也多暇日者其出入不遠綠苔生閣芳塵凝榭言無復娛遊故綠苔生而芳塵凝也高誘注淮南子曰蒼苔水衣庾闡揚都賦曰結芳塵於綺疏郭璞爾雅注曰榭臺上起屋也悄焉疚懷不怡中夜毛詩曰憂心悄悄悄悄憂貌七小切爾雅曰疚病也怡樂也家語孔子云日出聽政至于中夜迺清蘭路肅桂苑蘭路有蘭之路桂苑有桂之苑楚辭曰皐蘭被徑王逸曰徑路也劉淵林吳都賦注曰吳有桂林苑騰吹寒山弭蓋秋阪王逸楚辭注曰騰馳也禮記曰季秋入學習吹王逸楚辭注曰弭按也臨濬壑而怨遙登崇岫而傷遠于時斜漢左界北陸南躔大戴禮曰七月漢案戶漢天漢也案戶直戶也李陵詩曰天漢東南馳左傳申豐曰日在北陸而藏冰杜預曰陸道也漢書曰冬則南夏則北漢書音義韋昭曰躔處也亦次也方言曰日運爲躔躔歷行也白露曖空素

月流天長歌行曰昭昭素明月輝光燭我牀沈吟齊章殷勤陳篇楚辭曰意欲兮
沈吟毛詩齊風曰東方之月兮彼姝者子在我闥兮又陳風曰月出皦兮佼人僚兮抽毫進牘以
命仲宣此假王仲宣也毫筆毫也文賦曰或含毫而藐然說文曰牘書版也仲宣跪而稱
曰聲類曰跪跽也跪渠委切跽奇几切臣東鄙幽介長自丘樊仲宣山陽人故去東
鄙戰國策范雎謂秦王曰臣東鄙賤人爾雅曰樊藩也郭璞曰藩籬也昧道懵學孤奉明
恩說文曰懵目不明也莫贈切臣聞沈潛既義高明既經尚書曰沈潛剛克高
明柔克孔安國曰沈潛謂地高明謂天左氏傳子太叔曰子產云禮天之經地之義日以陽德月
以陰靈春秋說題辭曰陽精爲日易辭終備日日之既陽德消鄭玄曰日既蝕明盡也春秋感精符云
月者陰之精擅扶光於東沼嗣若英於西冥扶光扶桑之光也東沼湯谷也
若英若木之英也西冥昧谷也月盛於東故曰擅始生於西故曰嗣山海經曰湯谷有扶木九日居下枝一日

□□拔又曰灰野之山有赤樹青葉名曰若木白□郭璞曰扶木扶桑也尚書曰宅西曰昧谷孔安國曰實也淮南子曰日出於湯谷拂於扶桑文曰若木□者十日其華照下地高誘曰若木端有十日狀如蓮華今

引玄兎於帝臺集素娥於后庭張衡靈憲曰月者陰精之宗積成爲獸象兎形春秋元命苞曰月之爲言闕也兩說蟾蜍與兎者陰陽雙居明陽之制陰陰之倚陽張泉觀象賦曰漸臺可升自注曰漸臺天臺之名四星在織女東淮南子曰羿請不死之藥於西王母常娥竊而奔月注曰常娥羿妻也歸藏曰昔常娥以不死之藥犇月論語曰皇皇后帝張泉觀象賦曰寥寥參帝庭自注云帝庭謂太微宮也春秋元命苞曰太微爲天庭

朒朓警闕朏魄示沖說文曰朒朔而月見東方縮朒然朓晦而月見西方也朏月未成光魄月始生魄然也尚書五行傳曰晦而月見西方謂之朓朓則王侯奢也朔而月見東方謂之側匿側匿則王侯肅鄭玄曰朓條逹行疾貌也警闕謂朒朓失度則警人君有所闕德示沖言朏魄得所則表示人君有謙沖不自盈大也禮記注曰月三日而成魄是以禮有三讓也朒女六切朓大鳥切朏芳

尾切

順辰通燭，從星澤風。［辰，十二辰。言月順之以照天下也。淮南子曰：正月建寅，月從左行十二辰。許慎曰：歷十二辰而行。尚書曰：月之從星，則以風以雨。孔安國尚書傳曰：月經于箕則多風，離于畢則多雨。然則澤則雨也。］

增華台室，揚采軒宮。［台室，三公位。軒宮，軒轅之宮。史記曰：中宮文昌魁下六星，兩兩相比，名曰三能。能，古台字也。齊色則君臣和也。淮南子曰：軒轅者，帝妃之舍。高誘曰：軒轅，星名。］

委照而吳業昌，淪精而漢道融。［吳錄曰：長沙桓王名策，武烈長子，母吳氏有身，夢月入懷。漢書：元后母李親，夢月入懷而生后，遂爲天下母。昌，盛也。融，明也。］

若夫氣霽地表，雲斂天末。［說文曰：霽，雨止也。西京賦曰：眇天末以遠期。霽，才計切。］

洞庭始波，木葉微脫。［楚辭曰：洞庭波兮木葉下。］

菊散芳於山椒，鴈流哀於江瀨。［禮記曰惟］［秋菊有黃華。王逸楚辭注曰：土高四墮曰椒。漢書武帝傷李夫人賦曰：釋予馬於山椒。山椒，山頂也。說文曰：瀨，水流沙上也。］

升清質之悠悠，降澄輝之藹藹。［楚辭曰：白日出兮悠悠。長門賦曰：望中庭之藹藹，若季秋之降霜。］

列宿掩縟長河韜映楚辭曰若列宿之錯置說文曰縟繁采飾也毛詩曰倬彼雲漢毛萇

曰雲漢天河也柔祇雪凝圓靈水鏡柔祇地也圓靈天也連觀霜縞周除

冰淨觀宮觀也徐幹七喻曰連觀飛榭說文曰除殿陛也君王迺猒晨懽樂宵宴

收妙舞弛清縣邊讓章華臺賦曰妙舞麗於陽阿長篇賦曰㵱寶弛縣周禮曰大憂弛縣鄭玄

曰弛釋也字林曰弛解也韋昭曰弛廢也去燭房即月殿芳酒登鳴琴薦若

迺涼夜自淒風篁成韻篁竹叢生也風篁風吹篁也親懿莫從羇孤

遞進親懿親親也左氏傳富辰曰兄弟雖有小忿不廢懿親杜預曰懿美也羇孤羇客孤子也言親懿不

從遊而羇旅之孤更遞進也聆皋禽之夕聞聽朔管之秋引詩曰鶴鳴九皐皐禽

鶴也抱朴子曰雙梟獨立而皐禽之響振也朔管羌笛龜說文曰管十二月位在北方故云朔秋引商聲也

於是絃桐練響音容選和絃桐琴也埤蒼曰練擇也揀與揀音義同桓譚新論曰神

農始削桐為琴練絲為絃侯瑾箏賦曰察其風采擇其聲音鄭玄禮記注曰選可選擇也徘徊房露
惆悵陽阿防露蓋古曲也文賦曰寤防露與桑間又雖悲而不雅房與防古字通淮南子曰夫歌采
菱發陽阿鄙人聽之不若延露以和也聲林虛籟淪池滅波此言風將息也聲林而籟管虛淪池
而大波滅索秀相風賦曰出林結響巨海息波莊子曰子綦謂子游曰夫大塊噫氣其名曰風是以無作作則萬竅
怒號泠風則小和飄風則大和厲風濟則衆竅為虛子游曰地籟則衆竅是已郭象曰烈風作則衆竅實及其止則
衆竅虛薛君韓詩章句曰從流而風曰淪淪文貌說文曰波水涌也情紆軫其何託愬皓月而
長歌楚辭曰鬱結紆軫兮離慜而長鞠王逸曰紆曲軫痛也毛詩曰如彼遡風毛萇曰遡鄉之也歌
曰美人邁兮音塵闕隔千里兮共明月楚辭曰望美人兮未來陸機思
歸賦曰絕音塵於江介託影響乎洛湄淮南子曰道德之論譬如日月馳騖千里不能改其處也臨風
歎兮將焉歇川路長兮不可越楚辭曰臨風怳兮浩歌歌響

餘景就畢滿堂變容迴遑如失 說文曰滿堂飲酒子貢曰夫子見之變失色范曄後漢書曰戴良見遑反歸罔然若有失也 又稱歌曰月既沒兮露欲歲方晏兮無與歸 楚辭曰歲既晏兮孰與歸 佳期可以還微霜霑人衣 楚辭曰與佳人期兮夕張又曰微霜兮夜降魏文帝善哉行曰谿谷多悲風霜露霑人衣 陳王曰善適命執事獻壽羞璧 左氏傳原成叔门敢私於執事人禮記曰平原君以千金爲魯連壽韓詩外傳曰楚襄王遣使持白璧百雙聘莊子 敬佩玉音復之無斁 毛詩曰無金玉爾音尚書曰我有周無斁爾雅曰斁猒也

鳥獸 爾雅曰兩足而羽謂之禽四足而毛謂之獸禽即鳥也

鵩鳥賦 并序

賈誼 漢書曰賈誼洛陽人也年十八屬文稱於郡中河南太守吳公聞其秀才召置

門下甚幸愛後文帝召爲博士爲絳灌馮
敬之屬害之於是天子疎之以爲長沙王
傅然賈生英特弱齡秀發縱橫海之巨鱗
矯冲天之逸翰而不參謀棘署贊道槐庭
虛離謗鈇爰傅甲土發憤嗟命不亦宜
乎而班固謂之未爲不達斯言過矣

誼爲長沙王傅漢書云誼爲長沙王太傅三年鵩入誼舍又云後歲餘文帝思誼徵拜爲梁王傅然文帝之世王長沙者唯有吳芮之子孫耳經史不載其謚號故難得而詳也又景帝十三王傳曰長沙定王發母唐姬無寵故王卑濕國三年有鵩鳥飛入誼舍止於坐隅鵩似鴞不祥鳥也晉灼曰巴蜀異物志曰有鳥小如雞體有文色土俗因形名之曰鵩不能遠飛行不出域鴞于妖切誼既以謫居長沙韋昭曰謫譴也長沙卑濕誼自傷悼以爲壽不得長遫爲賦以自廣自廣自寬也其辭曰單閼之歲兮四月孟夏爾雅曰太歲在卯曰單閼徐廣曰文帝六年歲在丁卯庚子日斜

兮鵩集予舍李奇曰日西斜時也止于坐隅兮貌甚閑暇閑[illegible]驚恐
異物來萃兮私怪其故萃集也發書占之兮讖言其度讖文
同讖驗也有徵驗之書河洛所出書曰讖曰野鳥入室兮主人將去請問于
鵩兮予去何之善曰讖下鵩鳥也吉乎告我凶言其災淹速之
度兮語予其期淹遲也速疾也謂死生之遲疾也鵩迺歎息舉首奮翼
口不能言請對以臆請以臆中之事以對也萬物變化兮固無休
息莊子曰已化而生又化而死鶡冠子曰固無休息斡流而遷兮或推而還如淳
曰斡轉也善曰鶡冠子曰斡流遷徙固無休息形氣轉續兮變化而蟺韋昭曰而如也
蘇林曰轉續相傳與也蟺音蟬如蟬之蛻化也或曰蟺相連也沕穆無窮兮胡可勝
言沕穆不可分別也顏師古曰沕穆[illegible]深也鶡冠子曰變化無窮何可勝言沕亡筆切禍兮福所

倚福兮禍所伏鶡冠子曰禍乎福之所倚福乎禍之所伏老子注曰倚因也聖人遭禍而能濟

[illegible][illegible]已修善則禍去福來也中人[illegible]福而為驕奢則福去而禍來也憂喜聚門兮吉凶同

域鶡冠子曰憂喜聚門吉凶同域或作最亦聚也童什寄云弔者在門慶者在盧今言皆在門者好惡故言

同域也彼吳強大兮夫差以敗越棲會稽兮句踐霸世鶡冠

子曰失反為福成反為敗吳大兵強夫差以困越棲會稽句踐霸世史記曰越王句踐其先允常與吳王闔閭

戰而相怨伐允常卒子句踐立是為越王闔閭聞允常死乃興師伐越越王句踐使士挑戰射傷吳王闔閭闔閭且死

告其子夫差曰必無忘越三年句踐聞吳王夫差日夜勤兵且以報越欲先吳未發往伐之范蠡諫曰不可王

曰已决之矣遂興師吳王聞之悉精兵以伐越敗之夫椒越王乃以甲兵五千人棲於會稽吳師追而圍之越王謂范蠡曰以

不聽子故至於此為之奈何蠡對曰持滿者與天定傾者與人節事者以卑辭厚禮以遺之不許而身與之市句踐曰諾乃令大夫種行成

於吳膝行頓首曰君王亡臣句踐使陪臣種敢告下執事句踐請為臣妻為妾吳王將許子胥言於吳王曰天以越賜吳勿許也吳王[illegible]

[illegible]句踐自會稽歸拊循其士民伐吳大破吳因[illegible]之[illegible]棲之姑蘇山吳王謝曰吾老矣不能事君王遂自殺乃蔽面

無以見子胥也高誘淮南子注云山處曰棲越滅吳稱霸其斯游遂成兮卒被五刑翰

自李斯西游於秦身登相位二世為趙高所讒身被五刑傳說胥靡兮迺相武丁

尚書曰高宗夢得說使百工營求諸野得諸傅巖爰立作相孔安國曰傅氏之巖通道所經有澗水壞道使胥

靡刑人築護此道說賢而隱代胥靡築之莊子曰夫道傳說得之以相武丁夫禍之與福兮

何異糾纆字林曰糾兩合繩纆三合繩應劭曰禍福相與為表裏如糾纆索相附會也臣瓚曰糾絞

也纆索也鶡冠子曰禍與福如糾纆也命不可說兮孰知其極鶡冠子曰終則有始

孰知其極老子道德經曰孰知其極河上公注曰禍福更相生死孰知其窮極時也攖監曰極止也水激

則旱兮矢激則遠萬物迴薄兮振盪相轉言夫飛水流各有常度為

物所激或旱或遠斯則萬物變化烏有常則乎鶡冠子曰水激則悍矢激則遠精神迴薄振蕩相轉悍與旱同

並戶但切呂氏春秋曰激矢遠激水旱雲蒸雨降兮糾錯相紛黄帝素問曰地氣上爲雲天氣下爲雨韋昭國語注曰糾收也大鈞播物兮坱圠無垠如淳曰陶者作器於鈞上此以造化爲大鈞應劭曰陰陽造化如鈞之造器也其氣坱圠非有限齊也善曰坱烏黨切圠烏黠切天不可預慮兮道不可預謀鶡冠子曰大不可預謀道不可預慮遲速有命兮焉識其時鶡冠子曰遲速止息必中參涵焉識其時見下文也且夫天地爲鑪兮造化爲工莊子子黎曰今一以天地爲大鑪以造化爲大冶惡乎往而不可哉陰陽爲炭兮萬物爲銅合散消息兮安有常則莊子曰人之生也氣之聚也聚爲生散爲死鶡冠子曰同合消散孰識其時千變萬化兮未始有極列子曰千變萬化不可窮極莊子曰若人之形者萬化而未始有極司馬彪曰當復化而爲無忽然爲人兮何足控摶控摶愛生之意也孟康曰控引也摶持也人生忽然何足引持自貴惜也如淳曰

揣晉灼曰許慎云揣量也度商曰揣言何足[illegible]巳之年命長短而惜之乎按史記英布傳云果如薛公揣之陳平云生揣我何念皆訓爲量與晉灼說同音初委切又丁果切但字者滋也不可謬杜在此賦訓摶揣量義似未是至於合韻全復參差且史記揣作摶字如淳孟康義爲是也善曰鶡冠子曰彼時之至安可復還安可控摶也化爲異物兮又何足患師古曰患音還言人昔死變化我何足患之莊子曰假於異物託於同體郭璞曰假因也今死生聚散變化無方皆異物也小智自私兮賤彼貴我列子曰不智自私怨之甫莊子北海若曰以道觀之無貴賤以物觀之自貴而相賤鶡冠子曰小智立趣好惡自懼達人大觀兮物無不可鶡冠子曰達人大觀乃見其將莊子曰物故有所然物故有所可無物不然無物不可貪夫殉財兮烈士殉名列子云脊士之殉名貪夫之殉財天下皆然不獨一人司馬彪曰殉營也瓚曰以身從物曰殉夸者死權兮品庶每生善曰鶡冠子曰夸者死權自貴矜容殉名司馬彪莊子注曰夸虛名也孟康曰每貪也莊子曰貪生

異怵迫之徒兮或趨東西孟康曰怵爲利所誘怵也迫迫貧賤也東西趨利也趨音娶怵[illegible]大人不曲兮意變齊同大人者與天地合其德愚士繫俗兮窘若囚拘莊子曰不肖繫俗窘囚拘之貌求殞切至人遺物兮獨與道俱莊子曰不離於真謂之至人又孔子謂老聃曰形體若槁木似遺物而立於獨也鶡冠子曰聖人捐物又曰至人不遺動與道俱衆人惑惑兮好惡積億李奇曰惑惑東西也所好所惡積之萬億也鶡冠子曰衆人惑惑迫於嗜慾真人恬漠兮獨與道息文子曰得天地之道故謂之真人也莊子曰虛靜恬淡寂漠無爲者道德之至也釋智遺形兮超然自喪莊子云仲尼問於顏回曰何謂坐忘回曰墮支體黜聰明離形去智同於大道此謂坐忘同焉處曰坐而自忘其身老子曰燕處超然莊子曰南伯子綦曰嗟乎我悲人之自喪寥廓忽荒恍兮與道翺翔寥廓忽荒元氣未分之貌廣雅曰寥寥也廓空也鶡冠子曰與道翺翔乘流則逝兮得坻

則止孟康曰易坎為險遇險難而止也張晏曰坻水中小洲也坻或爲坎又曰易明夷則仕險難則隱鶡冠子曰乘流以逝縱軀委命兮不私與己鶡冠子曰縱軀委命與時往來其生兮若浮其死兮若休莊子曰其生若浮其死若休澹乎若深泉之靜泛乎若不繫之舟莊子老聃曰其居也淵而靜其唯人心乎鶡冠子曰泛泛乎若不繫之舟不以生故自寶兮養空而浮鄧展曰自寶自貴也鄭氏曰道家養空虛若浮舟也莊子曰汎若不繫之舟虛而遨遊德人無累知命不憂莊子苑風曰願聞德人淳芒曰德人者居無思行無慮也又曰聖人循天之理故無天災故無物累周易曰樂天知命故不憂細故蔕芥何足以疑鶡冠子曰細故袃蒯奚足以疑袃蒯與蔕芥古字通張揖子虛賦注曰蔕芥刺鯁也

鸚鵡賦并序山海經曰黄山有鳥其狀如鴞青羽赤喙人舌能言名鸚鵡也注曰舌似小兒舌脚指前後各兩鵡一作䳇莫口切

禰正平 范曄後漢書曰禰衡字正平平原人也少有才辯而尚氣傲曹操欲見之不肯往操懷忿而以才名不欲殺之送劉表後復侮慢於表表不能容以江夏太守黃祖性急故送衡與之祖長子射爲章陵太守尤善於衡射大會賓客人有獻鸚鵡者射舉札於衡前曰願先生賦之衡攬筆而作辭彩甚麗後黃祖殺之時年二十六

時黃祖太子射亦賓客大會有獻鸚鵡者舉酒於衡前曰禰處士應劭風俗通曰處士若隱居放言也今日無用娛賓竊以此鳥自遠而至明慧聰善羽族之可貴典引曰來儀集羽族於觀魏願先生爲之賦使四坐咸共榮觀不亦可乎老子曰雖有榮觀燕處超然衡因爲賦筆不停綴文不加點其辭曰惟西域之靈鳥兮挺自然之奇姿體金精之妙質兮合火德之明煇西域謂隴坻出此鳥也老子曰以輔萬物

[illegible]河上公曰輔萬物自然之性也西方爲金毛[illegible]者故曰金精南方爲火觜有赤者故曰火德歸藏於
曰金水之子其名曰羽蒙是生百鳥蔡邕月令章句曰天官五獸前有朱雀鶉火之體也性辯慧而
能言兮才聰明以識機禮記曰鸚鵡能言不離飛鳥王弼周易注曰幾者事之微也
故其嬉游高峻棲跱幽深說文曰嬉樂也也跱立也飛不妄集翔必
擇林紺趾丹觜綠衣翠衿說文曰紺深青而揚赤也采采麗容咬咬
好音韓詩曰采采衣服薛君曰采采盛貌也韻略曰咬咬鳥鳴也音交毛詩曰睍睆黃鳥載好其音雖
同族於羽毛固殊智而異心配鸞皇而等美焉比德於
衆禽於是羨芳聲之遠暢偉靈表之可嘉命虞人於隴
坻詔伯益於流沙漢書音義應劭曰天水有大阪曰隴坻尚書帝曰益汝作朕虞孔安國曰
伯益也掌山澤官也尚書曰導弱水餘波入于流沙跨崑崙而播弋冠雲霓而張

羅雖綱維之備設終一目之所加文子曰有鳥將來張羅而待之得鳥者羅
之一目也今為一目之羅則無以得鳥也且其容止閑暇守植安停鵩鳥賦曰貌甚
閑暇王逸楚辭注曰植志也逼之不懼撫之不驚鶡冠子曰迫之不懼安定以知勇寧
順從以遠害不違迕以喪生毛詩序曰君子全身遠害故獻全者受
賞而傷肌者被刑爾迺歸窮委命離羣喪侶委命已見上文禮記
曰離羣索居閉以雕籠翦其翅羽淮南子曰天下以為之籠又何失鳥之有乎然籠所
以盛鳥說文曰翅翼也流飄萬里崎嶇重阻埤蒼曰崎嶇不平也崎去奇切嶇音驅
踰岷越障載罹寒暑岷障二山名續漢書曰岷山在蜀郡五道西障縣屬隴西蓋因山立
名也毛詩曰二月初吉載離寒暑一曰障亭障也女辭家而適人臣出身而事
主有以託意也特為曹操所迫故寄意以申情家語曰女子十五許嫁有適人之道漢書鄧都曰已背親而出

[illegible]也。彼賢哲之逢患，猶棲遲以羈旅。毛詩曰：衡門之下，可以棲遲。[illegible]人臣事君逢禍患，尚棲遲羈旅也。羈旅已見上文。矧禽鳥之微物，能馴擾以安處。薛君韓詩章句曰：鳥，微物也。說文曰：馴，順也。漢書音義應劭曰：擾，馴也。眷西路而長懷，望故鄉而延佇。楚辭曰：情慨慨而長懷。又曰：結幽蘭而延佇。忖陋體之腥臊，亦何勞於鼎俎。毛詩曰：予忖度之。七本切。國語：舅犯對晉侯曰：偃之肉腥臊，將焉用之？孔安國尚書傳曰：腥，臭也。嗟祿命之衰薄，奚遭時之險巇。禮斗威儀曰：天其祿命不[illegible]極其數。楚辭曰：何周道之平易兮，然蕪穢而險巇。王逸曰：險巇，顛危也。豈言語以階亂，將不密以致危。周易：孔子曰：亂之所生，則言語以為階也。君不密則失臣，臣不密則失身。痛母子之永隔，哀伉儷之生離。左氏傳曰：施氏之婦怨施氏曰：已不能庇其伉儷。杜預曰：儷，偶也。伉，敵也。楚辭曰：悲莫悲兮生別離。匪餘年之足惜，愍衆雛之無知。

爾雅曰生噣雛謂鳥子初生能自啄食揔名曰雛也背蠻夷之下國侍君子之光儀毛詩曰命于下國非天子之國故曰下也懼名實之不副恥才能之無奇莊子許由曰名者實之賓羨西都之沃壤識苦樂之異宜西都長安也鸚鵡言長安樂自古之來詳所見有懷代越之悠思故每言而稱斯斯此也此長安也言類彼鳥馬面懷代越之思故亦每言而稱北古詩曰代馬依北風越鳥巢南枝若西少昊司辰蓐收整轡禮記曰孟秋之月其帝少昊其神蓐收嚴霜初降涼風蕭瑟楚詞曰冬又申之以嚴霜長吟遠慕哀鳴感類毛詩曰哀鳴嗷嗷音聲悽以激揚容貌慘以顦顇漢書谷永上疏曰贊命之臣靡不激揚答賓戲曰夕而顦顇也聞之者悲傷見之者隕淚毛詩曰涕既隕之毛萇曰隕墜也放臣為之屢歎棄妻為之歔欷放臣棄妻屈原哀姜之徒王逸楚詞注曰歔欷啼聲感平生之

游氣若塤篪之相須論語曰君子久要不忘平生之言毛詩曰伯氏吹塤仲氏吹篪毛萇曰土曰塤竹曰篪何今日之兩絕若胡越之異區淮南子曰自異者視之肝膽胡越也高誘曰胡越喻遠順籠檻以俯仰闚戶牖以踟蹰說文曰櫳房室之疏也楯欄檻也王逸楚詞注曰從曰檻橫曰楯說文曰牖穿壁以爲牕也韓詩曰搔首踟蹰薛君曰踟躑躅躕也踟腸知切蹰腸誅切想崑山之高嶽思鄧林之扶疏班固漢書贊禹本紀云崑崙山高二千五百餘里山海經曰夸父與日競走渴死棄其杖化爲鄧林上林賦曰垂條扶疏顧六翮之殘毀雖奮迅其焉如韓詩外傳蓋桑曰夫鴻鵠一舉千里所恃者六翮耳心懷歸而弗果徒怨毒於一隅毛詩曰豈不懷歸廣雅曰毒痛也苟竭心於所事敢背惠而忘初左氏傳子犯曰背惠食言楚詞曰不敢忘初之厚德託輕鄙之微命委陋賤之薄軀楚詞曰蜂蛾微命力何固期守死以報德

甘盡辭以效愚〔論語子曰守死善道毛詩曰欲報之德司馬遷書曰效其癡愚〕恃隆恩於既往庶彌久而不渝〔渝變也感恩久不變也〕

鷦鷯賦〔并序〕〔毛詩曰肇允彼桃蟲詩義疏曰桃蟲今鷦鷯微小黃雀也鷦音焦鷯音遼又方言曰桑飛郭璞注曰即鷦鷯也自關而東謂之二雀又云女工一云巧婦又云女匠〕

張茂先〔臧榮緒晉書曰張華字茂先范陽人也少好文義博覽墳典爲太常博士轉兼中書郎雖棲處雲閣慨然有感作鷦鷯賦後詔加右光祿大夫封壯武郡公遷司空爲趙王倫所害〕

鷦鷯小鳥也生於蒿萊之間長於藩籬之下翔集尋常之內而生生之理足矣〔漢書音義應劭曰八尺曰尋倍尋曰常老子曰人之輕死以其生生之厚易繫辭曰生生之謂易韓康伯曰陰陽轉易以化成生也〕色淺體陋不爲人用

形微處卑物莫之害呂氏春秋曰高節厲行物莫之害繁滋族類乘居
匹遊列女傳妻右曰雎鳩之鳥猶未常見其乘居而匹遊翩翩然有以自樂也翩翩
自得之貌毛詩曰翩翩者鵻彼鷲鶚鶤鴻孔雀翡翠說文曰鷲鳥黃頭赤目五色皆備
鶚鵰也山海經曰景山多鷲黑色多力鶚狀如鵰而文漢書音義應劭曰雄曰翡雌曰翠異物志曰翡赤色大
於翠顏監曰鳥各別異非雄雌異名也或凌赤霄之際或託絕垠之外絕張
天邊之地也楚辭曰載赤霄而凌太清又曰辟絕垠于寒門翰舉足以沖天觜距足
以自衛王弼周易注曰翰高飛也史記楚莊王曰有鳥三年不蜚蜚乃沖天蜚與飛同字書曰沖中也
呂氏春秋曰凡人之性爪牙不足以自守衛西京賦曰觜距為刃鈎然皆負矰嬰繳羽毛
入貢何者有用於人也嬰繫繳也尚書曰厥貢齒革羽毛夫言有淺而
可以託深類有微而可以喻大故賦之云爾

何造化之多端兮播羣形於萬類易曰天地造生萬物滋殖又曰造化道也

淮南子曰夫丈夫無爲無造化道濛鴻濛變辭曰多端膠加老子曰道生萬物河圖曰物含元氣以包萬類惟

鷦鷯之微禽兮亦攝生而受氣老子曰善攝生者不爲莊子曰北海若曰吾受氣

於陰陽育翩翾之陋體無玄黃以自貴字書曰翩疾飛也說文曰翾小飛也

孚縁切毛弗施於器用肉弗登於俎味左氏傳臧僖伯曰皮革齒牙骨角毛

羽不登於器鳥獸之肉不登於俎則公不射古之制也鷹鸇過猶俄翼尚何懼於

罿衝罻尉左氏傳然明曰見不仁者誅之如鷹鸇之逐鳥雀也爾雅曰晨風鸇也廣雅曰俄邪也

詩曰側弁之俄箋云俄傾貌罿罻皆網也鸇之然切翳薈蒙蘢是焉游集孫子兵法曰

木翳薈草蔚蒙蘢飛不飄颺翔不翕習翕習盛貌其居易容其求易給

巢林不過一枝每食不過數粒莊子曰鷦鷯巢林不過一枝孔安國尚書

僉曰數粒棲無所滯游無所盤爾雅曰盤樂也匪陋荆棘匪榮茝
蘭動翼而逸投足而安委命順理與物無患委命已見上文淮南
子曰守道順理伊茲禽之無知何處身之似智莊子曰鳥高飛以避矰弋之害
鼷鼠深穴乎神丘之下以避熏鑿之患而曾二蟲之無知也不懷寶以賈害不飾表
以招累左氏傳曰虞叔有玉虞公求之弗獻既悔之曰周任有言匹夫無罪懷璧其罪吾焉用此以賈
其害杜預曰賈賣也靜守約而不矜動因循以簡易文子曰約其所守即察尚
書曰汝惟不矜孔安國曰自賢曰矜淮南子曰因循而任下周易曰簡易而天下之理得矣任自然
以爲資無誘慕於世僞自然已見上文文子曰去其誘慕除其嗜欲損慮曰遺囊附尚
爲害眞性傅毅七激曰排遊禮學譏譴世僞鵰鶡介其觜距鵠鷺軼於雲際
穆天子傳曰青鵰執犬羊食豕鹿郭璞曰今鵰亦能食麏麖山海經曰煇諸之山多鶡郭璞曰似雉而大青色

范

[illegible]鬭死乃止出上黨言因觜距而為人用也鶤雞竄於幽險孔翠生乎遐裔
彼晨鳧與歸雁又矯翼而增逝說苑曰魏文侯[illegible]史記曰楚人有好以弱
弓微繳加歸鴈之上解嘲曰矯翼厲翮淮南子曰鳳皇曾逝萬仞之上咸美羽而豐肌故
無罪而皆斃文子曰羽翼美者傷其骨骸司馬相如美人賦曰弱骨豐肌徒銜蘆以
避繳終為戮於此世淮南子曰鴈銜蘆而翔以備矰繳抱朴子曰智禽銜蘆以避網水牛
結陣以却虎史記太史公曰英布不克於身為世大戮蒼鷹鷙而受緤鸚鵡惠而
入籠李陵詩曰有鳥西南飛熠燿似蒼鷹王逸楚詞注曰緤繫也鸚鵡賦曰性辯惠而能言又曰閉以雕
籠屈猛志以服養塊幽縶於九重淮南子曰塊然獨處若對切楚辭曰君之
門兮九重變音聲以順旨思摧翮而為庸戀鍾岱之林野慕
隴坻之高松鍾岱二山鷹之所產漢書曰趙地鍾代近胡寇如淳曰鍾所在未聞漢有代郡

代國也東方朔十洲記曰北海外有鍾山鸚鵡賦曰命虞人於隴坻雖蒙幸於今日未若
疇昔之從容左氏傳曰羊斟云疇昔之羊子爲政杜預曰疇昔猶前日也尚書曰從容以和海
鳥鶢袁鶋居避風而至國語曰海鳥曰爰居止於魯東門外展禽曰今茲海其有災乎
夫廣川之鳥獸常知而避其災是歲海多大風條枝巨雀踰嶺自致漢書曰條枝國臨西
海有大鳥提挈萬里飄颻逼畏漢書曰左提右挈夫唯體大妨物而
形瓌足瑋也陰陽陶蒸萬品一區文子老子曰陰陽陶冶萬物蒸氣出貌
巨細舛錯種繁類殊鷦螟巢於蚊睫接大鵬彌乎天隅
晏子春秋景公曰天下有極細者乎對曰有東海有蟲巢於蚊睫再飛而蚊不爲驚臣不知其名而東海有通
者命曰鷦螟莊子曰北溟有魚其名曰鵬化而爲鵬怒而飛翼若垂天之雲將以上方不足
而下比有餘莊子曰長者不爲有餘短者不爲不足普天壤以遐觀吾又

安知大小之所如莊子北海若曰以差觀之因其所大而大之則萬物莫不大因其所小而小之則萬物莫不小則差數覩矣歸田賦曰安知榮辱之所如

文選卷第十三

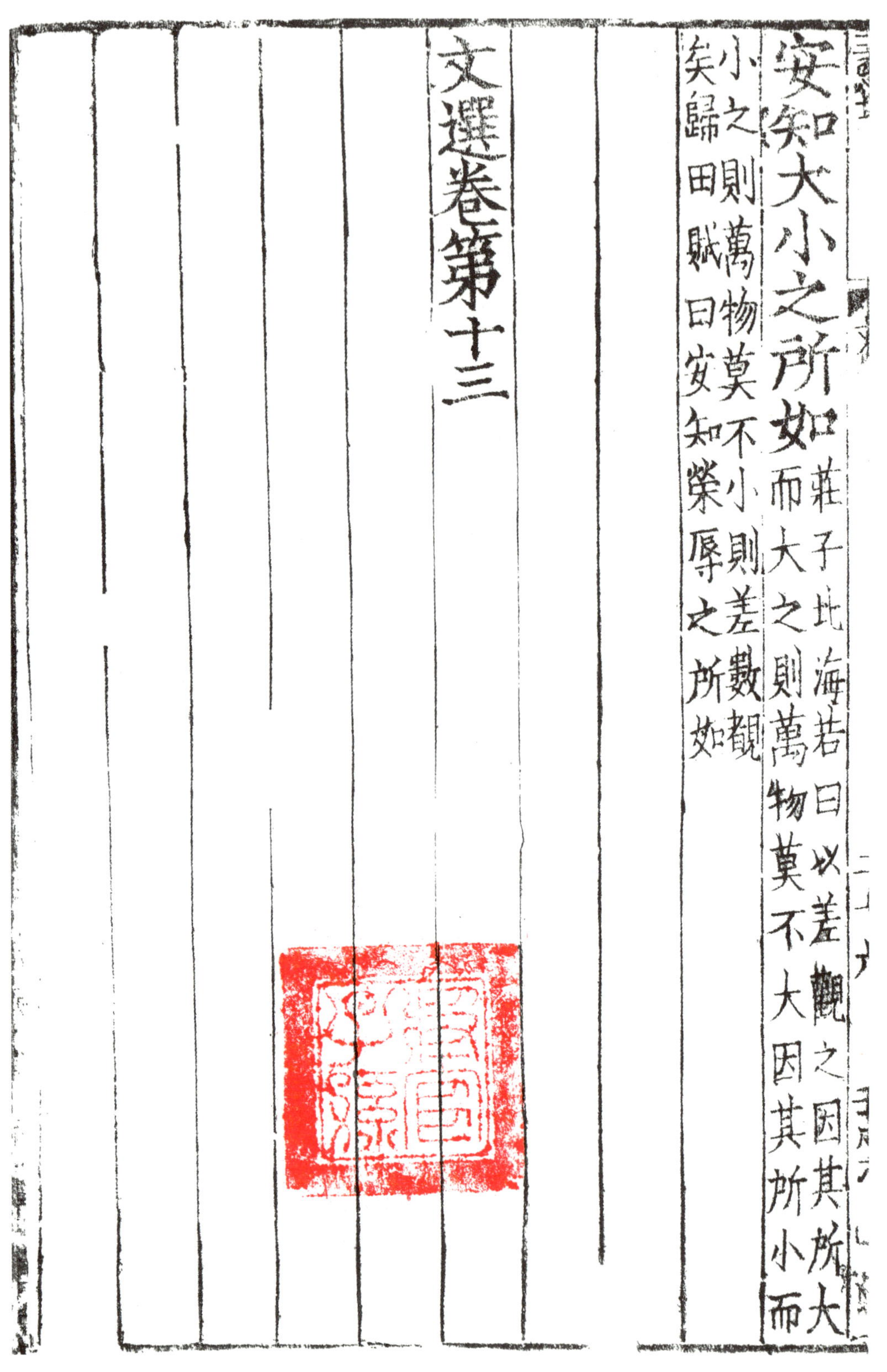

文選卷第十四

梁昭明太子撰

文林郎守太子右内率府録事參軍事崇賢館直學士臣李善注

鳥獸

顔延年赭白馬賦 并序

鮑明遠舞鶴賦

志上

班孟堅幽通賦

鳥獸

赭白馬賦 劉芳毛詩義證曰形白雜毛曰駁形赤也即赭白也

顏延年 沈約宋書曰顏延之字延年琅邪人也好讀書無所不覽文章之美冠絕當時吳國內史劉柳以爲行軍參軍後爲秘書監太常卒

驥不稱力馬以龍名 論語曰驥不稱其力稱其德周禮曰凡馬八尺已上爲龍 豈不以國尚威容軍駙 音伏馬名 遹迅而已 傅玄乘輿馬賦曰用之軍國則文武之功騆又曰文榮其德武耀其威天山崩風盪河澳朔障裂寒笳冰原嘶代駙顏庾同時度中丞昭君辭曰聯雪隱未詳所見毛詩曰四牡有驕毛萇曰蹻壯貌蹻與驕同並綺驕切 實有騰光吐圖疇德瑞聖之符焉 尚書中候曰帝堯即政七十載脩壇河洛仲月辛日禮備至于日稷榮光出河龍馬銜甲赤文綠色臨壇吐甲圖宋均曰稷側也黃伯仁龍馬賦曰或有奇貌絕足蓋爲聖德而生疇昔也 是以語崇其靈世榮其至我高祖之造宋也 沈約宋書曰高祖武皇帝諱裕字德輿彭城縣人後封宋王受晉禪 五方率職四隩入貢 禮記曰中國蠻夷戎狄五

人魏都賦曰樂率職貢尚書曰四隩既宅孔安國
方之宅可居四隩四方之隱奧也漢書曰古者
以時
貢
祕寶盈於玉府文駟列乎華廐周禮曰玉府掌王之金玉玩好
尚書曰王府則有周書曰犬戎文馬赤鬣白身左氏傳曰宋人以馬百駟贖華元漢舊儀有承華廐乃有
乘輿緒白特達異之姿妙簡帝心用錫聖皁潘安仁夏侯湛
詩曰妙簡邦良論語曰簡在帝心崔駰武賦曰假皇芺兮簡帝心用錫見下文司馬彪莊子注曰皁櫪也服
御順志馳驟合度韓子曰造父御駟馬馳驟周旋而恣於馬者轡筴制之齒歷雖
衰而藝美不忒穀梁傳曰馬齒加長矣爾雅曰歷數也毛詩曰其儀不忒龔養兼年
恩隱周渥賈逵國語注曰龔受也周書曰小人無兼年之食國語注曰隱私也毛萇詩傳曰渥厚也
歲老氣殫斃于內棧說文曰殫盡也棧櫪也呂氏春秋曰取之內皁而著之外皁莊子伯
樂曰我善治馬編之以皁棧司馬彪曰棧若檽床施之濕地也少盡其力有惻上仁韓詩

外傳曰昔者田子方出見老馬於道問其御者此何馬也曰公家畜也罷而不用故出之子方喟然歎曰少盡其力老棄其身仁者不爲也束帛而贖之長楊賦曰自上仁所不化乃詔陪侍奉述中旨末臣庸蔽敢同獻賦其辭曰崔瑗胡公碑曰唯我末臣頑蔽無聞

惟宋二十有二載盛烈光乎重葉宋文帝十七年也沈約宋書曰文帝諱義隆武帝第三子也烈業也自武至文故曰重葉毛萇詩傳曰葉世也武義虔其肅陳文教迄已優洽羽獵賦曰武義動於南郊尚書曰偃武脩文孔安國曰脩文教也泰階之平可升興王之軌可接泰階已見上國語曰興王賞諫臣訪國美於舊史考方載於往牒兩都賦序曰國家之遺美西京賦曰學乎舊史氏方載謂四方之事漢書杜下方書音義曰四方之文書說文札牒也昔帝軒陟位飛黃服皁春秋命曆序曰帝軒受圖謂授曆尚書曰汝陟帝位淮南子曰黃帝治天下[illegible]飛黃服皁高誘曰飛黃如狐背上有角乘之壽三千[illegible]

也后唐膺籙赤文候曰后唐謂堯也膺籙已見東京赤文候日即至于日稷也已見
上注漢道亨而天驥呈才杜預左氏傳注曰亨通也天馬歌曰天馬來從西極漢書曰武
帝元鼎四年馬生渥洼水中李斐曰南陽新野有暴利長武帝時遭刑屯田燉煌界數於水旁見羣野馬中有
奇異者與凡馬異來飲此水利長先作土人持勒絆於水旁後馬翫習久之代土人持勒絆收得其馬獻之欲
神異此馬云從水中出作天馬歌魏德楙而澤馬効質說文曰楙盛也魏志曰文帝黃
初中於上黨得澤馬魏都賦曰澤馬于皁伊逸倫之妙足自前代而間出公孫
弘贊曰異人間出並榮光於瑞典登郊歌乎司律瑞典吐圖也作天馬歌歌
之以郊祀合于司律也所以崇衛威神扶護警蹕魯靈光殿賦曰又似帝室之威
神漢儀曰皇帝輦動則左右侍帷幄者稱警出則傳蹕止行人清道也精曜協從靈物咸
秩協合也論語撰考讖曰下學上達知我者其天乎通精曜也尚書曰龜筮協從又曰咸秩無文秩序也

既暨明命之初基罄九區而率順
爾雅曰暨及也明命謂高祖也九區九服也尚書伊尹曰先王顧諟天之明命劉騊駼郡太守箴曰大漢遵周化洽九區
有肆險以禀朔或踰遠而納贄
肆險人慕化也長揚賦曰故平不肆險魏都賦曰思禀正朔孟子曰有遠行者必以贄蒼頡篇曰贄財貨也説文曰贄會禮也
闡王會之阜昌知函含夏之充牣
阜盛也周書王會曰成周之會鄭玄曰王城既成大會諸侯及四夷也漢書郊祀歌曰敷華就實既阜既昌揚雄河東賦曰函夏之大服虔曰函諸夏也漢書音義蘇林曰充牣滿多也如淳曰牣滿也
揔六服以収賢掩七戎而得駿
收賢取賢善之馬也周禮曰王畿外侯服甸服男服采服衛服蠻服斯爲六服爾雅曰九夷八狄七戎六蠻謂之四海郭璞曰七戎在西
蓋乘風之淑類實先景之洪胄
崔駰七依曰服飛兔之中乘騕華騠之騄輪驎虛騰雲乘風度津漢書楊雄河東賦曰六先景之乘劉邵魏明帝誄曰先皇嘉其誕受洪胄
故能代驂象輿歷配鈎陳

毛詩箋曰在旁曰驂韓子曰黃帝合鬼神於泰山[illegible]
車[illegible]揮曰德流則山出象車山之精瑞也上林賦曰[illegible]
輿婉嬋於西清
鸞陳已見上文
齒筭延長聲價隆振
鄭玄儀禮注曰筭
數也風俗通曰張
伯坐養
聲價
信聖祖之蕃錫留皇情而驟進
祖高祖也皇文
帝也蕃錫已見
魏都
賦
徒觀其附筋樹骨垂梢植髮
相馬經曰良馬可以
筋骨相也梢尾之垂
者髮頷上毛也尾欲梢而長梢所交切張敞集曰蒼蠅
託驥之髮也傅玄乘輿馬賦曰頭似削成尾如植髮
雙瞳夾鏡兩權協月
相馬經曰目成人者行千里注云
成人者視童子中人頭足皆見言
月中清明如鏡或云兩目中央旋毛為鏡權頰權也相
馬經曰頰欲圓如懸璧因謂之雙璧其盈滿如月異相
之表也黃伯仁龍
馬頌曰雙璧似月
異體峯生殊相逸發
峯生若山
而生峯也
超攄絕夫塵轍驅騖迅於滅沒
劉歆遂初賦曰馬龍騰以超
攄列子秦穆公謂伯樂曰子
之年長矣子之姓有可使求馬者乎伯樂對曰良馬可
以形容筋骨相也天下之馬者若滅若沒若亡若失若

此者絶塵弭轍臣之子皆下才也可告以良馬不可
告天下之馬也李尤馬銘曰驅騖馳逐騰踊覆跋館
偉塞門獻狀絳闕塞紫塞也已見燕城賦有關故曰門塞或爲寒非也傳玄北都賦曰魏巍
絳闕旦刷幽燕晝秣荊越說文曰刷刮也魏都賦曰刷馬江州毛詩曰言秣其馬杜
顏曰以粟飯馬曰秣幽燕荊越四地名也教敬不易之典訓人必書之舉孝經
曰聖人因嚴以教敬國語號文公曰王其監農不易左氏傳曰訓人事君又曹劌諫曰君舉必書惟帝
惟祖爰游爰豫孟子曰一游一豫爲諸侯度飛輶軒以戒道環轂騎
而清路輶輕也吳都賦曰輶軒蓼擾轂騎煒煌杜篤迎鍾文曰必令河伯戒道道先也清路已見射雉
賦勤五營使按部聲八鸞以節步漢書王尋敕諸營皆按部薛綜東京賦注
曰馬步齊則鸞聲和應劭漢官儀曰大駕鹵簿五營校尉在前名曰奘衛毛詩曰四牡彭彭八鸞鏘鏘具
服金組兼飾丹雘倚執切金組二甲也蔡雍女琰詩丹卓塗來東下金甲鐩曰光左氏右

□□甲三十馬融曰組甲以組爲甲也
□□二色也郭璞山海經曰貙□□貙屬 寶鋑星纏鏤章
霞布 鼓裝飾也章采文也表其□□ 酬宴賦曰朱帷赫以霞布 進迫遮迾却屬輦輅
服虔通俗文曰天子出虎賁伺非常 謂之遮迾漢書音義晉灼曰迾古列字 欻發擢以鴻驚時
濩略而龍翥 薛綜西京賦注曰欻忽也說文曰欻有所 吹起也傅玄乘輿馬賦曰形便飛驫勢邈
鸞鵠甘泉賦曰迴濩略綴縱張景 陽七命曰蝴蝶躚麟翹龍翔 弭雄姿以奉引婉
心而待御 東京賦曰奉引 既畢先輅乃發 至於露滋月肅霜戾秋登 禮記
曰孟秋之月天地始肅爾 雅曰戾至也又曰登成也 王于興言闡肆威稜 毛詩曰 王于興
師漢書武帝報李廣曰威稜憺乎鄰國又曰興言 出宿蒼頡篇曰闡大開也賈逵國語注曰肆習也 臨廣
望坐百層 地理書洛陽故宮曰寶望觀臨金 市劉梁七舉曰鴻臺百層干雲參差 料武藝品
驍騰 字林曰料量也夏侯淳馳射賦曰恭武藝 以遊遨說文曰驍良馬也廣雅曰騰奔也 流藻周

施和鈴重設流藻周流藻畫也應瑒馳射賦曰藻飾齊明和鈴已見上睨影高鳴將
超中折相馬經曰馬有眄影而視者分馳迴場角壯永埒東都賦曰講士故逐
馳乎沙場曹毗馬射賦曰循埒坦其平舒別輩越群絢火縣練夐絕絢練疾貌也夐絕遠
絕也捷趫夫之敏手促華鼓之繁節廣雅曰蹻健也孔安國尚書傳曰敏疾也
言射有常儀鼓有常節今以馬馳之疾鼓加捷促也應瑒馳射賦曰擔動鼓震讙聲雷讀飄略司馬景王與許
允書曰震華鼓建朱節經玄蹄而雹散歷素支而冰裂玄蹄馬蹄也素支月
支也皆射帖名也言馬既良射者亦中故玄蹄雹散素支冰裂也邯鄲淳藝經曰馬射左邊為月支二枚馬蹄
三枚也膺門沫赭汗溝走血相馬經曰膺門欲開汗溝欲深漢書天馬歌曰霑赤汗沫
流赭應劭曰大宛馬汗血霑濡也流沫如赭也如淳曰沫或作䫉音悔踠迹回唐畜怒未
洩方言曰洩歇也南都賦曰收驛命駕分背回唐東都主人曰馬䮘餘足士怒未洩乾心降而

微怡都人仰而朋悅乾喻文帝也周易曰乾為天都人已見西都賦妍變之態
既畢凌遽之氣方屬凌遽已見西京賦鄭玄喪服注曰屬連也跼鑣轡之牽
制隘通都之圈束字林曰跼蹐行不中也得通都馳騁猶為圈束司馬遷書曰通邑大都說
文曰圈養畜閑也眷西極而驤首望朔雲而蹀足漢書天馬歌曰天馬來從
西極又曰武帝得烏孫馬名天馬後更名西極馬鄒陽上書曰交龍驤首曹顏遠感舊賦曰胡馬仰朔雲越鳥
巢南枝又圜碁賦曰良馬躁足軨車結轄將使紫燕駢衡綠蛇衛轂尸子曰我得而
民治則馬有紫燕蘭池劉邵趙都賦曰良馬則飛兔奚斯常驪紫燕衡車衡也尚書中候曰龍馬赤文綠色鄭玄曰赤文
而綠也也纖驪接趾秀騏齊亍李斯上書曰乘纖離之馬尸子曰馬有秀騏逢騩毛萇詩傳曰騏綦
文也音其騩京䫜切覲王母於崑墟要帝臺於宣嶽史記曰造父取驥之乘匹與桃
林盜驪驊騮騄耳獻之繆王繆王使造父為御西巡狩見王母樂之忘歸列仙傳西王母在崑崙山山海經曰一鼓鍾之

崤山帝臺之所以觴百神也郭璞曰帝臺神人名山海經有宣山跨中州之轍迹窮神行之

軌躅司馬相如大人賦曰世有大人在乎中州列子曰黃帝夢遊華胥氏之國其國乘空如履實山谷不躓其步神行而已此述穆王也見下文軌躅已見魏都賦然而般于遊畋作鏡前王尚書曰文王不敢盤于遊畋孟子曰詩云殷鑒不遠在夏后之世趙岐曰以前代善惡爲明鏡肆於人上取

悔義方肆敢也左氏曰師曠諫晉悼公曰天之愛人甚矣豈使一人肆於人上杜預曰肆恣也庾元規表曰爲國取悔左氏傳石碏曰臣聞愛子教之義方天子乃輟駕迴慮息徒解裝

孔叢子曰孔子歌曰喟然回慮題彼泰山嵇康贈秀才詩曰息徒蘭圃王逸荔枝賦曰裝不及解許慎淮南子注曰裝束也鑒武穆憲文光左氏傳右尹子革曰周穆王欲肆其心周行天下將皆有車轍

馬迹焉漢書武帝好大宛馬使者相望於道又賈捐之曰孝文皇帝時有獻千里馬者詔曰鸞旗在前屬車在後吉行日三十凶行日五十朕乘千里之馬獨先安之於是乃還其馬東觀漢記光武紀曰是時名都王國有

□名馬□鼓車振民隱脩國章小雅曰振救也國語祭公謀父曰勤恤民隱而除其害韋昭
隱痛也戒出豕之敗御惕飛鳥之跱衡韓子曰王子期爲趙簡子御取道爭
千里之表其始發也彘伏溝中王子期齊轡策而進之彘突出於溝中馬驚敗駕古文周書曰穆王田有黑鳥
若鵠飛而跱於衡御者斃之以策馬佚不克止之蹟於乘傷帝左股案漢明帝起居注云帝向太山至滎陽
有鳥鳴軶中郎將王吉引弓射殺之將以示帝曰鳥鳴軶彎弓射洞胷腋陛下壽萬歲臣受二千石乃賜帛二
百匹東觀漢記□勑上書理馬援曰飛鳥跱衡馬驚觸虎物類相生亦無不有故祗慎乎所常
忽敬備乎所未防周書芮良夫曰惟禍發於人之倏忽王弼周易注曰敬慎防備可以不敗
輿有重輪之安馬無泛駕之佚重輪已見東京賦漢書曰夫泛駕之馬亦在御
之而已應劭曰泛覆也處以濯龍之奧委以紅粟之秩盧植集曰詔給濯龍
廐馬三百匹鄭玄尚書注曰奧內也廣雅曰委累也言纍加之也鄭玄周禮注曰秩祿廩也紅粟已見吳都賦

服養知仁從老得卒鷦鷯賦曰屈猛志以服養嵇康養生論曰從白得老從老得終
加弊帷收仆質禮記孔子曰弊帷不弃爲埋馬也天情周皇恩畢魏都賦曰皇恩畢
亂曰惟德動天神物儀兮尚書益贊于禹曰惟德動天春秋合誠圖曰黃帝先致白
狐白虎諸神物乃下於時駔駿充階街兮隹說文曰駔壯也言駔駿之馬充於階街也
魏都賦曰冀馬填廐而駔駿王逸楚辭注曰駔駿馬名也禀靈月駟祖雲螭兮春秋考異
記云地生月精爲馬漢書曰漢中星爲天駟黃伯仁龍馬賦曰資玄螭之表像似靈虯之矩則郭璞遊仙詩曰
雲螭非我駕雄志倜儻精權奇兮漢書天馬歌曰志俶儻精權奇廣雅曰倜儻卓異也
既剛且淑服鞿羈兮周禮曰師曠見太子太子曰詩云馬之剛矣轡之柔矣楚詞曰余雖
好脩姱以鞿羈兮王逸曰韁在口曰鞿絡在頭曰羈效足中黃殉驅馳兮曹植與[illegible]

漢書曰騏驥不常步應良御而効足漢書舊儀曰中黄門駙馬又大宛馬汗血馬乾河馬天馬曹植令曰今皇帝損乘車之副損中黄之府

願終惠養蔭本枝兮

漢書讃曰此金者四主所以惠養老臣毛詩曰本枝百世

竟先朝露長委離兮

朝露至危而又先之言甚遠也漢書李陵謂蘇武曰人生如朝露曹子建自試表曰常恐先朝露楚詞曰遂萎絕而離異禮記曰哲人其萎乎家語爲委萎與委古字通

舞鶴賦

鮑明遠

散幽經以驗物偉胎化之仙禽

相鶴經者出自浮丘公公以自授王子晉崔文子者學仙於子晉得其文藏於嵩高山石室及淮南八公採藥得之遂傳於世鶴經曰鶴陽鳥也因金氣依火精火數七金數九故十六年小變六十年大變千六百年形定而色白又云二年落子毛易黒點三年頭赤七年飛薄雲漢又七年學舞復七年應節晝夜十二鳴六十年大毛落茸毛生色雪白泥水不能汚百六十年雄

雄相見曰精不轉孕千六百年飲而不食食於水故喙
長軒於前故後短栖於陸故足高而尾凋翔於雲故毛
豐而肉疎行必依洲嶼止必集林木蓋羽族之宗長仙
人之騏驥也隆鼻短口則少眠露眼赤精則視遠頭銳
身短則喜鳴四翎亞膺則體輕鳳翼雀毛則喜飛龜背
鼈腹則能產軒前垂後則善舞洪髀纖趾則能行
鍾浮曠之藻質抱清迥之明心曹植九詠章句曰鍾當也指蓬壺而
翻翰望崑閬而揚音蓬壺崑閬見上帀日域以迴騖窮天步而
高尋相鶴經曰一舉千里本崇朝而徧四方者也長楊賦曰東震曰域毛詩曰天步艱難陸機為古詩曰
粲粲光天步然文綃出彼而意並殊不以文害意也踐神區其既遠積靈祀而方
多一舉千里乃云既遠壽踰千歲故云方多精含丹而星曜頂凝紫而烟華
相鶴經曰露目赤精則視遠引貟吭之纖婉頓脩趾之洪姱吭已見吳都賦
相鶴經曰高脚疎節則多力王逸楚詞注曰姱好也疊霜毛而弄影振玉羽而臨

霞劉鵜羽翡賦曰同瞰素於凝霜江逌翡賦曰瓊澤水鱗瓊瓊亦玉也朝戲於芝田夕飲
乎瑤池十洲記曰鍾山在北海之中地仙家數千萬田種芝草課計頃畝也穆天子傳曰天子觴王
母于瑤池之上厭江海而游澤掩雲羅而見羈新序曰晉文公出田漁者曰鵠
鵠保河海之中厭而徙之小澤必有矰弋之憂鸚鵡賦曰冠雲霓而張羅去帝鄉之岑寂歸
人寰之喧卑莊子曰乘彼白雲至于帝鄉岑寂猶高静也人寰已見魏都賦歲崢嶸而愁
暮心惆悵而哀離廣雅曰崢嶸高貌歲之將盡猶物之高楚詞曰惆悵而私自憐於是
窮陰殺節急景凋年禮記曰季冬之月日窮于次神農本草經曰秋冬為陰禮記曰仲秋
之月殺氣浸盛涼沙振野箕風動天易卦通驗曰巽氣至則大風揚沙春秋緯曰月失其
行離於箕者風易緯曰箕風飄石折樹嚴嚴苦霧皎皎悲泉冰塞長河雪
滿群山海賦曰羣山既略既而氛昏夜歇景物澄廓廣雅曰廓空也星

翻漢迴曉月將落魏文帝有詩曰天漢迴西流感寒雞之早晨憐霜

鴈之違漠漠已見雪賦臨驚風之蕭條對流光之照灼傅休奕雜

詩曰一紀如流光唳清響於丹墀舞飛容於金閣唳鶴聲也八王故事陸機

歎曰欲聞華亭鶴唳不可復得力計切丹墀已見魏都賦相鶴經云七年飛薄雲漢復七年學舞又七年舞應

節始連軒以鳳蹌終宛轉而龍躍海賦曰翔霧連軒相鶴經曰鳳翼則蓋飛

尚書曰鳥獸蹌蹌龍躍已見吳都賦躑躅徘徊振迅騰摧或飛騰或摧折驚身蓬

集矯翅雪飛如蓬之集如雪之飛相鶴經曰大毛落茸毛生色雪白離綱別赴合

緒相依綱緒謂舞之行列也言或離而別赴或合而相依將興中止若往而歸

颯沓矜顧遷延遲暮颯沓羣飛貌矜顧矜莊相顧也遷延徐退也高唐賦曰遷延引身楚

詞曰恐美人之遲暮王逸曰暮晚也逸翮後塵翱翥先路言飛之疾塵起居鶴之後鶴飛

[illegible]路之先楚詞吾導夫先路指會規翔臨岐矩步會四會之道岐[illegible]路也四會已見蕪

城賦爾雅曰二達謂之岐郭璞曰岐道傍出態有遺妍貌無停趣奔機逗徒闘

節角睞代力分形機節舞之機節奔獨赴也說文曰逗止也角猶競也廣雅曰睞視也長揚

緩騖並翼連聲輕迹凌亂浮影交橫相凌而交橫衆變繁姿

參差洊在見密傅玄乘輿馬賦曰繁姿屢發字書曰洊仍也煙交霧凝若無毛質

毛羽與煙霧同色故云若無風去雨還不可談悉風雨既除而色愈淨故難悉也既

散魂而盪目迷不知其所之韓詩曰聊樂我魂薛君注曰魂神也忽星離

而雲罷整神容而自持星離分散也雲罷俱止也韓子曰雲罷霧霽而龍與螾蟻同矣自

持自整持也神女賦曰頩薄怒而自持仰天居之崇絕更惆悵以驚思蔡邕

述行賦曰皇家赫赫而天居崇絕高而懸絕當是時也燕姬色沮巴童心恥

左氏傳曰齊侯伐北燕人歸燕姬巴巴渝之童也毛萇詩傳曰沮猶壞也童巾拂兩停丸劍

雙止沈約宋書曰晉初有公莫舞今之巾舞也相傳云項莊劍舞項伯以袖隔之今之用巾蓋像項伯衣

袖之遺式又江左初有拂舞舊云拂舞吳舞西京賦曰跳丸劍之揮霍雖邯鄲其敢倫豈

陽阿之能擬漢書有邯鄲鼓員古樂府曰黃金為君門白璧為君堂上有雙樽酒使作邯鄲倡陽

阿已見上入衛國而乘軒出吳都而傾市左氏傳曰衛懿公好鶴鶴有乘軒者

注云軒大夫車也吳越春秋曰吳王闔閭有小女王與夫人女會食蒸魚王嘗半女怨曰王食魚辱我不忍久

生乃自殺闔閭痛之葬於郛西閶門外鑿池積土為山石為槨金鼎玉盃銀樽珠襦之寶以送女乃舞白鶴於

吳市中萬人隨觀遂使男女與鶴俱入墓門因塞之以送死守馴養於千齡結長悲

於萬里養生要曰鶴壽有千百之數[illegible]試懷[illegible]曰[illegible]鶴相隨飛隨飛適荒裔雙鶴浸長風須[illegible]

志上

幽通賦 漢書曰班固作幽通賦以致命遂志云覩幽人之髣髴然幽通謂與神遇也

班孟堅

系高頊之玄胄兮曹大家曰系連也胄緒也高高陽氏也頊顓頊也言已與楚同祖俱帝顓頊之子孫也水北方黑行故稱玄也家語孔子曰顓頊者黃帝之孫昌意之子也曰高陽配水也氏中葉之炳靈應劭曰中葉謂令尹子文也乳虎故曰炳靈漢書班氏之先與楚同姓令尹子文之後子文初生弃於夢澤中虎乳之楚人謂虎班其子以爲號秦滅楚遷晉代之閒因氏焉毛詩曰昔在中葉颻颽風而蟬蛻兮雄朔野以颺聲曹大家曰颻飄颻也南風曰颽風朔北方也言己先人自楚徙北至朔方也如蟬蛻之剖後爲雄桀揚其聲淮南子曰蟬飲而不食三十日而蛻漢書曰始皇之末班懿避地於樓煩當孝惠高后時以財雄北邊皇十紀而鴻漸兮有羽儀於上京晉灼曰皇漢皇也應劭曰紀世也鴻鳥也漸進也言先人至漢十世始進仕有羽翼於京師也成帝

之初班況女爲婕妤父子並在長安
周易曰鴻漸于陸其羽可用爲儀 巨滔天而泯夏兮
考遘愍以行謡應劭曰王莽字巨君曹大家曰滔漫也泯滅也夏諸夏也考父也言父遭亂猶
行歌謡意欲救亂也詩云我歌且謡象恭滔天行謡言憂思也終保己而貽則兮里
仁之所廬終猶竟也言考能自保己又遺我法則也莊子曰聖人其於人也樂物之通而保己焉曹
大家曰貽遺也里廬皆居處名也言我父早終遺我善法則也何謂善法則乎言爲我擇居處也孔子曰里仁
爲美懿前烈之純淑兮窮與達其必濟曹大家曰懿美也前烈先祖也言己
先祖窮遭王莽達則必富貴濟渡民人惠利之風有令名於後世也孟子曰窮則獨善其身達則兼善天下呂
氏春秋曰古之得道者窮亦樂達亦樂非窮達異也道得於此窮達一也咨孤蒙之眇眇兮
將圮絕而罔階曹大家曰蒙童蒙也眇微也圮毀也言己孤生童微陋鄙薄將毀絕先祖
之迹無階路豈余身之足殉兮違世業之可懷項岱曰殉營也
營自成也

曹大家曰違恨也懷思也違或作愇愇亦恨也靖潛處

孔叢子曰仲尼大聖自茲以降世業不替也

以永思兮經日月而彌遠曹大家曰言己安靜長思不欲毀絕先人之功跡日月不

居悠復大遠匪黨人之敢拾兮庶斯言之不玷應劭曰拾更也自謙不敢

與鄉人更進也曹大家曰庶此異行不玷先人之道也毛詩曰斯言之玷不可爲也拾巨業切魂煢煢

與神交兮精誠發於宵寐曹大家曰言人之晝所思想夜爲之發夢乃與神靈接也

夢登山而迥眺兮覿幽人之髣髴項岱曰覿見也張晏曰幽人神人也曹大

家曰登山遠望見深谷之中有人髣髴欲來也攬葛藟而授余兮眷峻谷曰越

勿墜曹大家曰言夢臨深谷欲墜見神持葛來授我也昒韋昭曰音昧又音忽昕寤而仰思兮

心矇矇猶未察曹大家曰昒昕晨旦明也言己旦仰思此夢心中矇矇未知其吉凶黃神

邈而靡質兮儀遺讖以臆對應劭曰黃黃帝也作占夢書邈遠也言黃神邈遠無

所貿問依其遺讖文以貿牘爲對也淮南子曰黄神嘯吟遺讖謂夢書也日乗高而遌神兮
道遐通而不迷曹大家曰遌遇也言已緣高而遇神道術將通不迷惑之象也葛緜緜
於樛木兮詠南風以爲綏曹大家曰詩周南國風曰南有樛木葛藟纍之樂只君子
福履綏之此是安樂之象也蓋惴惴之臨深兮乃二雅之所祗曹大家曰
祗敬也大雅曰人亦有言進退維谷小雅曰惴惴小心如臨于谷此皆敬慎之戒也既訊爾以吉
象兮又申之以烱戒爾雅曰訊告也曹大家曰烱明也登高爲吉象深谷爲明戒也盍
孟晉以迨群兮辰倏忽其不再盍何不也曹大家曰孟勉也晉進也迨及也倏
過也言何不勉進而及羣時早得進用日月倏忽將復過去楚辭曰時不可兮再得承靈訓其虛
徐兮竚盤桓而且俟曹大家曰靈神靈也虛徐狐疑也竚立也盤桓不進也俟待也詩曰
其虛其徐周易曰初九盤桓利居貞惟天地之無窮兮鮮生民之晦在曹[illegible]

寡[illegible]鮮少也晦士幾也言天地無窮極民在其間上壽一百二十年少者亡幾耳莊子曰天與地無窮人死者有時晻紛屯邅與蹇連兮何艱多而智寡漢書音義曰世艱多智少故遇禍也曹大家曰屯蹇皆難也周易曰屯如邅如又曰往蹇來連上聖迕而後拔兮雖群黎之所御曹大家曰迕觸也禦止也言上聖之人舜有焚廩填井湯囚夏臺文王拘羑里孔子畏匡在陳絕糧皆觸艱難然後自拔張晏曰豈衆人之所能預阻防止耶曹大家以寤為迕也毛詩有曰羣黎百姓昔衛叔之御音訝迎也昆兮昆為寇而喪予公羊傳曰叔武讓國祭何文公逐衛侯而立叔武叔武立治反衛侯衛侯得反曰叔武篡我殺叔武何休曰叔武訟治於晉文公令白王者反衛侯使還國也管彎弧欲斃讎兮讎作后而成已讎謂桓公也左氏傳曰呂郤將殺晉侯寺人披請見公使讓之對曰齊桓公置射鉤而使管仲相之變化故而相詭兮孰云預其終始曹大家曰詭反也事變如此誰能預知其始終吉凶也雍造怨而

先賞兮丁繇惠而被戮漢書曰六年春正月上巳日封功臣二十餘人上居南宮從複道上見諸將往往偶語以問張良良曰陛下與此屬共取天下今已爲天子所封皆故人所愛所誅皆平生仇怨今軍吏計功以天下爲不足徧封而恐以過失誅故相聚謀反上曰爲之柰何良曰取上素所不快羣臣共知最甚者一人先封以示羣臣上曰雍齒與我有故數窘我張良曰今急先封雍齒羣臣見雍齒先封則人人自堅矣於是封雍齒爲什方侯什音十又丁公爲項羽將逐窘漢王漢王謂丁公曰兩賢豈相阸哉丁公引兵而還及項王滅丁公謁見漢王漢王曰丁公爲臣不忠遂斬之栗取弔于逌逌所也音由吉兮王膺慶於所感應劭曰孝景栗姬也孝景立栗姬男爲太子栗姬妬而廢太子爲臨江王栗姬愈恚以憂死又曰孝宣王皇后初爲婕妤許后薨上憐太子蚤失母乃選後宮素謹愼而無子者立王婕妤爲皇后令母養太子叛迴穴其若茲兮北叟頗識其倚伏曹大家曰叛衍迴邪也穴僻也禍福相反韓詩曰謀猶迴穴淮南子曰塞上之人有善馬者其馬無故亡而入胡人皆弔

曰此何遽不爲福居數月其馬將胡駿馬而歸
賀之其父曰何遽不爲禍乎家富馬其子好騎墮而
折髀人皆弔之其父曰此何遽不爲福乎居一年胡人
大出丁壯者控弦而戰塞上之人死者十九此獨以跛
足故父子相保故福之爲禍禍之爲福變化
不可測鵩冠子曰禍乎福所倚福乎禍所伏**單治裏而**
外凋兮張脩襮博**而內逼**曹大家曰治裏謂導氣也襮表也莊子曰田開謂周成公
曰魯有單豹者巖居而水飲行年七十而猶嬰兒之色
不幸遇餓虎虎殺而食之有張毅者高門懸薄無不趨義
也行年四十而有內熱之病以死豹養
其內而虎食其外毅養其外而病攻其內**聿中龢爲庶幾**
兮顏與冉又不得曹大家曰聿惟也顏顏淵也冉冉伯牛也二子居中履和庶幾聖賢然淵
早夭伯牛被疾俱不得其死也論語孔子曰有顏回
者好學不幸短命死矣今也則亡又曰伯牛有疾**溺**
招路以從己兮謂孔氏猶未可曹大家曰溺桀溺也謂孔子爲避人之士未可
與安身自謂避世者欲子路從己也論語曰長沮桀
溺耦而耕孔子過之使子路問津焉桀溺曰孔丘之徒

對曰然曰滔滔者天下皆是也而誰以易之且與其從避人之士豈若從避世之士哉安慆慆而
不萉肥兮卒隕身乎世禍曹大家曰慆慆亂貌萉避也言子路不避慆慆之亂終隕
身於世之禍也游聖門而靡救兮雖覆醢其何補曹大家曰子路遊學聖師
之門無救禍防患之助既身死於衛覆醢不食何補益乎禮記曰孔子哭子路於中庭引使者而問其故使者
曰醢之矣遂命覆醢固行行胡朗其必凶兮免盜亂為賴道應劭曰子路得
免盜與亂闇道於仲尼也論語曰子路行行如也子曰若由也不得其死然又曰君子有勇而無義為亂小人
有勇而無義為盜形氣發於根柢帝兮柯葉彙胃而零茂韋昭曰柢
本也應劭曰彙類也曹大家曰零落也張晏曰言人稟氣於父母吉凶夭壽非獨在人譬諸草木華葉盛與零
落由本根也恐魍魎之責景兮羌未得其云已應劭曰者子以顏冉[illegible]
[illegible]突路害或疑其身或非其師是由魍魎問景乃未[illegible]也言罔兩責景之無操不知景之行止而有待

之行殊不知吉凶之由命也故云恐罔兩之得其實言也莊子曰罔兩問景曰曩子行今止曩子坐今子起何其無特操與景曰吾有待而然者邪也郭象為罔兩司馬彪為罔浪罔浪景外重陰也黎淳耀于高辛兮羋云氏彊大於南汜重黎有大明之德於高辛之世而德流子孫故楚彊大於南汜也國語曰史伯對鄭桓公曰夫黎為高辛氏火正以淳耀敦大光照四海夫成天地之大功者其子孫未嘗不章韋昭曰淳大也耀明也章顯也史記曰楚之先祖出自重黎毛詩曰江有汜曹大家曰羋楚姓汜涯也嬴擿取威於伯儀兮姜本支乎三趾應劭曰嬴秦姓伯益之後伯益存唐虞為有嚴鳥獸百物之功秦所由興威於六國也姜齊姓也趾礼也齊伯夷之後伯夷為虞舜典天地人鬼之礼也既仁得其信然兮卬天路而同軌劉德曰人道既然仰視天道文同法也仁謂求仁而得仁也馮衍顯志賦曰纘天路之同軌東鄰虐而殲仁兮王合位乎三五曹大家曰東鄰謂紂也殲盡也仁謂三仁也周易曰東鄰殺牛國語曰泠周鳩對景

王曰昔武王伐殷歲在鶉火月在天駟日在析木之津辰在斗柄星在天黿星與日辰之位皆在北維顓頊之所建也帝嚳受之我姬氏出自天黿及析木者有建星及牽牛馬則我皇妣大姜之姪伯陵之後逢公所馮神也歲之所在則我有周之分野月之所在辰馬農祥也五位歲日月星辰也三所逢公所馮周分野所在后稷所經緯者也

戎女烈而喪孝兮伯祖歸於龍虎曹大家曰戎女驪姬也烈酷也孝子申生也左氏傳曰晉獻公娶驪姬爲夫人生奚齊姬謂太子曰君夢齊姜速祭之太子祭歸胙于公姬寘毒公祭之地地墳與犬犬斃姬泣曰賊由太子太子縊于新城姬譖諸公子曰皆知之重耳奔蒲應劭曰伯文公也孟康曰歲在卯出歷十九年過一周歲在酉入卯東方爲龍酉西方爲虎也國語晉侯問簡子曰吾其濟乎對曰公以辰出而以參入皆晉祥也必伯諸侯也

發還師以成命兮重醉行而自耦曹大家曰發武王名也項岱曰重晉文公重耳也應劭曰與天時耦會也成人耦以成天命也周書王觀兵于孟津諸侯皆曰帝紂可伐矣武王曰汝未知天命未可也乃還師左氏傳曰晉公子及齊桓公妻之

爭安之姜與子犯醉而遣之震鱗漦仕緇于夏庭兮匝三正而滅姬劭曰震為龍鱗虫之長漦沫也曹大家曰三正謂夏殷周也史記曰夏后氏之衰也有二龍止於夏庭而言曰余褒之二君也於是幣而冊告之龍亡而漦在櫝而藏之比三代莫敢發之至厲王發而觀之漦流于庭化為玄黿童妾而遭之既笄而孕生子懼而棄之有收之奔褒褒人有罪入棄子以贖罪謂之褒姒幽王廢申后立褒姒為后廢后父申侯怒攻幽王遂殺幽王驪山下

巽羽化于宣宮兮彌五辟而成災曹大家曰易巽卦為雞雞羽蟲之屬故言羽也應劭曰宣帝時未央宮路軨中雌雞化為雄元后時[illegible]為太子妃至平帝歷五葉而莽篡也五辟謂王后元帝也成帝也哀帝也平帝也辟君也故云終五辟而成災也

道脩長而世短兮夐冥默而不周曹大家曰夐遠邈也周至也言天道長遠人世促短當時冥默不能見微應之所至也劉德曰冥默玄深不可通至

胥仍物而鬼諏子侯兮乃窮宙而達幽應劭曰胥須也仍因也諏謀也易曰人謀鬼謀百姓與能往古來今

詔茁聖人須因卜筮然後
諸見神極古今通幽微也
嬀巢姜於孺筮兮旦算祀于
契龜
巨應劭曰嬀陳姓也巢居也姜齊姓也旦周公名也
孺小也音義曰算數也祀年也左氏傳曰陳公子
完奔齊又曰敬仲其少也周史有以周易見陳侯筮之
遇觀之否曰是謂觀國之光利用賓于王此其代陳有國乎
不在此其在異國非此其身在其子孫若異國必姜姓
也又曰懿氏卜妻敬仲其妻占之曰有嬀之後將育于
姜杜預曰敬仲陳公子完也左氏傳王孫滿曰周
卜世三十卜年七百天所命也毛詩曰爰契我龜
宣曹
興敗於下夢兮魯衛謚於銘謠
曹大家曰宣周宣王
也毛詩曰牧人乃夢
衆維魚矣大人占之衆維魚矣實維豐年宣王竟中興
左氏傳曰初曹人或夢衆君子立於社宮而謀亡曹曹
叔振鐸請待公孫強許之及曹伯陽即位公孫強為政
背晉而奸宋宋人伐之執曹伯陽以歸殺之又曰師己
曰吾聞文成之世童謡有之禍父喪勞宋父以驕杜預
曰禍父昭公宋父定公也應劭曰昭公死于野井定公
即位而驕也莊子曰衛靈公卜葬沙丘而吉掘之數仞
得石槨焉有銘曰不馮其子靈公奪而埋之靈公之為靈

矣
妣聆呱而劾何弋石兮許相理而鞫條應劭曰妣叔向母石叔向
子字林曰呱子啼聲也左氏傳曰叔向娶申公巫臣氏生伯石姑視之及堂聞其聲而還曰是豺狼之聲非是
莫喪羊舌氏杜預曰姑叔向之母也應劭曰刻其必滅羊舌氏本或為劾項岱曰擧罪曰劾漢書曰周亞夫為
河內守許負相之曰縱理入口此餓死法也後亞夫封條侯為丞相人上變告子事連亞夫亞夫詣廷尉不食
五日歐血而死毛萇詩傳曰鞫告也道混成而自然兮術同原而分流曹大
家曰大道神明混沌而成言人生而心志在內聲音在外骨體有形事變有會更相為表裏合成一體此自然
之道至於術學論其成敗考其貧賤觀其富貴各取一槩或聽聲音或見骨體或占色理或視威儀或察心
志或省言行或考卜筮或本先祖如水同原而分流也老子曰有物混成先天地生又曰道法自然也神
先心以定命兮命隨行以消息曹大家曰言人之行各隨其命命者神先定之
故為徵兆於前也雖然亦在人消息而行之斡流遷其不濟兮故遭罹而嬴

縮項岱曰斡轉也遷徙也贏過也縮不及也遭遇也羅繇憂也言人受先祖善惡之迹轉徙流行故有遭遇福

禍相及也三變同於一體兮雖移易而不忒應劭曰晉大夫欒書書子黶黶

子盈書賢而覆黶黶惡而害盈曹大家曰天命祐善災惡非有差也然其道廣大雖父子百葉猶若一體也左

氏傳秦伯問士鞅曰晉大夫誰先亡對曰其欒氏乎黶汰虐已甚猶可以免其身禍在盈也欒黶死盈之善未

能及人武子之施没矣而黶之惡實彰將於是乎在後晉果滅欒氏洞參差其紛錯兮斯

衆兆之所惑曹大家曰衆庶也兆人也報應參差不齊紛亂錯繆故迷惑不信天道也楚辭曰衆

兆之所咍周賈盪而貢憤兮齊死生與禍福曹大家曰周莊周賈賈誼也貢

憤也憒亂也盪盪不知所守也莊周賈誼有好智之才而不以聖人爲法潰乱於善惡遂爲放盪之辭莊周曰

生爲徭役死爲休息賈誼曰忽然爲以何足控摶化爲異物又何足患抗爽言以矯情兮

信畏懱而忌鵩項岱曰抗極過差之言以矯枉其情中莊子曰或聘莊子莊子應其使曰子見

犧牛乎衣以文繡食以芻菽及其牽入于太廟雖欲爲孤犢其可得乎鵰鳥已見上文所貴聖
至論兮順天性而斷誼曹大家曰至論謂五經六藝所以貴之者順天之性也亦當以
義斷之不可貪苟生而失名物有欲而不居兮亦有惡而不避論語子曰
富與貴是人之所欲不以其道得之不處也貧與賤是人之所惡不以其道得之不去也守孔約而
不貳兮乃輶德而無累曹大家曰孔甚也輶輕也言聖人所守甚約而無二端則平心
立而思慮輕矣輶德輕而易行也毛詩曰德輶如毛民鮮克舉之曹大家曰以乃爲內晉灼曰輿萬物無害
累也三仁殊於一致兮夷惠舛而齊聲項岱曰三人所行各異俱至於仁也
曹大家曰柳下惠以不去辱身爲善伯夷以高逝爲賢言去留適等也論語曰微子去之箕子爲之奴比干諫
而死孔子曰殷有三仁焉又子曰不降其志不辱其身伯夷叔齊與謂柳下惠降志辱身也木偃息
以蕃魏兮申重繭以存荊木段干木也蕃魏已見魏都賦呂氏春秋曰田贊説荊王

曰若夫偃息之義則未之識也高誘曰段干木偃息以安魏也淮南子曰申包胥重繭七日七夜至于秦庭以見秦王曰使下臣告急秦王乃發軍擊吴果大破之以存楚國高誘戰國策注曰重繭累胝也繭古典切胝竹遲切

紀焚躬以衛上兮皓頤志而弗傾

漢書曰項羽圍漢滎陽將軍紀信曰事急矣臣請誑楚可以閒出信乃乘王車曰食盡漢王降楚皆之城東觀紀信王得與數十騎出遁羽見信問漢王安在曰已去矣羽燒殺信項岱曰皓四皓也頤養也漢書曰園公綺里季夏黄公角里先生當秦之世避而入商雒深山

侯草木之區別兮苟能實其必榮

曹大家曰侯候也項岱曰苟誠也張晏曰苟能有仁義之道必有榮名也論語子夏曰君子之道譬諸草木區以別矣

要没世而不朽兮乃先民之所程

論語子曰君子疾没世而名不稱焉左氏傳穆叔曰魯有先大夫臧文仲既殁其言立此之謂不朽毛詩曰匪先人是程毛萇曰程法也

觀天網之紘覆兮實棐諶而相訓

曹大家曰棐輔也忱誠也相助也訓教也項岱曰天網大覆人上非不信

之

敬有誠實於世間亦當相輔助教也尚書曰天威棐忱謨與忱古字通也訓或為順謨先聖之大猷兮亦鄰德而助信曹大家曰謨謀也猷道也言人常當謨先聖人之道亦當為鄰人所助也孔子曰夫所助順也人所助信也孔子曰德不孤必有鄰毛詩曰匪大猷是經或作繇字誤也

虞韶美而儀鳳兮孔忘味於千載尚書曰簫韶九成鳳凰來儀論語曰子在齊聞韶三月不知肉味素文信而底麟兮漢賓祚于異代應劭曰底致也孔子作春秋素王之文以明示禮度之信而致麟封其後為紹嘉公係郡為二代之客也春秋緯曰麟出周云故立春秋制素王授當興也精通靈而感物兮神動氣而入微曹大家曰言人參於天地有生之最神靈也誠能致其精誠則通於神靈感物動氣而入微者矣養流睇而猿號兮李虎發而石開曹大家曰睇眄也淮南子曰楚有白猿王自射之則搏矢而顧使養由基射之始調弓矯矢未發而猿抱樹號矣流或為由基也漢書曰李廣居右北平獵見草中石以為虎

而射之中石沒矢視之石也他日射之熟不能入非精誠其焉通兮苟無實其
孰信曹大家曰非精誠所感誰能若斯操末技猶必然兮矧耽躬於道
真項岱曰矧況耽樂也言由基李廣奮精誠於末技感歎而開石豈況乃能推至精耽身於大道之中乎莊
子曰道之真以持身也登孔昊而上下兮緯羣龍之所經應劭曰昊太昊
也孔孔子也羣龍喻羣聖也自伏羲下訖孔子經緯天道備矣孟康曰聖人作經賢者緯之朝貞觀而
夕化兮猶諠己而遺形應劭曰貞正也諠忘也易曰天地之道貞觀者也張晏曰言朝
聞大道而夕死可也論語曰朝聞道夕死可矣鵩鳥賦曰釋智遺形若⿰亻亂彭而偕老兮誶
來哲而通情言人若欲⿰亻亂彭祖之年偕老聃之壽誶之衆哲與之通情非己所慕也列仙傳曰
彭祖殷賢大夫歷夏至商末號年七百老已見遊天台山賦亂曰天造草昧立性命
兮曹大家曰亂理也天道始造萬物草創於冥昧之中皆立其性命也周易曰天造草昧復心弘

[illegible]惟聖賢兮曹大家曰明道在人身誠能復心而弘之逮於天地之性也周易曰復其見天地之

心乎孔子曰人能弘道非道弘人渾元運物流不處兮曹大家曰渾大也元氣運轉也

物萬物也言元氣周行終始無已如水之流不得獨處也保身遺名民之表兮曹大家曰

言人生能保其身死有遺名民之表也莊子曰可以保身可以全生家語孔子曰九上者民之表舍生

取誼以道用兮孟子曰生我所欲也義亦我所欲也二者不可得兼舍生而取義也應劭曰舍

置也憂傷夭物忝莫痛兮曹大家曰忝辱也橫夭於物憂辱傷生恥辱不過於是皓

爾太素曷渝色兮曹大家曰皓白也素質也渝變也言人能篤信好學守死善道不漸染於

流俗是為白爾天質何有渝變之色也尚越其幾淪神域兮曹大家曰大素不染神色

不變則庶幾於神道之幾微而入於神明之域矣子曰知幾其神乎

文選卷第二十四

文選卷第三十一

梁昭明太子撰

文林郎守太子右内率府録事參軍事崇賢館直學士臣李善注上

雜擬下

袁陽源効白馬篇一首

効古一首　劉休玄擬古二首

王僧達和琅邪王依古一首

鮑明遠擬古三首　學劉公幹體一首

代君子有所思一首　范彥龍効古一首

江文通雜體詩三十首

效曹子建樂府白馬篇一首 五言 袁陽源

孫巖宋書曰袁淑字陽源陳郡人少好屬文彭城王起爲祭酒後遷至左衛率凶劭當行篡逆淑諫見害

劒騎何翩翩長安五陵間 史記曰游閑公子飾冠劒連車騎西京賦曰南望杜霸北眺五陵 秦地天下樞八方湊才賢 戰國策范子見秦王曰今韓魏天下之樞也高誘曰樞要也河圖龍文曰鎮星光明八方歸德賈逵國語注曰湊聚也 荊魏多壯士宛洛富少年 呂氏春秋客有語周昭文君曰魏氏人張儀魏氏壯士也王逸荔支賦曰宛洛少年邯鄲遊士 意氣深自負肯事郡邑權 謝承後漢書曰揚喬曰侯生爲意氣刎頸漢書曰郭解姊子負解之勢應劭曰負恃也班固漢書游俠傳贊曰郡國豪傑處處各有又郭解曰奈何從他縣奪人邑賢大夫權也 籍籍關外來車徒傾國鄽 籍籍關外來謂從關中也車徒傾國鄽從者之多

也漢書武帝曰事籍籍如此鄭玄禮記注曰鄽市物邸舍也今云鄽以明市也五侯競書幣羣
公亟爲言漢書曰樓護字君卿爲京兆史王氏五侯兄弟爭名護盡入其門咸得驩心五侯已見鮑
明遠數詩古人相遺幣必書之於刺故曰書幣戰國策秦王謂趙使京毅曰吾所使趙國者小大皆聽吾言則
受書幣漢書曰郭解河內軹人自喜爲俠及從豪茂陵衛將軍爲言解家貧不中徙上曰布衣權至使將軍言此
其家不貧解徙諸公送出者千餘義分明於霜信行直如弦義分則分義也孫卿
子曰禮樂則脩分義則明仲長子昌言曰潔若清冰嚴君秋霜應劭風俗通曰順帝之末京師謠曰直如弦死
道邊曲如鉤反封侯交歡池陽下留宴汾陰西漢書曰郭解入關中賢豪爭交歡又
曰左馮翊有池陽縣河東郡有汾陰縣漢書曰酤留飲食也西音先協韻也一朝許人諾何
能坐相捐諾相然許之辭也老子曰輕諾者必寡信廣雅曰諾應也彯節去函谷投
珮出甘泉公羊傳曰曹子摽劍而去之劉兆曰摽辟也彯與摽字同孚堯切嗟此務遠

圖心爲四海懸左氏傳欒成伯曰遠圖者忠也莊子曰心若懸於天地之間郭象曰所希企者高而闊也但營身意遂豈校耳目前列子楊朱曰恣耳目之觀聽惜身意之是非失當年之至樂不得自肆於一時聲類曰遂從意也嵇康養生論曰嗜好常在耳目之前也俠烈良有聞古來共知然漢書曰楚田仲以俠聞傳暢晉諸公贊曰劉希彭俠烈有才用也

效古一首五言　袁陽源

訊此倦遊士本家自遼東訊猶問也漢書曰司馬長卿故倦游又曰有遼東郡也昔隸李將軍十載事西戎將軍李廣也西戎匈奴也毛詩序曰備其兵甲以討西戎也結車高闕下極望見雲中莊子曰車軌結於千里之外高誘呂氏春秋注曰結交也漢書曰將軍衛青至高闕臣瓚注曰山名也七發曰極望成林漢書有雲中郡秦置也四面各千里從横起嚴風陸機從軍行曰京風嚴且苛寒燠豈如節霜雨多

異同毛詩傳曰燠煖也夕寐北河陰夢還甘泉宮史記曰秦惠王遊至北河徐廣曰戎地之河上穀梁傳曰水南曰陰勤役未云已壯年徒爲空適知古時人所以悲轉蓬曹植雜詩曰轉蓬離本根飄飄隨長風類此客遊子捐軀遠從戎

擬古二首 五言

劉休玄沈約宋書曰南平穆王鑠字休玄文帝第四子也少好學有文才元兇弑立以爲中軍將軍世祖入討鑠歸世祖進侍中司空後以纍內食中毒殺之

擬行行重行行

眇眇陵長道遥遥行遠之楚詞曰路眇眇以默默廣雅曰眇眇遠也左氏傳童謠曰遠哉遥遥廻車背京里揮手從此辭古詩曰廻車駕言邁劉越石扶風歌曰揮手長相謝說文曰揮奮也武詩曰去去從此辭蘇堂上流塵生庭中綠草滋曹植曹仲

雍誄曰流塵飄蕩魂安歸寒螿翔水曲秋兎依山基淮南子曰兎走歸窟寒螿翔水各哀其所生高誘曰寒螿水鳥哀猶愛也芳年有華月佳人無還期魏文秋胡行曰朝與佳人期日夕殊不來日夕凉風起對酒長相思李陵贈蘇武詩曰遠望悲風至對酒不能酬悲發江南調憂委子襟詩古樂府江南辭曰江南可採蓮毛詩曰青青子襟悠悠我心臥覺明燈晦坐見輕紈緇陸機爲顧彥先贈婦詩曰京洛多風塵素衣化爲緇淚容不可飾幽鏡難復治曹植七哀詩曰膏沐誰爲容明鏡闇不治頹垂薄暮景照妾桑榆時陸機塘上行曰願君廣末光照妾薄暮年日在桑榆以喻人之將老東觀漢記光武曰失之東隅收之桑榆

擬明月何皎皎

落宿半遙城浮雲藹曾闕鄭玄詩箋曰曾重也玉宇來清風羅帳

延秋月曹植芙蓉賦曰退潤王宇進文帝庭羅帳羅帷也桓子新論雍門周說孟嘗君曰今君下羅帳來清風古詩曰明月何皎皎照我羅牀帷結思想伊人沈憂懷明發毛詩曰所謂伊人宋玉笛賦曰武毅發沈憂結毛詩曰明發不寐誰爲客行久屢見流芳歇潘岳悼亡詩曰流芳未及歇河廣川無梁山高路難越楚辭曰江河廣而無梁秦嘉妻徐氏荅嘉書曰高山巖巖而君是越斯亦難矣

和琅邪王依古一首 五言

王僧達

少年好馳俠旅宦遊關源既踐終古跡聊訊興亡言楚辭曰長無絕兮終古訊與信通易乾鑿度曰興亡殊方各有其祥隆周爲藪澤皇漢成山樊漢書揚雄河東賦曰眡隆周之大寧者猶視乎藪澤西都賓曰皇漢之初經營也莊子曰難蜀父老曰羅彭陽曰公閱休夏則休乎山樊者也毛萇詩傳曰樊藩也久沒離宮地安識壽陵園

甘泉賦曰往往離宮般以相燭張晏漢書注曰景帝作壽陵也又元帝詔曰徙民以奉園陵仲秋邊風起孤蓬卷霜根白日無精景黃沙千里昏顯軌莫殊轍幽塗豈異魂郭象注莊子曰待隱謂之死待顯謂之生廣雅曰軌道也陸機泰山吟曰幽塗延萬鬼神房集百靈聖賢良已矣抱命復何怨栢範丗要論曰聖哲之人知有終之命必至之理不可以智力避列子曰怨年我逝不知命也

擬古三首五言　鮑明遠

幽并重騎射少年好馳逐史記曰趙武靈王胡服以習騎射也七發曰馳騁角逐氈帶佩雙鞬象弧插彫服搜神記曰太康中以氊為貊頭及帶身袴口魏志曰董卓有武力雙帶兩鞬左右馳射方言曰所以藏箭謂之服所以盛弓謂之鞬毛詩曰四牡翼翼象弭魚服鄭玄曰弭弓之末彆者以象骨爲之服矢服也鞬居言切獸肥春草短飛鞚越平陸魏文帝典

論曰弓燥手柔草淺獸肥埤蒼曰鞚馬勒鞚孫子曰平陸平處鞚口送切朝遊鴈門上暮還樓煩宿漢書曰鴈門郡有樓煩縣石梁有餘勁驚雀無全目闞子曰宋景公使工人爲弓九年乃成公曰何其遲也工人對曰臣不復見君矣臣之精盡於此弓矣獻弓而歸三日而死景公登虎圈之臺援弓東面而射之矢踰於西霜之山集于彭城之東其餘力逸勁猶飲羽于石梁帝王世紀曰帝羿有窮氏與吳賀北遊賀使羿射雀羿曰生之乎殺之乎賀曰射其左目羿引弓射之誤中右目羿抑首而媿終身不忘故羿之善射至今稱之漢虜方未和邊城屢翻覆留我一白羽將以分虎竹白羽矢名國語曰吳素甲白羽之矰望之如荼漢舊儀曰郡國銅虎符三竹使符五也魯客事楚王懷金襲丹素魯客假言楊子法言或曰使我紆朱懷金其樂可量也李軌曰金金印也司馬彪上林賦注曰襲服也毛詩曰素衣朱襮毛萇曰丹朱中衣也既荷主人恩

又蒙令尹顧主人謂君也王仲宣公讌詩曰顧我賢主人臣瓚漢書注曰諸侯之卿唯楚稱令尹其餘國稱相也日晏罷朝歸鞍馬塞衢路宗黨生光華賓僕遠傾慕富貴人所欲道德亦何懼論語曰富與貴是人之所欲不以其道得之不處也南國有儒生迷方獨淪誤夫儒生自謂也漢書叔孫通曰弟子儒生隨臣久矣莊子曰小惑易方郭象曰東西易方於禮未虧孔安國尚書傳曰誤謬也沈淪謬誤也伐木青江湄設置守毚兔毛詩曰坎坎伐檀兮寘之河之干兮河水之清且漣漪兮又曰肅肅兔罝椓之丁丁又曰躍躍毚兔遇犬獲之十五諷詩書篇翰靡不通論語曰吾十有五而志於學韋昭漢書注曰翰筆也弱冠參多士飛步遊秦宮華覈與薛瑩詩曰存者今惟三飛步有匹特側覩君子論預見古人風魏志太祖謂毛玠曰君有古人之風兩說窮舌端五

車摧筆鋒兩說謂魯連說新垣衍及下聊城史記曰秦東圍邯鄲魏王使新垣衍入邯鄲說平原君尊秦昭王爲帝秦必罷兵去魯連聞之乃責垣衍新垣衍請出不敢言帝秦秦將聞之爲卻五十里又曰田單攻聊城不下魯連乃爲書約之矢以射聊城中燕將得書自殺韓詩外傳曰避文士之筆端避武士之鋒端避辯士之舌端莊子曰惠施其書五車道踳駮也羞當白璧貺恥受聊城功韓詩外傳曰楚襄王遣使者持金千斤白璧百雙聘莊子以爲相莊子不許史記田單屠聊城歸而言魯連欲爵之魯連逃隱於海上也晚節從世務乘障遠和戎鄒陽上書曰至其晚節末路漢書曰嚴安上書言世務又曰帝使博士狄山乘鄣李奇曰乘守也左氏傳晉侯謂魏絳曰子教寡人和諸戎狄解佩襲犀渠卷衮奉盧弓國語曰奉文犀之渠尚書曰平王錫晉文侯盧弓十始願力不及安知今所終左氏傳周子曰孤始願不及此莊子曰苟爲不知其然也孰知其所終司馬彪曰誰知禍之所終者也

學劉公幹體一首 五言　鮑明遠

胡風吹朔雪千里度龍山范曄後漢書蔡琰詩曰處所多霜雪胡風春夏起楚辭曰增冰峨峨飛雪千里又曰北有寒山逴龍赩然王逸曰逴龍山名集君瑶臺裏飛舞兩楹前楚辭曰望瑶臺之偃蹇兮鄭玄禮記注曰兩楹之間人君聽治正坐之處兹辰自爲美當避豔陽年神農本草曰春夏爲陽豔陽桃李節皎潔不成妍呂氏春秋曰仲春之月桃李華

代君子有所思一首 五言　鮑明遠

西出登雀臺東下望雲闕鄴中記曰鄴城西北立臺名銅雀臺劉歆甘泉賦曰雲闕蔚之巖巖眾星接之嵦嵦層閣肅天居馳道直如髮王逸楚辭注曰層重也蔡雍述征賦曰皇家赫而天居漢書曰太子不敢絕馳道應劭曰天子之道毛詩曰彼都子女綢直如髮繡甍

結飛霞琁題納行月西京賦曰雕楹玉碣繡栭雲楣甘泉賦曰珍臺閒館琁題玉英築山擬蓬壷穿池類溟渤蓬壷二山名溟渤二海名選色遍齊代徵聲帀邛越齊代邛越四地名陳鍾陪夕讌笙歌待明發楚辭曰陳鍾按鼓造新歌魏文帝東門行曰朝遊高臺觀夕宴華池陰儀禮曰歌魚麗笙由庚明發已見上文年貌不可還身意會盡歡列子西門子謂東郭先生曰北宮子年貌言行與子並身意已見上文蟻壤漏山河絲淚毀金骨傳玄口銘曰勿謂不然變出無聞蟻孔潰河溜穴傾山絲淚淚之微者金骨之堅踰親之篤者言讒邪之人但下如絲之淚而金骨爲之傷毀也張叔及論曰煩冤俯仰淚如絲兮鄒陽上書曰衆口鑠金積毀消骨器惡含滿欹物忌厚生沒家語曰孔子觀於魯桓公之廟有欹器焉孔子問於守廟者曰此爲何器對曰此盖爲宥坐之器孔子曰吾聞宥坐之器虛則欹中則正滿則覆明君以爲至誠故常置於坐側顧謂弟子曰試注水實之中而正滿則覆夫子喟然而歎曰

文三十一

嗚呼夫物惡有蒲而不覆者哉老子曰人之生生之厚動皆之死地十有三夫何故以其生生之厚也

智哉衆多士服理辯昭昧莊子冉求問於仲尼曰未有天地可知乎夫子曰古猶今也昔日吾昭然今日吾昧然敢問何謂也仲尼曰昔之昭然也神者先受之今昧然也且又爲不神者求耶郭象曰思求更致不了

效古一首 五言

范彥龍

寒沙四面平飛雪千里驚雪千里已見上文風斷陰山樹霧失交河城漢書侯應上書曰臣聞陰山草木茂盛又曰車師前國王治交河城河水分流繞城下故號交河朝馳左賢陣夜薄休屠營漢書李將軍廣出右北平擊匈奴左賢王陣又曰驃騎將軍霍去病將萬騎出隴西得休屠祭天金人昔事前軍幕今逐嫖姚兵漢書曰大將軍大擊匈奴李廣數自請行上以爲老不許良久乃許之以爲前將軍又曰霍去病善騎射再從大將軍

受詔予壯士爲嫖姚校尉失道刑既重遲留法未輕漢書曰李廣與右將軍食其合軍出東道或失道大將軍問廣失道狀廣曰校尉無罪乃我者自失道引刀自剄又曰宣帝命虎牙將軍田順出五原虜去塞八百餘里不進上以虎牙不至期逗留不進下吏自殺音義曰律語也謂軍行頓止稽留不進遲或作逗音豆所賴今天子漢道日休明太史公自序曰作今上本紀其述事皆云今天子班固漢書文紀述曰登我漢道左氏傳王孫蒲曰德之休明也

雜體詩三十首

五言雜躰詩序曰關西鄴下既已罕同河外江南頗為異法今作三十首詩斆其文躰雖不足品藻淵流庶亦無乖商推

江文通

古離別

遠與君別者乃至鴈門關鴈門郡已見上以其邊塞故曰關黃雲蔽千里遊子何時還黃雲已見謝靈運擬鄴中詩古詩曰浮雲蔽白日遊子不顧反江之此製非直

學其躲而亦兼用其文故各自引文而爲之證其無文者乃他說送君如昨日簷前露

巴園張景陽雜詩曰下車如昨日望舒四五圓毛詩曰野有蔓草零露團兮不惜蕙草晚

所悲道里寒古詩曰香風難久居空令蕙草殘君在天一涯妾身長別

離古詩曰各在天一涯又曰與君生別離願一見顏色不異瓊樹枝李陵贈蘇

武詩曰思得瓊樹枝以解長飢渴兎絲及水萍所寄終不移爾雅曰女蘿兎絲也

毛詩曰蔦與女蘿施於松柏淮南子曰夫萍樹根於水木樹根於土天地性也曹植雜詩曰寄松爲女蘿依水

如浮萍

李都尉從軍　陵

樽酒送征人踟蹰在親宴蘇武詩曰我有一樽酒欲以贈遠人日暮浮雲

滋渥手淚如霰散悠悠清川水嘉魴得所薦言魚處水而得所我

萬里而離鄉歎魚之不若也毛詩曰河水悠悠釋名曰髓藉也而我在萬里結髮不相見古詩曰相去萬餘里蘇武詩曰結髮爲夫妻恩愛兩不疑袖中有短書願寄雙飛燕桓子新論曰若其小說家合叢殘小語近取譬論以作短書治身理家有可觀之辭陳琳止欲賦曰欲語言於玄鳥玄鳥逝以差池古詩曰願爲雙飛鷰雙或爲南淮南子曰燕鴈代飛許慎曰鷰春南而鴈北虞羲送別詩曰唯有一字書寄之南飛燕文與此同

班婕妤 詠扇

紈扇如圓月出自機中素班婕妤怨詩曰新製齊紈素鮮潔如霜雪裁爲合歡扇團圓似明月畫作秦王女乘鸞向煙霧列仙傳曰蕭史者秦繆公時人善吹簫繆公有女字弄玉好之公遂以妻焉一旦皆隨鳳皇飛去楚辭曰駕鸞鳳而上游采色世所重雖新不代故竊愁涼風至吹我玉階樹班婕妤怨詩曰常恐秋節至涼風奪炎熱

又自傷賦曰華殿塵兮玉階苔君子恩未畢零落在中路班婕妤怨詩曰棄捐篋笥中恩情中道絶

魏文帝遊宴 曹丕

置酒坐飛閣逍遥臨華池曹子建詩曰置酒高殿上西都賔曰脩途飛閣魏文帝東門行曰朝游高臺側夕宴華池陰神飆自遠至左右芙蓉披曹子建公讌詩曰神飆接丹轂魏文帝詩曰蘭茝生兮芙蓉披綠竹夾清水秋蘭被幽涯枚乘兔園賦曰脩竹檀欒夾池水旋兔園曹植公讌詩曰秋蘭被長坂朱華冒淥池月出照園中冠珮相追隨曹植公讌詩曰清夜遊西園飛蓋相追隨客從南楚來爲我吹參差古詩曰客從遠方來楚辭曰望夫君兮未來吹參差兮誰思淵魚猶伏浦聽者未云疲淵魚鱗魚也韓詩外傳曰昔伯牙鼓琴而淵魚出聽高文一何綺小儒安足爲陸機

今日良宴會詩曰高談一何綺孫卿子曰小儒者謂大夫士蕭蕭廣殿陰雀聲愁北林莊子曰至陰肅肅衆賓還城邑何以慰吾心曹子建名都篇曰雲散還城邑清晨復來還李陵詩曰何以慰我心

陳思王贈友　曹植

君王禮英賢不悋千金璧孔安國尚書傳曰悋惜也史記曰虞卿説趙孝成王一見賜金百鎰白璧一雙莊子曰林回棄千金之璧負赤子而趨雙闕指馳道朱宮羅第宅古詩曰兩宮遥相望雙闕百餘尺馳道已見上文傅玄西都賦曰彤彤朱宮古詩曰長衢羅夾巷王侯多第宅從容冰井臺清池映華薄鄴中記曰銅雀臺北則冰井臺陸機君子有所思曰曲池何湛湛清川帶華薄涼風盪芳氣碧樹先秋落論衡曰物至秋而死先榮後落朝與佳人期日夕望青閣魏文帝秋胡行曰朝與佳人期日夕殊不來曹子建美女

篇曰青樓臨大路褰裳摘明珠徙倚拾蕙若毛詩曰褰裳涉溱洛神賦曰或采明珠或拾翠羽謝靈運鄴中集曰攀條摘蕙草楚辭曰連蕙若以爲佩眷我二三子辭義麗金臒曹子建贈丁翼詩曰吾與二三子楊雄解嘲曰昔人之辭乃玉乃金王仲宣誄曰吾與夫子義貫丹青說文曰臒善丹也延陵輕寶劒季布重然諾延陵已見上漢書曰季布楚人也楚諺曰得黃金百不如得季布諾又曰貫高趙國立名義不侵爲然諾者也處富不忘貧有道在葵藿何敬祖贈張華詩曰既貴不忘儉處有能存無莊子東郭子問於莊子曰所謂道惡乎在莊子曰無所不在陸機君子有所思曰無以肉食資取笑葵與藿

劉文學感遇　楨

蒼蒼中山桂團團霜露色言桂霑霜露而色不渝身經夷險而操不易也劉楨贈徐幹詩曰亭亭山上松瑟瑟谷中風霜露一何緊桂枝生自直劉楨贈徐幹詩曰風

聲一何盛松枝一何勁廣雅曰緊急也橘柚在南國因君為羽翼橘柚在南雖珍

須君羽翼乃貴也楚辭曰后皇嘉樹橘來服受命不遷生南國古詩曰人儻欲我知因君為羽翼謬蒙聖

主私託身文墨職洞簫賦曰蒙聖主之渥恩鄭玄禮記注曰私之猶言恩也劉楨雜詩曰職

事相填委文墨紛消散丹采既已過敢不自彫飾古詩曰橘柚垂華實乃在深山

側聞君游好我甘竊獨自彫飾華月照方池列坐金殿側古歌辭曰上金殿酌玉樽

微臣固受賜鴻恩良未測曹植天地篇曰復為時所拘羈紲作微臣東京賦曰洪恩

素畜人心同結

王侍中 懷德　粲

伊昔值世亂秣馬辭帝京王粲七哀詩曰西京亂無象又曰遠身適荊蠻既傷

蔓草別方知杕杜情毛詩序曰野有蔓草思遇時也君之澤未流民窮於兵革男女失時

不朞而會焉毛詩曰有杕之杜其葉萋萋王事靡盬我心傷悲崤函復丘墟冀闕緬縱橫崤函崤谷及函谷也呂氏春秋燭過曰吳爲丘墟西征賦曰冀闕緬其堙盡倚棹汎涇渭日暮山河清方言曰楫謂之櫂棹與櫂同蟋蟀依桑野嚴風吹若莖毛詩曰七月在野八月在宇鄭玄曰謂蟋蟀毛詩曰蛸蛸者蜀蒸在桑野賈逵國語注曰若木晚矣鸛鵠在幽草客子淚已零鸛鵠在幽草謂鸛鳴于垤鵠亦水鳥故連言之王仲宣從軍詩曰哀彼東山人喟然感鸛鳴毛詩曰有芃者狐率彼幽草去鄉三十載幸遭天下平楚辭曰去鄉離家來遠客鮑昭結客少年場曰去鄉三十載禮記曰國治而天下平賢主降嘉賞金貂服玄纓賢主魏太祖也時粲爲侍中故云金貂漢書谷永對詔曰戴金貂之飾執常伯之職鮒繚子曰天子玄冠玄纓也侍宴出河曲飛蓋遊鄴城魏文帝與吳質書曰時駕而遊北遵河曲曹子建公讌詩曰飛蓋相追隨朝露竟幾何忽如水上萍漢書李陵謂蘇武曰

人生如朝露楚辭曰竊哀兮浮萍汎濫兮無根王逸注曰自比蘋隨水浮汎乍東乍西君子篤惠義柯葉終不傾新語曰君子篤義於惠禮記曰其在人也如竹箭之有筠如松柏之有心二者雖貫四時而不改柯易葉福履既所綏千載垂令名王粲公宴詩曰古人有遺言君子福所綏左氏傳子産曰令名德之輿也

嵇中散言志　康

曰余不師訓潛志去世塵嵇康幽憤詩曰恃愛肆姐不訓不師楚辭屈原曰蒙世俗之塵埃遠想出宏域高步超常倫左太沖詠史詩曰高步追許由靈鳳振羽儀戢景西海濱朝食琅玕實夕飲玉池津莊子老子歎曰吾聞南方有鳥其名爲鳳居積石千里河海出下鳳皇居上天爲生樹名瓊枝高百二十仞大三十圍以琳琅爲實周易曰鴻漸于陸其羽可用爲儀阮籍詩曰朝食琅玕實夕宿丹山際衡山記曰空青崗有天津玉池傳玄擬

楚篇曰登崑崙漱玉池覷順故無累養德乃入神莊子曰夫得者時也失者順也
安時覷順哀樂不能入也此古之所謂懸解也又曰欲勉爲形者莫如棄世棄世則無累又曰堯觀乎華華封
人請祝聖人使壽使富使多男子堯曰多男子則多懼富則多事壽則多辱是三者非所養德也故辭周易曰
精義入神以致用也曠哉宇宙惠雲羅更四陳文子曰四方上下謂之寓說文曰宙
舟輿所極覆也鸜鵒賦曰冠雲霓而張羅哲人貴識義大雅明庇身毛詩大雅曰既
明且哲以保其身左氏傳曰子反曰信以守禮禮以庇身也莊生悟無爲老氏守其
真莊子曰夫虛靜恬淡寂寞無爲者天地之平而道德之至也老子曰見素抱樸河上公曰見素者當抱素
守真不文飾也天下皆得一名實久相賓老子曰昔之得一者天得一以清地得一
以寧王侯得一以爲天下正莊子曰堯讓許由以天下許由曰而我猶代子吾將爲名乎名者實之賓也吾將爲賓乎咸
池饗食爰居鍾鼓或愁辛樂動聲儀曰黃帝樂曰咸池莊子曰海鳥止於魯郊魯侯觴之

於廟奏九韶以爲樂具太牢以爲膳鳥眩視憂悲不敢食一臠不飲一杯三日而死此以己養養鳥也司馬彪曰海鳥爰居也

柳惠善直道孫登庶知人柳下惠已見西征賦孫登已見嵇康幽憤詩

寫懷良未遠感贈以書紳論語曰子張問行子曰言忠信行篤敬子張書諸紳

阮步兵詠懷 籍

青鳥海上遊鸒斯蒿下飛阮籍詠懷詩曰雖云不可知青鳥明我心呂氏春秋曰海上有人好青者朝至海上而從青遊青至者前後數百其父曰聞汝從青遊盍取來吾欲觀之其子明旦至海上羣青翔而不下莊子曰比溟有魚化爲鳥其名曰鵬齊諧曰鵬之徙南溟摶扶搖而上者九萬里蜩與鸒鳩笑之曰我决起而飛搶榆枋而止不至控地而已奚以之九萬里而圖南爲比溟有鳥焉其名爲鵬摶扶搖羊角而上者九萬里尺鷃笑之曰彼且奚適我騰躍而上不過數仞而下翱翔蓬蒿之間此亦飛之至也而彼且奚適也此小大之辯也司馬彪曰蜩蟬也鸒鳩小鳥毛萇詩傳曰鸒斯鵯居鵯居雅烏也音豫

沆浮不相

宜羽翼各有歸曹子建七哀詩曰沈浮各異世阮籍詠懷詩曰鸒斯飛桑榆海鳥運天池豈不識宏大羽翼不相宜飄颻可終年沉瀁安是非阮籍詠懷詩曰逍遥可終生又曰蕩瀁焉可能列子曰信理者云是非莊子曰彼一是非也此一是非也飄颻蒿下沉瀁海上逍遥一也朝雲乘變化光耀世所希阮籍詠懷詩曰三楚多秀士朝雲進荒淫高唐賦曰須臾之間變化無窮陸雲詩曰知音世所希精衛銜木石誰能測幽微阮籍清思賦曰女娃榮於東海之濵而翩飄於西山之傍山海經曰發鳩之山有鳥名精衛赤帝之女娃女娃遊於東海溺而死不反化爲精衛常取西山木石以填東海也

張司空離情　華

秋月照簾籠懸光入丹墀張華情詩曰清風動帷簾晨月燭幽房班婕妤自傷賦曰俯視兮丹墀佳人撫鳴琴清夜守空帷陸機擬古詩曰佳人撫鳴琴又曰閑

夜撫鳴琴曹子建雜詩曰妾身守空閨

蘭逕少行迹玉臺生網絲楚詞曰皐蘭被徑斯路漸張景陽雜詩曰房櫳無行迹西京賦曰西有玉臺張景陽雜詩曰蜘蛛網四屋論衡曰蜘蛛經絲以網飛虫

庭樹發紅彩閨草含碧滋張景陽雜詩曰寒花發黃采秋草含綠滋

延佇整綾綺萬里贈所思楚詞曰結幽蘭而延佇古詩曰客從遠方來遺我一端綺相去萬餘里故人心尚尒又曰欲以遺所思

願垂湛露惠信我皦日期毛詩曰湛湛露斯匪陽不晞又曰謂予不信有如皦日

潘黄門悼亡 岳

青春速天機素秋馳白日楚詩曰青春受謝潘岳悼亡詩曰曜靈運天機四節代遷逝劉楨與臨淄侯書曰肅以素秋則落

美人歸重泉悽愴無終畢潘岳悼亡詩曰之子歸窮泉重壤永幽隔

殯宮已肅清松柏轉蕭瑟陸機挽歌曰殯宮何

嘈嘈寡婦賦曰虛坐兮肅清仲長子昌言曰古之葬者松柏梧桐以識其墳楚詞曰蕭瑟兮草木搖落而變衰

俛仰未能弭尋念非但一楚詞曰聊抑志而自弭賈逵國語注曰弭忘也魏文帝詩曰所憂非但一撫襟悼寂寞怳然若有失潘岳悼亡詩曰撫襟長歎息王逸楚詞注曰怳失意也後漢書曰戴良見黃憲及歸罔然若有失也明月入綺窗髣髴想蕙質潘岳悼亡詩曰歲寒無與同朗月何朧朧獨無李氏靈髣髴覩尔容古詩曰交疏結綺窗左九嬪武帝納皇后頌曰如蘭之茂蕙蘭類故變之耳消憂非萱草永懷寧夢寐毛詩曰焉得諼草言樹之背毛萇曰諼草令人忘憂毛詩曰終其永懷寡婦賦曰覬假夢以通靈夢寐復冥冥何由覿爾形潘岳哀永逝賦曰覿目遇兮無兆曾寤寐兮不夢冥冥幽昧也文子曰慮患於冥冥之外我慙北海術爾無帝女靈列異傳曰北海營陵有道人能使人與死人相見同郡人婦死已數年聞而往見之曰願令我一見死人不恨遂教其見之於是與婦人相見言語悲喜恩情

如生良久乃聞鼓聲恨恨不能出户捹門乃走其裾爲户所閉掣絶而去後歲餘此人死家葬之開見婦棺蓋下有衣裾宋王集去楚襄王與宋玉遊於雲夢之野望朝雲之館有氣焉須臾之間變化無窮王問此是何氣也玉對曰昔先王遊於高唐怠而晝寢夢見一婦人自云我帝之季女名曰瑤姬未行而亡封於巫山之臺聞王來遊願薦枕席王因幸之去乃言妾在巫山之陽高丘之阻旦爲朝雲暮爲行雨朝朝暮暮陽臺之下旦而視之果如其言爲之立館名曰朝雲駕言出遠山徘徊泣松銘毛詩曰駕言出遊雨絶無還雲華落豈留英鸚鵡賦曰何今日之雨絶日月方代序寢興何時平潘岳悼亡詩曰四節代迁逝又曰寢興自存形

陸平原 羈宦 機

儲后降嘉命恩紀被微身漢書疏廣曰太子國儲副君琴操史魚曰思竭愚志以報塞恩紀潘岳河陽詩曰微身輕蟬翼明發眷桑梓永歎懷密親陸機贈顧彥先曰眷

言懷桑梓又赴洛道中作詩曰嗚咽辭密親永歎見下注流念辭南滋衢怨别西津陸機赴洛道中詩曰永歎遵北渚遺思結南津杜預左氏傳曰滋水涯也馳馬遵淮泗旦夕見梁陳毛詩曰驅馬悠悠陸機從梁陳詩曰夙駕尋清軌遠遊越梁陳服義追上列矯迹厠宫臣楚辭曰身服義而未沫陸機從梁陳詩曰在晋蒙嘉運矯迹入崇賢朱黻咸髦士長纓皆俊人毛詩曰朱芾斯皇室家君王鄭玄曰芾者諸侯黄朱又曰芾太古蔽膝之象黻與芾古字通毛詩曰烝我髦士又曰髦士攸宜陸機從梁陳詩曰長纓麗且鮮尚書曰俊民用章契闊承華内綢繆踰歲年陸機從梁陳詩曰契闊踰三年又赴洛詩曰託身承華側李陵詩曰與子結綢繆日暮聊揔駕逍遥觀洛川陸機荅張士然詩曰余固水鄉士揔轡臨清川徂没多拱木宿草凌寒煙公羊傳曰秦伯謂蹇叔曰尔之年冢上之木拱矣禮記曾子曰朋友之墓有宿草而不哭焉遊子易感慨躑躅還自憐劉公幹詩

日乖人易感慟陸機道中詩曰佇立望故鄉顧影悽自憐願言寄三鳥離思非徒然楚詞曰三鳥飛以自南覽其志而欲北願寄言於三鳥兮去飄疾而不得陸機赴洛詩曰感物戀堂室離思一何深

左記室 詠史 思

韓公淪賣藥梅生隱市門范曄後漢書曰韓康字伯休一名恬休京兆人也常采名藥賣於長安市口不二價三十餘年梅生梅福也漢書曰梅福一朝棄妻子去其後人見於會稽者變名姓為吳市門卒百年信荏苒何用苦心魂張華勵志詩曰荏苒代謝漢書廣陵王胥歌曰人生要死何為苦心當學衛霍將建功在河源衛衛青霍霍去病陸賈新語曰以義建功河源匈奴之境山海經曰崑崙之東北隅實河海源也珪組賢君眄青紫明主恩漢書夏侯勝曰士病不明經術苟明其取青紫如俛拾地芥終軍才始達賈誼位方

尊漢書曰終軍至長安上書武帝異其文拜爲謁者給事中又曰賈誼爲博士文帝說之超遷歲中至太中大夫也金張服貂冕許史乘華軒左思詠史詩曰金張籍舊業七葉珥漢貂又曰朝集金張館暮宿許史廬漢書劉向曰王氏乘朱輪華轂王侯貴片議公卿重一言太平多歡娛飛蓋東都門張景陽詠史詩曰昔在西京時朝野多歡娛藹藹東都門羣公祖二踈顧念張仲蔚蓬蒿滿中園曹子建贈徐幹詩曰顧念蓬室士趙岐三輔決錄注曰張仲蔚扶風人也少與同郡魏景卿隱身不仕明天官博學好爲詩賦所居蓬蒿沒人也

張黃門苦雨

協

丹霞蔽陽景綠泉涌陰渚曹子建情詩曰微陰翳陽景張景陽雜詩曰丹霞啓陰期又詩曰階下伏泉涌水鸛巢層甍山雲潤柱礎鄭玄毛詩箋曰鸛水鳥將陰雨而鳴巢層甍未詳淮南子曰山雲蒸而柱礎潤廣雅曰礎礩也音楚有弇興春節愁霖貫

秋序張景陽雜詩曰有弇興南岑王仲宣有愁霖賦爕爕涼葉奪戾戾颸風舉楚辭曰溘颸風余上征高談玩四時索居慕疇侶曹子建求通親表曰高談無所與陳禮記子夏曰吾離羣索居亦已久矣張華雜詩曰安知慕疇侶青苔日夜黃芳蕤成宿楚張景陽雜詩曰青苔依空牆又詩曰密葉日夜疎又詩曰芳蕤豈再馥又詩曰荒楚鬱蕭森說文曰芳蕤草木華盛貌歲暮百慮交無以慰延佇仲長統詩曰百慮何為至安在我延佇

劉太尉傷亂臧榮緒晉書曰琨卒後贈太尉琨

皇晉遭陽九天下橫氛霧劉琨荅盧諶詩曰厄運初遘陽爻在六衰我皇晉痛心在目班固漢書曰陽九日初入百六陽九音義曰易傳所謂陽九日厄會也郭璞山海經注曰橫塞也楚詞曰望時風之清激愈氛霧其如塵秦趙值薄蝕幽并逢虎據薄蝕虎據喻羣盜也

京房易飛候占曰凡日蝕皆於晦朔不於晦朔蝕者名曰薄戰國策曰蘇秦說楚威王曰王興師襲秦戰於藍田此所謂兩虎相據也伊余荷寵靈感激殉馳騖劉琨勸進表曰荷寵三世左氏傳曰蔑啓彊曰寵靈楚國劉琨詩曰鄧生何感激解嘲曰世亂則聖哲馳騖而不足雖無六奇術冀與張韓遇漢書曰陳平自初從至天下定後常以護軍中尉從擊臧荼陳豨凡六出奇計輒益邑封奇計或頗祕世莫得聞也張張良韓韓信也甯戚扣角歌桓公遭乃舉淮南子曰甯戚擊牛角而歌桓公舉以爲大田高誘曰大田田官也荀息冒險難實以忠貞故左氏傳曰初獻公使荀息傅奚齊公疾召之曰其若之何稽首而對曰臣竭其股肱之力加之以忠貞其濟君之靈也不濟則以死繼之公曰何謂忠貞對曰公家之利知無不爲忠也送往事居耦俱無猜貞也空令日月逝愧無古人度論語陽虎曰日月逝矣盧諶贈崔溫詩曰古人非所希飲馬出城濠北望沙漠路古有飲馬長城窟行盧諶贈崔溫詩曰北眺沙漠垂南望舊京路

千里何蕭條白日隱寒樹投袂既憤懣撫枕懷百慮左氏傳曰楚子投袂而起白虎通曰天子崩哀痛憤懣劉琨重贈盧諶詩曰中夜撫枕歎想與數子遊百慮已見上文功名惜未立玄髮已改素劉琨重贈盧諶詩曰功業未及建夕陽忽西流陸機東宮詩曰柔顏收紅藻玄髮吐素華時或苟有會治亂惟冥數劉琨重贈盧諶詩曰時哉不我與陶淵明經曲阿詩曰時來苟冥會冥幽冥也數曆數也孫子兵法曰治亂數也范曄後漢書烏丸論曰天之冥數以至於是乎

盧中郎感交　諶

大廈須異材廊廟非庸器盧諶荅魏子悌詩曰崇臺非一幹珍裘非一腋潘岳在懷縣詩曰器非廊廟姿爾雅曰庸常也謂非凡常之器也英俊著世功多士濟斯位左氏傳衆仲曰官有世功則有官族盧諶荅魏子悌詩曰多士成大業羣賢濟弘績眷顧成綢

繆迺與時髦匹毛詩曰眷言顧之盧諶荅魏子悌詩曰愚蒙時來會敢齊朝彥跡姻媾
久不虛契闊豈但一盧諶贈劉琨詩曰申以婚姻又荅魏子悌詩曰恩由契闊生但一已
見上文逢厄既已同慼危非所恤盧諶荅魏子悌詩曰共更飛狐厄又曰在厄每
同險常慕先達槩觀古論得失槩志節也馮衍顯志序曰追觀往古得失之迹焉
服爲趙將疆埸得清謐史記曰趙奢大破秦軍秦軍解而走遂解閼與圍而歸趙惠文
王賜奢號爲馬服君左氏傳魯公曰疆埸之事慎守其一而備其不虞爾雅曰謐靜也信陵佩魏
印秦兵不敢出史記曰魏公子毋忌爲信陵君秦昭王進兵圍邯鄲公子進兵擊秦軍秦軍解
去遂救邯鄲存趙公子留趙十年不歸秦聞公子在趙日夜出軍東伐魏魏王患之使使請公子歸救魏魏王
以上將軍印授公子公子遂將破秦軍於河外乘勝逐秦至函谷關抑秦兵不敢出慨無幄中
策徒懸素絲質范曄後漢書詔曰前將軍鄧禹與朕謀謨帷幄決勝千里淮南子曰墨子見練

（絲而泣之爲其可以黃可以黑高誘曰閔其化也）羇旅去舊鄉感遇喻琴瑟（盧諶贈崔溫詩曰羇旅及寬政委質與時遇毛詩曰妻子好合如鼓琴瑟）自顧非杞梓勉力在無逸（杞梓已見陸韓卿贈內兄希叔詩無逸已見景福殿賦）更以畏友朋濫吹乖名實（左氏傳陳敬仲曰詩曰翹翹車乘招我以弓豈不欲往畏我友朋韓子曰齊宣王使人吹竽南郭處士請爲王吹竽粟食與三百人竽宣王死文王即位一一聽之處士乃逃一日韓昭侯曰吹竽者衆吾無以知其善者田嚴對曰一一聽之乃知濫也名實已見上）

郭弘農遊仙（臧榮緒晉書曰璞卒後贈弘農太守）璞

崦山多靈草海濱饒奇石（郭璞遊仙詩曰圓丘有奇草鍾山出靈液楚詞曰吾令羲和弭節兮望崦嵫而勿迫王逸曰崦嵫山也海濱即海中三山也）偃蹇尋青雲隱淪駐精魄（江賦曰納隱淪之列真挺異人之精魄抱朴子曰人無賢愚皆知身之有魂魄魂魄分去

則人病盡去則人死道人讀丹經方士鍊玉液道人方術之士已見擬潘黃門述哀詩神仙傳曰淮南王好道術之士於是八公乃往遂授以丹經漢書曰燕齊之方士傅玄求仙篇曰玉液涌出華泉楚詞曰吮玉液兮止渴朱霞入窗牖曜靈照空隙十洲記曰朱霞九光廣雅曰曜靈日也說文曰隙壁縫也傲睨摘木芝凌波采水碧江賦曰水夷倚浪以傲睨本草經曰紫芝一名木芝洛神賦曰凌波微步江賦曰水碧潛瑨山海經曰耿山多水碧郭璞曰碧亦玉也眇然萬里遊矯掌望煙客神仙傳曰若士謂盧敖曰吾一舉千里說文曰矯舉也郭璞遊仙詩曰駕鴻乘紫煙永得安期術豈愁濛汜迫列仙傳曰安期先生自言千歲楚辭曰出於暘谷次于濛汜

張廷尉雜述　綽

太素既已分吹萬著形兆列子曰太素者質之始也莊子南郭子綦曰夫吹萬不同

而使自已也司馬彪曰言天氣吹煦生養萬物形氣不
同已止也使各得其性而止潛夫論曰大素之時元氣
窈冥孝有形兆也寂動苟有源因謂殤子夭言大道之要動寂無源今誠以有源
即壽夭異轍故以殤子爲夭也呂氏春秋曰一也者至
貴也莫知其源莫知其端莫知其始莫知其終而萬物
以爲宗高誘曰道無匹敵故曰至貴莊子
南郭子綦曰莫壽乎殤子而彭祖爲夭道喪涉千載津
梁誰能了莊子曰世喪道矣道喪世矣世與道交相喪
也司馬彪曰世皆異端喪道道不好世故曰
喪耳思乘扶搖翰卓然淩風矯莊子齊諧之言曰鵬之徙於南溟也水擊三千里摶
扶搖而上者九萬里司馬彪曰齊諧人姓名也摶圜也
扶搖上行風也圜飛而上者若扶搖也毛詩曰如飛如
翰鄭玄曰如鳥之飛也翰其中豪俊也廣雅曰矯飛也靜觀尺棰義理足未常少
莊子曰一尺之棰日取其半萬世不竭辯者以此與惠
施相應於身無窮司馬彪曰若其可折則常有兩若其
不可折其一常存故曰萬世不竭囧囧秋月明憑軒詠堯老蒼頡篇曰囧大明也俱永切

登樓賦曰憑軒檻以遥望耆老其及老子玄宗之太師故莊生稱之浪迹無蚩妍然後君

子道浪猶放也妍蚩猶美惡也戴逵栖林賦曰浪迹頹濯棲景眞岑文賦序曰研蚩好惡也領略

歸一致南山有綺皓王文度贈許詢詩曰吾生挺奇幹領略摠玄標鄭玄禮記注曰領理

也廣雅曰略要也周易子曰一致而百慮漢書曰園公綺季夏黃公甪里先生當秦之世避而入商雒深山范

曄後漢書孔融曰南山四皓潛光隱曜交臂久變化傳火迺薪草莊子仲尼謂顏

回曰吾終身與汝交一臂而失之可不哀與郭象曰夫變化不可執而留也故雖交臂相守而不能令停若哀

死則此亦可哀者也今人未嘗以此為哀奚獨哀死邪莊子秦失曰指窮於為薪火傳也不知其盡郭象曰窮

盡也為薪猶前薪也前薪以指指盡前薪之理故火傳而不滅心得納養之中故命續而不絕明盡生也亹

亹玄思清胷中去機巧許詢農里詩曰亹亹玄思得濯濯情累除莊子曰子貢南遊於

楚反於晉過漢陰見一丈夫方將為圃畦鑿隧而入井抱甕而出灌搰搰然力用甚多而見功寡子貢曰有械

於此一日浸百畦用力甚寡而見功多夫子不欲乎爲圃者仰而視之曰柰何曰鑿木爲機後重前輕挈水若抽數如泆湯名曰桔槔爲圃者忿然作色而笑曰吾聞之吾師有機械者必有機事有機事者必有機心機心存於胷中則純白不備純白不備則神生不定神生不定者道之所不載子貢俯而不對也

物我俱忘懷可以狎鷗鳥莊子曰吾喪我郭象曰吾喪我我自忘矣我自忘天下何物足識哉又曰海上有人好鷗鳥者旦而之海上從鷗鳥游鷗鳥至者百數其父曰吾聞鷗從汝游試取來吾從玩之曰諾明旦之海上鷗鳥舞而不下

許徵君自序晉中興書曰高陽許詢字玄度寓居會稽司徒蔡謨辟不起詢有才藻善屬文時人皆欽愛之

詢

張子闇內機單生蔽外像張毅單豹並已見幽通賦一時排冥筌泠然空中賞筌捕魚之器言魚之在筌猶人之處塵俗今既排而去之超在埃壒之外故泠然涉空得

中而留也莊子曰列子御風而行泠然而善旬有五日
而反司馬彪曰泠然涼貌也郭象莊子注曰天下莫不
自是而相非故一是一非兩行無窮
唯涉空得中曠然無懷乘之以遊也遣此弱喪情資神
任獨往莊子曰予惡乎知悅生之非惑耶予惡乎知惡
死之非惑耶非夫弱喪而不知歸者耶郭象曰
少失其故居爲弱喪者遂於彼之所在而不知歸於故
鄉淮南王莊子略要曰江海之士山谷之人輕天下細
萬物而獨往者也司馬彪
曰獨往任自然不復顧世採藥白雲隈聊以肆所養隈曲
也賈逵國語
注曰肆恣也丹葩耀芳蕤綠竹蔭閑敞廣雅曰葩華也
洞簫賦曰又足
樂乎其閑敞西征賦
曰厭紫極之閑敞苕苕寄意勝不覺陵虛上曲標
激鮮飈石室有幽響孺窻間孔也陸機吴趨行曰泠泠
鮮風過列仙傳曰赤松子常止西
王母石
室中也去矣從所欲得失非外獎陸機招隱詩曰稅駕
從所欲李蕭遠運命
論曰得與失孰賢謝靈運擬鄴中
詩曰客心非外獎小雅曰獎勸也至哉操斤客重明固

巳朗莊子曰莊子送葬過惠子之墓顧謂從者曰郢人堊漫其鼻端若蠅翼使匠石運斤成風聽而斲之盡堊而鼻不傷郢人立不失容宋元君聞之召匠石曰嘗試爲寡人爲之匠石曰臣則嘗能斲之雖然臣質死久矣自夫子之死吾無以爲質矣吾無與言也五難既灑落超迹絕塵網向秀難嵇康養生論曰養生有五難名利不滅此一難喜怒不除此二難聲色不去此三難滋味不絕此四難神慮消散此五難

郡東陽興矚　仲文

晨遊任所萃悠悠蘊真趣毛萇詩傳曰萃集也方言曰蘊積也莊子曰道之真以持身謝靈運登江中孤嶼詩曰蘊真誰爲傳雲天亦遼亮時與賞心遇莊子曰黃帝得之以登雲天謝靈運田南樹園詩曰賞心不可忘青松挺秀萼惠色出喬樹廣雅曰秀美也鄭玄詩箋曰承花者曰鄂鄂與萼同極眺清波深緬映石壁素韋昭

（國語注曰緬邈也）瑩情無餘滓拂衣釋塵務（廣雅曰瑩磨也說文曰滓澱也謂鄙穢左氏傳曰叔向拂衣從之）求仁既自我玄風豈外慕（論語曰求仁而得仁又何怨乎漢書灌嬰曰侯自我得之玄風謂道也李充玄宗賦曰慕玄風之遐裔余皇祖曰伯陽謝靈運憶山中詩曰得性非外求）直置忘所宰蕭散得遺慮（淮南子曰成化象而弗宰高誘曰宰主也謝靈運越嶺溪行詩曰觀此遺物慮一悟得所遣）

謝僕射 遊覽 混

信矣勞物化憂襟未能整（左氏傳商臣曰信矣莊子曰天不產而萬物化又曰既化而生又化而死也）薄言遵郊衢揔轡出臺省（毛詩曰薄言旋歸家語子曰善御者正身揔轡也）凄凄節序高寥寥心悟永（毛詩曰秋日淒淒楚詞曰天高而氣清莊子曰寥寥已吾志郭象曰寥然空虛也聲類曰悟心解也）時菊耀巖阿雲霞冠

秋嶺潘安仁河陽詩曰時菊耀秋華眷然惜良辰徘徊踐落景孔叢子歌曰眷然顧之東征賦曰撰良辰而將行卷舒雖萬緒動復歸有靜淮南子曰至道無爲盈縮卷舒與時變化莊子曰虛則靜靜則動動者得矣老子曰夫物云云復歸其根歸根曰靜是謂復命王弼曰凡有起於虛動於靜故萬物並動作卒復歸於虛靜各反其始歸根則靜也曾是追桑榆歲暮從所秉毛詩曰曾是在位桑榆日所沒以喻人年老已見上文韓詩曰歲聿其暮薛君曰言年歲已晚也所秉謂心所執也毛詩曰君子秉心鄭玄曰秉執也舟壑不可攀忘懷寄匠郢莊子曰夫藏舟於壑藏山於澤謂之固矣然而夜半有力者負之而走昧者不知司馬彪曰舟水物山陸居者也藏之壑澤非人意所求謂之固有力者或能取之郢人已見上文

陶徵君田居　潛

種苗在東皐苗生滿阡陌歸去來曰登東皐以舒嘯風俗通曰南北曰阡東西曰陌

雖有荷鋤倦獨酒聊自適陶潛詩曰晨興理荒穢帶月荷鋤歸又曰雖欲揮手歸獨酒聊自持莊子曰智不知論極妙之言而自適一時之利者非埳井之蛙與又郭象注曰自適其志者也日暮巾柴車路闇光已夕歸去來曰或巾柴車鄭玄周禮注曰巾猶衣也歸人望煙火稚子候檐隙歸去來曰稚子候門問君亦何為百年會有役莊子盜跖曰人上壽百歲陶潛夜行塗口詩曰懷役不遑寐但願桑麻成蠶月得紡績陶潛詩曰相見無雜言但道桑麻長毛詩曰蠶月條桑家語曰公父文伯之母紡績不懈素心正如此開逕望三益方言曰素本也謝靈運田南詩曰唯開蔣生逕永懷求羊蹤論語曰益者三友友直友諒友多聞益矣

謝臨川遊山　　靈運

江海經邅迴山嶠備盈缺楚詞曰入漵浦兮邅迴尔雅曰山銳而高曰嶠謝靈運

登廬山詩曰山行非前期弥遠不能輟但欲淹昏旦遂復經盈缺春秋元命包曰月盈而缺者詘鄉尊宋均曰詘還也尊君也靈境信淹留賞心非徒設賞心已見上文平明登雲峯杳與廬霍絕楚詞曰平明發兮蒼梧謝靈運詶惠連詩曰滅迹入雲峯又初發石首城詩曰息必廬霍期碧鄣長周流金潭恒澄澈碧鄣出碧之鄣即玉山也已見上文思玄賦曰歷衆山以周流上林賦曰步欄周流臨海記曰白石山下有金潭金光煥然也桐林帶晨霞石壁映初晰說文曰昭晰明也之逝切今協韻以爲之舌切乳竇既滴瀝丹井復寥泬謝靈運山居賦曰訪銅乳於洞穴訊丹砂於經泉鮑昭過銅山詩曰乳竇夜涓滴說文曰滴瀝水下滴瀝也抱朴子曰武陵舞陽有丹砂井王逸楚詞注曰泬寥曠蕩空虛靜也嵒嵃轉奇秀岑崟還相蔽說文曰嵒山巖也五咸切文字集略曰嵃崖也郭璞方言注曰岑崟峻貌赤玉隱瑤溪雲錦被沙汭子虛賦曰石則赤玉玫瑰思玄賦曰瞰瑤溪之赤岸海賦曰雲錦散文於沙

納之際夜聞猩猩啼朝見鼯鼠逝蜀都賦曰猩猩夜啼郭璞爾雅注曰鼯鼠狀如小狐亦謂之飛生聲如人呼南中氣候暖朱華凌白雪謝靈運入華子崗詩曰南州實炎德桂樹凌寒山王逸楚詞注曰南方冬溫草木常華幸遊建德鄉觀奇經禹穴莊子曰南越有邑焉名爲建德之國其民愚朴少私寡欲其生可樂其死可葬吾願君去國捐俗與道相輔而行漢書曰司馬遷南遊江淮上會稽探禹穴也身名竟誰辯圖史終磨滅謝靈運入華子崗詩曰莫辯百世後又曰圖牒復磨滅且汎桂水潮映月遊海澨楚詞曰桂水兮潺湲謝靈運入華子崗詩曰乘月弄潺湲攝生貴處順將爲智者說謝靈運還湖中詩曰寄言攝生客又登石門詩曰處順故安排又石門詩曰匪爲衆人說莫與智者論

顏特進侍宴 延之

太微凝帝宇瑤光正神縣淮南子曰太微者天一之廷孔安國尚書傳曰凝成也魏
都賦曰眈眈帝宇周禮曰匠人建國晝參諸日中之景夜考之極星以正朝夕鄭玄曰極星謂北斗也廣雅曰
北斗第七星爲瑤光地理書曰崑崙東南地方五千里名神州史記鄒衍曰中國名赤縣神州赤縣神州內自
有九州禹之所叙九州是也不得爲州數中國外若赤縣神州者九所謂九州也揆日粲書史
相都麗聞見毛詩曰揆之以日作爲楚室尚書序曰成王在豐欲宅洛邑使召公先相宅孔安國
曰欲以爲都也列漢構仙宮開天制寶殿毛萇詩傳曰漢天河桂棟留夏
飈蘭橑停冬霰楚詞曰桂棟兮蘭橑青林結冥濛丹巘被葱蒨
吳都賦曰迴眺冥濛毛萇詩傳曰巘小山別於大山也山雲備卿藹池卉具靈變
尚書大傳曰百工相和而歌卿雲鄭玄曰卿當爲慶魏文帝東閣詩曰高山吐慶雲西京賦曰濯靈芝之朱柯
陳思王靈芝篇曰靈芝生王池重陽集清氣下輦降玄宴楚詞曰集重陽入帝

文三十一　三五　長洪

宮兮造甸始而觀清都西京賦曰恣意所幸下輦成宴尚書曰玄德升聞玄猶聖也騖望兮分寰隧
矖目盡都甸寰猶畿也穀梁傳曰寰內諸侯周禮有六鄉六隧倉頡篇曰矖矖視之貌也氣
生川岳陰煙滅涯海見中坐溢朱組步櫚還瓊弁魯靈光殿
賦曰中坐乘景禮記曰侯伯佩玄玉而朱組綬上林賦曰步櫚周流長途中宿說文曰還雜字如此左氏傳曰
楚子玉爲瓊弁王纓末之服也禮登竚詹情樂闋延皇眄爾雅曰登成也又曰
竚久也謂久留也禮記曰有司告以樂闋鄭玄曰闋終也延引也測恩躋踰逸沿牒懵
浮賤爾雅曰測深也愉逸耽樂縱逸也漢書長安令楊興說將軍史高曰臣衡無階朝廷隨牒在遠方說
文曰懵不明也浮賤浮名微賤也禮記曰恥名浮於行也榮重餽兼金巡華過盈瑱
孟子曰齊王餽兼金一百而不受盈瑱盈尺之玉也說文曰田父得寶玉至尺魏都賦曰尺璧有盈淮南子曰
崑山之玉瑱天見切敢飾輿人詠方慙綠水薦左氏傳曰晉侯聽輿人之誦曰原田

每每舍其舊而新是謀淮南子曰手會淥水已見上文

謝法曹贈別　惠連

昨發赤亭渚今宿浦陽汭謝靈運富春渚詩曰赤亭無淹薄獻康樂詩曰昨發浦陽汭今宿浙江湄方作雲峯異豈伊千里別雲峯已見上文芳塵未歇席涔淚猶在袂庾闡揚都賦曰結芳塵於綺席楚詞曰泣沾襟而濡袂停艫望極浦弭棹阻風雪說文曰艫船頭也楚詞曰望涔陽兮極浦謝惠連獻康樂詩曰停楫阻風波毛萇詩傳曰弭止也風雪既經時夜永起懷思汎濫北湖遊岧亭南樓期謝靈運詩序曰於南山往北山經湖中又序曰南樓中望所遲客點翰詠新賞開袠瑩所疑謝靈運荅惠連詩曰陵澗尋我室散帙問所知擿芳愛氣馥拾蘂憐色滋色滋畏沃若人事亦銷鑠毛詩曰桑之未落其葉沃若楚辭曰質銷

鑠以為約賈逵國語注曰鑠銷也子襟怨勿往谷風誚輕薄毛詩曰青青子襟悠悠我心縱我不往子寧不嗣音又詩序曰谷風刺幽王也天下俗薄朋友道絕焉共秉延州信無慙仲路諾延州信謂挂劍也巳見謝靈運廬陵墓下詩論語子曰子路無宿諾靈芝望三秀孤筠情所託楚詞曰采三秀於山間王逸云秀謂芝草也竹箭之有筠巳見上注鄭昭漢書注曰竹皮筠也于貧切所託巳慇懃祇足攪懷人謝靈運詩曰猶復惠來章祇足攪余思毛詩曰嗟我懷人令行嶀嵊外銜思至海瀆孔曄會稽記曰始寧縣西南有嶀山剡縣有嵊山陸機赴洛道中詩曰朝徂銜思往尚書曰海瀆廣斥嶀他乎切嵊食證切未僝款睇在何辰孔安國尚書曰僝見也士簡切曰款誠也意有所欲也廣雅曰睇見也雜珮雖可贈疏華竟無陳毛詩曰知子之來之雜珮以贈之疏華瑤華也巳見謝靈運越嶺溪行及南樓望所遲客詩無陳心悄勞旅人豈遊遨毛詩曰中

心悄悄幸及風雪霽青春蒲江皐說文曰霽雨止也遠詞曰青春受謝又曰

馳鶩乎江皐解纜候前侶還望方鬱陶謝靈運相送方山詩曰解纜及流潮又謝

惠連詩曰幽啓復鬱陶煙景若離遠末響寄瓊瑶瓊瑶謂玉音也

王徵君養疾微

窈藹瀟湘空翠澗澹無滋窈藹深遠之貌杜育荈賦曰懷豐穰之滋潤寂

歷百草晦歘吸鶗鴂悲寂歷彫疎貌說文曰晦盡也謂彫盡也一曰毛萇詩傳曰晦昧

也凡草木華實榮茂謂之明枝葉彫傷謂之晦歘吸疾貌楚詞曰鶗鴂嘲哳而悲鳴清陰往來遠

月華散前墀前墀已見上文鍊藥矚虛幌汎瑟臥遙帷說文曰鍊

化金也鍊與練古字通又集略曰幌以帛萌窻也文賦曰同朱絃之清汎朱絃瑟絃也水碧驗未

黷金膏靈詎緇水碧已見上文蒼頡篇曰黷垢黷也穆天子傳河伯曰示汝黃金之膏毛

裛詩傳曰緇黑色也北渚有帝子蕩瀁不可期楚詞曰帝子降兮北渚目眇眇兮愁予阮籍詠懷詩曰蕩瀁焉可能悵然山中暮懷痾屬此詩淮南子曰悵然若有所亡楚辭曰幽獨處乎山中又曰抒中情而屬詩

袁大尉從駕　淑

宮廟禮哀敬枌邑道嚴玄顏延年拜陵廟詩曰哀敬隆祖廟枌枌榆社也漢書曰高祖禱豐枌榆社說文曰玄幽遠也謂神道幽遠也恭絜由明祀肅駕在祈年杞[illegible]曰敬恭明祀又曰祈年孔夙詔徒登季月戒鳳藻行川孔安國[illegible]傳曰[illegible]羽獵賦曰玄冬季月鳳皇車名甘泉賦曰乃登鳳皇兮翳華芝行川所行之川也行猶道也雲[illegible]漢從宸網拯星懸高唐賦曰建雲旆宸網天畢也西京賦曰天畢前驅薛綜曰畢網也象畢星魯靈光殿賦曰浮柱昭嶫以星懸朱攉麗箕渚金鏤映秋山朱櫂以朱漆飾櫂也

蔡邕獨斷曰金鍐者馬冠也高廣各五寸羽衛藹流景綵吹震沉淵羽衛[illegible]羽侍衛也綵發吹也淮南子曰浮吹以虞沈川鱗介也辯詩測京國履籍鑑都壥禮記曰天子五年一巡狩命太師陳詩以觀民風孫卿子曰履天子之籍聽天下之斷民盱謡響[illegible]律邑頌被丹絃沈約宋書曰調樂金石有一定之[illegible]故[illegible]鍾磬者先律調之然後施之於絃[illegible]司馬彪續漢書曰候氣之法殿中候用玉律十二唯二至乃候靈臺用竹律六十顏延年曲水詩序曰途歌邑頌尚書大傳曰大琴朱絃蔡邕琴賦曰丹絃既張八音既平文軫薄桂海聲教燭冰天禮記曰書同文車同軌尚書曰外薄四海孔安國曰薄迫也言至海也南海有桂故云桂海上林賦曰經乎桂林之中過乎泱漭之野尚書曰朔南暨聲教蒼頡篇曰燭照也淮南子曰八紘北方曰積冰高誘曰北方寒冰所積因以爲名積冰也和惠頒上笏恩渥浹下筵禮記曰笏諸侯以象顏延年觀北湖田牧詩曰温渥浹輿隸和惠屬後筵幸侍觀洛後豈慕巡河前尚書中候曰天

乙在亳東觀乎雒黃魚雙躍出躋于壇化爲黑玉孝經鉤命決曰舜即位巡省中河録圖授文服義方

無沫展歌殊未宣服義已見上文沫云貝切廣雅曰沫已也楚詞曰展詩兮會舞王逸曰展舒也言舒展詩曲作爲雅樂者也

謝光祿郊遊　莊

肅舲出郊際徙樂逗江陰楚詞曰乘舲船余上沅兮齊吴榜以擊汰王逸曰舲船[illegible]艫也徙樂行樂也說文曰逗止也翠山方藹藹青浦正沈沈廣雅曰藹藹盛[illegible]林賦曰沈沈隱[illegible]

涼葉照沙嶼秋榮冒水潯劉淵林吴都賦注曰嶼海[illegible]中洲上有山石也說文曰[illegible]潯傍深也

風散松架險雲鬱石道深松枝可以爲架[illegible]故因謂之架焉青[illegible]

鏡緜野四睇亂曾岑莊子曰靜默可以補病穀梁傳曰緜地千里氣清知鴈

引露華識猿音雲裝信解黻煙駕可辭金雲裝雲衣也蒼頡篇

曰紱綬也黻與紱通煙駕煙車也金金印也始整丹泉術終覿紫芳心抱朴子曰黃帝南到貟隴采若乾之華飲丹巒之泉外國圖曰貟丘有赤泉飲之不老紫芳紫芝也鄒潤甫遊仙詩曰紫芝列紅敷丹泉激陽瀆行光自容裔無使弱思侵楚辭曰雲旗兮電鶩儵忽兮容裔

鮑參軍戎行　昭

豪士枉尺璧宵人重恩光呂氏春秋傳曰文王敬其辭令幣帛以禮豪士以璧禮賢已見上文淮南子曰聖人不貴尺璧春秋孔演圖曰宵人之世多飢寒宋均曰宵猶小也鄭玄毛詩箋曰爲龍爲光言天子恩澤光曜被及者也殉義非爲利執羈輕去鄉莊子曰彼所殉仁義則俗謂之君子又曰小人則以身殉利士則以身殉名禮記曰執羈靮而從靮音的去鄉已見上文孟冬郊祀月殺氣起嚴霜禮記曰孟冬之月天子迎冬於北郊又曰仲秋之月殺氣浸盛陽氣日衰楚詞曰冬又申之以嚴霜戎馬粟不煖軍士冰爲漿陸機苦寒行曰渴飲堅冰

擬晨上成皐坂磧礫皆羊腸薛綜東京賦注曰旋門坂在成皐上林賦曰下磧礫
之坻高誘呂氏春秋注曰羊腸其山盤紆似羊腸寒陰籠白日太谷晦蒼蒼夏侯
湛歎秋賦曰陰籠龍景而下翳曹植贈白馬王詩曰太谷何寥廓山樹鬱蒼蒼爾雅曰霧謂之晦郭璞曰蒼蒼昏
冥也息徒稅征駕倚劍臨八荒嵇康贈秀才詩曰息徒蘭圃法言曰仲尼之駕稅矣
宋玉大言賦曰方地為輿員天為蓋長劍耿介倚天之外甘泉賦曰八荒協兮萬國諧鵾鵬不能
飛玄武伏川梁樂緯曰鵾鵬狀似鳳皇身禮戴信嬰仁膺智負義宋均曰身禮質赤色思玄賦
曰玄武縮於殼中兮騰蛇蜿而自糾鎩翮由時至感物聊自傷淮南子曰飛鳥鎩羽
許慎曰鎩殘羽也古詩曰感物懷所思豎儒守一經未足識行藏漢書高祖曰豎
儒幾敗乃公事韋昭曰豎猶卜也論衡曰能說一經為儒生論語子謂顏淵曰用之則行捨之則藏唯我與爾
有是夫

休上人別怨沈約宋書曰沙門惠休善屬文徐湛之與之甚厚世祖命使還俗本姓湯位至楊州從事也

西北秋風至楚客心悠哉日暮碧雲合佳人殊未來魏文帝秋胡行曰朝與佳人期日夕殊不來露采方泛豔月華始徘徊曹子建七哀詩曰明月照高樓流光正徘徊寶書為君掩瑤琴詎能開道學傳曰夏禹撰真靈之玄要集天官之寶書書以南和丹繒封以金英之函檢以玄都之印瑤琴已見上文相思巫山渚悵望陽雲臺高唐賦曰妾在巫山之陽蔡邕詩序曰暮宿河南悵望子虛賦曰楚王乃登雲陽之臺膏鑪絕沈燎綺席生浮埃鑪熏鑪也取其芬香故加之膏煙而無酸故謂之沈西京雜記鄒陽酒賦曰綃綺為席犀璩為鎮桂水日千里因之平生懷言因桂水以通情也桂水已見上文李陵詩曰浮雲日千里洛神賦曰託微波而通辭鍾會懷士賦曰託遠念於輿彼

文選卷第三十一

共七十六頁

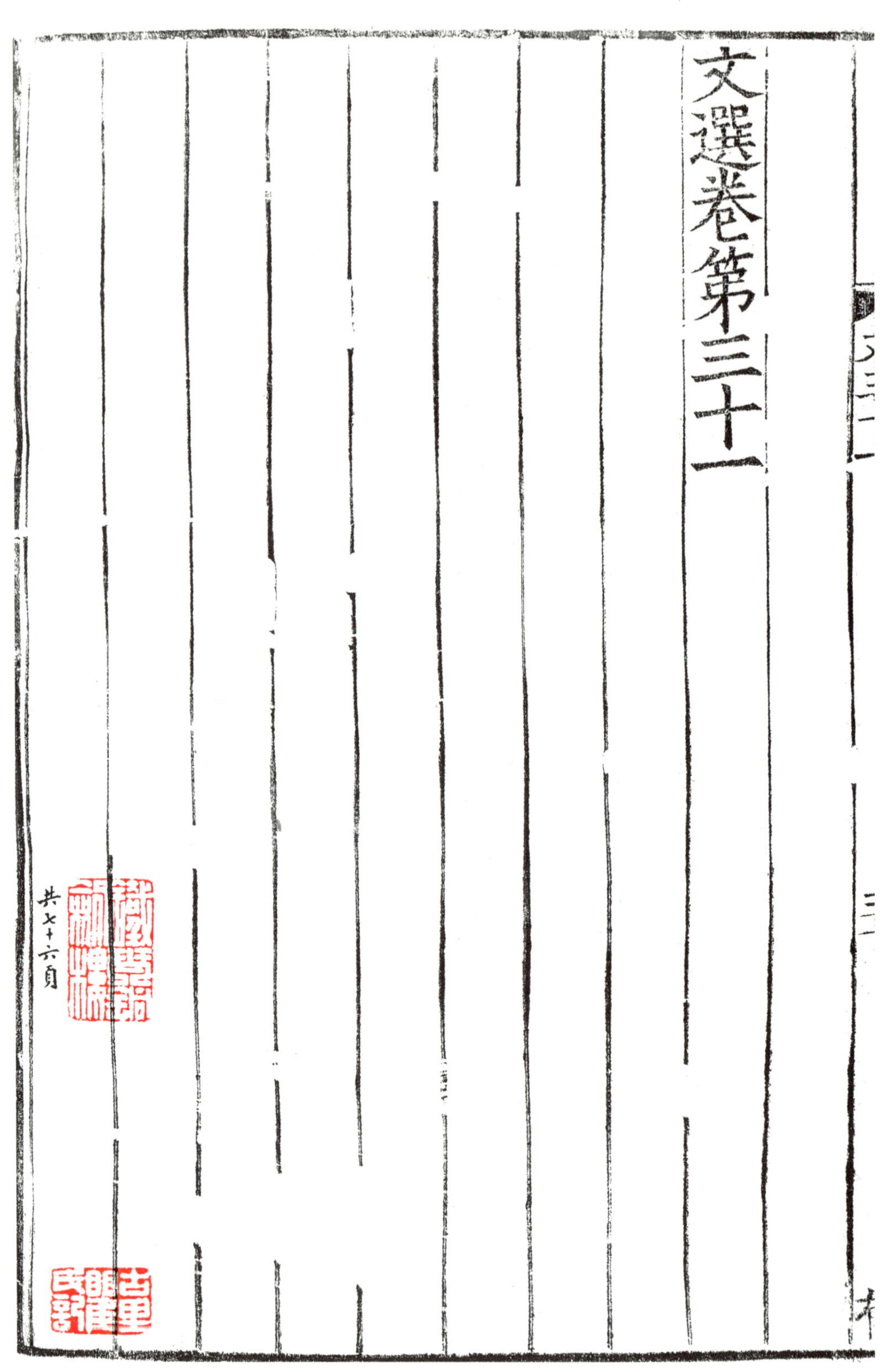